SCHEINBEZIEHUNG MIT DEM KERL VON NEBENAN

Eine süße Kleinstadt-Romantikkomödie

Deutsch Sisters & Sweethearts
Buch 3

KATE O'KEEFFE

Übersetzt von
STEFFI KS

Übersetzt von Steffi KS.

Urheberrecht © 2025 Kate O'Keeffe

ISBN: 978-1-991378-02-6

Kapitel 1

Marlowe

3 Monate zuvor

„Lass mich das richtig verstehen. Du willst, dass ich freiwillig in diesen überdimensionierten Strandball klettere, den Hügel hinunterrolle, während ich versuche, wie eine Flipperkugel Slalom zu fahren, dann gegen dieses Wand-Ding pralle, um anschließend – mit einer Reihe von Übelkeit verursachenden Hüpfern – wieder auf der Erde aufzukommen und für dieses Privileg auch noch *bezahlen* soll?" Ich hebe die Augenbrauen und sehe meine kleine Schwester und ihren Freund skeptisch an, die mit nassen Haaren in ihren Badesachen dastehen, Handtücher um die Hüften gewickelt.

Nur weil sie es gemacht haben, heißt das nicht, dass ich es auch tun werde.

Sie werden sicher zur Vernunft kommen.

„Ach, komm schon, Marlowe. Es macht so viel Spaß und außerdem hast du deinen Badeanzug mitgebracht", antwortet Ryn, mein total risikofreudiges, aber absolutes Nesthäkchen-Klischee von einer Schwester.

Ich beobachte, wie eine Zorb-Kugel vorbeirollt, die arme Person darin schreit aus voller Kehle. Falls ich diesem Fiasko gegenüber bisher irgendwelche Zweifel hegte, werden diese durch das hysterische Schreien nur noch mehr als deutlich bestätigt.

„Ich wage zu behaupten, dass Spaß anders aussieht, Ryn." Ich verschränke die Arme vor der Brust und fühle mich voll und ganz wie die ältere Schwester. „Und überhaupt, deine Vorstellung von Spaß und meine sind wahrscheinlich grundverschieden."

„Zorbing ist der Hammer", verkündet Ryns Freund Gabe, als ob diese Erklärung mich dazu bringen würde, in eines dieser…*Dinger* zu klettern.

„Wie wäre es, wenn wir uns stattdessen einen schönen Kaffee gönnen? Seattle ist berühmt für seinen Kaffee, wisst ihr, und ihr könntet euch etwas aufwärmen. Euch muss doch bestimmt kalt sein." Ohne auf eine Antwort zu warten, wende ich mich zum Gehen.

Ryn packt meinen Ärmel. „Musst du eigentlich immer einen riesigen Stock im Allerwertesten haben?"

„Ich habe nirgendwo einen Stock, danke sehr", entgegne ich hochnäsig.

Sie wirft mir einen Blick zu, der deutlich macht, dass sie mir kein Wort glaubt.

„Nur weil ich mein Leben nicht in einem riesigen Plastikball riskieren möchte, heißt das noch lange nicht, dass ich verklemmt bin."

Ryn schnaubt verächtlich und Gabe wirft ihr einen tadelnden Blick zu.

„Wie auch immer, ich werde es tun. Wir beide werden es tun. Richtig, Gabe?" Ryn wirft mir einen ihrer trotzigen Blicke zu.

„Ja, aber du musst nicht, wenn du nicht willst, Marlowe. Alles gut." Gabe zuckt mit den Schultern.

„Wenn du zufrieden damit bist ein Hühnchen zu sein", fügt Ryn hinzu und beginnt sofort, wie eine Henne zu gackern.

„Das war nicht das, was ich meinte", zischt Gabe ihr zu.

Unbeeindruckt fügt Ryn noch Armbewegungen hinzu und wippt mit dem Kopf vor und zurück, um sicherzugehen, dass ich ihre Anspielung auch verstehe.

„Würdest du das bitte lassen?", beschwere ich mich.

„Erst wenn du sagst, dass du es machst", entgegnet sie zwischen zwei Gackern.

Ich werfe einen verstohlenen Blick auf eine der Zorb-Kugeln. Die Frau, die eben noch darin gefangen war, ist nun ausgestiegen, tropfnass klatscht sie ihre Freunde ab, die sie jubelnd und lachend begrüßen.

Sie sieht glücklich aus – und vor allem lebendig.

„Siehst du? Die hatten Spaß und die sind mindestens in deinem Alter", flüstert Ryn mir ins Ohr.

„Vielen Dank auch."

„Also? Was sagst du?", fragt Gabe.

Ich schaue zwischen meiner Schwester und ihrem Freund hin und her. Obwohl wie eine Puppe herum geschleudert zu werden nicht gerade meiner Vorstellung von Spaß entspricht, habe ich schließlich zugestimmt hierherzukommen. Genau genommen war dies neben dem Glasmuseum die einzige Aktivität, die sich meine Wochenendbesucher für Seattle gewünscht haben.

Außerdem gibt es da einen kleinen Teil von mir, der sich fragt, ob ich zu bequem geworden bin, zu eingefahren in meinen Gewohnheiten – wie eine ältere Dame, die sich gegen Veränderungen sträubt. Ich bin erst 28. Sicher, ich bin kein Kind mehr, aber vielleicht sollte ich etwas abenteuerlustiger sein? Offener für neue Erfahrungen? Genügt es zu sagen, dass ich noch nie zuvor Zorbing gemacht habe – in der Geschäftswelt ist das nicht gerade notwendig – und vielleicht ist heute der Tag, an dem ich einen Schritt aus meiner Komfortzone machen sollte.

„Sie schwankt", stellt Ryn fest, während sie mich mustert.

„Ich finde, sie sieht aus, als müsste sie sich gleich übergeben", sagt Gabe.

„Nein, das ist ihr Denk-Gesicht."

„Wirklich?"

„Ja. Ziemlich abschreckend, oder?"

„Total."

Sie reden über mich, als stünde ich nicht direkt vor ihnen.

Ich atme tief aus und bevor ich es mir anders überlege, sage ich: „Okay, ich mache es."

Ich will nicht alt vor meiner Zeit sein.

Ryn reißt die Faust in die Luft. „Ja! Du wirst es nicht bereuen, Schwesterherz."

„Zorbing ist der Hammer", wiederholt Gabe.

Ich presse die Lippen zusammen. „Das sagtest du bereits."

Fünfzehn Minuten später klettere ich, in meinem Badeanzug und mit ernsthaften Bedenken, in den Zorb, während ich meine Entscheidung, im Leben mehr Risiken einzugehen, bereits arg infrage stelle. Eigentlich würde ich gerade sagen, ist mein Leben doch ganz gut so, wie es ist. Ich habe einen tollen Job, eine süße Wohnung – auch wenn sie ein bisschen klein ist, und ich habe einen wunderbaren Chef, mit dem ich im Übrigen auch seit zehn Monaten zusammen bin, was wie ich weiß nicht gerade schlau ist. Ich habe oft mit mir deswegen gehadert. Aber Mike Warner ist anders. Unsere Beziehung ist anders. Wir sind füreinander bestimmt und die Tatsache, dass wir uns bei der Arbeit kennengelernt haben – und er mein Chef ist – wird auf lange Sicht keine Rolle spielen, wenn wir eines Tages mit unseren Enkelkindern unter dem Weihnachtsbaum sitzen.

„Okay, los geht's! Viel Spaß!", sagt der Angestellte, der sehr surfermäßig aussieht und höchstens 18 sein kann, zu mir, sobald ich drin bin.

Bevor ich ihm sagen kann, dass ich das hier nur unter Zwang und in einem völlig fehlgeleiteten Versuch, abenteuerlustiger zu sein, mache, lässt er die Kugel los und ich beginne, die Strecke hinunter zu rasen, während das Wasser um mich herum schwappt, die Kugel zu springen beginnt und ich mir die Seele aus dem Leib schreie. Nach ein paar Sprüngen und einigen Mundvoll des vermutlich ziemlich ekligen Wassers, überrasche ich mich selbst und beginne es tatsächlich zu genießen. Sicher, es ist nicht meine erste Wahl für eine Samstagnachmittags-Beschäftigung und so schnell werde ich mir sicher keine Dauerkarte zulegen, aber ich bin froh, dass ich es mache.

Als die Kugel und ich mit ihr gegen die Wand prallen und mein erstes Zorbing-Abenteuer beendet ist, bin ich fast traurig, dass es vorbei ist. Ich klettere mit einem breiten Grinsen heraus.

Ryn und Gabe empfangen mich mit ebenso breiten Grinsen. Meine Schwester zieht mich in eine Umarmung und Gabe gibt mir ein High-Five.

„Du hast es genossen, oder? Ich kann es dir ansehen", sagt Ryn grinsend.

„Es war ganz okay, denke ich", erwidere ich, aber ich kann die Scharade nicht aufrechterhalten. Vielleicht ist es das Adrenalin, das durch meinen Körper tobt, oder einfach nur die Tatsache, dass ich wieder festen Boden unter den Füßen habe, aber ich muss ihr recht geben.

Sie stupst mich an. „Komm schon. Du hast es geliebt."

„Ja, habe ich", gebe ich zu, woraufhin sie erneut quietscht und mich wieder umarmt.

„Willst du noch mal? Wir könnten zu zweit starten", schlägt sie vor.

„Hey, ich dachte, das wollten wir zusammen machen", beschwert sich Gabe.

Ryn legt den Arm um seine Taille. „Wir haben noch den ganzen Nachmittag. Wir können das so oft machen, wie wir wollen."

Ich lache über ihre Begeisterung und genieße das neu gefundene Gefühl der Nähe zu meiner kleinen Schwester. Ich war schon immer eng mit meiner Familie verbunden, aber mein Leben habe ich eher mit unserer mittleren Schwester Harper geteilt. Sie wusste von Anfang an von Mike und hat natürlich versucht, mich davon abzuhalten, mit meinem Chef auszugehen. Harper ist sehr vernünftig und gibt immer die besten Ratschläge, aber als sie Mike traf, unterstützte sie uns vollkommen – auch wenn ich wusste, dass sie ihre Bedenken hatte.

Ryn und ich hingegen haben erst im Laufe des letzten

Jahres wirklich angefangen, uns als Erwachsene kennenzulernen. Ich bin fünf Jahre älter als sie und bin zum Studium ausgezogen, als sie erst 13 war. Bis vor Kurzem habe ich sie immer nur als kleines Kind angesehen. Jetzt lerne ich sie als die 23-jährige Frau kennen, die sie ist – klug, freundlich und um einiges besser darin, Spaß zu haben, als ich.

Deshalb das Zorbing.

„Was sagst du, Schwesterherz? Sollen wir es wagen?", fragt Ryn, ihr Gesicht strahlt.

Ich lache. „Klar. Das wird lustig."

„Siehst du? Ich habe dir doch gesagt, dass Zorbing—", beginnt Gabe.

„—der Hammer ist?", beende ich den Satz für ihn.

„Genau", antwortet er lachend.

Wir machen uns auf den Weg zurück zum Startpunkt der Strecke, als ich aus dem Augenwinkel ein Paar bemerke. Sie haben die Arme umeinander geschlungen und küssen sich, ganz offensichtlich schwer verliebt. Er ist viel größer als sie – was daran liegt, dass er ein sehr großer Mann ist und sie eher durchschnittlich groß. Irgendetwas an ihm kommt mir vertraut vor, und plötzlich wird mir klar, warum – er erinnert mich an meinen Freund.

Ich lächle, als ich an Mike denke. Er ist groß, genauer gesagt genau 1,99 Meter, was ihn nicht nur aus der Masse herausstechen lässt, sondern ihm auch eine Karriere als College-Basketballspieler mit Profiaussichten ermöglichte, bevor eine Verletzung diesen Traum beendete. Ich beschwere mich nicht, schließlich hat sich alles gut gefügt, denn wäre er Profibasketballer geworden, hätte ich ihn nie getroffen.

Gestern Abend hatten wir ein frühes Abendessen mit ihm zusammen, denn er musste den Nachtflug nach

Chicago für eine Konferenz erwischen. Ich verstehe, dass er reisen muss, das gehört zu seinem Job, aber ich vermisse ihn jedes Mal, wenn er weg ist – und sage ihm das wahrscheinlich viel zu oft. Aber wenn man es weiß, dann weiß man es einfach, wie das Sprichwort so schön sagt. Und bei Mike Warner weiß ich es definitiv.

Das Paar löst sich voneinander und ich reiße meinen Blick von ihnen los. Es ist eine Sache, an seinen eigenen Freund erinnert zu werden, während Fremde einen intimen Moment teilen, aber eine ganz andere, wenn man dabei erwischt wird, wie man sie anstarrt wie ein Stalker.

Doch irgendetwas bewegt mich dazu, noch einmal hinzusehen. Der große Mann schaut nun lächelnd zu der Frau herab – ein vertrautes Lächeln auf einem vertrauten Gesicht.

Mein Magen zieht sich zusammen und mein Mund wird augenblicklich trocken.

Es ist Mike.

Mein Mike.

Der Mann, den ich liebe. Aber er hat gerade diese andere Frau geküsst und hält sie jetzt in seinen Armen, sieht sie verliebt an und… und… Plötzlich wird mir schwindelig, meine Welt fängt an sich zu drehen, als wäre ich zurück in der Zorb-Kugel – nur dass es diesmal alles andere als Spaß macht.

„Geht's dir gut, Marlowe?", fragt Gabe besorgt, seine Stimme klingt gedämpft, überlagert von meinem trommelnden Herzschlag.

Bumm, bumm, bumm.

Ich kann nicht wegsehen. Ich kann nicht aufhören zu starren. Meine Augen sind wie festgeklebt an Mike und dieser anderen Frau, die eng umschlungen dastehen.

Eine Welle der Übelkeit steigt in mir auf.

… betrügt Mike mich etwa?

Das kann nicht sein. Er würde so etwas nicht tun. Er gehört mir. Wir sind zusammen. Wir lieben uns. Wir haben es uns gesagt – viele Male. Er hat mir die Kette geschenkt, die ich gerade trage. Meine Hand fährt zu meinem Hals, meine Finger tasten nach dem Anhänger. Er ist noch da, hängt um meinen Hals, aber der Mann, der ihn mir letzte Woche geschenkt hat, ist gerade… mit einer anderen Frau zusammen.

„Kneifst du etwa?", fragt Ryn.

„Nein, ich—", bringe ich hervor, finde aber keine Worte.

Sie folgt meinem Blick und nimmt die Szene in sich auf. „Oh mein Gott. Ist das Mike?"

„Sieht ganz danach aus. Ich dachte, er wäre in Chicago", sagt Gabe. Er dreht sich um, um genauer hinsehen zu können. „Hm. Ist das seine Schwester?"

Ryn schnaubt. „Also ich schaue *meine* Schwestern nicht so an." Jetzt drehen die beiden sich um, schauen in unsere Richtung und … „–" Ryn packt mich am Arm und beginnt mich zum Startpunkt des Parcours zu ziehen, weg von Mike und der anderen Frau. Wer auch immer sie sein mag.

„Ryn, hör auf!", insistiere ich und reiße meinen Arm los. „Ich muss mit ihm reden."

Sie packt mich an den Schultern und sieht mir fest in die Augen. „Marlowe, dabei kann nichts Gutes rauskommen. Er betrügt dich ganz offensichtlich."

Mike betrügt mich? Ich schaue erneut zu ihnen hinüber, als bräuchte ich noch mehr Beweise. Als hätte sich das Bild nicht bereits unauslöschlich in meine Gedanken eingebrannt.

Ich schlucke schwer, ein Kloß so groß wie ein Zorb steckt mir in der Kehle.

„Und jetzt kommen sie her", kommentiert Gabe.

„Tun sie?" Meine Stimme klingt fremd in meinen

Ohren. „Haben sie uns gesehen?" Ich werfe einen vorsichtigen Blick in ihre Richtung und sehe, wie sie auf uns zusteuern, sein Arm liegt um ihren Schultern, sie lachen zusammen.

Sie haben mich nicht gesehen.

„Marlowe. Sieh mich an", sagt Ryn in einem entschlossenen Ton und ich folge ihrer Anweisung. „Willst du diesen nichtsnutzigen, lügenden Mistkerl jetzt konfrontieren oder gehen? Was immer du entscheidest, wir stehen dir zur Seite."

„Wir sind für dich da", fügt Gabe hinzu.

„Ich—"

Was soll ich tun? Ich war nicht hierauf vorbereitet. Als ich heute Morgen aufgewacht bin und Mike eine Nachricht geschickt habe, in der ich ihm sagte, wie sehr ich ihn bereits vermisse und es nicht erwarten könne, ihn am Sonntag wiederzusehen, hätte ich nie erwartet, ihn heute in den Armen einer anderen Frau zu sehen − so glücklich, als würde ich in seinem Leben gar nicht *existieren*.

Überhaupt sollte er eigentlich in Chicago auf einer Konferenz sein. Nicht hier in Seattle, in einem Zorbing-Park, eine andere Frau küssend.

Die Entscheidung wird mir abgenommen.

Wie in Zeitlupe sehe ich, wie sie näherkommen, Mikes Gesichtsausdruck wandelt sich von einem glücklichen Lächeln in blankes Entsetzen.

Gabe und Ryn rücken näher an mich heran, als wollten sie mich abschirmen. Eine Art menschliches Schutzschild.

Ryn verschränkt die Arme und sieht ihn finster an. „Schöner Tag für einen Spaziergang, nicht wahr, Michael", sagt sie trocken.

Seine nun panischen Augen huschen von einer vom Zorbing durchnässten Schwester zur anderen, dann zu

Gabe und schließlich wieder zu mir. Ich kann förmlich sehen, wie es in seinem Gehirn rattert, als er nach einem Ausweg aus dieser neuen und unerwarteten Situation sucht.

Er entscheidet sich dazu, erst mal ein Lächeln aufzusetzen. „Hey, ihr. Sieht aus, als hättet ihr beim Zorbing Spaß gehabt. War's gut?"

Ernsthaft jetzt?

Seine Begleiterin legt eine Hand auf seinen Arm und Mikes gesamter Körper versteift sich. „Willst du mich nicht deinen Freunden vorstellen, Schatz?"

Schatz?

Jede winzige Hoffnung, dass sie vielleicht doch nur seine Schwester sein könnte, verpufft im Nichts.

„Tut mir leid, Cara. Das ist Marlowe, sie arbeitet für mich, und das sind ihre Schwester Ryn und—", er schaut fragend zu Ryns Freund.

„Gabe", sagt dieser selbst.

„Richtig. Wie konnte ich das nur vergessen?" Mike lacht gezwungen. „Das ist Gabe."

„Vor allem, da du meinen Namen gestern Abend erst mehrmals benutzt hast, als wir alle zusammen bei Marlowe zu Abend gegessen haben", fügt Gabe mit einem scharfen Unterton ungerührt hinzu.

Ich möchte Gabe am liebsten küssen, aber ich bin viel zu fassungslos, um überhaupt etwas tun zu können.

Mike lacht nervös auf – ein seltsames Geräusch, das eher zu einer Horde Brüllaffen passen würde.

Cara verstärkt ihren Griff um Mikes Arm und wirft ihm einen fragenden Blick zu. „Schatz?"

Ryn stößt mich an und deutet auf Cara. Ich bin so durcheinander, dass es eine Weile dauert, bis ich begreife, worauf sie mich eigentlich hinweisen will – abgesehen von dem Albtraum, der sich gerade vor meinen Augen abspielt.

Dann sehe ich es: Etwas glitzert in der Sonne an ihrer linken Hand.

Ein Ring.

Aber nicht irgendein Ring. Ein Verlobungsring, direkt über einem Ehering.

Sie ist verheiratet? Mike führt eine Beziehung mit mir und... einer verheirateten Frau?

Mike scheint wie versteinert.

Cara löst sich von ihm und streckt mir ihre Hand entgegen. „Ich bin Cara Warren. Aus irgendeinem Grund hat mein Mann scheinbar seine Manieren vergessen."

Ryn reagiert als Erste, ergreift ihre Hand und schüttelt sie kräftig. „Cara Warren, sagen Sie? Verheiratet mit...?"

„Nun, mit Mike natürlich", erwidert sie mit einem leichten Lachen, als wäre Ryns Frage völlig abwegig.

„Wohnen Sie hier in Seattle oder sind Sie nur zu Besuch?", fährt Ryn fort.

„Ich wohne hier."

Sie deutet zwischen Cara und Mike hin und her. „Also, sehen Sie sich oft?"

„Oh ja, das tun wir", antwortet sie lachend. „Wir wohnen im selben Haus. Nun, zumindest wenn der arme Mike hier nicht in der Stadt übernachten muss. Ich habe ihm gesagt, dass er seinem Chef klarmachen soll, dass er auch Zeit für sich braucht, aber er ist einfach so ein fleißiger Arbeiter." Sie sieht ihn liebevoll an.

Mike, den verlogenen, betrügerischen *Mistkerl*.

Er hingegen sieht aus, als hätte er eine ganze Ladung verkochten Rosenkohl gegessen.

Ryn runzelt die Stirn. „Ich verstehe nicht ganz. Sie sind geschieden, aber Sie leben noch zusammen?"

Cara lacht hell und melodisch auf, während sie eine Hand auf Mikes Brust legt. „Warum denken Sie, dass wir geschieden wären? Wir hatten eine Trennungspause", sagt sie mit einem nachdenklichen Ausdruck, „aber das liegt alles hinter uns, nicht wahr, Schatz?"

„Wir sind nächsten Monat fünf Jahre verheiratet."

Ich starre Cara an. Sie waren getrennt – und sind jetzt wieder zusammen?

Nein! Unmöglich. Sie muss lügen. Mike ist nicht verheiratet. Er ist geschieden. Das weiß jeder. Ich bin seine Freundin. Er hat mir gesagt, dass er mich liebt. Ich habe es ihm auch gesagt.

Er hat mir diese Kette geschenkt.

Ich hebe den Blick zu Mike, aber er sieht mich nicht an – was keine Überraschung ist. Warum sollte er die Frau anschauen, die er… oh, nein. Mir wird mit einem schrecklichen Ruck bewusst, was ich wirklich für ihn bin. Caras Existenz macht mich zu etwas, von dem ich nie gedacht hätte, dass ich es jemals sein würde.

Es macht mich zur *anderen Frau*.

„Ist das wahr?", frage ich Mike, nachdem ich endlich meine Stimme wiedergefunden habe. Der Zorb-große Kloß in meinem Hals droht mich zu ersticken und Tränen treten mir in die Augen. Aber ich weigere mich zu weinen. Ich weigere mich, meine Gefühle mich überwältigen zu lassen. Ich muss stark bleiben. Ich muss mein Gesicht wahren. Selbst wenn ich jetzt unwissentlich zur anderen Frau geworden bin, habe ich nichts, wofür ich mich schämen müsste.

Sein Gesicht ist verzerrt, seine Lippen zusammengepresst. „Marlowe, ich… ja, es stimmt. Cara und ich haben uns wieder versöhnt."

„Vor drei Monaten", ergänzt Cara mit einem weiteren melodischen Lachen. „Also wirklich!" Sie schüttelt liebevoll den Kopf, als wäre er ein liebenswerter Schuft.

Das ist alles, was ich wissen muss.

Meine Finger umklammern immer noch den Anhänger, als ich mir mit einer fließenden Bewegung die Kette vom Hals reiße und sie ihm ins Gesicht werfe. Er hält sie in der Hand, während ich mich, gegen die Tränen anblinzelnd, umdrehe und davon gehe. Ich konzentriere mich darauf, einen Fuß vor den anderen zu setzen, während meine Welt um mich herum zerbricht.

Kapitel 2

Oliver

3 MONATE ZUVOR

Das Leder knarzt, als ich mich in meinem Stuhl zurücklehne, während ich nur halb dem Bericht von David O'Neill über die neuesten Unternehmensfinanzen zuhöre. Mein Blick schweift hinaus aus dem Fenster des 42. Stockwerks über das tiefblaue Wasser der Elliot Bay und hinüber zu Bainbridge Island. Der Himmel ist launisch und wolkenverhangen. Vereinzelte Lichtstrahlen brechen durch die Wolken und tanzen auf der Wasseroberfläche.

Launisch. Das ist das Wort, mit dem ich den heutigen Tag beschreiben würde.

Ich versuche mich wieder auf David zu konzentrieren. Es ist derselbe Vortrag, den ich jeden ersten Montag im Monat höre, ich kenne ihn mittlerweile auswendig, seit die Firma vor über zwanzig Jahren als kleines, unabhängiges Café in einem Vorort gegründet wurde. Es geht jedes Mal um Wachstum, neue Märkte und Profit, Profit, Profit.

Niemand beschwert sich. Nun ja, niemand außer unseren Mitbewerbern.

Die Frau am Kopfende des Tisches – sie trägt ein tiefrotes Chanel-Kostüm mit schwarz-weißem Besatz, ihr dunkles Haar ist perfekt gestylt und ihr Make-up, auffallend roter Lippenstift und tiefschwarze Wimpern, ihr Markenzeichen von dem Tag an, seitdem ich sie kennengelernt habe, wie immer makellos – tippt ungeduldig mit ihrem goldenen Stift auf die massive Holzplatte des Konferenztisches. Sie hat offensichtlich etwas zu sagen und als ihre Untergebenen werden wir ihr zuhören. So läuft das nun mal, wenn der Chef spricht, besonders wenn es sich um eine Chefin wie Melody Langdon handelt.

Lass dich bloß nicht von ihrem hübschen, musikalisch klingenden Namen täuschen. Melody Langdon ist eine wahre Kampfmaschine – auch wenn sie aussieht, als wäre sie nur eine feine Dame.

„—was natürlich großartige Neuigkeiten für die Verkaufszahlen in der Region sind. Sie sind um dreiundzwanzig Prozent gegenüber dem Vormonat gestiegen." Mit einem Klick wechselt David O'Neill zur nächsten Folie, ich wende mich von den Sonnenstrahlen in der Bucht ab und wieder dem Raum zu.

Ich muss mich konzentrieren.

„Wenn ich nun Ihre Aufmerksamkeit auf die Zahlen zur neuen Markenstrategie lenken darf – sie war ein großer Erfolg in Oregon, Kalifornien und Nevada, doch sie hat sich in Washington State negativ ausgewirkt, was überraschend ist. Oliver, gehe ich recht in der Annahme, dass Sie uns mehr dazu sagen werden?" David kehrt zu seinem Platz am Tisch zurück.

„Sicher. Natürlich. Ich habe die Zahlen direkt hier." Ich öffne die entsprechende Präsentation und verbinde meinen Laptop mit dem Bildschirm, damit alle im Raum sie sehen können.

„Wie Sie sehen können, haben einige Regionen positiv auf das Rebranding reagiert – Seattle, Olympia, Tacoma und Spokane zum Beispiel. Doch in den kleineren Städten haben wir wirklich zu kämpfen. Aus irgendeinem Grund wollen die Menschen dort keine halb nackten Menschen sehen, wenn sie morgens ihren Kaffee trinken." Ich lächle die versammelten Führungskräfte an, ernte jedoch nur Stirnrunzeln und ausdruckslose Blicke.

Schwieriges Publikum.

„Unsere Untersuchungen zeigen, dass Orte wie Cotown und andere Kleinstädte eher... sagen wir mal, *angezogenere* Werbung bevorzugen." Ich wechsle zur nächsten Folie, auf der zwei Bilder zu sehen sind: eines zeigt einen gut aussehenden Mann und eine attraktive Frau, die lächelnd ihre Kaffeetassen halten. Das andere Bild zeigt einen nackten Männeroberkörper, der eng an eine Frau geschmiegt ist, die nur einen BH und Slip trägt – ihre Gesichter sind abgeschnitten, während ihre Hände zusammen eine Tasse umklammern mit dem Slogan: *Es wird heiß bei Steamy Coffee.*

Das, meine Damen und Herren, ist unser neues Branding.

Warum nicht jedem an diesem Tisch jedes Mal ein

kalter Schauer über den Rücken läuft, wenn sie es ansehen, ist mir wirklich ein Rätsel. Es fühlt sich an, als würden wir unsere Kunden mit sexuellen Reizen erschlagen und ihnen zurufen: *Schaut uns an! Wir sind sexy! Wir trinken Kaffee!*

Subtil sein ist einfach nicht in unserem Vokabular enthalten.

Aber weißt du was? So sehr es mir auch zuwider ist, es funktioniert – und das schon lange, bevor ich frisch von der Uni ins Unternehmen gekommen bin.

Ursprünglich begann alles ganz anders. Laut der Firmengeschichte eröffnete Melody Langdon ihr erstes Café als alleinerziehende Mutter von drei Kindern. Es war ein gemütlicher Ort, an dem man eine gute Tasse Kaffee mit einem leckeren Muffin genießen konnte. Ein Ort, an dem man sich zu Hause fühlt, stundenlang verweilen, köstliches Essen genießen und in ein gutes Buch vertiefen konnte. Doch alle guten Dinge haben ein Ende und für Melody war dieses Ende ihr zweiter Ehemann, Frank Darlington. Er drängte sie, ihr einzelnes Café in eine Kette auszubauen und sie Steamy Coffee zu nennen. Die Kette florierte – die Beziehung zwischen Frank und Melody jedoch nicht.

Irgendwann kam ein Marketingspezialist auf die Idee, die Zweideutigkeit von „Steamy" mit dem sexy Pärchen in den Werbekampagnen zu kombinieren. Die Marke wurde ein Riesenerfolg und entwickelte sich von der Café-Kette zu dem Imperium, die sie heute ist.

„Zusammenfassend lässt sich sagen, dass die Marke in den Metropolregionen gut ankommt, aber nicht in den ländlichen Gebieten", sage ich.

„Warum?" Ist die einsilbige Frage unserer Chefin.

„Vielleicht mögen sie in Washingtons ländlichen Gebieten einfach keine sexy Menschen?", schlägt David vor.

„Könnte sein. Cotown und die Umgebung sind schließlich voller Holzfäller", kommentiert Sylvester Bordwood, der Vizepräsident des operativen Geschäfts, und erntet damit einige Lacher aus dem Raum.

„Gibt es in Washington etwa keine sexy Holzfäller?", fragt Tiffany Carlisle, unsere Marketingleiterin und die einzige andere Frau im Raum. „Das kann ich mir nicht vorstellen."

Melody Langdon verzieht keine Miene.

„Vielleicht sollten wir eine Kampagne mit kaffeetrinkenden Holzfällern machen, um zu sehen, wie das ankommt?", schlägt Tiffany vor.

„Solange es auch kurvige Damen gibt, bin ich dafür", bemerkt Sylvester.

David hebt die Hand, um die Unterhaltung zu unterbrechen und ich blicke zu Melody. Ich kenne meine Chefin gut genug, um zu wissen, dass sie keinen Spaß versteht – vor allem nicht im Konferenzraum. Jetzt, wo ich darüber nachdenke, eigentlich auch in keinem anderen Raum.

„Ich weiß, es war als Scherz gemeint, aber vielleicht könnte eine Holzfäller-Kampagne in den Kleinstädten von Washington tatsächlich Erfolg haben. Wir könnten es testen", schlägt David vor.

Melody presst die Lippen aufeinander. „Wir haben eine Menge Geld für das Branding ausgegeben und es hat überall sonst bestens funktioniert. Ich schlage vor, wir wählen einen Standort als Testbasis."

„Eine ausgezeichnete Idee, Melody", antwortet David.

Natürlich tut er das. David O'Neill war schon immer ein Schleimer, seit ich frisch von der Uni hier angefangen habe. Allerdings war ich damals nicht in dieser Position. Ich begann als Filialleiter in einem der Cafés, lernte das Geschäft von Grund auf kennen, bevor ich ins Hauptquartier wechselte. Von einem einfachen Sachbearbeiter arbeitete ich mich die Karriereleiter hoch, bis ich schließlich hier landete – in den luftigen Höhen des Unternehmens.

Aber was ich wirklich liebte, war die Arbeit direkt vor Ort, das Führen der Cafés. Um ehrlich zu sein, vermisse ich es und verbringe mittlerweile viel zu viel Zeit damit, aus dem Fenster auf die Elliott Bay zu starren.

„Ich sehe es schon vor mir", sagt Tiffany, ein aufgeregtes Funkeln in ihren Augen. „Ein halb nackter Holzfäller, vielleicht mit offenem Hemd und seinem zur Schau gestellten Sixpack, zusammen mit seiner... wie nennt man das weibliche Pendant? Holzfällerine?", sie zuckt mit den Schultern. „Keine Ahnung. Jedenfalls sitzen sie zusammen, genießen ihren ersten Kaffee des Tages, sehen glücklich und natürlich unglaublich heiß aus. Die Kleinstädter werden sich total damit identifizieren können und es geradezu aufsaugen."

Werden sie das? Oder werden sie es als Beleidigung empfinden, dass wir ein Element ihrer Kleinstadt-Kultur nehmen und für unsere eigenen Zwecke ausschlachten?

Ich hebe eine Augenbraue. „Also schlagen Sie im Grunde vor, dass wir unsere bestehende Werbung nehmen und einfach einen Mann in einem karierten Flanellhemd hinzufügen?"

Tiffany lehnt sich zufrieden in ihrem Stuhl zurück und lächelt selbstgefällig. „Genau. Wahrscheinlich könnten wir es einfach photoshoppen."

„Bestimmt könnten wir das", murmele ich leise vor mich hin.

Melody wirft mir einen scharfen Blick zu. „Robert hat eine unglaublich erfolgreiche Marke für dieses Unternehmen geschaffen und ich sehe keinen Grund, davon abzuweichen, nur damit wir keinen Staub in den ländlichen Gegenden von Washington aufwirbeln."

Ah, Robert Langdon. Der Mann, dessen Schatten sich

über den gesamten Sitzungstisch und darüber hinaus erstreckt. Der Mann, an dem ich mich schon meine gesamte berufliche Laufbahn zu messen versuche. Der Mann, der nichts falsch machen konnte – bis er vor zwei Jahren bei einem Autounfall unerwartet ums Leben kam.

Seine Mutter hat sich nie davon erholt und jede noch so kleine Kritik an ihm zieht sofort ihren unbändigen Zorn auf sich.

„Da haben Sie recht. Das hat er", stimme ich zu – nicht, um Melody zu besänftigen, sondern weil Robert wirklich großartig in seinem Job war und Steamy Coffee maßgeblich zum Erfolg geführt hat.

Die Diskussion darüber, wie man erfolgreich die Kleinstädte im Gebiet anspricht, geht weiter, bis David sagt: „Viele dieser Kleinstädte haben Festivals. Eine Stadt, die ich letztes Jahr besucht habe, sticht besonders hervor. Sie heißt Hunter's Creek. Sie ist wie aus dem Bilderbuch, eingebettet in einen riesigen Wald, mit kolonialen Gebäuden und charmanten kleinen Läden. Ihr wisst schon, der typische Hallmark-Film Schauplatz."

„Hört sich gut an, kommt mir irgendwie bekannt vor. Woher kenne ich diesen Namen?", fragt Tiffany.

„Sie veranstalten jedes Jahr dieses Fest, bei dem eine Gruppe Kinder Lieder aus *The Sound of Music* singen. Letztes Jahr war ich auch dort. Es ist kitschig ohne Ende, aber die Leute lieben es. Sie kommen von überall her."

„Um Kindern dabei zuzuhören, wie sie Lieder aus einem Musical des letzten Jahrhunderts singen?", fragt Sylvester kichernd.

„Jepp. Es gibt einen Streichelzoo für die Kinder, Karussells und sogar einen Kuchenwettbewerb. Diese ganze gute, altmodische amerikanische Kleinstadtromantik, die die Leute so sehr lieben."

„Und ihr glaubt, dass diese Leute mit ihrer altmodischen Kleinstadtromantik halb nackte Männer in offenen Flanellhemden sehen wollen, während sie ihren Kaffee trinken?", frage ich mit mehr als nur einem Hauch von Sarkasmus.

„Absolut", sagt David, ohne auf meinen Unterton einzugehen. „Hunter's Creek hat derzeit zwei Cafés, aber nur eines davon scheint gut zu laufen. Es heißt, glaube ich, *Second Chances oder so.* Es ist in der Hauptstraße. Sie haben großartige Kuchen, aber wirklich lausigen Kaffee."

„Oh, jetzt erinnere ich mich, woher ich den Namen kenne", sagt Tiffany. „In Hunter's Creek wurde der Film gedreht, der diesen Sommer rauskommt. Der mit Leonardo Finch und Charlene Kemp. Ihr wisst schon, diese Romantische Komödie."

„*Love at First Swipe*", verkündet Sylvester, alle drehen sich überrascht zu ihm um. „Meine Töchter sind große Leonardo Finch Fans", erklärt er entschuldigend. „Der Film kommt Ende diesen Sommers raus."

„Wann findet das Fest statt?", fragt Melody.

„Auch Ende des Sommers. Ich schau eben nach", sagt David und beginnt auf seinem Handy zu tippen. „Hm, es sieht so aus, als wären das Fest und die Filmpremiere am selben Wochenende. Das Sommerfest findet am Freitag statt und die Weltpremiere von *Love at First Swipe* am Sonntag. Ein großes Wochenende für so eine kleine Stadt wie Hunter's Creek."

„Ich kann mir keinen besseren Zeitpunkt vorstellen, um ein neues *Steamy Coffee* mit Holzfäller-Branding zu eröffnen", sagt Tiffany mit einem breiten Grinsen. „Hunter's Creek: unser Teststandort für die Region."

Melody richtet ihren durchdringenden Blick auf mich. „Du kennst Leonardo Finch, nicht wahr, Oliver?"

„Er war mein Mitbewohner an der Uni", antworte ich.

„War er das?", fragt Tiffany mit weit aufgerissenen Augen.

„Wie konnte mir das entgehen?", beschwert sich Sylvester. „Meine Töchter flippen aus, wenn sie das hören."

„Oh, das können wir definitiv für uns ausnutzen!", erklärt Tiffany mit wachsender Begeisterung. „Du könntest ihn zu einem Promo-Event vor der Premiere an den neuen Standort einladen, mit einer Menge Medienpräsenz versteht sich. So können wir seinen Erfolg für uns nutzen, er ist momentan sehr angesagt."

„Ich habe seit Jahren keinen Kontakt mehr zu ihm", entgegne ich und wiegele die Idee, meinen ehemaligen Mitbewohner und seinen Erfolg auszunutzen, direkt ab.

„Nein", erwidert Melody mit zusammengekniffenen Augen. „Das ist eine gute Idee. Wir müssen nutzen, was auch immer wir in der Trickkiste haben."

„Es würde sich falsch anfühlen, ihn nach zehn Jahren einfach so anzurufen", antworte ich.

Melody sieht mich mit einem Blick an, der Eis zum Schmelzen bringen könnte. „Nutzen, was immer wir haben", wiederholt sie.

„Ich… äh… werde ihn anrufen", sage ich kleinlaut.

Bei *Steamy Coffee* tut man, was die Chefin sagt.

„Erzähl mir mehr über dieses Second Chances Café", fordert Melody David auf.

„Es ist ein kleines Café mit einem guten Kundenstamm. Das Essen ist großartig und sie haben ein großes Bücherregal voller Bücher und bequeme Sitzgelegenheiten, in denen man es sich gemütlich machen, lesen und dabei Kaffee und ein Stück Kuchen genießen kann."

„Du lässt es ziemlich idyllisch klingen", kommentiert Melody in einem Tonfall, der deutlich macht, dass sie von diesem unabhängigen Café nicht viel hält.

David räuspert sich. „Der Kaffee ist nur Filterkaffee. Sie sind einfache Beute."

„Einfach?" Melody hebt eine Augenbraue. „Als jemand, der selbst einmal ein kleines Café mit einem treuen Kundenstamm geführt hat, weiß ich, dass die Einheimischen ihnen zumindest anfangs die Treue halten werden. Wir werden uns anstrengen müssen – genau deshalb könnte Olivers Hollywood-Kontakt nützlich sein."

„Es ist kein aktueller Kontakt", werfe ich ein, aber niemand hört mir zu. Für sie ist es beschlossene Sache, dass ich meinen mittlerweile weltberühmten ehemaligen Mitbewohner, mit dem ich seit mehr als 10 Jahren keinen Kontakt mehr habe, anrufe und um einen Gefallen bitte.

„Wir haben die großen Städte an der gesamten Westküste entlang erobert. Ich glaube kaum, dass eine Kleinstadt sich uns widersetzen wird", erklärt David selbstbewusst.

Tiffany lacht. „Wir haben es schon oft gesagt: Wir sind wie das römische Imperium, das eine Stadt nach der anderen erobert."

„Bis auf Gallien", entgegne ich mit einem spöttischen Lächeln.

„Gallien? Ist das irgendwo im Osten?", fragt Tiffany verwirrt.

„Es ist aus *Asterix*", erkläre ich.

Sie runzelt die Stirn. „Ist das in New Mexico?"

„Ihr wisst schon, die Comics? *Asterix*?", frage ich in die Runde, sehe jedoch nur leere Blicke. „Ein Klassiker. Es spielt zur Zeit des alten Roms und es gibt ein kleines Dorf in Gallien – dem heutigen Frankreich – das die Römer einfach nicht erobern können, egal was sie tun."

„Warum nicht?", fragt David.

„Weil sie einen Zaubertrank haben, der ihnen übermenschliche Kräfte verleiht. Die Römer haben keine Chance."

Ich erinnere mich an die Comics damals aus meiner Kindheit. Eigentlich sind sie auf Französisch, aber irgendjemand hatte mal eine übersetzte Version im Café meiner Mutter liegen lassen, und nachdem sie nie abgeholt wurde, war das meine erste Begegnung mit *Asterix* und *Obelix* und all den seltsamen und wunderbaren Begebenheiten in ihrem kleinen gallischen Dorf.

„Du meinst also, dass die Einwohner dieser Stadt einen Zaubertrank haben, der sie gegen große Kaffeeketten immun macht?", fragt David spöttisch.

„Lächerlich", kommentiert Melody.

„Tatsächlich sind sie wirklich bekannt." Ich tippe kurz auf meinem Laptop und projiziere die Ergebnisse meiner Google-Suche auf den Bildschirm. „Die Comics haben sich 385 Millionen Mal verkauft und wurden in 111 Sprachen übersetzt – was sie zur am meisten übersetzten Comicbuch-Reihe aller Zeiten macht."

„Oliver weiß Comics zu schätzen", sagt Melody in ihrem gewohnt barschen Tonfall und macht mir damit klar, dass dies kein Thema für den Konferenzraum ist.

Botschaft laut und deutlich angekommen.

Das Problem ist, diese Meetings können so trocken sein, dass man manchmal etwas Leichtigkeit hineinbringen muss. Sonst redet man die ganz Zeit nur über Geld, darüber wie man unabhängige Cafés aus dem Geschäft drängt, und zählt die Bauchmuskeln der halb nackten Typen auf unseren Werbeplakaten, die ihre Kaffetassen halten. Asterix und seine Gefährten fühlen sich da wie eine willkommene kleine Abwechslung an.

Melody nimmt einen Schluck aus dem Wasserglas, das vor ihr auf dem Tisch steht, und blickt in die Runde. „Ich bin überzeugt, dass *Steamy Coffee* eine Kleinstadt wie

Hunter's Creek erobern kann." Sie richtet ihren scharfen Blick auf mich. „Ruf Leonardo Finch an."

Ich atme tief durch. Es gibt kein Zurück mehr. „Verstanden."

„Das wird großartig", sagt Tiffany, während David zustimmend nickt.

„Wir brauchen jemanden, der das Projekt leitet. Das überlasse ich Ihnen, Sylvester", sagt Melody und sammelt ihre Unterlagen ein, was das Ende des Meetings signalisiert.

Sylvester wirkt nervös. „Ich... nun ja... natürlich wird es schwierig werden, jemanden zu finden, der bereit ist, in eine Kleinstadt in Washington zu ziehen."

Melody hebt eine Augenbraue.

„Aber ich bin sicher, dass ich jemanden auftreiben kann. Jemanden qualifizierten, der dieser Herausforderung gewachsen ist, versteht sich", fügt er hastig hinzu.

Der Mann ist sichtlich überfordert.

Tiffany, David und Sylvester verlassen den Raum und ich bleibe mit meiner Chefin allein zurück.

„Ich mache es", sage ich und überrasche mich selbst damit.

Was? Warum? Ich habe absolut kein Interesse daran, in eine Kleinstadt in Washington zu ziehen, geschweige denn daran, dort ein Café zum Erfolg zu führen. Besonders da diese Stadt von Steamy Coffee oder auch der „Römischen Armee" als uneinnehmbare Festung angesehen wird.

Melody sieht mich an, als hätte ich gerade vorgeschlagen, alle unsere Filialen zu schließen und nach Cabo zu fliegen, um Cocktails zu trinken. „Du?"

„Ich", bestätige ich und spüre, wie meine Überzeugung diese Herausforderung anzunehmen von Sekunde zu Sekunde größer wird.

Hunter's Creek, Washington. Wie schlimm kann es schon sein?

„Ich bin mir nicht sicher, ob das eine gute Idee ist", entgegnet Melody herablassend.

Ich spanne meinen Kiefer an. „Ich bin mir sicher und ich bin bereit die Herausforderung anzunehmen."

Sie lässt ihren Blick über mich schweifen. "Ich bin mir nicht sicher, ob du das bist."

Ich lasse ihre Worte nicht an mich heran. Ich bin das gewohnt. Vielleicht liegt es daran, dass mir die Vorstellung gefällt, im amerikanischen Äquivalent einer französischen Stadt zu sein, die sich der Macht der großen Kaffeekette widersetzt hat? Oder liegt es vielleicht daran, dass ich entschlossen bin, etwas Licht auf den langen Robert Langdon-förmigen Schatten zu werfen?

"Ich habe schon viele Filialen eröffnet. Erfolgreiche Filialen. Es macht Sinn, dass ich ein neues Projekt leite, auch wenn dieses Hunter's Creek schwierig zu sein scheint. Lass mich mich hiermit beweisen."

Sie beobachtet mich einen Moment lang, ihre Lippen zusammengepresst, ihre durchdringenden blauen Augen bohren sich in meinen Schädel. Schließlich sagt sie: "In Ordnung. Beweise dich mit dieser Filiale und du kannst nächstes Jahr Teil des internationalen Teams sein."

Ich erlaube mir ein kleines Lächeln. "Ich werde dich nicht enttäuschen, *Mutter*."

Kapitel 3

Marlowe

HEUTE

Weißt du, was du tun würdest, wenn dein Leben in Trümmern liegt? Wenn es dir völlig und ohne jede Vorwarnung um die Ohren fliegt und dein neues Leben keinerlei Ähnlichkeit mehr mit dem alten hat?

Du gehst nach Hause. Mit eingezogenem Schwanz und gesenktem Kopf kehrst du dorthin zurück, wo du hingehörst, um deine Wunden zu lecken.

Das habe ich zumindest getan, als mein Leben mir um die Ohren geflogen ist. Ich bin zurück ins gute alte Hunter's Creek, Washington, gekehrt, wo die Bäume hoch, die Männer stämmig und in Flanellhemden gekleidet sind und Klatsch und Tratsch das Herzblut der Stadt ist.

Natürlich hätte ich in Seattle bleiben können. Ich hätte es durchziehen können. Mein Leben mag sich vielleicht unwiderruflich verändert haben, aber ich hatte immer noch eine tolle Wohnung, einen netten Freundeskreis und ein Leben.

Aber hier kommt der Clou – und ich warne dich, es ist ein Knaller. Wenn du deinen Freund, der zufällig auch dein Chef ist, mit einer anderen Frau erwischst, ihn daraufhin auf diese andere Frau ansprichst und herausfindest, dass *du* in Wirklichkeit *die andere Frau* bist, weil er noch verheiratet ist – na ja, dann bist du nicht gerade begeistert davon, in der Stadt zu bleiben.

Also habe ich nicht nur meine unratsame Beziehung mit meinem Freund-Slash-Chef-Slash-betrügerischem-Slash-völlig-verlogenem-Mistkerl beendet, sondern auch meinen Job in seiner Firma gekündigt. Denn welche Art von Masochistin würde schon freiwillig in einer dieser beiden Situationen bleiben wollen?

Nur eine selbstverleugnende, idiotische Masochistin, das ist sicher.

Ich seufze tief und biege von der Hauptstraße in ein hübsches, bewaldetes Gebiet direkt außerhalb der Stadt ein. Ich parke das Auto – das ich immer noch viel zu teuer abbezahlen muss, denn kein Großstadtjob bedeutet natürlich auch kein Geld, nur um mein Elend noch zu vergrößern – auf dem leeren Parkplatz und versuche mein Bestes, diese äußerst unangenehmen Erinnerungen aus meinem Kopf zu verbannen. Daran arbeite ich seit meiner Rückkehr nach Hause vor zweieinhalb Monaten.

Sagen wir einfach, es ist ein andauernder Prozess.

Ich nehme mein Handtuch vom Beifahrersitz und laufe in meinen Flip-Flops den Trampelpfad zum See hinunter.

Es ist ein wunderschöner Tag und dieser Ort ist einer derjenigen, die ich vermisst habe, als ich in der Großstadt gewohnt habe. Die Blätter über mir rascheln sanft im warmen Wind, während die Luft um mich herum von einer Sinfonie an Vogelgezwitscher erfüllt ist und ich mit jedem Atemzug den vertrauten Duft von Kiefernnadeln einatme, der mich immer an zu Hause erinnert, egal wo ich bin.

Das ist gut für meine Seele – und für das Verdrängen der schrecklichen Erinnerungen an Mike Warner.

Ich schlendere den Weg entlang, bis ich zur vertrauten Lichtung komme. Der kleine See ist tiefblau und spiegelglatt, reflektiert die vereinzelten Wolken am Himmel.

Ich werfe einen schnellen Blick in die Umgebung. Keine Autos auf dem Parkplatz bedeutet, dass ich diesen Ort ganz für mich allein habe. *Herrlich*. Genau so, wie ich es mag.

Ich ziehe mein Kleid über den Kopf und streife meine Flip-Flops ab. Ich atme tief ein, schließe die Augen und genieße die spätnachmittägliche Sonne auf meiner Haut.

Hunter's Creek mag nicht den Trubel und die Ablenkungen einer Großstadt bieten, aber was an Aufregung fehlt, macht es mit Ruhe und Frieden mehr als wett. Ich würde nirgendwo in der Welt gerade lieber sein.

Ich breite mein Handtuch auf den Kieselsteinen aus, richte meinen Bikini und schlendere zur Wasserkante. Das Aufblitzen eines Fischschwanzes und das anschließende Platschen ziehen meine Aufmerksamkeit direkt auf sich.

„Bist du das, Freddy?", frage ich, während sich die Wasseroberfläche in größer werdenden Kreisen kräuselt.

Natürlich antwortet der Fisch nicht. Wahrscheinlich weiß er nicht einmal, dass er Freddy heißt.

Ich würde es nie jemandem erzählen, weil ich eine erwachsene Frau bin, aber in den letzten Wochen habe ich einigen der Seebewohnern Namen gegeben. Da gibt es zum einen Freddy Fisch, aber auch zwei Frösche, die ich Fiona und Fenella genannt habe. Und die Entenfamilie – Dion und Della Duck mit ihren Küken Daphne, Dawson, Delia, Drake und Diego. Henrietta, der Reiher ist heute nicht zu sehen, aber wenn ich lange genug warte, wird sie sicher auftauchen und am Ufer nach ihrem Abendessen suchen.

Eigentlich sollte ich Kinderbücher schreiben.

Ich habe kürzlich gelesen, dass kaltes Wasser gut für die Gesundheit ist. Im Moment kann ich jeden positiven Einfluss gebrauchen, also wage ich mich trotz der kühlen Temperatur mit ein paar vorsichtigen Schritten ins Wasser, bis es mir ungefähr zu den Knien geht. Die Kälte raubt mir den Atem.

Ich komme nach der Arbeit im Café meiner Tante regelmäßig hierher, solange das Wetter es zulässt. Ich mag darüber gelesen haben, dass es gut sein soll, sich ins kalte Wasser zu stürzen, aber ich bin definitiv eher der Schön-wetter-Bade-Typ. Ich werfe einen Blick auf die kleine Schwimmplattform in der Mitte des Sees, zu der ich normalerweise hin und zurück schwimme.

Jetzt oder nie, Marlowe.

Als ich mich langsam weiter ins Wasser vorwage, höre ich mehr Geplansche und lasse meinen Blick über den See wandern, um zu sehen, was diese Unruhe verursacht. Veranstaltet Freddy Fisch eine ausgelassene Tanzparty?

Ich halte inne.

Das ist nicht Freddy Fisch.

Das ist nicht einmal ein Wasserbewohner.

Es ist eine Person, die von der gegenüberliegenden Seite des Sees auf die Plattform zu schwimmt. Ich beobachte, wie die Person mit kraftvollen, präzisen Zügen durch das Wasser gleitet und mit jedem Beinschlag etwas Wasser aufspritzen lässt. Mit solchen Schultern kann es eigentlich nur ein Mann sein, obwohl das von hier aus schwer zu beurteilen ist.

Wer mag das sein?

Die Person erreicht die Plattform und klettert die Leiter hoch. Nun gibt es keinen Zweifel mehr, welchem Geschlecht der Schwimmer angehört.

Jepp. Es ist ein Mann. Ein durchtrainierter und muskulöser Mann noch dazu.

Und ein *Fremder*. Dessen bin ich mir sehr sicher, denn wenn ein Mann wie dieser in Hunter's Creek leben würde, wüsste das *jede*r. Allen voran das Hunter's Creek Damen-Komitee, wie meine Schwester Ryn die tratschfreudigen Damen der Stadt nennt.

Oh ja, sie würden sich geradezu auf diesen Kerl stürzen.

Da ich mich in sicherer Entfernung wähne, kann ich nicht anders, als ihn zu mustern. Herr Ich-bin-ein-elender-Betrüger mag mein Herz zu Kleinholz verarbeitet haben, aber ich bin immer noch eine Frau, und dieser Mann ist *heiß*.

Von seinen breiten, definierten Schultern, über seine durchtrainierten Arme, bis hin zu seinem glänzenden Sixpack von Bauchmuskeln, strahlt sein männlicher Körper Kraft und Sportlichkeit aus. Seine Haut ist sonnengebräunt und sein Haar dunkel – und obwohl ich sein Gesicht von hier aus nicht genau erkennen kann, wette ich, aufgrund der ausgestrahlten Sicherheit mit der er sich bewegt, dass er gut aussieht.

Nicht, dass sein gutes Aussehen, sein gestählter Körper

oder seine Selbstsicherheit irgendeine Auswirkung auf mich haben sollten. Ganz im Gegenteil. Er ist schließlich ein Eindringling in meinem mit Bedacht gewählten, abgelegenen Rückzugsort.

Aber er *ist* wirklich etwas fürs Auge.

Ich beobachte, wie er sich mit den Fingern durch sein nasses Haar fährt und es zurückstreicht, bevor er sich in meine Richtung wendet.

Das ist mein Stichwort zu gehen.

Als ich einen zögerlichen Schritt zurück mache, landet mein Fuß auf einem spitzen Stein. Ich keuche überrascht auf und stolpere rückwärts ins Wasser, lande unsanft auf meinem Hintern und spritze dabei kaltes Wasser in alle Richtungen.

„Autsch!", entfährt es mir und sofort presse ich mir die Hand auf den Mund, während mein Blick zu Mr. Heißer Körper auf der Plattform huscht.

Hat er mich bemerkt?

„Das war gwideadadoob!", ruft er herüber.

Gwideadadoob? Was soll das heißen?

Ich stehe auf, entferne die Kieselsteine von der nassen Haut an meinem Hintern und rufe einigermaßen empört zurück: „Wie bitte?" Macht dieser Fremde sich gerade etwa über meinen ungeplanten Sturz lustig?

Also wirklich, wie unhöflich!

„Ich sagte, das war eine ganz schöne Tanzeinlage!", ruft er erneut, diesmal mit um den Mund gelegten Händen und klar und deutlich.

Verstehe. Er redet von meinem auf den Hintern fallen. Er hat es gesehen und reißt jetzt einen Witz darüber.

Fantastisch.

„Ich werde die ganze Woche über hier auftreten!", rufe ich zurück und lächle dabei ironisch, auch wenn er es wahrscheinlich nicht sehen kann.

Er lacht laut auf. „Du bist nicht nur eine talentierte Tänzerin, sondern *auch* lustig!"

„Ich gebe mein Bestes!" Ich zucke mit den Schultern und beginne, die Unterhaltung mit diesem Kerl fast zu genießen – hauptsächlich, weil er weit genug entfernt ist, sodass wir uns nur zurufen können.

„Warte kurz, ich schwimme zu dir rüber!"

Moment mal, *was?*

„Oh, das ist wirklich nicht nötig! Ich wollte sowieso gerade gehen—"

„Aber du bist doch gerade erst angekommen."

Wer ist der Kerl, Sherlock Holmes oder so?

Ich kneife die Augen zusammen. Ich schätze, er könnte ein bisschen Ähnlichkeit mit Robert Downey Jr. haben. Aber ich habe nicht vor, hierzubleiben und den Kerl tatsächlich *zu treffen.*

„Nein, wirklich, ich muss los. Viel Spaß beim Schwimmen. Tschüss!" Ich winke kurz, um ihm zu signalisieren, dass ich – obwohl wir beide wissen, dass ich gerade erst vor zwei Minuten hier angekommen bin, bevor ich schmerzhaft auf meinem Hintern gelandet bin – jetzt wirklich wieder gehe.

Meine Worte gehen in einem lauten Platschen unter, als der Kerl ins Wasser taucht und auf mich zuschwimmt.

Wenn ich an einem abgelegenen Ort in einer Großstadt wäre, würde ich niemals einfach so dastehen und abwarten, bis ein unbekannter Fremder zu mir kommt, um mich schlimmstenfalls umzubringen. Aber das ist Hunter's Creek. Und auch wenn ich diesen Kerl, der gerade wie ein verdammter olympischer Schwimmer durch das Wasser gleitet, nicht erkenne, ist er wahrscheinlich der Bruder oder Ehemann einer Freundin, oder auch einer der Väter von der Grundschule an der meine Schwester arbeitet oder vielleicht sogar jemand, mit dem ich zur Schule gegangen bin. Vielleicht sogar alles zusammen.

Was soll ich sagen? Hunter's Creek ist eben eine Kleinstadt.

Ich schnappe mir mein zerknittertes Kleid, werfe es schnell über meinen Kopf und ziehe es zurecht. Er hat mich schon beim uneleganten Hinfallen beobachtet, aber es gibt keinen Grund, ihn auch noch in meinem Bikini zu treffen.

Es dauert nicht lange, bis er das Ufer erreicht. Gerade als ich meine Haare zurückgestrichen habe und mich zu ihm umdrehe, watet er schon durchs Wasser auf mich zu. Er ist ganz nass, seine Muskeln glänzend nass und seine Badehose klebt an seinen kraftvollen, definierten Beinen.

Ernsthaft – gib ihm ein Messer am Gürtel und er könnte verdammt nochmal James Bond sein.

Mein Bauch macht einen kleinen Hüpfer vor Begeisterung.

Nicht, dass ich auf der Suche nach einem Mann wäre.

Aber, wie ich schon sagte – ich *bin* eine Frau und ich bin mir sicher, dass ich mal in einem Magazin gelesen habe, dass das Betrachten von solch männlicher Perfektion gut für die Seele ist. Oder so ähnlich. Egal. Urteil nicht über mich. Ich schaue, und es ist ein toller Anblick.

„Hast du es dir anders überlegt mit dem Schwimmen? Das Wasser ist heute herrlich", sagt er mit einer tiefen, melodischen Stimme, die perfekt zu seinem attraktiven Äußeren passt.

„Allerdings", antworte ich fröhlich. „Meine... ähm... Knöchel haben es genossen. Jedenfalls für die kurze Zeit, die sie im Wasser waren."

Seine Mundwinkel verziehen sich zu einem Lächeln. „Deine Knöchel?" Sein Blick wandert über meinen Körper, bevor er wieder mein Gesicht findet, und ich schwöre, sein Blick fühlt sich an wie eine warme Brise, die mir über die Haut streicht und mich leicht erschauern lässt.

„Du kommst also nicht ins Wasser?"

Ich mustere ihn genauer. Er ist definitiv gut aussehend. Ich bin mir sicher, dass ich ihn noch nie zuvor gesehen habe, ein Gesicht wie seines würde man nicht vergessen. Der dunkle Bartschatten betont seine Gesichtszüge, dichtes braunes Haar umspielt seine braunen Augen und seine markante Nase, während Wassertropfen langsam über sein Gesicht laufen. Wie bereits auf der Plattform streicht er sich die Haare zurück und ich bemühe mich, nicht zu offensichtlich auf seine muskulösen Arme zu starren.

Er sieht aus wie der Doppelgänger von Ian Somerhalder aus dieser Vampirserie, die wir damals gern gesehen haben. So wie er mich gerade ansieht, könnte er dem alten „Smolderholder" ernsthafte Konkurrenz machen. Und ja, das ist wirklich sein Spitzname. Der, den ihm seine Fans verpasst haben und nicht er selbst. Wie du dir wahrscheinlich schon gedacht hast.

Es kommt nicht alle Tage vor, dass man zum lokalen See geht, um dort zu schwimmen und plötzlich Herkules gegenübersteht.

„Ich glaube, das Wasser ist mir heute ein bisschen zu kalt", erwidere ich und zwinge mich, meinen Blick nicht weiter nach unten gleiten zu lassen.

Sein Lächeln wird breiter und es bringt sein ganzes Gesicht zum Strahlen. „Dann verpasst du wirklich was."

Ich mache eine wegwerfende Handbewegung. „Ich komme einfach morgen wieder."

„Wohnst du hier in Hunter's Creek?"

„Ja", sage ich nach einer kurzen Pause.

Sein Lächeln wird schelmisch. „Bist du dir nicht sicher?"

„Doch, ich bin mir sicher. Ich musste nur kurz nachdenken, weil ich erst vor Kurzem hierher gezogen bin." Ich lächle ihn an und komme mir dabei vor wie eine dumme Blondine. Dabei bin ich nicht mal blond.

Zu meiner Verteidigung: er ragt über mir auf, mit seinen nassen, glänzenden Muskeln und sieht dabei absurd heiß aus – Smolderholder, du erinnerst dich?- und sieht mich unverwandt mit seinen durchdringend blauen Augen an.

Ich bin begeistert, dass ich überhaupt einen vollständigen Satz zustande bringe.

„Gefällt es dir hier?", fragt er.

„Ich liebe es hier. Ich bin in Hunter's Creek geboren und aufgewachsen, musst du wissen. Es ist mein Zuhause. Ich bin aus Seattle hierher zurückgezogen, wo ich eine Zeit lang gearbeitet habe. Ein paar Jahre lang, nach der Uni, weißt du. Nicht das ich in Seattle zur Uni gegangen wäre, da habe ich meine erste Festanstellung bekommen. Und meine Beförderungen. Aber es…" Ich suche nach den richtigen Worten. „gab kürzlich einige Veränderungen. Deswegen bin ich wieder zurück. Was super ist, denn ich habe einen Job, den ich liebe und ich kann jederzeit hier im See schwimmen gehen und meine ganze Familie ist hier und, jedenfalls liebe ich es hier."

Warum erzähle ich diesem Kerl meine ganze Lebensgeschichte?

Sein Lächeln bleibt trotzdem fest auf seinem Gesicht verankert. „Das sind eine Menge Informationen."

Ich räuspere mich. „Ja, ich schätze schon."

„Vielen Dank, dass du sie mit mir geteilt hast."

Ich entscheide mich die Zähne zusammenzubeißen und es durchzuziehen. „Ich dachte, sie könnten dir von Nutzen sein, für den Fall, dass wir uns hier irgendwann nochmal über den Weg laufen sollten."

Ich werde mit einem erneuten Lächeln belohnt, das sich über sein ganzes Gesicht ausbreitet und seine Lachfalten zum Vorschein kommen lässt. Mein Bauch zieht sich kurz wohlig zusammenziehen und erinnert mich daran, dass es schon eine Weile her ist, seit ich mich das letzte Mal mit einem Mann unterhalten habe, der mein Blut in Wallung versetzt, was dieser Kerl definitiv tut.

„Also bist du wieder hierher zurückgezogen, weil Dinge in Seattle *endeten?*"

Ich kann das Lächeln nicht unterdrücken, das sich über meinem Gesicht ausbreitet. Das passiert mir in letzter Zeit immer, wenn ich darüber nachdenke, was ich momentan beruflich mache.

Ich bin vom Marketing in einer Tech-Firma in Seattle mit klarer Karriereperspektive und einem großzügigen Spesenkonto dazu übergegangen, ein Café in einer Kleinstadt zu führen. Ich sollte am Boden zerstört sein. Ich sollte um den Verlust meiner herausragenden Karriere trauern.

Tue ich aber nicht. Ich habe festgestellt, dass ich es hier liebe. Ich liebe meinen Job. Es ist, als ob ich diese Lebens-Implosion gebraucht habe, um dorthin zu gelangen, wo ich schon immer sein sollte: zu Hause in Hunter's Creek, um das Second Chance Café zu betreiben.

Ich sehe es als den glänzenden Silberstreifen am Horizont der Horrorgeschichte, die mein Leben ist.

„Jupp", antworte ich fröhlich. „Es ist toll hier. Viel entspannter als in einer Großstadt."

Er schaut sich in der Umgebung um. „Das stimmt. Was machst du beruflich? Arbeitest du in der Sägemühle? Ich habe gehört, die meisten Leute hier arbeiten in der Mühle."

„Das tun sie. Ich führe das Café meiner Tante in der Hauptstraße. Du könntest es kennen. Das Second Chance Café?"

„Das gehört deiner Tante?"

„Oh, also warst du schon dort?"

„Ich war heute Morgen dort. Hab mir was zum Mitnehmen geholt."

Wie konnte ich ihn nur übersehen? Wahrscheinlich war ich in der Küche oder habe mich um die Buchhaltung im Büro gekümmert.

Verdammte Buchhaltung.

„Du solltest beim nächsten Mal bleiben. Wir haben den besten Kaffee der Stadt und die besten Kuchen. Preisgekrönt sogar. Meine Tante ist darauf sehr stolz."

„Ich habe nichts gegessen, aber der Kaffee war in Ordnung."

In Ordnung?

„Habe ich vielleicht deine Tante getroffen?"

„Oh, nein. Tante Sheila arbeitet im Moment nicht. Sie ist für eine Weile weg und ich führe das Geschäft für sie."

Ich erwähne nicht, dass meine Tante in Seattle ist und Onkel Johnny während seiner Krebsbehandlung unterstützt. Es gibt keinen Grund, so viel zu viel zu erzählen. Niemand spricht beim Flirten mit einem heißen neuen Typen über das K-Wort.

„Gefällt es dir das Café zu führen?"

„Ich liebe es. Hey, du solltest unbedingt vorbeikommen und ein Stück Apfelkuchen probieren. Oder Blaubeerkuchen. Oder Pekannusskuchen. Oder Erdbeer-Rhabarber. Eigentlich jeden unserer Kuchen."

Habe ich gerade ernsthaft *alle* Kuchensorten aufgezählt?

Ich zucke entschuldigend mit den Schultern. „Oder auch nicht. Ganz wie du magst."

Seine Augen haben mein Gesicht nicht verlassen und ich spüre, wie meine Wangen unter seinem Blick warm werden. „Ich werde auf jeden Fall vorbeikommen. Ich bin hier nicht aufgewachsen und habe meine erste Festanstellung auch nicht in Seattle bekommen, aber ich bin zu Besuch hier und dieser Ort ist wirklich wunderschön."

Die Art und Weise, wie er ,*dieser Ort*' sagt, lässt mich hinterfragen, ob er mehr meint als nur den See. Ob er *mich* meint.

Dieser Gedanke lässt meinen Bauch alle möglichen merkwürdigen Dinge anstellen.

Du musst wissen, seit meiner Trennung von Mike vor ein paar Monaten habe ich nichts für irgendjemanden empfunden. Aber ich werde nicht zu genau darüber nachdenken. Vielleicht ist es an der Zeit für mich, neu anzufangen? Neu anzufangen mit jemandem, der nicht mein Chef und auch nicht heimlich mit einer anderen Frau verheiratet ist?

Das wäre ein guter Ausgangspunkt.

Ich werfe einen Blick auf Mr. Herkules. Er ist neu in der Stadt, er ist hinreißend, er schaut mich mit diesen Blicken an und - ich checke schnell seine linke Hand - er scheint nicht verheiratet zu sein.

Vielleicht sollte ich mir ein Herz fassen und den Kerl einfach fragen, ob er mit mir ausgehen möchte? Männer tun das die ganze Zeit. Erst letzte Woche hat Cody, einer der Holzfäller aus dem Sägewerk, mich gefragt, ob ich mit ihm zusammen einen Film anschauen möchte. Ich habe abgelehnt. Ich war sein Babysitter in der Mittelstufe und obwohl ich nichts gegen ältere Frauen habe, die mit jüngeren Männern zusammen sind, konnte ich mir nicht vorstellen, mit einem Typen auszugehen, der mir mal erzählt hat, dass er ein Lego-Haus bauen möchte, dass groß genug ist, damit er und seine Meerschweinchen darin leben können.

Außerdem predigen meine Schwestern, Ryn und Harper, ständig, dass ich die Mike-Katastrophe hinter mir lassen und wieder in den Sattel steigen soll. Ryn hat mir mehr als einmal in Erinnerung gerufen, dass meine Eizellen in meinem Alter Gefahr laufen, zu mikroskopisch kleinen Rosinen zu schrumpeln. Nicht hilfreich.

„Warum kommst du nicht morgen im Café vorbei?", frage ich, bevor ich einen Rückzieher mache. Klar, das ist nicht ganz das Gleiche wie ihn direkt nach einem Date zu fragen, aber es zeigt ihm, dass ich ihn gerne wiedersehen würde. Kleine Schritte.

„Ich würde gerne, aber ich muss morgen früh zurück", antwortet er und mein Herz sinkt. „Ich komme bald wieder, dann schaue ich vorbei."

„Du musst es hier wirklich mögen. Zweimal zu Besuch in so kurzer Zeit."

„So was in der Art", antwortet er ausweichend. „Nun, ich schwimme mal lieber zurück zu meinem Auto."

„Wo hast du geparkt?"

„Dort drüben am Straßenrand, unter den Bäumen." Er zeigt auf die andere Seite vom See.

„Warum hast du nicht auf dem Parkplatz geparkt?"

„Es gibt einen Parkplatz?"

Ich lache. „Wir haben hier durchaus Autos. Er ist da hinten am Ende des Weges." Ich deute hinter mich.

„Gut zu wissen. Dann muss ich mich beim nächsten Mal nicht durch die Wildnis schlagen wie auf dem Discovery Channel, wenn ich schwimmen möchte."

Wir lächeln uns an und mein Bauch vollführt wieder einen dieser komischen Hüpfer.

„Es war auf jeden Fall sehr schön dich kennenzulernen —" Er legt den Kopf schief. „Ich kenne nicht mal deinen Namen."

„Ich heiße Marlowe. Marlowe Cole."

„Hallo, Marlowe, Marlowe Cole. Ich bin einfach nur Oliver."

Es gibt nichts an diesem Mann, was ‚einfach nur‘ ist.

„Oliver. Schöner Name."

Sein Lächeln intensiviert sich. „Ich habe ihn schon mein ganzes Leben lang."

„So funktionieren Namen normalerweise."

„Davon habe ich gehört. Ich werde auf jeden Fall im Second Chance vorbei kommen, wenn ich nächste Woche hierher ziehe", sagt er lächelnd, als er sich umdreht und Richtung See geht.

Er zieht hierher? Das wird ja immer besser.

„Das ist dann wohl ein Date", rufe ich und schließe sofort vor lauter Scham die Augen. „Oder auch nicht. Komm einfach vorbei, um Hallo zu sagen. Oder was auch immer du möchtest."

Warum erlaube ich mir eigentlich zu sprechen?

Er dreht sich um und schenkt mir ein Lächeln, dieser plappernden Frau am Uferrand. Er watet durch das Wasser, während die Sonne auf den definierten Muskeln seines Rückens und seinen kräftigen Beinen tanzt, bevor er untertaucht und mit kräftigen, rhythmischen Zügen davon schwimmt.

Ich habe kein Problem damit, es zuzugeben. Ich beobachte ihn. Meine Augen verfolgen gebannt jeden Zug dieses atemberaubenden, gottgleichen Mannes und wie er durch das Wasser gleitet.

Wer könnte es mir verübeln? Oliver ist wirklich ein atemberaubender Anblick. Und er zieht nach Hunter's Creek.

Kapitel 4

Marlowe

Ich höre sie schon, noch bevor ich sie sehen kann: das sogenannte Damen-Komitee von Hunter's Creek – eine Gruppe selbst ernannter Wichtigtuerinnen, denen Klatsch und Tratsch durch die Adern fließt, und die nichts mehr lieben als eine pikante Geschichte. Mehr noch lieben sie es, sich inmitten einer solchen Geschichte zu befinden und im Hintergrund die Fäden zu ziehen. Am liebsten um ihre ahnungslosen Opfer zu verkuppeln.

Frau Ashbridge, Frau Jacobson und Frau Sommerfeld

sind drei Freundinnen, geboren und aufgewachsen in Hunter's Creek, und meine Stammkunden, die jeden Morgen um 9 Uhr von montags bis freitags pünktlich im Second Chance Café aufschlagen.

Sie plaudern miteinander, tauschen Stadtklatsch aus und planen vermutlich schon, in wessen Leben sie sich als Nächstes einmischen sollen. Dabei kichern sie wie eine Horde Schulmädchen.

„—ich schwöre es dir, Suzie. Tanya hat sie in der Bibliothek turteln sehen. Stimmt doch, oder Tanya?", sagt Frau Sommerfeld.

„Ich kann weder etwas bestätigen noch dementieren", antwortet Frau Jacobson und nickt dabei, um jedem, der sie anschaut, unmissverständlich klar zu machen, dass sie das zuvor erwähnte Turteln absolut bestätigt. Um wen es hier geht, kann ich dir noch nicht sagen, aber da ich die Drei kenne, bin ich mir sicher, dass ich es bald herausfinden werde.

„Guten Morgen, die Damen", begrüße ich sie mit einem strahlenden Lächeln. „Was darf ich euch heute bringen?"

„Marlowe, du siehst heute wieder bezaubernd aus in dieser hübschen Bluse", sagt Frau Jacobson.

„Du hattest schon immer einen wahnsinnig guten Modegeschmack. Findet ihr nicht auch, meine Damen?" Die anderen beiden wollen gerade zu einer Antwort ansetzen, als Frau Jacobson auch schon fortfährt. „Ich denke, das liegt an deinem schicken Job in Seattle, in dem du so lange gearbeitet hast. Ich weiß, dass Penelope O'Mara in ihrem Laden die Straße runter eine hübsche Auswahl an Kleidern, Blusen und allerlei anderem hat, aber eine Großstadt wie Seattle bietet einem jungen Ding wie dir sicher viel mehr Möglichkeiten. Steht ihr das Hellblau nicht wunderbar zu ihrem kastanienbraunen Haar? Wo hast du die Bluse her?"

„Oh, ich kann mich nicht erinnern", antworte ich und werfe einen Blick auf meine Baumwollbluse, über der ich meine Schürze vom *Second Chance Café* trage. „Ann Taylor, vielleicht? Oder Nordstrom? Ich habe überall eingekauft."

Gegen meinen Willen schweifen meine Gedanken zu dem letzten Mal, als ich diese Bluse getragen habe. Damals hatte ich sie mit meinem marineblauen Blazer und einem Bleistiftrock kombiniert – an jenem Tag im Büro. Ich erinnere mich, wie Mike mich in den Kopierraum gezogen hat, um mich heimlich zu küssen, weil er meinte, ich sähe einfach zu gut aus, um zu widerstehen. Ich erinnere mich, wie stark, sexy und begehrenswert ich mich gefühlt habe.

Meine Brust zieht sich zusammen. Diese Bluse sollte wohl lieber weiter hinten in meinem Kleiderschrank verschwinden.

Ich zwinge mich zu einem Lächeln und schiebe die Erinnerung beiseite. Es hat keinen Sinn, in der Vergangenheit zu schwelgen. Vorbei ist vorbei. Ich habe damit abgeschlossen und werde nie wieder den Fehler machen, mich in den falschen Mann zu verlieben. Erst recht nicht, wenn wir zusammenarbeiten.

Ein Fehler. Ein großer Fehler.

„Möchtest du gar nicht wissen, wen Tanya gestern beim Turteln in der Bücherei beobachtet hat?", fragt Frau Sommerfeld. „Es ist pikant."

„Ihr wisst doch, dass ich nicht viel auf Klatsch und Tratsch gebe. Also, was darf es heute sein?", frage ich erneut. „Das Übliche?"

Ich stoße auf taube Ohren.

„Nancy Molloy und Dwayne Batten", verkündet sie mit offensichtlicher Genugtuung.

„Der Lebensmittelhändler und Herrn Molloys Witwe?", frage ich überrascht nach.

Die beiden müssen beide weit über achtzig sein.

„Genau die. Könnt ihr das glauben?"

„Also ich schon. Ich habe das schon vor Wochen prophezeit", verkündet Frau Jacobsen.

„Das war nur, weil du sie in der Woche davor zusammen in der Historischen Romane Abteilung hast kichern sehen", erwidert Frau Ashbridge. „Es sind diese Buchcover, ihr wisst schon. All diese Korsetts und wogenden Dekolletés. Da muss man einfach kichern."

Frau Jacobson lächelt ihre Freundinnen nur an. „Ihr wisst alle, dass ich für so etwas ein Gespür habe."

„Nicht so sehr wie Sheila", entgegnet Frau Sommerfeld und meint damit meine Tante, die Besitzerin dieses Cafés. „Sheila war die treibende Kraft hinter der Romanze zwischen Marlowes Schwester und Gabriel Hartmann, das wisst ihr doch. Sie wusste schon immer, dass die beiden füreinander bestimmt sind, und hat es beim Sommerfest mit ihrer Karaoke-Magie eingefädelt."

„Ryn und Gabe dazu zu bringen, *Islands in the Stream* beim Stadtfest zu singen, war meine Idee, *meine* Karaoke-Magie, wenn ich bitten darf", kontert Frau Jacobson.

Frau Sommerfeld schüttelt den Kopf. „Nein, das war Sheilas Idee."

„Meine."

„Sheilas."

„Meine", beharrt Frau Jacobson mit zusammengebissenen Zähnen.

Jemand muss eingreifen, bevor das Ganze in einer Handtaschenschlacht mitten im *Second Chance* ausartet.

„Kann ich euch das Übliche bringen, meine Damen?", frage ich zum dritten Mal. Ehrlich, es ist gut, dass das Filmteam letztes Jahr aus der Stadt abgereist ist

– sonst würde die Schlange an Schaulustigen inzwischen bis aus der Tür und die ganze Hauptstraße hinunter gehen.

„Drei Tassen Kaffee", ordnet Frau Jacobson an.

„Also wie immer." Ich stelle drei Tassen auf den Tresen und beginne, den dampfenden Kaffee einzuschenken.

„Und ich nehme ein Stück von diesem köstlich aussehenden Apfelkuchen", fügt Frau Jacobson hinzu.

„Gute Wahl." Ich schneide das erste Stück des Kuchens ab, den ich heute Morgen selbst gebacken habe, und lege es auf einen Teller.

„Was ist mit der Keto-Diät, Suzie? Achtest du nicht immer noch auf deine Kohlenhydrate?" Sie schaut mich an und erklärt: „Das muss man bei der Keto nämlich, weißt du: auf Kohlenhydrate achten. Das machen wir doch noch, oder etwa nicht Dana?"

„Wenn du mit ‚auf Kohlenhydrate achten' meinst, heimlich einen Donut zu essen, ohne das es jemand sieht, dann macht Dana es noch", meint Frau Jacobson mit einem ironischen Lächeln.

„Du hast gesagt, du würdest es niemandem erzählen!", empört sich Frau Sommerfeld.

Frau Jacobson zuckt nur die Schultern.

„Ich habe vielleicht einen gegessen, aber du hattest zwei!"

Frau Ashbridge reißt die Augen weit auf. „Stimmt das?"

Beide nicken schuldbewusst.

Frau Sommerfeld seufzt. „Ich wünschte, Donuts und Apfelkuchen wären keine Kohlenhydrate."

„Aber das sind sie nun mal", sagt Frau Ashbridge bestimmt und sieht dabei aus, als hätte sie gerade in eine Zitrone gebissen. Sie ist offensichtlich die Einzige, die sich strikt an „die Keto" hält, wie sie es nennen.

Frau Jacobson seufzt. „Keinen Kuchen für mich heute."

„Braves Mädchen", sagt Frau Ashbridge und nickt zustimmend.

„Ach, Marlowe, bevor ich es vergesse – ich muss dich noch für das Stadtverschönerungskomitee rekrutieren", beginnt Frau Jacobson. „Wir brauchen alle helfenden Hände, die wir kriegen können, um die Stadt für die große Filmpremiere in ein paar Wochen auf Vordermann zu bringen, wenn Hollywood zurückkommt. Ryn und Harper sowie ihre reizenden Freunde, Gabe und Christopher, haben sich bereits angemeldet. Du bist die letzte noch fehlende Cole-Schwester auf meiner Liste."

„Ich helfe gern. Was genau soll ich tun?"

„Das weiß ich noch nicht, aber ich lasse es dich wissen."

Ein schrilles Schrei-artiges Geräusch durchschneidet die Luft und ich werfe einen Blick durch die offene Tür zur anderen Straßenseite, wo früher Naomi Burtons Strick- und Häkelgeschäft war. Frau Burton, eine freundliche ältere Dame, die es geliebt hat, ihre Leidenschaft für Handarbeiten mit der Stadt zu teilen, musste das Geschäft wegen ihrer fortschreitenden Arthritis aufgeben. Jetzt wird es umgebaut und die ganze Stadt ist gespannt, was hier wohl eröffnen wird.

Niemand weiß es genau.

„Irgendwelche Neuigkeiten darüber, was der neue Laden sein wird? Ich hoffe ja immer noch auf eine Tier- handlung. Dann müsste ich nicht immer nach Cotown fahren, um Vogelfutter für Alfred und Betty zu kaufen.", sagt Frau Sommerfeld.

„Es wird keine Tierhandlung. Dank der Filmleute ist Hunter's Creek jetzt berühmt. Nein, es wird etwas viel Glamouröseres geben als Katzenstreu und stinkendes

Hundefutter", sagt Frau Jacobson überzeugt. „Vielleicht ein Nagelstudio oder ein neuer Friseursalon. Ein schicker."

„Oder eine Boutique mit Designerkleidung", schlägt Frau Sommerfeld vor.

„Oder ein Restaurant mit einem Promi-Koch!", fügt Frau Ashbridge hinzu.

„Wir werden es wohl abwarten müssen. Heute Morgen habe ich ein neues Schild über der Tür entdeckt, aber es ist noch mit schwarzer Plastikfolie abgedeckt", erzähle ich.

„Ich wette, es wird eine Tierhandlung. Oder ein Restaurant", meint Frau Sommerfeld.

„Willst du eine Wette darauf abschließen, Dana?"

„Leicht verdientes Geld, wenn du mich fragst, Tanya.", schießt sie zurück.

Frau Jacobson rollt nur mit den Augen, als sie für den Kaffee bezahlt und die Drei sich zu ihrem Stammplatz am Fenster begeben.

Ryn taucht an meiner Seite auf und bindet sich ihre Schürze um. „Was geht ab?"

„Du bist zu spät, das geht ab."

„Nur sieben Minuten", entgegnet sie. „Für wen ist der Kuchen?"

„Für niemanden."

„Dann nehme ich ihn dir ab. Im wahrsten Sinne des Wortes." Schwupps, greift sie sich den Teller und bevor ich protestieren kann, nimmt sie eine Gabel und steckt sich einen Bissen in den Mund.

„Ryn!"

„Was?", fragt sie mit vollem Mund. „Ich habe noch nicht gefrühstückt."

Die Frauen bemerken Ryn und winken ihr fröhlich zu. Sie winkt zurück, bevor sie den Kuchen herunterschluckt und mir leise zuraunt: „Macht dir das Damen-Komitee das Leben schwer?"

„Sie haben gerade darüber gesprochen, wie sie dich und Gabe beim Sommerfest verkuppelt haben."

„Haben sie ja auch irgendwie. Sie haben sozusagen die Saat gesät", sagt sie und grinst verträumt. Ich bin mir sicher, für sie birgt das Sommerfest letztes Jahr um einiges mehr positive Erinnerungen als für mich. Ich bin mit Mike, auch bekannt als der elende, lügende Vollidiot, hingegangen.

Nichts, an das ich mich erinnern möchte.

„Der Song hat also geholfen?", frage ich.

„Nun ja, das und die Tatsache, dass mir gerade klar geworden war, dass er schon seit der High-School in mich verliebt war. Was soll ich sagen?" Sie zuckt die Schultern. „Der Typ hat eben einen ausgezeichneten Frauen-Geschmack."

Das, meine Damen und Herren, ist meine kleine Schwester: absolut kein mangelndes Selbstbewusstsein.

Wenn ich Ryns Selbstvertrauen hätte, wäre mein Leben dieser Tage wahrscheinlich um einiges rosiger, da bin ich mir sicher.

Sie stellt den Teller mit ihrem halb-aufgegessenen Stück Kuchen auf den Tresen und nimmt mich am Arm. „Komm mal mit."

„Wieso? Wohin?"

Sie antwortet nicht auf meine Fragen und zieht mich stattdessen zum Tisch des Damen-Komitees, deren Mitglieder tief in ein Gespräch versunken sind.

„Hallo, meine Damen", begrüßt Ryn sie mit einem unschuldigen Lächeln.

„Da ist sie ja, unsere liebe Ryn", antwortet Frau Ashbridge strahlend.

„Wie geht's deinem tollen Freund?", fragt Frau Sommerfeld.

„Super", antwortet Ryn. „Wie wäre es mit einem neuen

Projekt? Jemand neues an dem ihr eure Magie walten lassen könnt?"

Was hat meine Schwester vor?

„Immer", erwidert Frau Jacobson sofort.

„Wen hast du im Sinn?", fragt Frau Sommerfeld.

Ryn tritt einen Schritt zur Seite und deutet auf mich, als wäre sie der Moderator einer Gameshow.

Das kann sie nicht ernst meinen.

Alle Augen richten sich auf mich.

Meine Schwester ist so tot.

„Das wirst du bereuen", zische ich ihr zu.

„Wer? Ich?" Ryns falscher Heiligenschein leuchtet auf.

„Marlowe Cole. Was für eine tolle Idee!", ruft Frau Sommerfeld begeistert und klatscht in die Hände.

„Jetzt brauchen wir nur noch den richtigen Mann für sie!"

„Oh, ich weiß jemanden!", ruft Frau Ashbridge. Ihre Miene verdüstert sich jedoch sofort. „Nein, Moment. Der hat Gicht. Und ein schlechtes Bein."

„Meinst du Kyle Bradshaw? Weil ich ihn letzte Woche in Cotown dabei gesehen habe, wie er ein Paar High Heels in Größe 47 anprobiert hat", sagt Frau Jacobson.

„Ist das wahr? Ooooh!", entfährt es Frau Sommerfeld. „Heißt das etwa, er ist schwul?"

„Nur weil er gerne High Heels trägt, heißt das noch lange nicht, dass er schwul ist", sagt Frau Jacobson in überlegenem Tonfall. „Ich war schon mal in San Francisco."

Ein Crossdresser mit großen Füssen, einem schlechten Bein und Gicht – der vielleicht oder vielleicht auch nicht schwul ist? Ernsthaft?

Wo kann ich mich anmelden?

„Seht mal, so nett das auch von euch gemeint ist, aber ich möchte wirklich nicht verkuppelt werden. Nicht nach... na ja, ihr wisst schon", sage ich, während ich einen Schritt zurücktrete und bedenke Ryn, die die ganze Situation – eine Situation, die sie heraufbeschworen hat- zutiefst unterhaltsam findet, mit einem eisigen Blick.

„Ach, Süße, wir verstehen das", schnurrt Frau Ashbridge.

„Es tut uns so leid für dich. Er schien wirklich ein netter Mann zu sein. Es ist einfach schade, dass es nicht mit euch beiden geklappt hat.", meint Frau Jacobson, während sie mich erwartungsvoll ansieht, offensichtlich auf mehr Informationen hoffend.

Während Ryn und Gabe natürlich wissen, warum ich mit Mike Schluss gemacht habe – sie waren schließlich dabei, als ich ihn auf frischer Tat ertappt habe, als er mit seiner Frau beim Zorbing aufgetaucht ist – habe ich die ganze Geschichte sonst nur meiner Schwester Harper erzählt. Wenn das Damen-Komitee Wind von den wahren Umständen unserer Trennung bekäme, würde sich das schneller in der Stadt verbreiten, als das Gerücht über die verliebten Achtzigjährigen in der Bibliothek und jeder in der Stadt wüsste, was für eine totale Versagerin ich bin.

Mir ist es lieber, wenn sie denken, ich hätte mein Leben im Griff und kürzlich nur etwas Pech in Sachen Liebe gehabt.

Ryn verdreht die Augen und ich sehe sie warnend an für den Fall, dass sie den Damen auch nur den kleinsten Einblick in die wahren Umstände geben möchte.

„Es bringt nichts, in der Vergangenheit zu schwelgen", sagt sie. „Mike wer? Ist es nicht so? Mein Schwesterherz hier ist längst über ihn hinweg und bereit nach vorn zu schauen. Und genau da kommt ihr ins Spiel, meine Damen, mit euren unübertroffenen Kuppelkünsten."

Meine kleine Schwester ist so was von *geliefert*.

„Ich bin glücklich damit, allein zu sein und das Café zu führen." Und natürlich mich meinen Tagträumen von heißen Männern in Seen hinzugeben, aber ich werde Oliver auf keinen Fall gegenüber dem Damen-Komitee erwähnen. Ich werde ihnen nicht auch noch Munition liefern. „Außerdem dachte ich, ihr würdet über die aufregende Neuigkeit sprechen, dass die große Filmpremiere tatsächlich hier in Hunter's Creek stattfinden wird!"

Ja, ich gebe es zu, es ist ein verzweifelter Versuch, die Aufmerksamkeit von mir abzulenken. Aber schließlich ist eine Filmpremiere in Hunter's Creek nicht nur heißer Tratsch, es ist etwas, dass es in dieser Stadt noch nie zuvor gegeben hat. Das sind große Neuigkeiten!

Doch auch diesmal stoße ich wieder nur auf taube Ohren.

Frau Jacobson winkt ab. „Das ist doch Schnee von gestern, Marlowe. Von vor drei Monaten um genau zu sein. Aber dich zu verkuppeln? Das nenne ich brandaktuell."

Kapitel 5

Oliver

Ich beobachte, wie die Frau in der hellblauen Bluse und dem figurbetonten Rock, die sie mit einem Paar High Heels kombiniert hat, das Café auf der anderen Straßenseite abschließt und zu ihrem Auto geht. Ich erkenne sie als die Frau, die ich bei meinem Besuch letzten Monat am See getroffen habe. Marlowe Cole, die Schwimmerin, die sich weigerte zu schwimmen.

Ich erinnere mich daran, wie sie mich an diesem Tag anlächelte, in der Sonne blinzelte, ihr Haar zu einem unordentlichen Dutt auf ihrem Kopf zusammengebunden, die blasse Haut ihrer entblößten Schultern leicht mit Sommersprossen übersät. Sie ist schön, das muss ich ihr lassen. Schön und interessant. Sie erinnert mich an die Schauspielerin Jessica Chastain.

Aber ich bin nicht wegen einer Frau hier.

Es ist kurz nach vier am Nachmittag und ich fahre mir mit der Hand über meinen leicht stoppeligen Kiefer, während sie in ihr Auto steigt und davonfährt.

Schön und interessant hin oder her – um 16:00 Uhr zu schließen ist absolut unprofessionell. Nicht, dass ich mich beschweren würde. Die Geschäftszeiten von *Steamy Coffee* werden nur einer der vielen Unterschiede zwischen einem kleinen, unabhängigen Café und unserem modernen, optimierten Konzept sein. Klar, die Marketingabteilung mag sich für den Typen im offenen Flanellhemd entschieden haben, dessen so perfekt definierten Bauchmuskeln einen geradezu anspringen, aber diese Stadt bettelt geradezu darum, ins aktuelle Jahrhundert geholt zu werden. Sie schreit förmlich nach einem professionell geführten, urbanen Café mit konsistent hochwertigen Speisen und Getränken, die über Filterkaffee hinausgehen.

Ich bin mir sicher, dass das *Second Chance Café* charmant und gemütlich ist, zweifellos ein Ort, der eine ganze Reihe älterer Stammkunden hat, die gerne dasitzen und Bücher aus dem überquellenden Regal lesen, während sie den suboptimalen Kaffee trinken und ihre Rente genießen. Aber mit uns in der Stadt wird das *Second Chance* wohl niemandem mehr eine zweite Chance bieten – geschweige denn Kaffee servieren. So läuft das nun mal. Zumindest normalerweise.

Viel Gewinn wird das Café wohl nicht abwerfen und obwohl es mir nie Freude bereitet, lokale Unternehmen scheitern zu sehen, sieht Fräulein Cole für mich aus, als wäre sie für viel größere und bessere Dinge bestimmt. Sie wird schon auf ihren in High Heels steckenden Füßen landen, sobald wir ihre Kunden anziehen.

Wunderschöne Frauen wie sie tun das immer.

Mein Gewissen, der Teil von mir, den meine Mutter nicht geschult hat, regt sich. Ich ignoriere es. Hier geht es ums Geschäft. Ganz einfach. Fressen oder gefressen werden. So würde es Melody Langdon jedenfalls ausdrücken.

Das Geräusch von Daves Kreissäge holt mich zurück in den Laden und ich drehe mich um, um den Fortschritt der Renovierungen zu begutachten.

Das großzügige Layout wird Tische und komfortable Sitzgelegenheiten umfassen, das schwarz-graue Farbschema mit grünen und blauen Akzenten wird die Gäste in den Raum einladen, während sie das hinter der Theke beleuchtete Menü durchstöbern. Daneben werden Bilder von glücklichen, attraktiven jungen Paaren, die ihren täglichen Kaffee genießen, hängen. Unser Marketingteam beschreibt diesen Look als einladend und inspirierend und nachdem ich schon viele solcher Filialen im ganzen Land eröffnet habe, weiß ich, dass *Steamy Coffee in Hunter's Creek* genau das Ambiente bieten wird, was unsere Kunden erwarten.

Wir versuchen immer, eine lokale Besonderheit in unsere Filialen einzubringen und unser Rechercheteam hat herausgefunden, dass Hunter's Creek für drei Dinge bekannt ist: Holz, Kunstglas und – in letzter Zeit – eine Hollywood-Invasion. Dave, ein lokaler Bauunternehmer, bringt gerade die letzten Details an unserer sogenannten „Heimat-Vitrine" an. Wir haben Glasarbeiten eines örtlichen Künstlers, ein paar polierte Holzkisten, sowie eine Filmrolle und eine Kamera-Nachbildung ausgestellt.

Ich bin sicher, die Einheimischen werden die

Hommage an den unverwechselbaren Stil von Hunter's Creek zu schätzen wissen. Und wenn nicht – solange sie unseren Kaffee und unsere Snacks kaufen, ist mir das auch recht.

Während Dave den letzten Teil der Vitrine platziert, gehe ich an den gestapelten Tischen und Stühlen, sowie der riesigen Holzplatte aus heimischem Bestand, die wir für die Theke verwendet haben, vorbei in mein Büro. Als wir den Mietvertrag für dieses Geschäftslokal übernommen haben, mussten wir erst den ganzen Kram des vorherigen Besitzers aus dem Lager räumen – Kisten voller Wolle und übergroße Plastiknadeln, deren Zweck mir meine Schwester Olena erst erklären musste. Sie werden anscheinend zum Stricken benutzt. Warum man im 21. Jahrhundert in Amerika noch etwas stricken wollen würde, übersteigt meinen Horizont. Aber das hier ist eben das ländliche Washington, wo es in den letzten dreißig Jahren scheinbar keinen Anreiz gab, mit der Welt Schritt halten zu wollen.

Was eine Frau wie Marlowe Cole hier macht, in ihrem Business-Outfit wie von der Wall Street, ist mir ein absolutes Rätsel.

Und schon wieder denke ich an sie. Ich muss das im Keim ersticken, bevor es noch zur Gewohnheit wird. Ich kann es mir nicht leisten, mich hier von irgendetwas ablenken zu lassen. Ich bin vielleicht nicht der Lieblingssohn meiner Mutter, aber ich bin auch kein zweitklassiger Spieler. Ich werde diesen Markt knacken und ihr und dem Rest des Management-Teams zeigen, dass Oliver Langdon Ergebnisse liefert.

„Sieht gut aus, Ollie. Genau wie jede andere *Steamy Coffee*-Filiale, die ich gesehen habe, natürlich."

Ich drehe mich um und sehe Olena mit ihrem zweijährigen Sohn auf dem Arm. In ihrer weit ausgestellten Hose und dem blau-weiß gestreiften Oberteil sieht sie aus wie die Verkörperung einer Werbeanzeige für Mütter: jung, wunderschön und fröhlich.

Ich ziehe sie in eine Umarmung und atme ihren vertraut blumigen Duft ein. „Hey, Zander. Wie geht's meinem Lieblingsneffen?" Ich kitzle ihn unterm Kinn und werde mit einem glucksenden Lachen belohnt.

„Onkie Orrie", sagt er grinsend.

„Wann seid ihr angekommen?"

„Gerade eben. Diese Stadt ist einfach bezaubernd! Kein Wunder, dass Freida Roil hier ihren neuesten Film drehen wollte. All die alten, historischen Gebäude, die charmanten Boutiquen und der Marktplatz sind einfach entzückend. Es ist wie die Stadt aus *Gilmore Girls*, nur mitten in einem riesigen Wald voller gut aussehender Männer in Flanellhemden."

„Bist du nicht glücklich verheiratet?", frage ich lachend.

„Ja, aber ich bin nicht blind."

„Da ich ein Mann bin, habe ich noch nie eine Folge *Gilmore Girls* gesehen, oder darauf geachtet, wie heiß die Männer hier sind, also muss ich dir in dieser Hinsicht wohl einfach glauben, Schwesterchen. Aber ja, es ist ein hübscher Ort – perfekt für die Eröffnung eines neuen *Steamy Coffee*."

Sie lächelt mich an und Zander plappert etwas völlig Unverständliches, woraufhin Olena antwortet: „Ja genau, Liebling, das hier ist Onkel Ollies neues Café."

„Hat er das wirklich gerade gefragt?"

Sie zuckt mit den Schultern und grinst breit. „Na klar."

„Apropos Männer in Flanellhemden, hast du dir schon die Bilder hinter der Theke angesehen?"

„Führ mich zu ihnen", fordert sie mich auf.

Wir gehen zurück in den Verkaufsraum, wo Dave

gerade dabei ist, sein Werkzeug zusammenzupacken und ich stelle ihm Olena vor.

„Oh, wir haben uns schon kennengelernt, nicht wahr, Dave?", sagt Olena. „Zander war sehr fasziniert von seiner Bohrmaschine."

„Das sind die meisten Kinder. Meine eigenen wollen auch immer an meine Werkzeuge, deshalb muss ich sie wegschließen."

„Elektrische Werkzeuge und Kleinkinder sind wohl keine gute Kombination, was?", frage ich mit einem Lächeln.

„Elektrische Werkzeuge und Kinder jeglichen Alters sind keine gute Kombination", antwortet Dave mit ernstem Ton.

Olena und ich sehen uns an.

Notiz an mich selbst: Dave ist kein Spaßvogel.

„Ich, ähm, werde es mir merken", sage ich. Dann betrachte ich die fertige Vitrine. „Sieht großartig aus. Danke für deine harte Arbeit. Komm am Eröffnungstag vorbei, dann gibt's für dich und deine Familie kostenlosen Kaffee." Ich korrigiere mich schnell. „Natürlich nicht für deine Kinder. Koffein und Kinder passen wahrscheinlich genauso schlecht zusammen, oder?"

„Da hast du allerdings recht", sagt Dave, während er seinen Werkzeugkasten zuklappt. „Habt ihr einen Staubsauger? Dann kann ich die Sägespäne noch beseitigen."

„Das mache ich schon. Danke nochmal für die großartige Arbeit."

„Kein Problem."

Dave verabschiedet sich und verschwindet durch die Hintertür.

„Ich nehme an, er hat eine Verschwiegenheitserklärung unterschrieben?", fragt Olena.

„Oh ja. Wir wollen nicht, dass jemand in dieser Stadt

erfährt, wer wir wirklich sind – bis zur großen Enthüllung."

„Clever. Also, wo sind diese Männer in Flanellhemden?"

„Moment." Ich gehe hinter die Theke und betätige den Lichtschalter. Sofort leuchtet das Menü über der Theke auf und wirft ein helles Licht auf das makellos definierte Sixpack des Models, dessen rotes Karohemd lässig über seinen absurd breiten Schultern hängt.

„Bist das du?", fragt sie mit einem belustigten Lächeln.

„Klar, und das neben mir ist meine wunderschöne Freundin." Ich presse die Lippen zusammen, als mir bewusst wird, was ich da gerade gesagt habe. Klar, es war nur ein lockerer Scherz gegenüber meiner Schwester, aber das Thema liegt mir immer noch schwer im Magen.

„Hast du sie gesehen?", fragt Olena mit sanfter Stimme.

Ich schüttele den Kopf. „Sie hat ihre Entscheidung getroffen und die fiel nicht auf mich."

„Was, wenn—?"

Ich lasse sie den Satz gar nicht erst beenden. „Ich weiß genau, worauf du hinauswillst und ich will es nicht hören. Carla und ich sind Geschichte. Da gibt es kein Zurück. Nicht nach dem, was passiert ist."

„Sie hat mich letzten Sonntag besucht. Ich glaube, sie bereut es, dich verlassen zu haben. Nein, ich weiß, dass sie es bereut."

„Olena—"

„Würdest du zumindest mit ihr reden, Ollie? Sie wirkt so traurig ohne dich."

Ich betätige erneut den Lichtschalter und dank des braunen Papiers vor den Fenstern, die das Tageslicht blockieren, versinken wir im Halbdunkeln.

„Soll ich das als ein Nein verstehen?"

„Was denkst du denn?"

Sie streckt ihre Hand aus und legt sie mir auf den Arm. „Ich habe gehofft, dass du genau das sagen würdest. Du verdienst so viel Besseres als sie und das, was sie dir angetan hat."

„Warum hast du sie dann überhaupt zur Sprache gebracht?"

„Weil sie mich darum gebeten hat und weil wir damals Mitbewohnerinnen im College waren. Ich fühle mich irgendwie verantwortlich dafür, dass du dich überhaupt in sie verliebt hast."

Ich lache bitter auf. „Wünschte ich mir, ich hätte sie nie kennengelernt? Klar. Aber du kannst dir nicht die Schuld geben daran."

„Doch. Ohne mich hättest du sie nie getroffen – und Robert... na ja, Rob wäre vielleicht noch am Leben. Also ja, ich gebe mir die Schuld."

„Du hast recht. Ich gebe dir auch die Schuld."

Sie blinzelt mich einen Moment lang sprachlos an, bevor ihr klar wird, dass ich sie aufziehe. Dann schlägt sie mir spielerisch auf den Arm. „Tu das nie wieder!"

Ich zucke mit den Schultern. „Du bist eben ein leichtes Ziel, Schwesterchen."

„Hey, stimmt es, was Mutter gesagt hat? Dass du Leonardo Finch dazu gebracht hast, am Tag der Filmpremiere hier vorbeizukommen?"

Ich habe meinen Stolz heruntergeschluckt und Leo kontaktiert. Er war nicht gerade leicht zu erreichen, aber als ich erwähnte, dass ich für seine Premiere in Hunter's Creek sein würde, schwärmte er von der Stadt und sagte, wie sehr er den Eiskaffee aus dem *Second Chance Café* mochte. Natürlich habe ich ihm versprochen, dass die Eiskaffees von *Steamy Coffee* für ihn lebenslang gratis sind, und ihn sogar zu einem kurzen Fototermin im Laden überreden können, bevor er über den roten Teppich läuft.

„Es kommt nicht darauf an, was du weißt, sondern wen du kennst, weißt du."

Sie lacht. „Gut für dich. Hey, hast du Lust, eine Pause einzulegen? Ich habe gehört, es gibt in der Nähe einen kleinen See und einer von uns beiden muss dringend ein bisschen Energie loswerden." Sie kitzelt Zander am Bauch, woraufhin er sich windet und vor Freude gluckst.

Beim Gedanken an den See muss ich sofort wieder an Marlowe in ihrem Sommerkleid denken – ihr Gesicht leicht errötet, während wir uns unterhielten. Es war ungefähr die gleiche Tageszeit, als ich sie damals getroffen habe. Ich frage mich, ob sie jetzt wohl auch dort ist?

Ich räuspere mich. „Geht ihr schon mal vor. Ich habe noch eine Menge zu tun."

„Das ist schade."

„Es mag dir nicht klar sein, aber wir eröffnen schon in vier kurzen Tagen. Wir können nicht alle unendlich lange Elternzeit nehmen."

„Hey! Es waren nur zwei Jahre."

„Ich mache nur Spaß. Geht. Habt Spaß. Ich komme nächstes Mal mit."

„Morgen. Versprich es mir."

Ich schenke ihr ein Lächeln. „Einverstanden. Morgen."

Sie hebt Zander über ihren Kopf und er lächelt zu ihr herab. „Hast du Lust schwimmen zu gehen?"

Zanders Gesicht leuchtet auf und er jauchzt vor Freude.

Olena gibt mir einen Kuss auf die Wange, während sich die beiden verabschieden und geht durch die Hintertür hinaus. Ich bleibe allein zurück und denke nicht über das glückliche Paar, das auf dem Menü über mir prangt, nach.

Und erst recht nicht über Marlowe Cole.

Kapitel 6

Marlowe

Obwohl ich weiß, dass ich es nicht tun sollte, öffne ich Instagram und suche nach Mikes Namen. Es dauert nicht lange, ihn zu finden. Ich schaue viel zu oft auf sein Profil. Ich weiß, dass es mir nicht guttut, ihn sein Leben ohne mich weiterleben und all die Dinge tun zu sehen, die wir einst gemeinsam gemacht haben. Auch wenn es schon ein paar Monate her ist, schmerzt, was er mir angetan hat, immer noch.

Mein kurzes Überfliegen seiner Seite verrät mir absolut

nichts. Es gibt keine Fotos seiner Frau, keine Erklärung zu mir und unserem Beziehungsende – nicht, dass ich so etwas von einem Mann erwarten würde, der eine heimliche Affäre mit einer Kollegin hatte. Mikes Welt scheint unverändert.

Meine hingegen wurde völlig auf den Kopf gestellt.

„Marlowe, Liebes!"

Ich blicke von meinem Handy auf und sehe Frau Jacobson, die durch die Tür gewatschelt kommt – ein Wirbel aus solidem Tweed. „Du wirst nie erraten, wen ich gerade getroffen habe", sagt sie, noch bevor ich sie begrüßen kann.

Ich lächle – ich *weiß* einfach, wen sie getroffen hat.

„Einen jungen, attraktiven Mann, der neu in der Stadt ist, und ich bin mir sicher, dass er nur darauf wartet, sich in jemanden wie dich zu verlieben", verkündet sie zufrieden, ihre Wangen gerötet.

Und da haben wir es.

Jetzt habe ich die Wahl. Ich könnte mich dumm stellen und ihr Spiel mitspielen. Oder ich könnte ihr gestehen, dass ich diesen „jungen, attraktiven Mann" bereits getroffen habe – schließlich ist es in einer Kleinstadt wie Hunter's Creek nicht zu weit hergeholt, davon auszugehen, dass der Mann, den ich am See getroffen habe, ein und derselbe ist, den Frau Jacobson getroffen hat.

Ich entscheide mich fürs Dummstellen. Verurteil mich nicht.

Ich verstecke mein Handy unter dem Tresen. „Ein junger, attraktiver Mann? Das klingt spannend. Erzählen Sie mir alles über ihn, fangen wir doch damit an, wie er aussieht."

Sie lässt sich nicht zweimal bitten und ich gebe zu, dass ich die Vorstellung genieße, Oliver, meinen mysteriösen

Fremden vom See, durch ihre Augen beschrieben zu bekommen.

„Nun, er ist groß, wahrscheinlich etwas über 1,80 Meter, aber nicht so supergroß wie dein Ex." Sie verzieht das Gesicht und macht mir damit unmissverständlich klar, dass sie voll und ganz auf meiner Seite in Sachen der Trennung von Mike steht. „Er könnte Basketballer sein, so groß war er."

Verwirrt frage ich: „Wer? Mike oder dieser neue Typ?"

„Mike, natürlich. Der attraktive junge Mann, den ich heute getroffen habe, ist normal groß. So wie Gabe – aber er sieht nicht wirklich aus wie unser Gabe. Nicht, dass Gabe nicht attraktiv wäre, denn das ist er natürlich. Aber dieser Mann sieht aus, als könnte er aus Italien oder Griechenland stammen oder als wäre er aus einer Parfümwerbung. So gut sieht er aus."

Ich bin mir sicher, dass Mr. Geheimnisvoller-Seemann Oliver sich über diese Beschreibung freuen würde. „Er klingt wirklich exotisch und interessant", ermuntere ich sie fortzufahren.

„Definitiv exotisch und interessant. Er hat diese intensiven, ausdrucksstarken Augen, die eine geheimnisvolle Anziehungskraft haben, und er ist unheimlich, unheimlich charmant."

Ich unterdrücke ein Lächeln. Ausdrucksstarke Augen mit einer geheimnisvollen Anziehungskraft? Frau Jacobson wird ja richtig poetisch.

„Er klingt so toll, ich bin überrascht, dass Sie ihn nicht gleich für sich behalten haben, Frau Jacobson."

Sie winkt ab und kichert mädchenhaft – ein Geräusch, das ich in der ganzen Zeit, in der ich sie kenne, noch nie von ihr gehört habe, und wenn man bedenkt, dass sie die Stadtbibliothek leitet, seitdem ich denken kann, ist das schon eine Weile. „Ich sage dir ganz offen, wäre ich in deinem Alter, könnten mich keine zehn Pferde zurückhalten."

Ich reiße die Augen auf bei dem Gedanken, wie Frau Jacobson von einem Pferdegespann zurückgehalten wird, während sie versucht, zu Oliver zu gelangen. „So gut, ja?"

Frau Jacobson nickt langsam und grinst wie die Grinsekatze. „Ich bin mir sicher, ihr beide wärt perfekt füreinander."

Frau Jacobson, die neue Vorsitzende des Hunter's Creek Damen-Komitees – solange Tante Sheila nicht in der Stadt ist – will mich also mit dem neuen Mann in der Stadt verkuppeln? *Was für eine Überraschung.*

Nicht, dass ich mich beschweren würde. Sie hat recht, er sieht wirklich umwerfend aus, und als wir uns am See getroffen haben, war da definitiv Etwas zwischen uns. Etwas eindeutig flirtiges.

Und ich kann nicht vergessen, dass er viel zu heiß in nichts außer Badehosen gekleidet, aussieht. Selbst wenn ich wollte – das Bild hat sich mir eingebrannt.

„Glauben Sie, Oliver wird etwas dagegen haben, dass Sie uns verkuppeln wollen?", frage ich.

Frau Jacobsons Lächeln erlischt, ihre Augen weiten sich zu Untertassen. „Du kennst ihn?"

Verdammt! Ich habe seinen Namen gesagt.

„Ich gebe zu, wir haben uns letzte Woche am See getroffen." Ich zucke mit den Schultern. „Kleinstadt eben. Da gibt es nicht viele Geheimnisse."

„Warum hast du nichts gesagt?"

„Ich war mir nicht sicher, ob er derselbe Mann ist, den Sie getroffen haben", lüge ich, denn natürlich ist er es. Wie viele umwerfende heiße neue Männer gibt es schon in Hunter's Creek?

Nur einen, Leute. Nur einen.

Sie lässt sich von meiner mangelnden Offenheit nicht

beirren. „Hat er dir erzählt, was er hier in der Stadt macht? Weil er bei mir sehr vage geblieben ist, obwohl ich ihn höflich gefragt habe."

„Nein."

„Hat er dir gesagt, ob er Single ist?"

„Nein", antworte ich beiläufig und ignoriere das Hitzegefühl, das mir den Nacken hochkriecht.

„Oh, spiel nicht die Unschuld vom Lande, junge Dame. Ich habe gesehen, wie du angefangen hast zu strahlen, als ich von ihm gesprochen habe. Es ist Schicksal, ich sage es dir. Schicksal!"

Ich verdrehe die Augen und unterdrücke ein Lächeln. „Ich glaube, Sie haben zu viele Liebesromane gelesen, Frau Jacobson."

„Das werden wir ja sehen", sagt sie und tippt sich vielsagend an die Nase. „Jeder muss essen, beten, lieben, um über eine Trennung hinwegzukommen. Wie in dem Film."

„Mit dem Essen und dem Beten kann ich mich anfreunden, aber Liebe?" Ich schüttele den Kopf. „Nicht für mich. Nicht in nächster Zeit."

Ihr Lächeln wird noch breiter. „Wir werden sehen, Marlowe, Liebes. Wir werden sehen." Sie greift in ihre Handtasche und zieht ein paar Flyer heraus. „Ich hätte es fast vergessen. Ich habe diese Flyer auf dem Markt gesehen und bemerkt, dass du noch keine hier hast."

Sie reicht mir die Flyer und ich werfe einen Blick darauf.

Große Eröffnung am 24. Juli: Wo Aromen Geheimnisse enthüllen. Wo Dampf und Träume aufeinandertreffen.

Ziemlich vage.

„Wofür sind die?", frage ich.

„Na, für die Eröffnung des neuen Geschäfts gegenüber,

natürlich! Morgen ist es so weit, und wir werden alle hinge-hen. Versprich mir, dass du auch kommst."

„Zur Eröffnung eines Ladens, der verspricht, Aroma-Geheimnisse zu enthüllen? Machen Sie Witze? Das würde ich mir nicht entgehen lassen", sage ich trocken. Denn ehrlich gesagt *urgh*. Dieses Marketing ist klischeehafter als ein Franzose mit einem Kühlschrank voller Käse.

„Alle werden da sein. Ich frage mich, warum du keine Flyer bekommen hast."

„Vielleicht hat Ryn sie weggeräumt?"

Ich kann mich nicht erinnern, überhaupt welche der Flyer im Café gesehen zu haben. Vielleicht hat der neue Besitzer uns einfach übersehen?

„Ich frage mich, was das für ein Geschäft ist? Aroma-therapie? Das würde das Aroma erklären, aber Dampf und Träume, die aufeinandertreffen?"

„Vielleicht ist es ein Day-Spa, dass auch Schokoladen-kuchen anbietet?", schlage ich vor und Frau Jacobson lacht.

„Dampf und Träume! Jetzt verstehe ich es."

Meine Schwester Harper kommt mit ihrem Freund Christopher hereingeschneit – voller Lachen, Liebe und mit wild hüpfender Lockenmähne.

„Hallo ihr beiden", begrüßt Frau Jacobson sie. „Seht ihr zwei nicht glücklich aus? Ist es nicht wunderbar, verliebt zu sein?" Sie wirft mir einen bedeutungsvollen Blick zu, mit dem sie mir telepathisch vermittelt, dass das Thema von Dampfbädern und Schokoladenkuchen wieder zu ihren Verkupplungsplänen zurückgekehrt ist.

Ich verdrehe die Augen. Das Damen-Komitee mag vielleicht geholfen haben, Ryn und Gabe letzten Sommer zusammenzubringen, aber bei Harper und Christopher hatten sie, soweit ich weiß, nicht ihre Finger im Spiel.

„Hallo, Frau Jacobson", sagt Harper mit ihrem hübschen Lächeln.

„Wie geht es Ihnen, Frau Jacobson?", fragt Christopher in seiner gewohnt höflichen Art.

„Oh, das solltet ihr nicht mich fragen." Frau Jacobson wirft mir noch einen vielsagenden Blick zu und Harper wie auch Christopher sehen mich beide fragend an.

„Was ist los, Schwesterherz?", fragt Harper.

Ich öffne den Mund, um zu antworten, aber die wie immer übereifrige Frau Jacobson kommt mir zuvor. „Ich habe Marlowe gerade von dem attraktiven jungen Mann erzählt, den ich getroffen habe und der, wie ich glaube, perfekt für sie wäre." Sie klatscht in die Hände, als wäre das Ganze bereits beschlossene Sache.

„Haben Sie das?" Harper zieht die Augenbrauen hoch und sieht mich an.

Ich zucke nur mit den Schultern. Harper weiß genauso gut wie ich, dass das Damen-Komitee nichts mehr liebt, als sich in das Leben der Stadtbewohner einzumischen – insbesondere bei denen von uns, die noch single sind. Da es in der Stadt nicht viele Singles gibt, konzentrieren sie normalerweise all ihre Energie auf eine Handvoll Unglücklicher. Und ich bin nun scheinbar eine von ihnen.

Was bin ich doch für ein absoluter Glückspilz.

„Nun, ich bin nicht hergekommen, um zu tratschen", sagt Frau Jacobson – und niemand der anwesenden Personen glaubt ihr auch nur ein Wort. „Aber ich wollte dir von Oliver erzählen, Liebes. Ich bin dran Kaffee und Snacks zu kaufen, also nehme ich drei Kaffee bitte. Und bitte noch einen zum Mitnehmen, wenn ich fertig bin, Marlowe Liebes. Ich lerne heute jemand Neues in der Bibliothek an und denke, da könnten wir alle etwas Koffein gebrauchen."

„Ist der neue Bibliothekar der Mann, mit dem Sie meine Schwester verkuppeln wollen?", fragt Harper.

„Um Himmels willen, nein!", entgegnet Frau Jacobson lachend. „Das muss ich der Neuen erzählen, sie wird es bestimmt amüsant finden."

Ich bereite ihre Bestellung zu und als sie bezahlt, lehnt sie sich vor und raunt mir verschwörerisch zu: „Lass mich wissen, wenn du Hilfe mit Oliver brauchst. Das Stadtfest steht vor der Tür, einen Tag vor der großen Filmpremiere, wie du sicher weißt. Eine großartige Gelegenheit zum Verkuppeln."

„Ich werde es Sie wissen lassen, wenn ich Hilfe brauchen sollte."

Frau Jacobson schlendert zu ihrem Tisch. Ich bemerke, wie Frau Ashbridge und Frau Sommerfeld hereinkommen und sich sofort zu ihr setzen. Sie winken mir freundlich zu und rufen fröhlich „Hallo!", als sie sich hinsetzen.

„Erzähl mir alles", fordert Harper.

„Wie wäre es, wenn ich uns schon mal Kaffee bestelle und wir sehen uns am Tisch, Schatz?", schlägt ein sichtlich unbehaglicher Christopher vor.

„Willst du etwa nicht die Gerüchte über den neuen Kerl in der Stadt hören und wie er Marlowe den Kopf verdrehen wird, Schatz?", fragt Harper lachend.

„Das überlasse ich ganz dir." Christopher grinst und gibt ihre Bestellung auf.

Als er geht, um einen Tisch zu suchen, hebt Harper erwartungsvoll die Augenbrauen. „Möchtest du wirklich, dass das Hunter's Creek Damen-Komitee dich mit irgendeinem willkürlichen Fremden verkuppelt?"

„Oliver ist kein Fremder. Ich habe ihn am See getroffen, als ich schwimmen war. Er ist... ganz nett." Die Röte, die ich vorhin erfolgreich unterdrückt habe, steigt mir erneut ins Gesicht, während ich versuche – und scheitere – das Bild von ihm in Badehosen und mit glänzend-nasser Haut, während er mich intensiv anschaut, aus meinem Kopf zu verbannen.

„Deshalb wirst du also rot? Weil er 'ganz nett' ist?"

Instinktiv lege ich eine Hand auf meine Wange. Sie fühlt sich an, als wäre sie eine Heizung, die auf voller Stufe läuft.

„Er ist süß, okay? Eigentlich ziemlich gut aussehend sogar und er flirtet gern." Ich verliere mich kurz in der Erinnerung, bevor ich mich wieder fange. „Aber das spielt keine Rolle, denn ich suche keinen Mann." Ich drehe mich um und bereite Harpers und Christophers Bestellung zu.

„Lass mich raten: Du hast mit Männern abgeschlossen?"

„So in etwa."

„Verständlich. Aber die Sache ist die, Marlowe, die Liebe kommt, wenn man sie am wenigsten erwartet. Schau dir mich und Topher an."

Ich drehe mich um. „Liebe?" Ich schnaube verächtlich. „Ich habe gesagt, dass ich ihn süß finde, nicht dass ich mich in ihn verlieben werde."

Harper stützt ihre Ellbogen auf den Tresen. „Schwesterherz, nicht alle Männer sind wie Mike, weißt du."

Ich presse die Lippen zusammen. „Hoffentlich."

„Ich verstehe es. Er hat dich verletzt. Er hat dich glauben lassen, ihr wärt ineinander verliebt. Er hat dich getäuscht."

„Harper, er hat uns alle getäuscht. Niemand hat geahnt, dass er—" Ich kann mich nicht dazu bringen den Satz zu beenden. Außerdem weiß ich mittlerweile, dass die Wände in dieser Stadt Ohren haben. Wenn ich nicht will, dass jemand erfährt, dass Mike verheiratet war, muss ich einfach den Mund darüber halten.

Harper kaut nachdenklich auf ihrer Unterlippe. „Er wirkte wirklich total verknallt in dich.“

Ich lasse einen schweren Seufzer hören. „Das war eine oscarreife Vorstellung. Von einer absolut falschen Schlange. In einem Armani-Anzug.“

Harper hebt abwehrend die Hände in die Luft. „Jetzt habe ich dieses Bild vor Augen – eine Schlange im Anzug, die eine dieser goldenen Statuen in den Händen hält.“

„Schlangen haben keine Hände.“

„Sie tragen normalerweise auch keine Anzüge“, erwidert sie schmunzelnd.

Als ich nicht lache, legt sie eine Hand auf meinen Arm und reibt ihn sanft. „Du wirst merken, wenn du bereit bist.“

Ein stechender Schmerz zieht durch meine Brust. „Mein Urteilsvermögen ist dieser Tage nicht gerade das Beste. Schau dir doch an, wie ich alles vermasselt habe.“

„Du wusstest nicht, dass er—“ Sie schaut über ihre Schulter, um sicherzustellen, dass uns niemand zuhört, „—
verheiratet ist“, flüstert sie.

„Nein, aber er war auch mein Chef. Das musste ja in die Hose gehen.“

„Lass mich dir helfen. Ich werde deine Wingwoman sein. Wer ist dieser Oliver überhaupt?“

Als ob er von einer unsichtbaren Kraft herbeigerufen worden wäre, verändert sich plötzlich die Atmosphäre im Raum. Ich spüre eine Präsenz. Ich hebe meinen Blick von meiner Schwester zu Oliver, der plötzlich in der Tür steht.

Er ist hier? Mr. Heißer-See-Kerl, alias Oliver, alias Frau Jacobsons „feiner junger Mann“, ist tatsächlich hier im Café meiner Tante?

Unsere Blicke treffen sich und ein Lächeln breitet sich langsam auf seinem Gesicht aus.

Mein Herz setzt einen Schlag aus. Tatsächlich. Was

absolut lächerlich ist. Klar, er ist süß und sein Körper ist wie gemacht für Badehosen, aber es ist ja nicht so, als gäbe es irgendeine tiefere Verbindung zwischen uns. Wir hatten kein Date. Wir haben uns nicht geküsst. Eigentlich haben wir nichts anderes zusammen gemacht, als am Seeufer herumzustehen und zu reden. Okay, zumindest ich habe geflirtet. Aber mehr war nicht.

Und trotzdem stellt er seltsame Dinge mit meinem Herzen an, während er auf mich zukommt – jede seiner Bewegungen wird aufmerksam von den neugierigen Gästen verfolgt, allen voran vom Damen-Komitee.

Ich schlucke schwer und wische meine Hände an meiner Schürze ab. Je näher er kommt, desto attraktiver erscheint er mir. Ich verschränke die Hände unter dem Tresen, meine Knie werden weich.

Ich bin albern. Er ist nur ein Mann. Nicht mehr.

„Ist *er* das?", flüstert Harper verschwörerisch und ich nicke ihr einmal kurz und knapp zur Bestätigung zu.

Er erreicht den Tresen. Er trägt eine legere Jacke über einem schlichten Hemd, neben Harper sieht er groß, breitschultrig und unglaublich männlich aus.

„Hallo, Marlowe", sagt er mit einer Stimme, die sich wie warmer Honig über meine Sinne legt und vor süßem, süßem Charme nur so strotzt.

„Von allen Gin-Kneipen in allen Städten der Welt", sage ich, bemüht so zu klingen, als wäre ich Herr meiner Sinne.

Er vervollständigt den Satz: „…kommt sie ausgerechnet in meine. Obwohl es in diesem Fall wohl eher ‚kommt *er* ausgerechnet in meine' lauten müsste."

„Genau", hauche ich.

„Toller Film."

Er mag *Casablanca*? Und sieht so aus? Du spielst nicht fair, Universum.

„Mein Lieblingsfilm", erzähle ich ihm.

„Was für ein Zufall. Meiner auch. Rick und Isla. Die großartige Liebesgeschichte, die ein Happy End hätte haben sollen, aber nicht dazu bestimmt war."

Schweig still, mein pochend Herz.

„Diese lästigen Nazis."

Er lacht leise und das Geräusch bringt meinen Bauch zum Flattern.

Ich setze mein professionelles Kaffeehaus-Manager-Gesicht auf, um mich davon abzuhalten, mich direkt an Ort und Stelle in ihn zu verlieben. „Was darf es sein, Oliver?"

„Ich dachte, ich schaue mal vorbei und teste dein Café. Ich habe gehört, die Kuchen seien preisgekrönt."

Ich ziehe eine Augenbraue hoch. „Wo hast du das denn gehört?"

„Von einer wunderschönen Frau, die ich an einem kleinen See getroffen habe, glaube ich."

Er findet mich wunderschön?

„Die Kuchen im *Second Chance* sind die besten im ganzen Landkreis", mischt sich Harper ein. Sie streckt ihm die Hand entgegen. „Hi, ich bin Harper Cole. Du bist neu in der Stadt."

„Oliver. Und ja, das bin ich", antwortet er geschmeidig.

Wieder fällt mir auf, dass er seinen Nachnamen nicht nennt. Ist das merkwürdig? Es kommt mir merkwürdig vor. Aber vielleicht ist es einer dieser langen, unaussprechlichen Namen und er ist es leid, die Leute ständig verbessern zu müssen, wenn sie ihn falsch aussprechen.

Er sieht zwischen Harper und mir hin und her. „Seid ihr verwandt?"

„Schwestern", sagen wir gleichzeitig und lächeln.

„Ihr seht euch wirklich ähnlich."

„Bist du hierhergezogen oder bist du nur zu Besuch hier?", fragt Harper.

„Ich bin hierhergezogen. Zumindest fürs Erste", antwortet er.

Kryptisch.

„Heißt das, dass du nur für ein Projekt hier bist und die Stadt dann wieder verlässt oder eher, dass du hierhergezogen bist und noch nicht entschieden hast, ob du auch hierbleiben willst?", fragt Harper nach.

Sein Lächeln wird breiter, und ich bemerke, wie die Lachfältchen um seine Augen ihn noch attraktiver machen. „Das sind viele Fragen für ein erstes Treffen. Ist jeder hier in der Stadt so neugierig? Ich wurde heute schon von einer anderen Dame auf der Straße ausgefragt."

„Das war sicher Frau Jacobson", sage ich und deute auf den Tisch des Damen-Komitees, die ihn prompt anlächeln und zuwinken. „Sie ist… neugierig."

„So könnte man es nennen", erwidert Oliver und wir teilen ein Lächeln, das meinen Puls gefährlich beschleunigt.

„Sie ist meistens harmlos. Sie will einfach nur informiert sein, was in der Stadt los ist", erklärt Harper.

„Ich schätze, in einem kleinen Ort wie diesem ist es ein großes Gesprächsthema, wenn jemand neu in die Stadt zieht."

„Ein ‚Gesprächsthema'. Oh ja", sagt Harper, und ich werfe ihr einen warnenden Blick zu. Das Letzte, was ich will, ist, dass Oliver erfährt, dass Frau Jacobson und ihr Komitee uns bereits verkuppeln wollen. Peinlicher geht's nicht. Ich kenne den Mann schließlich kaum.

„Nun, Oliver, es war schön, dich kennenzulernen. Ich denke, wir sehen uns in der Stadt", sagt Harper.

„Freut mich auch, Harper", erwidert er und Harper

zwinkert mir zu, bevor sie zu Christopher an den Tisch geht.

„Was darf ich dir bringen?", frage ich.

„Ich hätte gerne einen Vanille-Cappuccino, bitte."

„Wir haben nur Kaffee. Entweder heiß oder eisgekühlt."

Er deutet auf die alte Kaffeemaschine, die schon nicht mehr funktioniert, seitdem ich denken kann. Sie steht nur auf der Theke und fängt Staub. „Macht die keine Cappuccinos?"

„Sie ist mehr Dekoration als funktional."

Seine Augen funkeln. „Genau wie ich."

Ich senke den Kopf, um mein Lächeln zu verbergen, während ich eine Tasse nehme.

„Ich dachte, sie wäre nur außer Betrieb, als ich das letzte Mal hier war, deshalb habe ich einen einfachen Filterkaffee genommen."

„Nein, sie funktioniert wirklich nicht. Kaffee mit Milch?"

„Klingt gut. Ich nehme auch ein Stück von deinem weltberühmten Kuchen."

„Apfel, Kirsch oder Erdbeer-Rhabarber?"

„Ich nehme Erdbeer-Rhabarber, danke. Man muss ja ab und zu etwas wagen, oder? Was bekommst du von mir?" Er holt sein Portemonnaie aus der Innentasche seiner Jacke hervor.

„Geht aufs Haus."

Sein Blick trifft meinen und wärmt mich bis in die Zehenspitzen. Er wartet einen Augenblick, bevor er antwortet. „Bitte, lass mich bezahlen. Ich möchte es."

„Im Ernst. Betrachte es als ein ‚Willkommen in Hunter's Creek'-Geschenk für unser neuestes ‚Gesprächsthema'."

Seine Lippen verziehen sich erneut zu seinem umwerfenden Lächeln. „Du bist wirklich charmant."

Ich kichere verlegen und spüre, wie mir die Hitze ins Gesicht steigt.

Oliver grinst und scheint meine Verlegenheit zu genießen – was er wahrscheinlich auch tut. Ehrlich gesagt, ich glaube nicht, dass ich jemals so oft in meinem Leben vor einem Mann errötet bin. Nicht einmal bei Mike, als er damals im Büro anfing mich anzuflirten und es sich so furchtbar verrucht angefühlt hat.

Ich drehe mich um, um seinen Kaffee einzuschenken und ein Stück Erdbeer-Rhabarber-Kuchen mit etwas Sahne auf einem Teller zu platzieren. Als ich ihm beides reiche, streifen seine Finger kurz meine und entfachen einen elektrischen Impuls, der durch meine Nerven jagt.

Oh Mann! Was macht dieser Kerl bloß mit mir? Er lässt mein Herz schneller schlagen und meine Hormone absolut verrückt spielen. Ich bin 28, nicht 13. Ich habe schon die Finger vieler Männer berührt, ohne dass ich befürchten musste, gleich einen Herzinfarkt zu bekommen.

Ich muss ihm zeigen, dass ich nicht einfach nur ein errötendes Schulmädchen bin, sondern eine erwachsene Frau, die sich selbst im Griff hat, also frage ich ihn: „Du hast mir noch nicht gesagt, was du hier in der Stadt machst."

Mit seinem Kuchen in der Hand lehnt er sich leicht zu mir und sagt: „Wenn ich es dir sagen würde, müsste ich dich erschießen. Und ich möchte niemanden erschießen, der so lecker aussehende Kuchen wie diesen hier backen kann."

„Du hast ihn noch nicht probiert."

„Ich bin mir sicher, wenn er so gut schmeckt, wie er aussieht, wird er absolut köstlich sein."

„Oh, das ist er. Glaub mir."

Reden wir immer noch über den Kuchen?

„Ich, ähm, eröffne ein neues Geschäft. Direkt gegenüber."

„Da, wo früher Naomi Burtons Strickladen war?"

„Der Menge an Wolle und Stricknadeln, die wir raus räumen mussten, nach zu urteilen, würde ich sagen: ja."

„Das ist ja toll. Dann werden wir Nachbarn. Was für eine Art Geschäft eröffnest du? Bisher war alles sehr vage und alle rätseln darüber."

Er tippt sich an die Nase. „Top secret, schon vergessen?"

„Verstanden."

„Du solltest zur großen Eröffnung kommen."

„Eine große Eröffnung? Ist das nicht ein bisschen über- trieben?"

„Jedes Geschäft verdient eine große Eröffnung. Selbst die Bescheidensten."

„Wann ist deine große Eröffnung?"

„Morgen um 16:00 Uhr."

Die Flyer.

„Ich werde da sein."

Er hebt seine Kaffeetasse und den Kuchenteller. „Danke hierfür. Ich werde es nicht vergessen."

„Gern geschehen", murmele ich.

„Es war schön, dich wiederzusehen, Marlowe."

„Dito, Oliver."

Er schenkt mir noch eins seiner umwerfenden Lächeln, bevor er sich umdreht und zu einem Tisch am Fenster geht.

Das Damen-Komitee bricht in kichernde Aufregung aus und stößt sich gegenseitig mit den Ellbogen an, ganz offensichtlich schwer begeistert von den aktuellen Geschehnissen.

Aber ausnahmsweise kann ich nicht mit dem Kopf

über sie und ihre Eskapaden schütteln. Ich bin viel zu sehr damit beschäftigt, Oliver heimlich zu beobachten – diesen geheimnisvollen Mann, der nicht zu viel über sich preisgeben möchte.

Den Mann, der mir meine Rückkehr nach Hunter's Creek wirklich versüßen könnte.

Kapitel 7

Oliver

Ich kann nicht anders als zu lächeln, während ich mich im schicken und eleganten Innenraum umsehe, der bereit für die große Eröffnung ist. Es mag wie in jeder anderen Steamy Coffee-Filiale im ganzen Land aussehen, mit dem Farbschema und den Chromakzenten, aber ich bin sicher, dass die Einheimischen die Hommage an den einzigartigen Charakter von Hunter's Creek zu schätzen wissen werden.

Ich halte kurz Rücksprache mit dem Personal und stelle sicher, dass sie bereit sind loszulegen, sobald sich die

Türen pünktlich um 16:00 Uhr öffnen werden. Obwohl wir bald Einheimische einstellen werden, haben wir auf Melodys Vorschlag hin erfahrenes Personal aus einer anderen Filiale hergebracht, um den Betrieb zu starten. Es hilft, wenn die Eröffnung eines neuen Steamy Coffee absolut reibungslos verläuft – und es hilft ebenfalls, die Sache bis zur großen Enthüllung geheim zu halten.

Ich atme tief ein. Der Duft von frisch gebrühtem Kaffee erfüllt die Luft, vermischt sich mit dem unwiderstehlichen Aroma warmer Backwaren, das aus der kleinen Küche hinten im Laden durch den Raum gepumpt wird, um unsere Kunden zu locken.

So aufregend es auch ist, eine neue Filiale zu eröffnen, fällt es mir schwer, das Schuldgefühl abzuschütteln. Es hat begonnen, an den Ecken meines Verstandes zu nagen und wiederholt immer wieder denselben Namen.

Marlowe Cole.

Die schöne, faszinierende Frau, die das Café auf der anderen Straßenseite führt. Sie war warmherzig, hat mich mit offenen Armen willkommen geheißen und definitiv mit mir geflirtet, wenn ich das Gespräch gestern in ihrem Café richtig interpretiere.

Jetzt werde ich ihr größter Konkurrent und sie hat keine Ahnung.

Das Schuldgefühl bahnt sich seinen Weg durch meine Brust.

Aber die Filiale in Hunter's Creek ist nicht mein erstes Projekt. Ich habe das schon oft gemacht. Ich habe schon viele neue Standorte im ganzen Land eröffnet und es gibt immer ein gewisses Maß an Kollateralschaden. Ich fühle mich nie gut dabei, aber so ist der Lauf der Dinge. Wenn du im Geschäft Erfolg haben willst, muss deine Konkurrenz eben schwierigere Zeiten durchstehen.

Ich weiß, dass mich das zum Bösewicht macht.

Wenn das hier ein Film wäre, wäre ich ganz in Schwarz gekleidet, hätte ein teuflisches Grinsen im Gesicht und sehr wahrscheinlich eine Folterkammer im Keller.

Okay, vielleicht ist die Folterkammer etwas übertrieben, aber du verstehst, was ich meine.

Oliver Langdon ist der Bösewicht in dieser Geschichte.

Ich bin die große Konzernmaschine, die vom Kaffeedurst der Einheimischen profitieren will, hier, um das kleine, unabhängige, charmante Café zu schlucken.

Aber das ist mein Job. Das ist, was ich tue.

Und was noch wichtiger ist, ich habe mich freiwillig gemeldet, um dieses Projekt zu übernehmen – und es steht eine Menge auf dem Spiel. Das kleine gallische Dorf, das die Römer nicht erobern konnten – nur dass ich es erobern werde. Ich muss Erfolg haben. Ohne Frage.

Wunderschöne und flirtende Besitzerin des Cafés gegenüber hin oder her.

Ich drehe mich um und sehe meine Schwester, diesmal ohne Zander.

„Alle werden es lieben, Ollie", sagt sie.

„Nicht alle", antworte ich mit einem Stirnrunzeln.

„Meinst du das malerische Café auf der anderen Straßenseite? Es ist so süß! Ich war gestern Morgen mit Zander dort. Sie haben die besten Kuchen."

„Ich weiß."

Olenas Augenbrauen heben sich überrascht. „Hast du dir die Konkurrenz angesehen?"

Ich zucke mit den Schultern. „Natürlich. Mutter hat uns gut geschult."

„Es ist ein schöner Ort und die Frau, die mich bedient hat, war so freundlich."

Ich denke an Marlowe und das Schuldgefühl beginnt wieder zu nagen.

„Ich fühle mich nicht besonders gut dabei, direkt gegenüber von ihnen zu eröffnen", gebe ich zu.

„Oh, ich würde mir keine Sorgen um das *Second Chance Café* machen. Sie werden schon klarkommen. Und ein bisschen Konkurrenz hat noch niemandem geschadet, oder?"

„Stimmt", stimme ich halbherzig zu und versuche, mich selbst davon zu überzeugen, dass ich nicht dabei bin Marlowes Leben – oder zumindest ihr Geschäft – zu ruinieren.

„Bist du bereit für die große Eröffnung?"

„Wenn nicht, haben wir ein Problem, denn die Türen öffnen sich in weniger als zehn Minuten." Ich fahre mir mit den Fingern durch die Haare. Wie gesagt, es steht eine Menge auf dem Spiel.

Die Vorfreude in Hunter's Creek war geradezu greifbar. Es scheint, als würde die ganze Stadt aufgeregt auf die Eröffnung von *Steamy Coffee* warten, und ich kann mir ein gewisses Maß an Stolz nicht verkneifen, wenn ich daran denke, dass wir bald der neue Treffpunkt der Stadt sein werden.

Acht Minuten später stehe ich an der Eingangstür und betrachte meine Schwester und das versammelte Personal. „Das ist ein großer Moment, Leute. Zum ersten Mal eröffnen wir eine Filiale hier in Hunter's Creek. Ich weiß, dass die Leute uns lieben werden, also lasst sie uns gebührend willkommen heißen und ihnen einen großartigen Abend bereiten."

Jubel und Applaus breiten sich im Raum aus, die Atmosphäre im Café ist voller Vorfreude und Aufregung.

Von diesem Gefühl kann ich einfach nicht genug bekommen, der Nervenkitzel, wenn die Leute zum ersten Mal durch die Türen strömen.

Ich gebe Tina und Naomi, zwei Baristas aus einer nahe gelegenen Filiale, die Anweisung, das Papier von den Fenstern zu entfernen, während Olena die gesamte Beleuchtung einschaltet. Dann nehme ich noch einen tiefen Atemzug, bevor ich die Doppeltüren entriegle und sie aufschwingen lasse.

Ich stehe einer Ansammlung von Menschen gegenüber, die neugierig sind zu sehen, was wir geschaffen haben. Unsere kryptischen Marketingaktionen in der vergangenen Woche haben für Gesprächsstoff in der Stadt gesorgt – und jetzt zahlt es sich aus.

„Hallo zusammen!", rufe ich mit lauter Stimme, um das Stimmengewirr zu übertönen. „Willkommen! Ich bin Oliver Langdon, der Inhaber dieser neuen *Steamy Coffee*-Filiale. Kommen Sie herein und genießen Sie köstlichen Kaffee und Leckereien – heute geht alles aufs Haus!"

Die Leute fangen aufgeregt an miteinander zu plaudern und ich trete zur Seite, um sie hereinzulassen, wo sie von unserem Personal in ihren *Steamy Coffee*-Uniformen begrüßt werden und kostenlosen Kaffee und Muffins angeboten bekommen. Das Geräusch aufschäumender Milch und der Duft frisch gemahlener Bohnen erfüllen bald die Luft. Die Baristas zaubern Cappuccinos, Lattes und Mokkas mit präziser Perfektion, garniert mit Sahnehäubchen und Sirup, die den Kaffee nicht nur visuell, sondern auch geschmacklich ansprechend machen.

Olena tritt neben mich. „Sag mir, wenn ich mich irre, aber ich würde sagen, die Eröffnung ist ein voller Erfolg."

Ich sehe mich um, beobachte die Kunden, die ihren Kaffee trinken und die Mini-Muffins und Cupcakes probieren. Der Laden ist voll, die Atmosphäre elektrisierend. „Bis jetzt sieht es gut aus."

Ohne es bewusst zu bemerken, suche ich mit den Augen nach einer bestimmten Person. Aber natürlich ist sie nicht hier. Warum sollte die Frau, die mein größter

Konkurrent in der Stadt ist, zu unserer großen Eröffnung kommen?

Sobald sie sieht, dass dies ein Kaffeehaus ist – ein Kaffeehaus, betrieben von dem neuen Kerl in der Stadt, mit dem sie geflirtet hat – wird sie kaum warme Gedanken an mich verschwenden.

Es ist das Beste, Marlowe Cole einfach zu vergessen.

Ich schlendere durch den Laden und stelle mich den Stadtbewohnern vor, von denen ich einige während meines kurzen Aufenthaltes hier bereits kennengelernt habe. Einige haben sich schon zusammengereimt, dass ich für diesen neuen Laden verantwortlich bin, obwohl niemand geahnt hat, dass es ein Café sein würde.

„Ich habe das Gefühl, dass er mich die ganze Zeit beobachtet", sagt eine Frau mittleren Alters zu ihren Freundinnen, während sie einen der Mini-Muffins probiert. Ich erkenne die Frau mit den kurzen grauen Haaren und der auffälligen blauen Brille wieder, sie ist die extrem neugierige Person, die ich auf dem Marktplatz getroffen habe. Ich glaube, ihr Name ist Frau Jacobson, obwohl sie mich gebeten hat, sie Tanya zu nennen.

„Wer?", fragt eine ihrer Freundinnen.

„Er. Da oben. Der Typ mit all den Muskeln." Sie deutet auf das Foto des Mannes im offenen, rot karierten Flanellhemd, das sein beeindruckendes Sixpack zur Schau stellt.

Tanya Jacobson geht einen Schritt nach links und wieder zurück, während sie das Bild betrachtet. „Du hast recht. Das tut er wirklich. Irgendwie unheimlich. Er hat wirklich viele Muskeln."

„Das sieht nicht natürlich aus. Ich wette, der nimmt Steroide", fügt eine der anderen Frauen hinzu.

„Meine Schwägerin nimmt Steroide", bemerkt Frau Jacobson, „gegen ihre Arthritis."

„Das ist eine andere Art von Steroiden, Liebes.“

Ich muss schmunzeln. Mir vollkommen bewusst, dass ich lausche, mache ich mich daran weiterzugehen, als ich höre, wie eine der Frauen fragt: „Ich frage mich, ob Marlowe heute Abend kommt?“

Mein Herz macht einen kleinen Sprung bei der Erwähnung ihres Namens. Einerseits zieht es sich zusammen, aber andererseits schlägt es auch schneller – eine seltsame Mischung aus Hoffnung, sie hier zu sehen und Furcht, ihr zu begegnen.

Seltsam.

„Sie meinte, dass sie vorbei schauen wollte, aber das war, bevor wir wussten, was für eine Art von Laden das hier ist“, sagt ihre Freundin, als wäre unser Café eine zwielichtige Einrichtung, die Geld für das organisierte Verbrechen wäscht. „Konkurrenz“, zischt sie, und ihre Freundinnen nicken bekräftigend.

Tanya Jacobson entdeckt mich und zieht mich zu ihrer Gruppe herüber. Im wahrsten Sinne des Wortes. Sie packt mich am Jackett-Ärmel und führt mich entschlossen zu ihren Freundinnen. „Oliver, du bist mir vielleicht ein Geheimniskrämer! Du hast nie erwähnt, dass du hier bist, um diesen Laden zu eröffnen. Und dabei hast du mit Marlowe geflirtet – der Frau, die dein größter Konkurrent ist.“

Ich öffne den Mund, um zu protestieren, als eine der Frauen sagt: „Wir haben schon gehört, dass ihr geflirtet habt.“

„Oh ja, wir haben *alle* davon gehört“, stimmt eine andere zu und alle drei sehen mich misstrauisch an, als hätte ich nur mit Marlowe geflirtet, um an ihre Geschäftsgeheimnisse zu kommen oder etwas in der Art – und nicht einfach, weil sie eine atemberaubende Frau ist.

Ich entscheide mich für ein nonchalantes Achselzucken. „Was soll ich sagen? Meine Konkurrenz ist wunderschön."

Ein zustimmendes Murmeln geht durch die Gruppe.

„Wunderschön *und* ledig", fügt Tanya Jacobson hinzu.

Werde ich hier etwa gerade mit meiner „größten Konkurrenz" verkuppelt? In dieser Stadt handeln die Menschen scheinbar schnell. Schnell und wirklich *aufdringlich*.

Ich lächle und frage: „Ich werde es mir merken. Vielen Dank die Damen. Ich habe allerdings nicht alle ihre Namen mitbekommen."

„Ich bin Suzie Ashbridge", sagt die Frau mit der dicken roten Brille und den grauen Locken.

„Und ich bin Dana Sommerfeld", ergänzt die andere Frau in der Gruppe.

„Und mich kennst du ja bereits." Tanya grinst. „Habe ich richtig gehört, dass du ein Langdon bist? Gehörst du zur Familie von Melody Langdon?"

Ich hasse diese Frage. Sie lässt es so aussehen, als hätte ich diesen Job nur wegen meiner familiären Beziehungen bekommen, obwohl ich hart für die Firma arbeite und Ergebnisse liefere.

„Melody Langdon ist meine Mutter."

„Gutaussehend *und* reich, hm?" Eine der Frauen mustert mich von Kopf bis Fuß und ich habe das Gefühl, dass sie mich gerade nach dieser Information ganz neu bewertet.

„Oliver, du musst so stolz sein, eine Mutter wie Melody Langdon zu haben. Ich habe sie auf der Titelseite eines Magazins gesehen", erzählt Tanya mir.

„Sie war im Laufe der Jahre auf mehreren."

Frau Jacobson lächelt breit. „Wie wundervoll für dich."

Ich verlagere mein Gewicht von einem Fuß auf den anderen. Das öffentliche Image meiner Mutter ist das einer alleinerziehenden Mutter, die es aus eigener Kraft nach oben geschafft hat – eine erfolgreiche Powerfrau, die alles gegeben hat, um wohlhabend und einflussreich zu werden. *Und das alles, während sie drei entzückende Kinder großgezogen hat!* Das Problem an diesem Bild ist nur, dass sie sich immer mehr auf ihren Erfolg als auf ihre Kinder konzentriert hat.

Aber das würde ich natürlich niemals laut sagen.

Spar dir das für deinen Therapeuten auf. Das ist, was Olena immer zu mir sagt.

Es ist Zeit für einen Themenwechsel.

Ich klatsche in die Hände. „Nun, meine Damen, habt ihr schon eure Spezialkaffees bei unseren freundlichen Baristas, Tina und Naomi, bestellt? Sie gehen heute aufs Haus und ich garantiere, dass ihr sie lieben werdet."

„Das werden wir tun, Oliver Langdon", antwortet Tanya Jacobson und genießt es sichtlich, meinen vollen Namen zu verwenden.

„Jetzt, wo ihr eröffnet habt, gibt es vielleicht einen Krieg zwischen den beiden Cafés – direkt hier in Hunter's Creek! Wäre das nicht etwas?", sagt Suzie Ashbridge mit vor Begeisterung funkelnden Augen.

Sie scheinen noch nicht bereit zu sein, das Thema zu wechseln.

„Oder vielleicht verlieben sich Marlowe und Oliver hier und fusionieren dann ihre Geschäfte", schlägt Dana Sommerfeld vor.

Das wird ganz sicher nicht passieren, das kann ich ihnen jetzt schon sagen.

Ich verdrehe die Augen, aber tief in mir frage ich mich, wie es wohl wäre, jeden Tag mit Marlowe Cole zusammenzuarbeiten. Ich wette, es wäre eine ganze Menge Dinge: Spaßig. Fesselnd. Ablenkend. Definitiv ablenkend.

Ich zwinge mich, diese absurde Vorstellung abzuschütteln. Heute Abend geht es nur um *Steamy Coffee*, nicht um meine zunehmend verwirrenden Gefühle für die Konkurrenz.

„Mach dir keine Sorgen, Dana. Die Sache ist bereits im Rollen", sagt Tanya Jacobson zu ihren Freundinnen, bevor sich mich vielsagend anlächelt.

Ist sie das? Was soll das überhaupt heißen?

Ich öffne den Mund, um etwas zu sagen – auch wenn ich keine Ahnung habe, was ich zu diesem offensichtlichen Kupplungsversuch sagen soll – als jemand seine Hand auf meinen Arm legt und sich vorstellt.

„Sie müssen Oliver Langdon sein", sagt ein Mann, der Jack Nicholson erstaunlich ähnlich sieht.

„Das bin ich, Sir. Freut mich, Sie kennenzulernen", antworte ich und schüttele seine Hand. „Geht und holt euch eure Gratiskaffees, meine Damen", sage ich zu meinen neugierigen Gesprächspartnerinnen, bevor sie sich in Richtung Theke aufmachen.

„Calvin Cantor ist mein Name. Ich habe früher die Sägemühle besessen, bis ich sie letztes Jahr verkauft habe. Ich lebe schon mein ganzes Leben hier in Hunter's Creek – abgesehen von der Zeit an der Uni und in der Wirtschaftsschule. Eine tolle kleine Stadt."

Natürlich. Ich habe über Herrn Cantor und die Mühle gelesen, die sein Großvater vor langer Zeit gegründet hat. Sie ist ein fester Bestandteil der Stadtgeschichte und nach wie vor der größte Arbeitgeber hier – daher all die Holzfäller-Typen in ihren karierten Flanellhemden.

„Freut mich, einen ehemaligen Industriekapitän von Hunter's Creek kennenzulernen."

„Ich habe gehört, dass Sie der Sohn von Melody Langdon sind, der Besitzerin der gesamten *Steamy Coffee*-Kette."

Nachrichten verbreiten sich hier wirklich schnell.

„Das stimmt, Herr Cantor. Und sie hat mir die Verantwortung für die Eröffnung dieser Filiale hier in Ihrer schönen Stadt übertragen."

„Interessant. Ich hätte gedacht, dass sie ihren besten Mann an einem größeren Standort in einer Metropolregion einsetzen würde."

Er geht davon aus, dass ich der Lieblingsangestellte meiner Mutter bin, dabei weiß ich, dass dieses Privileg meinem Bruder zukommt – selbst nach seinem frühzeitigen Ableben.

„Ich habe mich tatsächlich freiwillig für diesen Standort gemeldet."

Er mustert mich neugierig. „Ist das so?" Er hält mich wohl für einen Sonderling, weil ich lieber eine Filiale in einer Kleinstadt als in einer Metropole eröffne. „Ich bin mir allerdings nicht sicher, ob mir das Marketing zusagt", sagt er und betrachtet die beleuchteten Fotos neben der Getränkekarte.

„Wir wollten unserer typischen Kampagne einen Hauch von lokalem Flair verleihen, als Hommage an die Geschichte der Stadt", antworte ich geschmeidig.

Ein Typ mit offenem Flanellhemd als Hommage an die Stadtgeschichte? Innerlich erschauere ich.

Er nimmt einen Schluck aus seiner Tasse. „Dieser Kaffee ist erstklassig. Wenn wir nicht aufpassen, werden Sie jedes Café in der Stadt aus dem Geschäft drängen."

„Wir werden sehen, wie sich die Dinge entwickeln, denke ich", antworte ich und kann nicht anders, als aus dem Fenster zur anderen Straßenseite zu schauen.

„Mary's ist nicht wirklich gut", sagt er und meint damit das kleine Café um die Ecke, das kaum Kundschaft zu haben scheint. „Aber das Essen im *Second Chance* ist erstklassig – was größtenteils den Kochkünsten von Sheila Browning, der Besitzerin, zu verdanken ist. Aber der Kaffee lässt wirklich zu wünschen übrig."

„Ich dachte, es wäre Marlowe Coles Café?", frage ich, obwohl ich mich dunkel daran erinnere, dass Marlowe bei unserem ersten Treffen ihre Tante erwähnt hat.

„Sie führt es für ihre Tante. Ist aus Seattle hierher gezogen, um es zu übernehmen. Zumindest soweit man hört, ich weiß nichts über die genauen Umstände. Aber was ich weiß, ist, dass es schlecht um Sheilas Mann steht. Er hat Krebs." Etwas leiser fügt er hinzu. „Die schlimme Art."

Ich bin also dabei, die Existenzgrundlage einer Frau zu gefährden, die ihr Geschäft ihrer Nichte anvertraut hat, während sie ihrem krebskranken Mann beisteht?

Das Schuldgefühl hat sich gerade verdoppelt.

Meine Mutter hat mir immer eingeschärft, mich nicht emotional in neue Standorte einzumischen. Sie hat recht. Wenn man die Konkurrenz auf Distanz hält, vermeidet man unnötige Verwicklungen. Und Schuldgefühle. Man kann rational erklären, dass die Leute wollen, was wir anbieten: eine verbesserte Version ihres lokalen Kaffeehauses. Sicher, dieses lokale Kaffeehaus mag familiengeführt und schon immer da gewesen sein, aber die Zeiten ändern sich und mit ihnen die Geschmäcker der Menschen. Und so kann Steamy Coffee ihr neuer Lieblingsort werden.

Wenn ich Marlowe an diesem Tag nicht am See getroffen und mich sofort zu ihr hingezogen gefühlt hätte, dieser Anziehung nicht nachgegeben hätte und sie im Second Chance besuchen gegangen wäre, dann wäre ich jetzt nicht emotional involviert. Dann könnte ich meinen Job machen. Dann könnte ich aus dieser Filiale einen Erfolg machen. Dann könnte ich meiner Mutter meinen Wert beweisen.

Aber hier bin ich und sorge mich darum, wie sie über diesen Koloss von Café-Kette denken muss, der direkt gegenüber eröffnet hat. Und schlimmer noch: was sie über mich denken wird, wenn sie erfährt, dass ich sie nicht gewarnt habe.

Ich entschuldige mich bei Herrn Cantor und gehe durch die Menschenmenge zur Theke, wo ich mich an die Baristas wende. „Alles unter Kontrolle so weit?"

„Hier geht's richtig rund, Chef", sagt Naomi, während sie mehr Bohnen in die Maschine füllt. „Wir sind ein Hit!"

„Na klar, es ist ja auch alles kostenlos", bemerkt Tina trocken.

„Gibt es nicht einen Zusammenhang zwischen dem Erfolg der Eröffnung und der Anzahl der Stammkunden, die wir in den nächsten Wochen gewinnen werden?", fragt Naomi.

„Ganz genau. Und es ist unsere Aufgabe, sie dazu zu bringen, zurückkommen zu wollen und ab morgen früh zahlende Kunden zu sein."

„Verstanden, Chef", sagt Naomi grinsend.

„Ihr wisst, dass ihr mich Oliver nennen könnt, oder?"

„Sicher, Chef." Sie zwinkert mir zu.

Ich lache und drehe mich um und stehe plötzlich Marlowe Cole gegenüber.

Die Menge hält gespannt den Atem an, als würden sie eine dramatische Konfrontation wie in einem Western erwarten.

„Marlowe, hi", sage ich, meine Stimme klingt seltsam.

Ihre Gesichtszüge sind angespannt. „Also, das ist dein neues Geschäft, hm? Ein Café."

Ich lächle. „Genau. Möchtest du vielleicht—"

Sie unterbricht mich. „Aber nicht irgendein Café. Ein *Steamy Coffee*, eine der größten und erfolgreichsten Ketten des Landes." Ihre Augen funkeln vor Wut.

Ich kann ihr keinen Vorwurf machen.

Ich senke meine Stimme. „Hör zu, ich verstehe es. Du bist verärgert", beginne ich.

„Verärgert? Versuch es mit schockiert oder überrumpelt oder... sprachlos." Sie macht eine ausladende Handbewegung.

„Warum hast du gestern nichts gesagt, als du ins Second Chance gekommen bist? Du hattest nicht den Anstand dazu. Du hättest mich wenigstens *warnen* können."

Zu meiner Überraschung schlägt ihre Stimmung, die ich für Schock und Wut gehalten habe, in etwas Schlimmeres um. Etwas viel Schlimmeres. Tränen sammeln sich in ihren Augen, doch sie blinzelt sie weg und hebt trotzig den Kopf.

„Marlowe, ich-ich—", stammele ich, völlig überrumpelt von ihrem Kummer.

Mit Wut kann ich umgehen, Kummer dagegen ist eine ganz andere Sache.

"Große Kaffeeketten drängen kleine, lokale Läden ständig aus dem Geschäft. Ich wette, das wusstest du."

Natürlich wusste ich das.

Ich straffe meine Schultern. Ich habe nichts falsch gemacht. Wir haben zwei Marketing-Strategien, wenn wir einen neuen Standort eröffnen. Entweder wir halten uns bedeckt, um Neugier zu wecken, oder wir machen viel Aufhebens darum. In Hunter's Creek haben wir uns für die stille Variante entschieden. Erfolgreich, wie es aussieht.

"Möchtest du vielleicht einen Kaffee aufs Haus?", biete ich schwach an. "Naomi oder Tina werden dir sicher gerne weiterhelfen."

Ihr Blick gleitet zu den Baristas, die sie anlächeln, ahnungslos was den Inhalt unseres Gesprächs betrifft und die Tatsache, dass Marlowe ein konkurrierendes Kaffeehaus betreibt – ein Kaffeehaus, das ab jetzt ernsthaft bedroht ist.

Sie schaut wieder zu mir und schüttelt den Kopf, bevor

sie sich die Haare aus dem Gesicht streicht. "Ich bin ausreichend mit Kaffee versorgt, danke." Sie wirft mir einen letzten Blick zu, bevor sie sich ihren Weg durch die Menge bahnt.

Alle Augen richten sich auf mich.

Mein Gesicht brennt vor Scham und ich spüre die Last des Urteils der Stadt auf mir, wie ein bleierner Briefbe- schwerer auf einem Stapel Papiere. Ich habe eine der beliebtesten Töchter der Stadt verärgert, indem ich ein Geschäft in direkter Konkurrenz zu ihrem eröffnet habe.

Ein Teil von mir möchte ihr nachlaufen und sich entschuldigen. Aber ich weiß, dass es nichts bringen würde. Ich hätte mich nicht emotional involvieren sollen. Das ist Geschäft. Nichts anderes. Also tue ich es nicht.

Stattdessen räuspere ich mich und setze ein Lächeln auf. "Ich hoffe, Sie genießen Ihre kostenlosen Getränke und Snacks. Wir werden jeden Tag von 6:00 Uhr morgens bis 22:00 Uhr abends geöffnet haben."

Ich sagte ja, ich bin der Bösewicht in dieser Geschichte.

Kapitel 8

Marlowe

Ich starre aus dem Fenster ins helle Morgenlicht, meine Wut und Bestürzung über die gestrige Entdeckung, was Olivers neues Geschäft wirklich ist, brennen immer noch in mir.

Von all den schmutzigen, niederträchtigen, schrecklichen und verabscheuungswürdigen Dingen, die man tun kann! Oliver wusste, dass ich das Café in der Hauptstraße betreibe. Ich habe es ihm gesagt. Er war hier. Und trotzdem hielt er es nicht für nötig, mir mitzuteilen, dass er ein Geschäft eröffnet – das in direkter Konkurrenz zu meinem steht?

Es ist wie damals mit Mike. Ich werde hintergangen. Ich werde zum Narren gehalten.

Ich stoße einen verärgerten Seufzer aus.

Eine Stimme in meinem Kopf hält dagegen: *Oliver ist nicht heimlich verheiratet, ich bin nicht in einer Beziehung mit ihm und er ist nicht mein Chef.*

Warum muss ich so rational denken?

Es ist genau wie mit Mike, und ich hasse ihn, rede ich mir ein.

So.

„Was ist heute Morgen los mit dir?", fragt Ryn, als sie von einem Tisch zurück zur Theke kommt.

„Ich kann nicht glauben, dass ich dieses Monster je süß fand", sage ich mit zusammengebissenen Zähnen, während ich zusehe, wie Kunden – *meine* Kunden – durch die Türen des neuen *Steamy Coffee* auf der anderen Straßenseite spazieren.

„Moment mal. Du findest den Neuen in der Stadt süß?", fragt Ryn.

„Nur, weil er neu und männlich ist", witzele ich.

„Also fandest du Eugene McAllister, der letztes Weihnachten hierher gezogen ist, auch süß?" Sie meint damit den kleinen, rundlichen, glatzköpfigen Mann in den Fünfzigern, der den örtlichen Lebensmittelladen übernommen hat, als sein älterer Bruder in den Ruhestand ging.

Ich werfe meiner kleinen Schwester einen vielsagenden Blick zu. „Hast du heute Morgen nicht Unterricht in Cotown?"

„Du bist so leicht zu provozieren. Mein Gesichtsbehandlungskurs beginnt erst um zwölf, was bedeutet, dass ich den ganzen Morgen über hier bin, um dich über deine

Gefühle für den neuen Besitzer von *Steamy Coffee* auszufragen."

„Ein Glück für mich", erwidere ich trocken.

„Wart ihr schon dort?", fragt unsere Tante Lisa, die sich normalerweise in der Küche aufhält und aus dem Geschehen im Café heraushält.

„Ich war gestern Abend drüben, bei der 'großen Eröffnung'." Ich mache Anführungszeichen in die Luft. „So großartig war sie allerdings nicht. Eher kriminell, weil sie unsere Kunden stehlen. Es sollte Gesetze dagegen geben, neue Geschäfte direkt gegenüber der Konkurrenz zu eröffnen." Ich drehe mich zu Tante Lisa. „Gibt es welche?"

„Da müsstest du jemanden fragen, der sich auskennt, Süße. Vielleicht Christopher? Er ist schließlich Anwalt", antwortet sie.

„Christopher weiß alles", stimmt Ryn zu.

„Ich habe die Eröffnung gestern verpasst und konnte es mir noch nicht anschauen, aber ein paar meiner Freunde sagten, es sei superschick", sagt Tante Lisa.

„Ich habe es nicht richtig wahrgenommen. Ich war zu geschockt", gebe ich zu.

„Warum gehst du nicht rüber und siehst es dir nochmal genau an?", schlägt sie vor.

Ich schnaube empört, allein der Gedanke schreckt mich ab. „Auf gar keinen Fall! Ich war einmal dort, das reicht mir fürs ganze Leben."

„Wenn es so schlimm ist, warum bist du dann überhaupt hingegangen?", fragt Ryn.

„Weil ich es mit eigenen Augen sehen musste. Zu meiner Verteidigung, ich wusste nicht, dass es ein Café ist."

„Das Schild hat es dir nicht verraten?", fragt meine Schwester mit ihrem gewohnten Sarkasmus.

„Es war verdeckt, genau wie die Fenster. Keiner wusste es." Ich schaue erneut zum geschäftigen Café hinüber und sehe, wie noch mehr unserer Stammkunden hineingehen. „Das ist das Schlimmste, was in Hunter's Creek je passiert ist."

Ryn verschränkt die Arme vor der Brust. „Ich persönlich denke ja, das Schlimmste war, als Hollywood in die Stadt kam und einen selbstgefälligen, selbstverliebten Mistkerl namens Joe Turner mit sich brachte."

„Aber wenn Joe nicht gewesen wäre, hättest du vielleicht nie realisiert, wie gut es mit Gabe sein könnte", wirft Tante Lisa ein und Ryns Gesicht verzieht sich zu diesem albernen Lächeln, das sie immer aufsetzt, wenn jemand den Namen ihres Freundes erwähnt.

„Können wir uns bitte konzentrieren?", frage ich spitz. „Was zum Teufel sollen wir tun? Die meisten unserer Kunden sind heute Morgen zu *Steamy Coffee* gegangen." Ich lasse meinen Blick durch unser fast leeres Café schweifen. „Ich kann die Leute hier an einer Hand abzählen und normalerweise ist es um diese Zeit brechend voll."

„Ich habe gehört, der Typ, der den Laden führt, ist der Sohn der Besitzerin", erklärt Tante Lisa.

„Oliver?", frage ich nach.

„Jepp. Er ist Melody Langdons Sohn."

Also ist er gut aussehend, reich *und* hat diesen Job auf dem Silbertablett serviert bekommen.

Das wird ja immer besser.

„Das ist die klassische Handlung einer Dating-Show", sagt Ryn plötzlich.

Ich runzle die Stirn. „Wie bitte?"

„Das Paar ist glücklich zusammen, alles läuft super, und dann kommt plötzlich eine heiße neue Kandidatin ins Spiel. Der Typ lässt sich ablenken, aber nach einer Weile merkt er, dass seine Freundin doch die Beste ist."

Ich blinzle meine Schwester an.

Tante Lisa hingegen nickt verständnisvoll. „Ich

verstehe, was du meinst. Die Leute in der Stadt sind von dem schicken neuen Laden geblendet, aber mit der Zeit werden sie sich daran erinnern, wie gut es hier ist."

Ich kaue auf meiner Lippe. „Ich hoffe, du hast recht."

„Wir müssen vielleicht mehr tun als nur *hoffen*", sagt Ryn und deutet mit dem Kopf zum Fenster.

Ich blicke hinüber und sehe, wie die drei Mitglieder des *Hunter's Creek Damen-Komitees* durch die Tür von *Steamy Coffee* spazieren. „Was zum…? Aber sie kommen doch immer zu uns."

„Gabe und ich haben die Eröffnung gestern Abend verpasst, also sollte ich heute mal vorbeischauen." Ryn zieht sich die Schürze über den Kopf und drückt sie mir in die Hand. „Ich werde mir das mal anschauen. Kommst du mit?"

Ich schüttele entschieden den Kopf. „Keine Chance. Ich kann nicht gesehen werden in…in… diesem Laden."

Ryn verdreht die Augen. „Marlowe, es ist nur ein Café, nicht irgendein Sündenpfuhl." Sie greift nach meinen Schürzenbändern und entknotet sie. „Ich habe einen Hut und eine Sonnenbrille im Büro, falls du inkognito gehen möchtest."

„Das ist die schlechteste Idee aller Zeiten", sage ich – und überquere trotzdem wenige Minuten später mit einem Fischerhut und einer großen Sonnenbrille bekleidet die Straße. Während Ryn in ihrem üblichen Outfit aus T-Shirt, Jeans und Turnschuhen total entspannt aussieht. Ich hingegen, in meiner ärmellosen Bluse, meinem Rock und den Stöckelschuhen, die ich trage, sehe aus wie eine verwirrte Vin Diesel-Kopie. Aber das Letzte, was ich will, ist, dass Oliver mich erkennt.

Wir schleichen uns an den Eingang.

„Bist du sicher, dass das eine gute Idee ist?", frage ich in gedämpftem Ton.

„Jetzt kneifst du nicht mehr! Wir gehen rein." Ryn greift nach meiner Hand und bevor ich weiter protestieren kann, zieht sie mich durch die Türen in die Steamy Coffee-Filiale hinein.

Sofort schlägt uns der Duft von frisch gemahlenem Kaffee und warmem Gebäck entgegen, als ich einen verstohlen Blick durch den Raum werfe. Der Laden sieht aus wie jedes andere *Steamy Coffee, in dem ich je gewesen bin.* Geschmackvoll eingerichtet, mit Holzfußböden, die definitiv nicht da waren, als es noch ein Strickgeschäft war, und silbernen Bilderrahmen und Regalen, die im perfekt austarierten Licht sanft glänzen. Das Gesamtbild mag generisch sein, aber es ist elegant und stilvoll – das komplette Gegenteil der Gemütlichkeit des *Second Chance Cafés*.

„Schau dir diesen Laden an", flüstert Ryn beeindruckt neben mir.

Meine Augen überfliegen die umfangreiche Kaffee-karte über der Theke. Sie haben alle nur erdenklichen Sorten von Kaffee, von Cappuccino bis Eiskaffee und alles dazwischen.

Sie stupst mich an. „Schau dir den heißen Typen an."

Mein Verstand denkt natürlich sofort an Oliver. „Was? Wo ist er? Hat er mich gesehen?", frage ich atemlos, während meine Augen panisch umherwandern.

„Nicht dein Kaffeehaus-besitzender Rivale. Ich meine den Typ da oben." Sie zeigt auf das Bild eines lächelnden Mannes, der scheinbar vergessen hat, sein Hemd, das rot kariert und offensichtlich aus Flanell ist, zuzuknöpfen und dadurch seine beeindruckende Muskulatur allen zur Schau stellt.

Subtil? Nicht wirklich.

Daneben steht eine ebenso attraktive Frau, die aus irgendeinem Grund einen roten Bikini trägt. Ihr langes, dunkles Haar fällt ihr über den Rücken, während sie den Mann verliebt anstrahlt. Beide halten Kaffeetassen in den Händen und sehen glücklich, sexy und verliebt aus.

Ryn pfeift leise. „Du weißt ja wie es so schön heißt: Sex sells. Ich wusste nur nicht, dass das auch für Kaffee gilt."

„Anscheinend funktioniert es", seufze ich und ziehe meine Sonnenbrille etwas herunter, um die vielen Kunden zu betrachten. Jeder Platz ist besetzt und es gibt eine lange Schlange vor dem Tresen. Obwohl ich einige Gesichter nicht kenne, sind die meisten Einheimische und Second Chance Stammkunden.

„Nun wissen wir, wo unsere Kunden heute abgeblieben sind, Schwesterherz. Geheimnis gelöst." Sie zieht an meinem Arm. „Schau dir das Damen-Komitee an. Elende Verräter!"

Ich sehe die Gruppe von Frauen an einem Tisch sitzen, plaudernd über ihren ausgefallenen Kaffee-Bestellungen. Frau Sommerfeld schaut auf und ihre Augen weiten sich überrascht, als sie uns entdeckt.

Ich nehme die Sonnenbrille ab und winke ihr mit einem übertriebenen Lächeln zu.

Erwischt, meine Damen.

„Komm. Lass sie uns zur Rede stellen", verkündet Ryn entschlossen und marschiert zu ihrem Tisch.

„Ryn, nein!", rufe ich ihr hinterher.

„Marlowe Cole."

Ich zucke zusammen, als ich meinen Namen höre. Ich weiß genau, wer es ist. Natürlich werde ich von der einzigen Person ertappt, der ich jetzt nicht begegnen möchte. Oder überhaupt jemals wieder.

Oliver steht hinter der Theke und grinst mich an, als hätte er gerade im Lotto gewonnen. „Was für eine angenehme Überraschung. Netter Fischerhut."

„Das gehört zu meinem Look." Ich versuche, gelassen

zu klingen, aber meine Stimme bricht. So viel zum Ruhe bewahren.

Ein Lächeln umspielt seine Lippen. „Nun, es ist ein anderer Look als sonst, das muss ich dir lassen."

Natürlich weiß ich, dass der Fischerhut nicht wirklich zu meinem sonst üblichen schicken Büro-Look passt, den ich bei der Arbeit trage. Aber sollte ich leicht gekränkt darüber sein, dass er bemerkt hat, was ich normalerweise trage? Gekränkt oder... heimlich geschmeichelt?

Gekränkt. Definitiv gekränkt.

„Was verschafft mir die Ehre deines Besuchs?", fragt er.

„Ich dachte, ich schaue mal vorbei, um zu sehen, was der ganze Trubel soll. Gestern, ähm, Abend bei deiner großen Eröffnung, konnte ich mir keinen richtigen Eindruck verschaffen."

„Weil der Laden so voller begeisterter Kunden war?"

Sein Kommentar ist eine klare Provokation. Er will mich reizen.

Das wird ihm nicht gelingen.

„Überhaupt nicht. Ich konnte alles bestens sehen – von den generischen Sitzgelegenheiten bis hin zu den völlig unangemessenen Bildern hinter der Theke. Nicht gerade familienfreundlich."

Er verzieht das Gesicht und ich weiß, dass ich ins Schwarze getroffen habe. Also setze ich noch einen drauf.

„Dir mag vielleicht nicht bewusst sein, dass die Stadt eher konservativ ist? Ich bin mir nicht sicher, ob diese übergroßen Bilder hier gut ankommen werden. Nur ein freundlicher Hinweis."

Er beißt sich nachdenklich auf die Unterlippe. „Da könntest du recht haben. Sollen wir ein paar der Kunden fragen, was sie davon halten?"

Ich lasse meinen Blick zu den Mitgliedern des Damen-Komitees schweifen. Sie werden sicher eine Meinung zur

Bekleidung des abgebildeten Paares oder vielmehr dem Mangel daran, haben. „Was ist mit dem Tisch dort drüben? Wir könnten sie fragen."

„Nur zu." Er macht eine einladende Geste, dass ich vorgehen soll, was ich mit erhobenem Haupt tue.

Diese Sache hier wird zu meinen Gunsten ausfallen. Das Damen-Komitee wird das Bild als völlig unpassend abstempeln und ich werde in diesem neuen Kampf gegen Oliver einen Sieg einfahren.

„Hallo, die Damen", sage ich mit einem freundlichen Lächeln.

Sie blicken mich mit unsicheren Mienen an.

„Marlowe! Wie schön, dich zu sehen", murmelt Frau Jacobson, während sie nervös zwischen ihren Freundinnen hin und her schaut.

„Ihr scheint euch gut eingelebt zu haben hier", bemerkt Ryn mit einem süffisanten Lächeln.

Frau Jacobson ignoriert die Bemerkung und sagt stattdessen: „Und Oliver ist auch hier. Die beiden Café-Besitzer aus der Hauptstraße, vereint an unserem Tisch."

Ich weiß genau, worauf sie hinauswill, und gerade jetzt mit Oliver verkuppelt zu werden, ist das Letzte, was ich brauche. Nicht, nachdem er zu meinem Erzfeind geworden ist.

„Ich bleibe nicht lange. Ich habe nur eine schnelle Frage an euch, meine Damen.", sage ich.

Doch Oliver nutzt die Gelegenheit, um sich einzuschmeicheln. „Guten Morgen, meine Damen. Es ist wunderbar, euch heute wieder hier begrüßen zu dürfen. Im Namen von *Steamy Coffee* danke ich euch für eure Treue", seine Stimme trieft nur so vor gespielter Höflichkeit.

Die Frauen kichern. Sie *kichern* tatsächlich. Ich reiße die Augen auf. Sie sind alt genug, um seine Mutter sein zu können. Nein, seine Großmutter sogar! Nicht das ich wüsste, wie alt Oliver ist, aber er sieht aus, als wäre er Anfang dreißig, höchstens Mitte dreißig.

„Wir haben euch heute Morgen im *Second Chance* vermisst", sage ich.

„Wir betreiben nur ein bisschen Marktforschung für dich", erklärt Frau Ashbridge und die anderen beiden nicken eifrig.

„Genau. Marktforschung. Wir wollten dir morgen früh berichten, wenn wir wieder auf unseren üblichen Kaffee vorbei kommen", fügt Frau Sommerfeld hinzu.

„Das ist großartig", antworte ich, obwohl ich genau weiß, dass es totaler Blödsinn ist. „Ich freue mich darauf, euch morgen wiederzusehen. Aber sagt mal, was haltet ihr eigentlich von den Bildern dort hinter der Theke?"

„Bilder?", fragt Frau Jacobson unschuldig. „Ich bin mir nicht sicher, ob ich welche bemerkt habe."

Ihre Freundinnen stimmen ihr zu. Angeblich haben sie ihre Augen bisher noch nicht über die Theke hinaus nach oben wandern lassen und die riesigen Bilder neben der Menütafel nicht einmal bemerkt. Geschweige denn die im Fenster. Ich würde sogar so weit gehen, zu behaupten, dass sie unmöglich zu übersehen sind.

„Wirklich?", frage ich ungläubig. Ich deute auf die beleuchteten Bilder über der Theke. „Ihr habt die noch nicht bemerkt?"

„Ach, *diese* Bilder. Wir dachten, du meinst andere", sagt Frau Jacobson und ihr Gesicht wird rot. „Ist es hier drinnen heiß oder liegt es am Kaffee?" Sie fächelt sich mit der Hand Luft zu.

Ich verschränke die Arme. „Jetzt habt ihr sie gesehen. Was haltet ihr davon?"

„Ich finde, die Augen des Mannes folgen einem überall hin", gesteht Frau Ashbridge.

„Ich habe seine Augen kaum bemerkt – wenn du verstehst, was ich meine", fügt Frau Sommerfeld hinzu und wackelt vielsagend mit den Augenbrauen.

„Findet ihr sie nicht vielleicht ein wenig anrüchig?", frage ich.

„Du sollst sie nicht beeinflussen", protestiert Oliver. „Was Marlowe von euch wissen möchte, ist, wie ihr die Bilder findet."

Nein, was Marlowe eigentlich wissen möchte, ist, warum man solche übertrieben sexy Bilder braucht, um Leute dazu zu bringen, ihr hart verdientes Geld für überkomplizierten Kaffee auszugeben, wenn es gleich gegenüber ein gemütliches Café mit netten Bildern gibt, die keine halb nackten Models zeigen. Also spar dir deine Sprüche, Oliver Langdon.

„Werden die sich für den Winter was überziehen? Es kann hier ziemlich kalt werden", bemerkt Frau Jacobson und ich könnte sie dafür küssen.

„Ich finde sie etwas ablenkend. Ich bin für eine Tasse Kaffee hier, nicht für einen halb nackten Mann, der mich so anschaut", sagt Frau Ashbridge. Eine weitere der Personen auf meiner neuen Liste mit Lieblingsmenschen.

Ich verziehe das Gesicht. „Es ist abschreckend, oder nicht?"

„Komm schon. Das ist definitiv Beeinflussung", beschwert sich Oliver.

Ich zucke mit den Schultern. „Du hast es gehört. Die Bilder sind unangemessen und nicht für ein Café geeignet."

Oliver blickt zwischen den Damen und mir hin und her. „Genießt euren Kaffee. Wenn ihr morgen wiederkommen solltet, sagt Naomi oder Tina einfach, dass ich euch zu einer zweiten Kaffeespezialität aufs Haus eingeladen habe, falls ich nicht da sein sollte."

Ich reiße die Augenbrauen hoch. Ernsthaft? So wird er das hier spielen?

Die Frauen strahlen ihn an und bedanken sich – und scheinen völlig zu vergessen, dass sie mich gerade darüber informiert hatten, morgen wieder ins *Second Chance* zu kommen.

Wie leicht die Leute in Hunter's Creek zu beeindrucken sind.

Ich nehme das als mein Stichwort zu gehen. Ich habe gesehen, was ich sehen wollte, und fühle mich genauso deprimiert und platt wie ein misslungenes Käse-Soufflé.

Ich verabschiede mich von den Damen und werfe Oliver einen hasserfüllten Blick zu.

„Lass uns gehen, Ryn", sage ich gepresst und trete eilig den Rückzug an.

„Bin gleich bei dir", antwortet sie.

Zu meiner Überraschung folgt Oliver mir zur Tür. „Hast du alles gesehen, was du sehen wolltest?"

„Ich habe mehr als genug für einen Tag gesehen", schnaube ich.

„Du hast mir noch gar nicht erzählt, warum du gestern Abend so plötzlich verschwunden bist."

„Ich hatte eine... eine Sache zu erledigen."

Faaaantastisch. Er wird niemals vermuten, dass ich das gerade erfunden habe.

„Eine Sache?"

„Eine Sache", bestätige ich und hebe mein Kinn herausfordernd.

„Verstehe." Das spöttische Lächeln auf seinen Lippen wird zu einem vollwertigen Grinsen. „Es ist großartig, dass du gekommen bist um unsere überlegene Kaffeequalität aus erster Hand zu erleben", neckt er mich mit einem verschmitzten Funkeln in den Augen. Augen, die ich gestern Morgen noch so attraktiv fand. Heute wirken sie einfach nur verräterisch. „Oder bist du hier, um uns ein paar Geschäftsgeheimnisse zu stehlen?"

„Du hast nichts, was mich interessiert", schnaube ich. „Wie gesagt, ich wollte nur herausfinden, worum hier so ein Aufheben gemacht wird – und jetzt sehe ich, es ist genau das: viel Aufhebens um nichts."

„Du kannst gerne bleiben und einen Kaffee aufs Haus genießen. Was immer du möchtest."

Als ob ich *seinen* Kaffee trinken würde!

„Danke, aber nein danke."

„Bist du sicher, dass ich dich nicht doch in Versuchung führen kann?"

Ich begehe den Fehler, ihm in die Augen zu schauen, und mein Magen macht einen kleinen Hüpfer, obwohl ich weiß, dass er sich von einem charmanten Fremden zu meinem Feind gewandelt hat.

Mein Körper hat die Nachricht wohl noch nicht bekommen.

Also tue ich das Einzige, was ich kann – ich richte mich auf, werfe mir die Haare über die Schulter und sehe ihn herausfordernd an. „Oh, du kannst dir einer Sache ganz sicher sein, Oliver *Langdon.*"

Er hält kurz inne und fragt: „Und das wäre?"

„Dass es absolut nichts gibt, was du mir bieten kannst, das ich will."

Er zieht eine Augenbraue fragend in die Höhe. „Nichts?", fragt er mit einem eindeutig flirtenden Unterton.

„Nichts", bestätige ich und ignoriere das Prickeln, das sein Blick auf meiner Haut hinterlässt. „Einen schönen Tag noch." Ich drehe mich auf dem Absatz um und marschiere aus dem Café – nur um direkt mit jemandem zusammenzustoßen, der gerade hereinkommt.

Uff!

„Entschuldigung, ich habe Sie nicht — Marlowe?"

Ich sammele mich kurz und blicke auf, um zu sehen mit wem ich zusammengestoßen bin, nur um in ein vertrautes Gesicht zu blicken.

„Papa?" Mein Blick wandert zu seiner Begleitung. „Mama?"

„Hallo, Kürbis. Was für eine nette Überraschung", sagt Papa.

„Was machst du hier, Liebes?", fragt Mama und umarmt mich kurz.

Ich werfe ihr einen bedeutungsvollen Blick zu. „Ich könnte euch dasselbe fragen."

Ich sehe Oliver nicht an.

„Wir wollten wissen, worüber alle reden. Die ganze Stadt spricht heute von diesem Ort. Mach dir keine Sorgen, wir lieben das *Second Chance* immer noch. Aber ich mag die Vorstellung von einem großen Kaffee mit Vanille-Geschmack und dieser ausgefallenen Sahne", sagt Mama und leckt sich die Lippen. Sie leckt sich tatsächlich die Lippen.

„Ich probiere wohl den Pfefferminz-Schoko-Kaffee", sagt Papa.

Das ist also mein Tiefpunkt. Verraten von meinen eigenen Eltern.

„Darf ich Ihnen einen Vanille-Cappuccino mit extra Sahne empfehlen, Frau Cole, und einen Pfefferminz-Mokka für Sie, Herr Cole?", fragt Oliver mit seinem charmanten Lächeln.

„Das klingt köstlich", schwärmt Mama und ich werfe ihr einen warnenden Blick zu.

„Ich bin Oliver Langdon, der Inhaber. Willkommen."

Meine Eltern begrüßen ihn und ich drehe mich zu Oliver. „Danke, dass du mich zur Tür begleitet hast. Bis irgendwann mal."

Ich bin genauso subtil wie seine aufreizenden Werbefotos, aber es ist mir egal.

„Vielleicht treffen wir uns ja mal am See", sagt er.

In deinen Träumen.

„Auf Wiedersehen", sage ich betont scharf.

Zum Glück versteht er den Hinweis und kehrt zur Theke zurück.

„All meine Kunden sind hier", sage ich leise.

„Bestimmt nicht alle, da bin ich mir sicher", meint Papa.

„Die meisten."

„Schatz, das ist nur die Aufregung um den neuen Laden in der Stadt. Das ist alles. Deine Kunden sind einfach nur neugierig, dann kommen sie in null Komma nichts zu dir zurück. Du wirst sehen."

„Deine Mutter hat recht. Nichts geht über den Apfelkuchen aus dem *Second Chance*."

Ich lächle schwach. „Ich hoffe, ihr habt recht."

„Haben wir. Was hat Sheila zu dieser neuen Entwicklung gesagt?"

Tante Sheila. Mein Herz zieht sich zusammen. Ich muss ihr hiervon berichten.

„Ich habe es ihr noch nicht erzählt. Ich versuche selber noch damit klarzukommen."

„Ich schlage vor, du rufst sie an und redest mit ihr darüber. Sie führt das Café schon seit vielen, vielen Jahren. Sie wird sicher ein paar Ideen haben", sagt Mama.

Ich fasse neuen Mut. „Ich hoffe, du hast recht."

Kapitel 9

Marlowe

Ich umarme meine verräterischen Eltern kurz, bevor ich wieder ins *Second Chance* zurückkehre. Ich erlöse Tante Lisa von ihrer kurzzeitigen Verpflichtung hinter dem Tresen zu stehen, damit sie zurück in die Küche kann – nicht, dass sie während meiner Abwesenheit viele Kunden bedient hätte, versteht sich.

Schnell schicke ich eine Nachricht an Tante Sheila, in der ich ihr sage, dass ich mit ihr über etwas Wichtiges sprechen muss. Ich möchte sie nicht beunruhigen, aber gleichzeitig muss sie erfahren, dass ihr Geschäft bedroht ist. Ich weiß, heute ist erst der erste Tag, und *Steamy Coffee* ist das neue, aufregende Ding in der Stadt, aber eine kurze Google-Suche zeigt mir, dass die Chancen für kleine, unabhängige Cafés, pleitezugehen, sobald eine große Kette in die Stadt kommt, ziemlich hoch sind.

Ich will kein Risiko eingehen.

Ich schaue auf, als jemand durch die Tür hereinkommt. Hoffentlich ein Kunde. Es ist Ryn – mit einem breiten Grinsen im Gesicht und... was zum Teufel? Ist das ein *Steamy Coffee*-Becher in ihrer Hand?

Empört stemme ich die Hände in die Hüften und funkele sie an. „Ich kann nicht glauben, dass du nicht nur einen ihrer Kaffees gekauft, sondern ihn auch noch hierher mitgebracht hast!"

„Entspann dich, Schwesterherz. Erstens war dieser Eiskaffee kostenlos. Dein fester Freund hat ihn mir gegeben."

„Wer? Oliver? Er ist nicht mein fester Freund."

„Warum wirst du dann rot?"

Ich presse die Kiefer zusammen, spüre aber, dass meine Wangen in der Tat heiß werden.

Verdammt, Oliver! Warum musst du auch so attraktiv sein? Es sollte ein Gesetz geben: Wenn du dich in das Revier von jemandem einnisten und sein Geschäft ruinieren willst, solltest du zumindest die Gnade besitzen und hässlich sein.

Mit einem hässlichen Oliver könnte ich viel besser umgehen. Keine Reaktionen auf sein Lächeln, kein Flirten und keine Neckereien. Ich könnte ihn ganz ohne Komplikationen hassen.

„Ryn, meinst du wirklich, es macht einen guten Eindruck, wenn eine unserer Mitarbeiterinnen mit einem

Becher von der Konkurrenz in unser Café herein spaziert kommt?"

Sie zieht mit den Lippen an ihrem Strohhalm, bis ein lautes, gurgelndes Geräusch verrät, dass sie den Boden des Bechers erreicht hat. „Der war echt gut. Ihre Kaffees sind alle gut. Wir müssen uns echt steigern."

„Wir werden uns nicht mit ihnen messen, indem wir tonnenweise schicken Kaffee anbieten. Unsere Kunden lieben unseren Kaffee so, wie er ist."

„Marlowe, wir servieren Filterkaffee mit Sahne, Milch und Zucker. Das ist kaum besser als bei Mary's, unserer einzigen Konkurrenz in der Stadt – und das auch nur, weil sie nicht in der Hauptstraße sind und ihr Essen schrecklich ist."

Ich kann nicht leugnen, dass sie mit ihrer Einschätzung von Mary's recht hat. Das kleine Café liegt in dem am wenigsten malerischen Teil der Stadt und bedient hauptsächlich Leute, die schnell einen Kaffee und ein Sandwich für unterwegs brauchen.

„Wir leben im 21. Jahrhundert, nicht mehr in 1952." Ryn hält ihren jetzt leeren Becher hoch. „Das hier ist das, was die Leute erwarten. Ich sage ja nicht, dass wir alles genauso machen müssen, aber vielleicht könnten wir uns ein bisschen anpassen?"

Ich blicke zu unserer Kaffeekanne hinüber. Sie steht seit der letzten Bestellung unbewegt auf der Heizplatte.

Eine Welle der Angst steigt in mir auf wie ein Heißluftballon. „Wir bieten Eiskaffee an", protestiere ich schwach.

„Aber nicht so guten wie diesen hier."

„Du hast recht." Ich seufze resigniert. „Wir müssen wirklich einen Zahn zulegen."

„Na bitte!"

„Aber bevor wir irgendetwas unternehmen, muss ich mit Tante Sheila reden." Ich nehme mein Handy vom

Tresen und prüfe meine Nachrichten. Nichts Neues. Ich beiße mir auf die Lippe.

„Können wir das Ding hier vielleicht ans Laufen kriegen?", fragt Ryn und legt ihre Hand auf die alte Kaffeemaschine, die ich noch nie in Betrieb gesehen habe.

„Ich glaube, das ist eine Antiquität. Mehr Deko als alles andere."

„Hast du irgendeine Ahnung, wie sie funktioniert?" Ryn umrundet die Maschine und beginnt an Knöpfen zu drehen und Tasten zu drücken.

„Absolut keine."

Sie drückt einen Knopf und die Maschine beginnt komisch zu summen.

Wir sehen uns überrascht an.

„Das ist doch ein gutes Zeichen, oder?", fragt sie.

Plötzlich macht die Maschine ein lautes Klappern, bevor Dampf aus der Lanze schießt und sie mit einem lauten Knall zum Stillstand kommt, was uns beide erschrocken zurückweichen lässt.

Unser einziger Kunde schaut uns über sein Buch hinweg überrascht an.

„Alles in Ordnung, Herr Duarte. Wir probieren nur die alte Kaffeemaschine aus", erkläre ich.

„Viel Glück damit. Das letzte Mal, als ich einen Kaffee aus dieser Maschine hatte, war deine Tante eine frischgebackene Braut."

Ich rechne schnell nach. Das macht die Maschine mindestens 35 Jahre alt, wahrscheinlich noch älter.

„Diese Maschine ist *alt*", sagt Ryn. „Vielleicht wäre es besser, in eine neue zu investieren, um Stupid Coffee zu übertreffen?"

„Stupid Coffee?"

„Das ist mein neuer Name für sie. Eingängig, oder?"

Ich schüttele amüsiert den Kopf. „Kaffeemaschinen

kosten bestimmt Tausende. Ich bin mir nicht sicher, ob Tante Sheila so viel Geld herumliegen hat. Besonders jetzt nicht mit Onkel Johnny."

„Seit wann hat uns Geldmangel je davon abgehalten, das zu erreichen, was wir wollen? Die Coles machen Dinge möglich. Schau mich an, ich folge meinem Traum, Kosmetikerin zu werden. Als ich anfing, hatte ich fast kein Geld und musste alles sparen, was ich hier verdient habe, um überhaupt die Gebühren zu bezahlen. Jetzt bin ich nur noch einen Monat von meinem Abschluss entfernt und habe bereits einen Mietvertrag für das alte Greenwood-Haus unterschrieben."

„War es nicht dein Traum, Glasbläserin zu werden?"

Sie winkt meinen Kommentar mit einer Handbewegung ab. „Haarspalterei. Mein Punkt ist: Ich habe beschlossen, Kosmetikerin zu werden und genau das mache ich. Du kannst genauso gut beschließen, es mit Herrn Hottie McCoffee von gegenüber aufzunehmen und es durchziehen. Vor allem, weil du die hart arbeitende, zielstrebige älteste Schwester bist und ich nur das Nesthäkchen der Familie." Sie wirft mir ihr strahlendes Lächeln zu.

Ryn hatte früher ein Problem damit, als Nesthäkchen der Familie behandelt zu werden, und meinte, dass sie niemand ernst nehmen würde. Ich vermute, dass es sie in ihrem Glauben an sich selbst bestärkt hat, ihre älteste Schwester nach Hause zurückkehren zu sehen, nachdem deren Leben implodiert ist.

Auf mich hatte es den gegenteiligen Effekt.

„Wir schieben die Idee mit der neuen Kaffeemaschine auf, bis ich mit Tante Sheila gesprochen habe. Welche anderen Ideen hast du noch?", frage ich.

„Vielleicht ein neues Schild draußen? Das alte ist irgendwie verzogen und verblasst. Ich könnte Gabe bitten, mir zu helfen, etwas zu kreieren?" Sie muss den skeptischen Blick auf meinem Gesicht bemerken. „Ich werde etwas entwerfen und dir natürlich vorher zeigen."

„Ein neues Schild wäre gut, aber wir müssen größer denken."

„Du bist die Marketingexpertin in der Familie."

Ich tippe mir gedankenverloren ans Kinn. „Ich könnte ein paar Sachen in den sozialen Medien posten, versuchen, auf uns aufmerksam zu machen. Wir könnten ein paar Reels und TikToks machen? Etwas Süßes und Mitreißendes. Tante Sheilas Social-Media-Präsenz besteht aus einer Facebook-Seite mit ungefähr 35 Followern, alles entweder Familie oder Mitglieder des Damen-Komitees."

Ryn grinst. „Solange wir dabei tanzen, bin ich dabei."

Ich lache trotz unserer derzeitig ernsten Lage auf. „Vielleicht nicht gerade tanzen, aber wir werden uns etwas einfallen lassen."

„Ach, komm schon, Schwesterherz! Das wird lustig. Ich kann dir ein paar Moves beibringen." Sie beginnt, ein paar Tanzbewegungen zu machen.

Ich werfe meiner Schwester einen Blick zu. „Ich werde darüber nachdenken."

„Ich nehme das als verbindliches ‚Ja', nur damit du Bescheid weißt."

Ich schütteltle den Kopf. „Noch andere Ideen?"

„Abendessen!", ruft Ryn und ihre Augen leuchten auf.

Ich runzle die Stirn. „Wir bieten kein Abendessen an. Wir schließen um 16:00 Uhr."

„Genau. Steamy Coffee hat bis 22:00 Uhr abends geöffnet. Sie bieten kein Abendessen an, nur Plastik-Snacks."

„Plastik-Snacks?" Ein kleines Lächeln breitet sich auf meinem Gesicht aus.

„Oliver hat mir einen Muffin gegeben. Er war zäh und

viel zu süß. Er hat definitiv nicht so geschmeckt wie unsere Muffins."

„Also sind wir ihm beim Essen schon mal voraus. Gefällt mir. Wir könnten das ausbauen, indem wir ein spezielles Menü anbieten, um mehr Kunden am Abend anzulocken."

„Super."

Ich beginne, über die logistischen Aspekte vom Anbieten von Abendessen nachzudenken. „Längere Öffnungszeiten würden bedeuten, dass wir mehr Personal brauchen, was wiederum gesteigerte Lohnkosten bedeutet. Ich bin mir nicht sicher, ob sich das lohnt."

„Denk mal drüber nach. Wenn man in Hunter's Creek momentan auswärts Abendessen möchte, bleibt einem nur eine der Bars, eine Einladung von jemand Bekanntem oder man muss bis nach Cotown fahren. Wir hätten den Markt für uns allein."

„Und die ganzen Hollywood-Leute kommen bald zur Premiere in die Stadt zurück."

„Und das Sommerfest ist am gleichen Wochenende wie die Premiere."

„Genau! Das ist der perfekte Zeitpunkt, um ein Abendmenü einzuführen." Ich spüre eine Welle der Aufregung.

Wir verstummen für einen Moment.

„Ooh! Livemusik an den Wochenenden!" Ryn wippt begeistert auf ihrem Stuhl. „Lokale Bands oder AkustikPerformer würden die Leute anziehen."

„Kennst du irgendwelche lokalen Bands oder AkustikPerformer?" Ich lache. „Lass uns realistisch bleiben."

„Ivy."

„Deine Mitbewohnerin?"

Mein Telefon klingelt und ich sehe, dass es unsere Tante ist.

„Tante Sheila. Wie geht es dir?"

„Oh, mir geht es gut", antwortet sie. „Ich gewöhne mich langsam an Seattle, aber ich vermisse mein Zuhause."

„Wir vermissen dich auch. Wie geht es Onkel Johnny?"

„Es geht ihm gut, Schatz. Du kennst deinen Onkel Johnny − er beschwert sich nicht. Er ist gerade im Krankenhaus und bekommt die Stammzellenbehandlung, für die wir hierher gekommen sind. Der arme Mann hat alle seine Haare verloren, aber die Ärzte versichern uns, dass sie nachwachsen werden, und ehrlich gesagt hatte er vorher ja auch nicht zu viele."

Ich denke an meine starke Tante und ihren Mann Johnny. Er lächelt ständig, hat immer einen Witz auf Lager, und sie sind seit Jahrzehnten glücklich verheiratet − die perfekten romantischen Vorbilder.

„Was höre ich da über einen ziemlich gut aussehenden jungen Mann, der gegenüber eine Filiale einer Kaffee-Kette eröffnet hat?"

„Du hast davon gehört?"

„Schatz, ich bin zwar nicht zu Hause, aber ich bleibe trotzdem auf dem Laufenden. Tanya Jacobson hat angerufen."

Die neue Vorsitzende des Damen-Komitees. Hätte ich mir ja denken können.

„Genau das müssen wir mit dir besprechen. Ich schalte dich auf Lautsprecher. Ryn ist auch hier."

Ich drücke auf den Lautsprecherknopf und die Stimme von Tante Sheila hallt durch das leere Café. „Wie geht's dir, Ryn? Wie läuft es mit deinem Freund? Immer noch verliebt, hoffe ich."

Auf Ryns Gesicht breitet sich in ein dümmliches Grinsen aus. „Dem geht's gut."

„Mit ‚gut' meinst du also ja, du bist immer noch überglücklich verliebt, wirst bald heiraten und mir wunderschöne Großnichten und -neffen schenken?"

Ich beobachte, wie Ryn sich unbehaglich windet.

„Alles zu seiner Zeit, Tante Sheila."

„Wir müssen mit dir über Steamy Coffee sprechen und darüber, wie wir damit umgehen wollen", sage ich und meine Schwester schenkt mir ein dankbares Lächeln. Niemand wird gern nach Hochzeitsterminen und Kindern ausgefragt.

„Das ist wirklich eine unerwartete Entwicklung", sagt Tante Sheila. „Niemand wusste, dass sie hier eine Filiale eröffnen, nicht einmal meine Freundinnen."

„Die Tratschköniginnen, das Hunter's Creek Damen-Komitee", murmelt Ryn mir zu.

Unsere Tante war früher die Vorsitzende des Damen-Komitees, hat die Fäden gezogen und Verkupplungsaktionen orchestriert. All das musste sie vorerst auf Eis legen, um sich auf ihren Mann zu konzentrieren, aber es ist klar, dass sie sich nicht ganz zurückgezogen hat. Sie liebt es einfach zu sehr zu tratschen und Leute zu kuppeln.

„Darf ich dich etwas über die alte Kaffeemaschine auf der Theke fragen? Funktioniert sie noch?", frage ich.

„Das ist eine Vintage-Kaffeemaschine aus Rom. Ein Familienerbstück, das mir von eurer Urgroßmutter überlassen wurde, als ich das Café übernommen habe."

Ich betrachte die Kaffeemaschine mit ihrer zeitlosen Eleganz und Raffinesse. Trotz ihres Alters glänzen der Edelstahl und die filigranen Messingakzente hell im Licht und ich kann mir genau vorstellen, wie sie damals unter den geschickten Händen meiner Urgroßmutter in Betrieb war.

„Warum hast du sie verfallen lassen?", fragt Ryn in ihrer gewohnt direkten Art.

„Schätzchen, du musst wissen, damals wollte niemand

diese Art von Kaffee, als ich das Café übernommen habe. Sie wollten Filterkaffee – genau wie wir ihn jetzt servieren. Kein Schnickschnack, kein Aufheben, einfach nur Kaffee."

„Warum hast du sie dann behalten?", fragt Ryn.

„Weil sie hübsch aussieht."

„Nun, wir haben darüber nachgedacht, ob wir eventuell eine neue Maschine brauchen, um mit all den schicken Kaffeesorten mithalten zu können, die der Laden gegenüber anbietet. Wenn ich dich jetzt auf Videoanruf umschalten würde, würdest du sehen, wie leer das Café gerade ist. Es ist buchstäblich niemand hier, außer Herrn Duarte", sage ich.

„Alle sind drüben bei Steamy Coffee und trinken deren ausgefallene Kaffees", fügt Ryn unnötigerweise hinzu.

Tante Sheila verspricht über die Investition in eine neue Kaffeemaschine nachzudenken und ich biete an, die Kosten zu recherchieren. Ryn und ich versichern ihr, dass wir glauben, dass es sich auszahlen würde.

„Wir werden auch das Schild draußen erneuern und ich werde eine Menge Social-Media-Posts machen. Wir haben außerdem überlegt, ob wir abends öffnen und Abendessen anbieten sollen, wenn wir genug Personal dafür finden. Steamy Coffee macht das nicht, sie bieten nur lausige Snacks an."

„Niemand kann es mit unseren Kuchen aufnehmen. Die besten im ganzen Landkreis", verkündet Tante Sheila stolz.

Ich lächle ins Telefon. „Das sind sie wirklich und das ist definitiv unser Vorteil gegenüber der Konkurrenz."

„Wisst ihr was? Ich gebe euch grünes Licht für alles. Abendessen anbieten, das Schild erneuern, das volle Programm."

Ryn sieht mich an. „Gilt das auch für eine neue Kaffeemaschine?"

„Ich muss das erst recherchieren", sage ich, aber Tante Sheila unterbricht mich.

„Ich spreche mit ein paar meiner Kontakte. Ich besorge euch eine Kaffeemaschine, keine Sorge."

Optimismus durchströmt mich wie ein befreiendes Lachen und erhellt meine Stimmung zum ersten Mal, seit ich gestern Abend durch die Türen von Steamy Coffee getreten bin.

„Das Second Chance hat schon viele Stürme überstanden und wir werden auch diesen überstehen", sagt Tante Sheila.

„Ich hoffe, du hast recht", sage ich, während ich zusehe, wie eine Reihe Kunden Steamy Coffee betritt.

„Vergesst nicht, die wichtigste geheime Zutat ist immer Liebe", fährt Tante Sheila fort.

Ryn und ich sehen uns fragend an.

„Ich bin mir nicht sicher, ob Liebe ausreicht, wenn wir gegen die übermächtige Steamy Coffee-Kette antreten, Tante Sheila", entgegnet Ryn.

„Geführt vom Sohn der Besitzerin, nicht zu vergessen", füge ich hinzu.

„Doch, das wird es. Macht euch keine Sorgen", antwortet sie mit so viel Überzeugung, dass ich spüre, wie sich meine Schultern zum ersten Mal seit Beginn dieser ganzen Geschichte ein wenig entspannen. „Gebt euer Bestes und vergesst nicht zu lächeln. Das Leben ist ein Abenteuer und dies ist nur eine kleine Unebenheit auf dem Weg."

„Tante Sheila ist heute offenbar poetisch", murmelt Ryn.

Sie verspricht, sich morgen oder in den nächsten Tagen mit uns wegen der Maschine in Verbindung zu setzen und wir wünschen ihr und Onkel Johnny alles Gute, bevor wir auflegen.

„Zumindest haben wir jetzt einen Plan", sage ich.

„Lass mich dir von Ivy erzählen", beginnt Ryn. „Sie singt in einer Band in Cotown."

„Was für eine Band?"

„Eine für Country und Balladen. So was in dieser Richtung. Sie sind ziemlich gut. Gabe und ich haben sie vor ein paar Monaten live gesehen. Sie kann wirklich singen. Verrückt, wie man jemanden sein ganzes Leben lang kennen kann und trotzdem nichts von seinen versteckten Talenten weiß."

„Wir sollten sie uns mal anhören, bevor wir eine Entscheidung treffen."

„Abgemacht. Hey, weißt du was? Wir könnten ein Doppeldate daraus machen: Gabe und ich und du und Oliver."

Ich lache laut auf. „Davon träumt er wohl."

Sie hebt eine Augenbraue. „Davon träumt *er* wohl?"

„Wenn du andeuten willst, dass ich den Mann attraktiv finde, der im Alleingang versucht, unser Geschäft zu zerstören, dann liegst du falsch. Er ist der Feind, nichts weiter."

„Ich glaube nicht, dass er das im Alleingang tut. Er hat zumindest ein paar Baristas auf seiner Seite."

Wir teilen ein Lächeln.

„Siehst du? Du hast das im Griff, Schwesterherz", sagt Ryn.

Ich sehe zu, wie die Tür hinter Herrn Duarte zufällt und wir allein im Café zurückbleiben. „Ich hoffe, du hast recht, Ryn. Ich hoffe es wirklich", antworte ich mit einem kleinen Lächeln.

Tief in meinem Inneren jedoch weiß ich, dass dieser Kampf gerade erst begonnen hat. Oliver wird nicht kampflos aufgeben – aber ich auch nicht.

Kapitel 10

Oliver

Ich sitze in meinem Büro im hinteren Teil des Cafés und gehe die Zahlen für die erste Woche der Filiale durch, als mein Handy aufleuchtet und mir zeigt, dass meine Schwester mit mir sprechen möchte.

„Du rufst mich mitten am Vormittag an? Weißt du nicht, wie beschäftigt und wichtig ich bin?", witzele ich, als ich den Anruf entgegennehme.

„Wie könnte ich das vergessen? Du erzählst es mir

buchstäblich jedes Mal, wenn wir reden", antwortet Olena lachend. „Wie läuft's, Ollie? Hast du die Welt des Kaffees im ländlichen Washington schon erobert?"

„Es sind erst sechs Tage vergangen, seit du die Stadt verlassen hast."

„Also, noch ein paar Tage und du bist der Platzhirsch, der allen in der Stadt ihre Kaffee-Wünsche erfüllt. Besonders diesen neugierigen Frauen, die mich am Eröffnungsabend mit einer Millionen Fragen bombardiert haben. Ernsthaft, es war wie ein Polizeiverhör, sie wollten alles darüber wissen, wer Oliver Langdon ist, ob er Single ist und welche Art von Frauen er datet, um mir dann immer und immer wieder zu versichern, wie gut aussehend und begehrenswert du doch bist. Es war genug, um meinen Mini-Muffin wieder hochkommen zu lassen."

„Du weißt, wie ein Polizeiverhör abläuft?"

„Nur aus dem Fernsehen. Und schöner Themenwechsel, übrigens."

Ich lache. „Ich bin zwar erst seit kurzem hier, aber mir ist schon aufgefallen, dass das Kaiserinnen-Kollektiv gerne ihre Nasen in die Angelegenheiten anderer Leute steckt. Man hat mir gesagt, dass sie versuchen, jeden Single im Umkreis von 50 Meilen zu verkuppeln. Anscheinend haben sie nicht viel zu tun."

„Sie haben einen offiziellen Namen und der lautet *Kaiserinnen-Kollektiv*?"

„Das ist nur der Name, den ich ihnen gegeben habe. Sie sind immer zusammen und tuscheln ständig. Sie scheinen mir der ‚Kaiserinnen'-Typ zu sein."

„Weil sie Führungsqualitäten zeigen, eine königliche Haltung haben und starke militärische Strategien?"

„Glaub mir, diese Frauen könnten problemlos jede Armee befehligen, so wie ich sie bisher einschätze. Zum Glück hat Hunter's Creek keine."

„Also, mit wem denkst du, wollen sie dich verkuppeln?"

Mein Kopf denkt sofort an Marlowe Cole. Mit ihr verkuppelt zu werden, wäre wunderbar. Kompliziert, aber wunderbar. Nicht, dass ich wunderbare Komplikationen in meinem Leben gebrauchen könnte, schon gar keine romantischen.

„Du kannst weiterziehen, weißt du, Ollie", sagt sie mit sanfter Stimme. „Die Dinge loslassen? Es ist lange her. Es wäre gut für dich, jemand Neues kennen-zulernen."

Mein Brustkorb zieht sich zusammen. „Vielleicht", antworte ich ausweichend.

Natürlich weiß ich genau, worauf sie anspielt. Dass ich seit dem Zusammenbruch meiner letzten Beziehung mit niemandem mehr ernsthaft zusammen war. Klar, ich habe in den letzten Jahren ein paar Frauen gedatet, alles ganz unverbindlich, aber mehr war da nicht. So ist es am besten. Wenn man sich nicht öffnet, findet man auch nicht seine Freundin nach zwei Jahren Beziehung in einer kompromittierenden Situation mit seinem eigenen Bruder vor.

„Ich habe den Hinweis verstanden. Ich werde das Thema wechseln", fährt Olena fort, als ich nichts weiter sage.

Ich schicke ihr einen dankbaren Blick durchs Telefon.

„Wie läuft es am neuen Standort? Viel los?"

Ich tippe mit meinem Stift auf die Papiere auf meinem Schreibtisch. Ehrlich gesagt, nach dem ersten begeisterten Ansturm während unserer großen Eröffnung und in den darauffolgenden Tagen, läuft das Geschäft eher schlep-pend. Es ist, als würde man mit durchschnittlicher Geschwindigkeit auf der Autobahn fahren, aber regel-mäßig von schnelleren, schnittigeren Autos überholt werden.

„Wir sind mit einem Fauchen und dem Gebrüll eines Löwen gestartet."

„Und jetzt?"

„Jetzt schleichen wir eher miauend vor uns hin."

Olena zieht hörbar die Luft ein. „Das klingt nicht gerade gut, Ollie."

„Es wird schon werden." Versuche ich, sowohl meine Schwester als auch mich selbst, zu überzeugen. „Wir sind neu in der Stadt. Die Leute müssen uns erst entdecken. Wir haben die Eröffnung nicht groß beworben, weil wir sie absichtlich geheim halten wollten, also dauert es eben seine Zeit. Wir haben es so geplant, dass wir für das große Sommerfest, das hier jedes Jahr stattfindet, hier sind. Und das ist nur wenige Tage vor der Filmpremiere von Leos neuestem Streifen. Dann werden wir wirklich in aller Munde sein."

„Glaubst du, dass es nicht so gut angelaufen ist wie erwartet, hat irgendwas mit dem Café von gegenüber zu tun? Wie heißt es noch gleich?"

Meine Gedanken schweifen wieder zu Marlowe und wie ich sie letzte Woche in einer wenig überzeugenden Verkleidung dabei erwischt habe, wie sie in meinem Laden herumschnüffelte. Als ob sie damit jemanden hätte täuschen können, ganz besonders niemanden, der auf die Form ihrer Lippen, die Anmut ihrer Wangenknochen, ihre Haarfarbe oder die Art und Weise, wie sie sich bewegt, achtet.

Ich räuspere mich.

„Wahrscheinlich schon, aber diese Stadt ist groß genug für beide Geschäfte. Ich sehe keinen Grund, warum wir nicht koexistieren können."

„Das gefällt mir. Das ist eine viel… *nettere* Einstellung, als Mutter normalerweise an den Tag legt. Erinnerst du dich noch an das kleine Café in Springfield letzten Sommer? Es hat innerhalb eines Monats dichtgemacht."

Ich spüre einen Stich in meiner Brust. Wir haben getan, was wir immer tun, wenn wir in eine neue Gegend kommen: Wir haben die Konkurrenz zerstört und das kleine Café namens „Voller Bohnen" gezwungen, schneller zu schließen, als man *große Kaffeehaus-Kette'* sagen kann. Ich erinnere mich an den Besitzer, einen untersetzten Mittfünfziger namens Santos, der mir sagte, wir hätten die Seele seiner Stadt ausgesaugt, bevor er seine Türen für immer schloss und wegzog.

In Momenten wie diesen wünschte ich, ich hätte kein Gewissen. Ich wünschte, ich wäre mehr wie meine Mutter: rücksichtslos, entschlossen, unaufhaltsam.

Wenn das der Fall wäre, würde sie mich genauso sehen, wie sie Robert gesehen hat.

„Das Second Chance bietet hausgemachte Kuchen, Muffins und richtige Mahlzeiten an. Ganz anders als unser Angebot an Kaffeespezialitäten und Snacks. Ich sehe wirklich keinen Grund, warum wir nicht koexistieren können."

Während ich die Worte ausspreche, wird selbst mir bewusst, dass die Chancen für ihr Überleben mit uns in der Stadt eher gering sind, vor allem da wir auch noch direkt gegenüber sind.

„Nun, ich würde sagen, die Besitzerin gibt ihr Bestes, um sicherzustellen, dass sie das einzige Café in der Hauptstraße von Hunter's Creek bleiben."

Ich runzele verwirrt die Stirn. „Ich dachte, du wärst wieder zu Hause?"

„Bin ich, aber es gibt da dieses kleine Ding namens Internet. Davon hast du vielleicht schon gehört."

„Du bist wirklich witzig. Was hast du gesehen?"

„Mach mal Instagram auf."

Ich befolge ihre Anweisung. Eine schnelle Suche nach

dem *Second Chance Café* bringt deren Seite zum Vorschein. Meine Augen weiten sich mit jedem einzelnen Beitrag mehr, der seit unserer großen Eröffnung letzte Woche veröffentlicht wurde.

„Hast du es gefunden?", fragt sie.

„Das habe ich allerdings."

„Ich würde sagen, deine hübsche Nachbarin ist in die Offensive gegangen."

Es gab mindestens ein Dutzend Beiträge in der letzten Woche, beginnend mit einem Bild von Marlowe, die in einer ihrer femininen Blusen umwerfend aussieht, ihr Haar in einem hohen Pferdeschwanz trägt und ein Schild mit der Aufschrift *Second Chance Café – euer lokaler Favorit* hochhält. Die nächsten Beiträge zeigen sie, wie sie mit einem breiten Lächeln Kuchen präsentiert, oder mit einer Tasse Kaffee vor dem gut gefüllten Bücherregal des Cafés sitzt und liest. Am längsten verweile ich jedoch bei einem Beitrag, auf dem sie in die Kamera lächelt – in einer Hand eine Tasse Kaffee, in der anderen ein Stück Kuchen.

Dann wische ich weiter zum neuesten Bild. Darauf hält sie ein Schild mit der Aufschrift: *Nieder mit den Kaffeehaus-Ketten! Besucht euer lokales Café! (Das Second Chance Café, versteht sich.)*

Hmm, ganz schön aggressiv. Süß, ja – mit der Klammerbemerkung und ihrem strahlenden Lächeln – aber dennoch aggressiv.

„Sie sieht gut aus", kommentiert Olena und spricht damit genau das aus, was ich denke. „Obwohl ich mir bei einigen der Botschaften oder Tänzen nicht ganz sicher bin."

„Tänze? Es gibt Tänze?"

„Schau mal auf TikTok."

Ich öffne die App und suche danach. Schon bald finde ich ein Video von Marlowe und ihrer Schwester Ryn, die zum Lied „*Count on Me*" von Bruno Mars vor einem Schild tanzen, auf dem steht: *Second Chance Café – Hunter's Creeks Favorit seit 1989. Auf uns könnt ihr zählen!* Das Video dauert nur ungefähr neun oder zehn Sekunden, bevor beide Frauen unter schallendem Gelächter zu Boden fallen.

Ein Teil von mir findet es niedlich und charmant, und es stellt definitiv seltsame Dinge mit meinem Bauch an, als Marlowe so herzlich über das ganze Gesicht lacht.

Der andere Teil von mir – der geschäftstüchtige, rationale Teil, ganz zu schweigen von dem verletzten Teil in mir, der nichts mit einer Frau wie Marlowe zu tun haben will – runzelt nur die Stirn, da es wirklich charmant ist. Mir ist bewusst, wenn ich das Video mag, werden andere das ebenfalls tun, was das Potenzial birgt, dass das *Second Chance Café* mehr Kunden anzieht – und wir weniger.

Ich winke ab. „Also setzen sie auf Social Media. Das ist in Ordnung. Es sind nur zwei Frauen mit amateurhaften Videos und Posts. Wir haben ein professionelles Marketingteam im Rücken. Ein erfolgreiches professionelles Marketingteam. Ich werde mit ihnen sprechen und sie bitten, unsere Filiale stärker zu bewerben."

„Sie leisten aber ziemlich gute Arbeit dafür, wenn man bedenkt, dass sie nur Amateure sind. Schau mal, wie viele Likes sie haben."

Ich lese die Zahl. 12.300.

„Nicht schlecht", gebe ich zu. „Muss wohl irgendeinen Algorithmus getroffen haben."

„Alle ihre Beiträge und Videos sind beliebt."

Ein Klick auf mehrere andere Videos zeigt mir, dass Olena recht hat. Ihre Reichweite geht weit über die Einwohnerzahl von Hunter's Creek hinaus.

„Hat das einen Einfluss?", fragt sie.

„Meinst du, ob wir weniger Kunden haben, weil alle auf zwei hübsche Mädchen abfahren, die zu Popsongs tanzen?" Ich rutsche unbehaglich auf meinem Stuhl hin und her. „Unsere Zahlen sind nicht gerade großartig", gestehe ich.

„Was genau heißt ‚nicht gerade großartig'?"

„Sie sind stabil, aber nicht so gut, wie wir normalerweise erwarten."

„Oh."

Das Wort hängt zwischen uns in der Luft. Olena weiß genauso gut wie ich, dass ich diesen Standort zum Erfolg machen muss.

„Weißt du was? Du solltest rübergehen und dir ansehen, wie es ihnen geht."

„Bist du verrückt? Die Besitzerin hasst mich."

Ich denke an die Art, wie Marlowe mir letzte Woche ins Gesicht sagte, dass es nichts gäbe, was ich ihr bieten könnte, bevor sie sich umdrehte und davon marschierte. Das war das letzte Mal, dass ich sie gesehen habe. Oder zumindest, dass wir gesprochen haben. Ich gebe zu, falls der Zufall es erlaubte, war ich immer in Fenster- oder Türnähe, wenn sie am Laden vorbeigegangen ist, und einmal lief sie draußen auf der Straße direkt auf mich zu, und ich war schon bereit für eine weitere konfrontative Begegnung mit ihr – bei diesem Gedanken musste ich mit aller Macht ein erwartungsvolles Grinsen unterdrücken –, als sie in letzter Sekunde in ein Geschäft ging und mich nicht einmal bemerkt hatte.

Ich gebe ebenfalls zu, dass mir der Gedanke gekommen ist, als ich vor ein paar Tagen zum Schwimmen am See gewesen bin, dass ich ihr dort vielleicht zufällig begegnen könnte, genauso wie bei unserer allerersten Begegnung. Nicht, dass ich absichtlich zur gleichen Uhrzeit hingegangen wäre. Das war absolut zufällig. Wirklich wahr.

Letztendlich war aber alles umsonst, denn sie tauchte

nicht auf. An diesem Nachmittag bin ich wirklich lange geschwommen.

„Ich bin mir nicht sicher, ob Marlowe mich sehen will. Wir sind uns nicht gerade grün dieser Tage."

„Könnte das unter Umständen daran liegen, dass du direkt gegenüber von ihr ein konkurrierendes Café eröffnet hast?"

„Du solltest Psychologin werden", erwidere ich trocken.

„Mach dir keine Sorgen wegen ihr. Wenn sie da ist, ist das so. Sei einfach nett zu ihr, während du die Lage sondierst. Vielleicht kannst du sogar ein wenig mit ihr flirten – obwohl ich das Gefühl habe, dass du das bereits getan hast."

„Ich habe nicht mit ihr geflirtet", protestiere ich und bin froh, dass wir keinen Videoanruf führen, denn sie würde sofort sehen, dass ich lüge. „Nur weil eine Frau unglaublich hübsch ist, heißt das nicht, dass ich automatisch mit ihr flirte. Sie ist auch unglaublich irritierend und... und... macht TikToks."

Ich kann förmlich spüren, wie sie die Augenbraue hebt, während sie antwortet. „Natürlich glaube ich dir jedes Wort, Ollie. Jedes. Einzelne. Wort."

„Du tust ja gerade so, als würde ich mein ganzes Leben damit verbringen, mit Frauen zu flirten."

„Nicht mit allen. Aber wahrscheinlich mit ihr."

Wie kann meine Schwester mich so gut kennen? Ach ja – sie ist meine Schwester.

Im Hintergrund höre ich Zander weinen. „Hey Ollie, ich muss los."

„Alles in Ordnung mit ihm?"

„Alles gut, mein Schatz", beruhigt Olena ihn. „Du hast dir den Kopf gestoßen. Lass mich dir einen Kuss geben und schon ist es wieder gut." Zu mir sagt sie: „Kleines

Malheur. Nichts Lebensbedrohliches. Wir sprechen morgen?"

„Klar."

„Und Ollie? Geh rüber und schau dir die Konkurrenz an. Du wirst mir später dafür danken."

„Mach ich." Ich lege auf und beginne mich zu fragen, ob sie möchte, dass ich das Second Chance aus geschäftlichen oder aus persönlichen Gründen besuchen soll.

Kapitel 11

Marlowe

„Noch ein kleines Stück weiter, dann hast du es", sage ich von meiner Position auf dem Gehweg vor dem Second Chance aus. Ich halte die Leiter fest, während ich zu unserem neuen Schild hinaufschaue.

Christopher, der ganz oben auf der Leiter steht, hängt erfolgreich das neue Schild in die Haken ein, an denen vorher das alte hing. Als er das alte Schild abgenommen hat, ist es ihm praktisch in den Händen zerfallen – der Rost war wirklich aggressiv. In gewisser Weise haben wir der Stadt einen Gefallen getan, indem wir es ersetzt haben. Es hätte jemandem auf den Kopf fallen können.

Christopher hält es einen Moment fest, bevor er vorsichtig seine Hände löst, bereit, es zu fangen, falls es doch noch herunterfallen sollte. Als er sicher ist, dass es hält, grinst er zu mir hinunter. „Fertig."

„Klasse!"

„Ich komme runter", kündigt er an.

„Weißt du, das hätte ich auch machen können", sage ich, als er von der Leiter steigt und sich neben mich auf den Gehweg stellt.

„Wir Männer müssen uns doch nützlich machen, sonst merkt ihr Frauen irgendwann, dass ihr uns eigentlich gar nicht braucht, und wir wären überflüssig."

„Oh, das wissen wir schon längst", antworte ich lachend.

„Tatsächlich? Dann sollte ich wohl besser alle anderen Männer warnen."

„Mach das. Und danke nochmal. Sieht toll aus, oder?"

Wir schauen beide nach oben zum Schild. Es hängt an einem kunstvoll geschmiedeten Eisenarm und schwingt sanft im Wind, während es das Morgenlicht einfängt. Genau wie das letzte Schild auch ist es aus Holz und wirkt traditionell. In angenehmer, aber gut lesbarer Schreibschrift steht darauf *Second Chance Café*, mit dem Untertitel *Heimat der besten Kuchen im ganzen Landkreis*, begleitet von einer Zeichnung eines dampfenden Kuchens. Ich wollte unsere Kuchen als Unterscheidungsmerkmal hervorheben – etwas, das unser neuer Nachbar nicht bieten kann – und Tante Sheila war einverstanden.

Es ist frisch, auffällig, und ich bin unglaublich stolz auf Ryn, die das Design entworfen und das Schild selbst gemalt hat.

„Ich hoffe, es wird helfen." Christopher nickt in Richtung unseres neuen Nachbarn und presst seine Lippen zusammen.

„Ich auch", seufze ich.

„Wie läuft das Geschäft? Geht es aufwärts? Harper meinte, dass es seit der Eröffnung des Ladens, dessen Name nicht genannt werden darf, etwas langsamer läuft – wenn du mir das entfremdete *Harry Potter*-Zitat erlaubst."

„Du kannst diesen Laden auch ruhig Voldemort nennen. Wir wissen schließlich, dass wir definitiv die Guten in dieser Geschichte sind. Und außerdem ist das immer noch besser als der Name, den Ryn ihm gegeben hat."

„Und der wäre?"

„Stupid Coffee."

Er lacht. „Nicht gerade einfallsreich."

„Nein, aber typisch Ryn." Ich verschränke die Arme, während ich böse zu *Steamy Coffee* hinüber starre. „Sie haben uns in den ersten Tagen fast unser gesamtes Geschäft abgegraben, was echt beunruhigend war. Aber wir haben gemerkt, dass viele unserer Kunden einfach neugierig waren und den Laden ausprobieren wollten. Mehr nicht. Sie haben es getan und sind jetzt zurückgekommen. Zumindest einige von ihnen."

Ich beobachte, wie eine Gruppe Arbeiter aus dem Sägewerk aus der Tür von *Steamy Coffee* tritt. Einer von ihnen, Grant, mit dem ich zusammen zur High-School gegangen bin, bemerkt uns, winkt verlegen und huscht dann die Hauptstraße entlang.

„Mit dem erhöhten Touristenaufkommen in der Stadt gibt es wahrscheinlich genug Kunden für euch beide", stellt Christopher fest.

Er hat Recht damit, dass wir viel mehr Besucher in der Stadt haben als jemals zuvor. Das haben wir dem Filmdreh für den großen Hollywood-Streifen zu verdanken. Mit dem Sommerfest und der Weltpremiere, die bald anstehen,

stehen die Chancen gut, dass sowohl das *Second Chance* als auch *Stupid Coffee* eine Zeit lang gut laufen werden. Die Leute lieben Kaffee und gutes Essen – eine Tatsache, auf die wir setzen.

„Welche anderen Veränderungen plant ihr? Ryn hat am Sonntag beim Mittagessen bei deinen Eltern ein paar Dinge beiläufig erwähnt."

„Wir setzen stark auf Social Media. Ryn hat mich sogar dazu gebracht, zu tanzen." Ich rolle mit den Augen. „Außerdem haben wir eine anständige Kaffeemaschine gekauft. Gebraucht, aber das ist egal. Ryn versucht gerade, sie in Gang zu bringen."

Er hebt eine Augenbraue. „Und wie läuft das?"

Ich denke an die Katastrophen, die wir hatten, seit wir die Maschine das erste Mal in Betrieb genommen haben. Ryn und ich haben gemeinsam mit Valentina, einer unserer Teilzeitkräfte, einen Barista-Abendkurs belegt, in dem uns die Grundlagen beigebracht wurden. Aber irgendwie scheint menschliches Versagen einen zu großen Einfluss auf den Prozess zu haben.

Ich verziehe das Gesicht. „Nicht gut."

Christopher lacht. „Das wird sicher eine Lernkurve, aber im Endeffekt wird es sich bestimmt auszahlen. Ich bringe jetzt besser die Leiter zurück zu Jims Haushaltswarenladen. Er war so nett, sie mir zu leihen, aber ich bin sicher, es wäre ihm lieber gewesen, wenn ich sie gekauft hätte."

„Danke nochmal, Christopher. Und richte der Männerwelt aus, dass wir sie hin und wieder doch noch mal brauchen."

Er lächelt mich an und klappt die Leiter mit einem quietschenden Geräusch zusammen. „Das wird sie freuen zu hören."

Im *Second Chance* versucht Ryn gerade ihre Fähigkeiten

im Milchaufschäumen zu verbessern – und veranstaltet dabei gleichzeitig eine riesige Sauerei.

Ich gehe an den Damen des Komitees vorbei, die nach ihrem kurzen Ausflug ins Feindesland letzte Woche wieder zurückgekehrt sind.

„Das macht dann zwanzig Dollar, vielen Dank, Dana", sagt Frau Ashbridge und hält erwartungsvoll die Hand auf. „Her mit dem Geld. Keine falsche Scheu."

Frau Jacobson öffnet widerwillig ihre Geldbörse und zieht zwei knitterfreie Zehn-Dollar-Scheine heraus. „Ich hätte nicht gedacht, dass sie es schon wieder so sehr vermasselt", brummt sie.

„Überall Milch!", ruft Frau Sommerfeld entzückt.

Ich verlangsame meine Schritte. Habe ich das gerade richtig gehört? Wetten sie tatsächlich darauf, dass meine Schwester mit der Kaffeemaschine scheitert?

Frau Sommerfeld lehnt sich näher zu den anderen. „Ich wette, dass sie sich beim nächsten Mal komplett nassmacht."

„Ich nehme die Wette an", sagt Frau Jacobson eifrig.

„Das war Marlowe", bemerkt Frau Sommerfeld und erinnert mich daran, wie mich die Maschine bei meinem verzweifelten Versuch, sie auszuschalten, mit Wasser bespritzt hat. Stattdessen hatte ich den Mahlmechanismus aktiviert. Ich war klitschnass und musste nach Hause, um eine neue Bluse anzuziehen.

Nicht mein glorreichster Moment.

„Ich bin mir sicher, dass auch ihre kleine Schwester das zustande bringt", fügt Frau Sommerfeld hinzu.

„Wir geben unser Bestes", sage ich mit meiner süßesten Stimme, während ich innerlich koche.

„Oh, Marlowe. Ich habe dich gar nicht gesehen", murmelt Frau Jacobson und studiert den Tisch, als ob er plötzlich furchtbar interessant geworden wäre.

Natürlich haben Sie das nicht.

„Wir machen doch nur ein bisschen Spaß", erklärt Frau Sommerfeld. „Aber wir sind hier und nicht drüben im neuen Laden", fügt sie hinzu, als ob ihre Anwesenheit im Café ihre neugewonnene Glücksspiel-Angewohnheit entschuldigen würde.

„Du könntest eins deiner Videos machen und es 'Kaffeemaschinen-Katastrophen' nennen. Die Leute würden es lieben", schlägt Frau Ashbridge vor.

„Ich bin mir nicht sicher, ob wir uns als unfähig präsentieren wollen", entgegne ich, auch wenn wir es im Moment tatsächlich sind. Aber wir arbeiten daran, das zu ändern.

„Ihr seid nicht unfähig, Schätzchen. Ihr lernt gerade. Warum bittest du nicht meine Nichte um Hilfe?", schlägt Frau Jacobson vor.

„Wer ist Ihre Nichte?", frage ich.

„Na, die Mitbewohnerin deiner Schwester, Ivy. Sie hat im College als Barista in einer dieser großen Ketten gearbeitet", antwortet sie. „Nicht, dass wir *diese* erwähnen wollen würden."

„Sie singt also und kann auch noch Kaffee machen?", frage ich erstaunt. „Wir müssen Ivy sofort hierherholen."

„Das solltet ihr wirklich", stimmt sie zu. „Aber bedenkt, dass sie Vollzeit in der Mühle arbeitet."

Mein Kopf rattert bereits. „Danke für den Tipp."

Ich gehe hinter die Theke, wo Ryn schon mit verzweifeltem Blick auf mich wartet.

„Warum will das nicht funktionieren? Ich habe alles so gemacht, wie wir es im Kurs gelernt haben, aber der Kaffee ist trotzdem so geworden", sagt sie und schiebt mir eine Tasse hinüber, aus der Kaffeesatz und Milch über den Rand schwappen.

„Was ist mit dem Milchschaum passiert?", frage ich,

während ich mit einem feuchten Tuch die Sauerei aufwische.

Sie wischt sich Milchflecken aus dem Gesicht. „Irgendwas stimmt mit unserer Milch nicht. Sie schäumt einfach nicht."

Ich blicke auf die lange Schlange wartender Kunden, die langsam unruhig werden. Besorgnis macht sich breit, dass sie ihre Koffeindosis nicht bekommen könnten – zumindest nicht in genießbarer Form, wie es aussieht. Es ist eine Sache, sich auf Social Media groß zu präsentieren, um neue und alte Kunden anzulocken. Aber es scheint sich herauszustellen, dass es eine ganz andere Sache ist, tatsächlich Kaffee mit unserer tollen neuen Maschine zuzubereiten.

„Wir haben gerade ein paar technische Schwierigkeiten, aber wenn Sie ein wenig Geduld mit uns haben, verspreche ich, wird es sich für Sie lohnen", versichere ich der wartenden Menge mit einem optimistischen Lächeln.

„Wir wollen unseren Kaffee jetzt!", fordert Frau Chisholm in ihrem abgetragenen Flanellhemd und mit ungefähr tausend Falten in ihrem schrumpeligen Gesicht.

„Er wird bald fertig sein, Frau Chisholm", versichere ich ihr.

„Das will ich hoffen", murrt sie mit zusammengezogenen Augenbrauen, sodass ihr Gesicht sich beinahe ineinander faltet.

Da ich eine Bewohnerin von Hunter's Creek bin, kenne ich Frau Chisholm schon mein ganzes Leben lang, sie war schon immer alt, mürrisch und unangenehm. Ich glaube, ich habe sie tatsächlich nur einmal lächeln sehen – und das war vielleicht sogar nur eine Grimasse.

„Wann fangt ihr an zu tanzen?", fragt sie plötzlich.

„Wie bitte?"

„Tanzen", wiederholt sie in einem Tonfall, als hätte ich

nicht alle Baumstämme im Holzstapel. „Meine Enkelin hat mir erzählt, dass die Mädchen vom *Second Chance* jetzt tanzen. Normalerweise würde ich das als absoluten Unsinn abtun, weil sie jetzt in Florida lebt und ich davon ausgegangen bin, dass ihr die Hitze zu Kopf gestiegen ist, aber dann hat Chester Dunlop mir ein Video auf seinem Fernseh-Handy gezeigt, und jetzt will ich es mit eigenen Augen sehen."

Ein leises Murmeln geht durch die Menge.

„Das Tanzen ist eigentlich nur für TikTok gedacht", erkläre ich.

„Wir wollen es trotzdem sehen", beharrt sie. „Nicht wahr?"

Die Menge stimmt ihr begeistert zu und ich werfe Ryn einen nervösen Blick zu.

Sie zuckt mit den Schultern. „Ich mach es, wenn du es auch tust."

„Aber wir sind schrecklich", flüstere ich ihr zu.

Tante Lisa erscheint in der Küchentür und schaut fragend in die Runde.

„Ich sage, wir sollten den Leuten geben, was sie wollen, und wenn sie die Besitzerin und ihre wichtigste Mitarbeiterin tanzen sehen wollen, sollten wir es tun", verkündet Ryn, während sie ihre Schürze abnimmt.

Die Leute brechen in spontanen Jubel und Applaus aus und jemand ruft: „Los, Second Chance Babes!" Was die Menge nur noch lauter jubeln lässt.

Second Chance Babes? Ach du meine Güte. Ich wollte das Tanzen eigentlich von Anfang an nicht machen. Ich habe nur zugestimmt, weil Ryn darauf beharrt hat, dass es online gut ankommen würde. Was es auch tat. Aber ich hätte nie gedacht, dass ich es an meinem Arbeitsplatz vor Live-Publikum tun müsste.

„Wir machen es", verkündet Ryn bestimmt, als läge es

an ihr, solche Entscheidungen zu treffen und für uns beide zu sprechen.

Habe ich in der ganzen Sache denn gar nichts zu sagen?

Die Gäste scheinen von der Idee alle völlig begeistert zu sein und trotz meiner Proteste und geflüsterten Gewaltandrohungen gegenüber meiner Schwester zieht sie mich hinter dem Tresen hervor und in einen Bereich ohne Sitzgelegenheiten.

„Tante Lisa, spiel das Lied ab", weist Ryn an und zu meiner Überraschung tut Tante Lisa genau das. Die vertrauten Klänge des Bruno Mars-Songs erfüllen den Raum.

Ryn beginnt im Takt der Musik mit dem Kopf zu nicken, ihre Augen treffen meine. „Und 5, 6, 7, 8." Sie legt mit den Tanzschritten los, die wir für unsere Videos geübt haben. Mit allen Augen im Raum auf uns gerichtet, bleibt mir keine Wahl, als mitzumachen.

Wir platzieren die Hände vor unserer Brust, die Ellenbogen zur Seite gestreckt, bevor wir sie nach links drücken und dabei das Knie eindrehen und etwas beugen, dann nach rechts ebenfalls mit einer Beugung des Knies, bevor wir in die Hocke gehen und die Arme über den Kopf heben. In meinem Kopf erinnere ich mich immer wieder daran zu „Poppen, Locken und Droppen" wie Ryn es mir eingetrichtert hat und nachdem wir diese Bewegungen ein paar Mal wiederholt haben, höre ich auf, darüber nachzudenken, und führe einfach den Rest der Choreographie aus.

Ich merke, wie ich meine Schwester anstrahle, und tatsächlich beginne, Spaß daran zu haben, trotz der Herausforderungen mit der neuen Kaffeemaschine und der Tatsache, dass wir eine lange Schlange von Kunden haben, die auf ihren Kaffee warten.

Moment. Eine lange Schlange von Kunden, die auf ihren Kaffee warten? Noch letzte Woche hätte sich das wie ein Traum angefühlt! Sicher, die Kaffeemaschine mag im Moment ein Berg sein, der erst noch erklommen werden muss, aber zumindest haben wir Kunden im Café.

Wir beenden den Tanz mit einer schwungvollen Bewegung, während Bruno Mars seine Zeilen singt, und machen eine spontane Verbeugung, als der Raum in Jubel und Applaus ausbricht.

„Kaffee könnt ihr nicht machen, aber tanzen könnt ihr wirklich!", ruft Frau Chisholm aus.

„Wir können Kaffee machen", versichere ich sowohl ihr als auch dem Rest des Raumes.

„Können wir?", fragt Ryn und ich werfe ihr einen warnenden Blick zu, damit sie den Mund hält.

„Wir werden unseren normalen Kaffee servieren und als Entschuldigung für unsere aktuellen Kaffeemaschinen-probleme möchten wir jedem ein kostenloses Stück Kuchen nach Wahl anbieten, während wir an Ihrem Kaffee arbeiten."

Ein Welle von „Danke" und „Ihr seid die Besten" rollt durch den Raum, während ich hinter den Tresen husche, Kuchen aufschneide und an die Kunden verteile.

Ich bemerke, wie Ryn an ihrem Handy zu Gange ist. „Jetzt ist keine Zeit dafür, Ryn. Wir müssen die Kaffeema-schine zum Laufen bringen. Ich kann die Leute nicht ewig hinhalten."

„Bleib geschmeidig, Schwesterherz. Ich rufe Verstärkung."

„Verstärkung?"

„Du wirst schon sehen. Jetzt werde ich diese Maschine sauber machen, damit ein Experte sie bedienen kann."

Ich bin kurz davor, etwas zu entgegnen, als eine Frau, die ich noch nie in meinem Leben gesehen habe, auf den

Tresen zukommt. Ich erkenne sofort, dass sie nicht von hier ist. Gekleidet in ein scheinbar echtes Chanel-Kostüm trägt sie eine klobige Goldkette und roten Lippenstift, ihr bobartig geschnittenes Haar glatt und professionell gestylt.

Ich lächle sie an. „Welchen Kuchen darf ich Ihnen anbieten, Ma'am? Wir haben zum einen guten alten Apfelkuchen. Der ist ein Klassiker hier. Aber wir haben auch Blaubeer- und Boysenbeer- sowie Rhabarber-Erdbeer-Kuchen, der heute ungewöhnlich beliebt ist."

„Ich habe kein Interesse an Kuchen, danke", antwortet sie ohne Lächeln, ihr Ton mehr als nur eine Spur überheblich.

Sie ist definitiv nicht von hier.

„Das ist ganz Ihre Entscheidung. Möchten Sie etwas anderes, während wir darauf warten, dass die Kaffeemaschine funktioniert?"

Ihr Gesicht bleibt bis zu diesem Zeitpunkt völlig unbewegt, doch dann heben sich ihre roten Lippen zum Hauch eines Lächelns. „Ihre Kaffeemaschine funktioniert nicht? Oh, richtig. Deshalb haben Sie den Tanz aufgeführt. Um alle abzulenken."

Ganz schön wertend, oder? Wer ist diese Frau?

Ich setze mein charmantestes Lächeln auf und antworte: „Hat es funktioniert?"

„Bei mir schon", ruft Frau Chisholm von ihrem Platz am Tresen mit vollem Mund. „Dieser Kuchen ist köstlich. Dank deiner Tante von mir."

„Oh, ich backe die Kuchen schon seit einer Weile selbst."

„Wirklich?" Sie nimmt einen weiteren Bissen und kaut nachdenklich, bevor sie sagt: „Das hätte ich nie gedacht."

Das ist wohl das größte Kompliment, das ich von Frau Chisholm erwarten kann.

Die Frau in dem mutmaßlichen Chanel-Kostüm räuspert sich. „Wer ist hier der Besitzer?"

„Nun, meine Tante besitzt das Café, aber sie ist gerade nicht hier."

„Wann wird sie zurück sein?"

„Nicht so bald, nehme ich an. Ich führe den Laden derzeit für sie."

Ich glaube, ihre Augenbrauen wandern in Richtung ihres Haaransatzes, aber es ist nicht ganz klar, da ihre Stirn sich scheinbar kein bisschen bewegen kann. Ich vermute, dieser Frau ist die Botox-Nadel nicht fremd. „Und Sie sind?"

Ich strecke meine Hand über den Tresen. „Ich bin Marlowe Cole. Willkommen im Second Chance Café."

Sie mustert meine Hand kurz, bevor sie sie widerwillig ergreift, als ob ich ihr Lepra oder Kleinstadt-itis verpassen könnte.

„Ich verstehe", sagt sie, während sie meine Hand loslässt. Kein „Mein Name ist Frau Sowieso und danke für die nette Begrüßung." Nicht einmal ein einfaches „Danke." Nur ein trockenes „Ich verstehe."

Die Kaffeemaschine gibt ein seltsam stöhnendes Geräusch von sich, aber ich tue mein Möglichstes, es zu ignorieren.

„Möchten Sie mit mir über etwas Bestimmtes sprechen?", frage ich, als sie nichts weiter sagt.

„Nein, nein. Ich war nur daran interessiert, den Betreiber dieses Cafés kennenzulernen, und bin wirklich überrascht, wie weit Sie bereit sind zu gehen, um Kunden anzulocken."

„Oh, meinen Sie die Tanznummer? Meine Schwester und ich haben das nur gemacht, weil Frau Chisholms Enkelin... hatte..." Ich verstumme, als ich ihren Gesichtsausdruck bemerke. Er ist voll abschätziger Überlegenheit, als wären wir einfach nur lächerlich.

„Ich denke, ich habe hier alles gesehen, was ich sehen wollte", sagt sie.

„Okaaay", antworte ich unsicher, keine Ahnung, worum es hier eigentlich geht.

In diesem Moment bemerke ich Oliver, meinen Erzfeind, den Mann, der mich höchstwahrscheinlich ruinieren wird, wie er durch die Tür spaziert, als hätte er jedes Recht hier zu sein. Was er natürlich nicht hat. Gar kein Recht.

Warum ist er hier? Weiß er nicht, dass wir uns in einem Wettstreit befinden?

Und vor allem, warum muss er so verdammt gut aussehen? Ehrlich, es sollte ein Gesetz dagegen geben, so gut auszusehen. Wie soll man jemanden hassen, wenn einem jedes Mal das Herz bis zum Halse schlägt, wenn man ihn ansieht?

Ich kann nicht anders, als ihn von oben bis unten zu mustern. Er trägt die gleiche Art Outfit wie die letzten Male, als wir uns begegnet sind – eine Chinohose, praktische, aber teuer aussehende Loafer und ein weißes Poloshirt, das seinen dunklen Augen kriminell schmeichelt.

Er hat die Dreistigkeit, mir ein lässiges Lächeln zuzuwerfen, bevor sein Blick durch den Raum schweift, als würde er nach etwas suchen.

Seinen Kunden.

Ich muss fast lachen bei dem Gedanken. Wir können ihnen vielleicht gerade keinen Kaffee anbieten, aber wenigstens sind sie hier.

Er kommt zum Tresen. Nein, das ist nicht richtig. Er *schreitet* mit einer Selbstsicherheit heran, als gehöre ihm der Laden, mit seinen langen Gliedmaßen, breiten Schultern und seiner imposanten Präsenz. Ein Lächeln umspielt seine Lippen, seine dunklen Augen ruhen auf mir.

Ein Bild schießt mir durch den Kopf. Ich in seinen Armen, er blickt auf mich herab und sagt mir, dass ich die einzige Frau für ihn bin, bevor er mich küsst – und zwar so, als ob er es wirklich, wirklich ernst meint. Mir stockt der Atem.

Nicht hilfreich, Marlowe.

Dieser Kerl ist der Feind. Er will das Second Chance zerstören. Ich kann nicht einfach Tagträume darüber haben, ihn zu küssen.

Als er den Tresen erreicht, richte ich mich auf, bereit für alles, was er mir entgegenbringen wird.

„Wie geht es dir heute, Marlowe?", fragt er mit seiner samtweichen Stimme.

„Mir geht's großartig, danke, Oliver." Ich bin schwer enttäuscht von mir selbst, dass meine Stimme leicht atemlos klingt.

„Das freut mich zu hören." Seine unglaublich küssbaren Lippen verziehen sich zu einem Lächeln, das sein ohnehin schon lächerlich gut aussehendes Gesicht noch attraktiver macht.

„Ja, das ist es. Wirklich gut", antworte ich. „Wie du siehst, haben wir heute ziemlich viel zu tun."

Jemand räuspert sich.

Ich bin so sehr mit Oliver beschäftigt, dass ich für einen Moment die hochnäsige, seltsame und insgesamt überlegene Frau vor mir vergessen habe.

„Entschuldigung, haben Sie etwas gesagt, Ma'am?", frage ich sie und reiße meinen Blick von Oliver los.

Ihre geschminkten Lippen verziehen sich zu einem weiteren kleinen Lächeln. „Ich wünsche Ihnen viel Glück mit all Ihren Unternehmungen", sagt sie auf eine wirklich rätselhafte Art und Weise.

„Ähm, danke?"

Sie hebt ihr Kinn, dreht sich um, und wenn ich es nicht mit eigenen Augen sehen würde, könnte ich es nicht glauben. Olivers Blick fällt auf sie und er bleibt wie versteinert stehen, sein Gesichtsausdruck wechselt in Sekundenschnelle von arrogantem Mistkerl zu verschüchtertem Schuljungen.

„Oliver", sagt sie mit zusammengekniffenen Lippen.

Er blinzelt ein paar Mal, bevor er den Mund öffnet, um zu sprechen. „Hallo, Mutter."

Kapitel 12

Oliver

Ich schließe die Tür meines Büros und drehe mich zu meiner Mutter um. „Ich wusste nicht, dass du herkommst."

Sie sieht sich in meinem Büro um, bevor sie die Jacke ihres Businesskostüms auszieht und sie über die Rückenlehne meines Schreibtischstuhls legt. Dann setzt sie sich. „Das sehe ich."

Sich von dieser Frau verurteilt zu fühlen, ist für mich nichts Neues. Ebenso wenig wie die Tatsache, dass sie sich auf meinen Platz setzt.

Alles an meiner Mutter schreit: Sie ist der Boss und niemand sollte das vergessen. Nicht einmal ihr eigener Sohn.

Unbeeindruckt frage ich: „Was bringt dich in den Staat Washington?"

„Kann eine Mutter nicht einfach ihren Sohn besuchen, ohne einen Grund zu haben?"

„Natürlich." Ich versuche ein Lächeln, während ich mich auf den Besucherstuhl setze.

Wir beide wissen, dass wir nicht die Art von Beziehung haben, in der einer von uns den anderen ‚einfach so' besucht.

„Wie läuft es hier?", fragt sie.

„Es ist noch früh, aber wir haben einen starken Start hingelegt. Die Eröffnung war großartig. Ein Großteil der Stadtbewohner war zur großen Eröffnung da, ebenso wie Leute aus den größeren umliegenden Städten."

„Die Leute lieben eben kostenlose Dinge. Wie läuft das Geschäft seit der Eröffnung?"

Ich zögere einen Moment, bevor ich zugebe: „Es ist nicht ganz so spektakulär, wie wir gehofft haben."

„Oliver, wir haben nicht erwartet, dass es spektakulär wird. Wir haben erwartet, dass es schwierig wird."

„Das kleine gallische Dorf, das sich gegen die Römer behauptet."

Sie ignoriert meine Anspielung auf den Comic. Sie hat sie schon beim ersten Mal nicht geschätzt und tut es mit ziemlicher Sicherheit auch dieses Mal nicht. „Hat die Konkurrenz trotz unserer Präsenz hier weiterhin Erfolg?"

„Du meinst das Second Chance Café?", frage ich und bereue die dumme Frage sofort. Natürlich meint sie das Second Chance. Das einzige andere Café in der Stadt ist ein kleines Lokal namens Mary's, das abgelegen liegt und kaum Kunden hat, soweit ich weiß.

„Mit all dem Tanzen und Drumherum ist das eher eine Vegas-Show als ein Café."

„Tanzen? Oh, du meinst die Videos in den sozialen Medien."

„Nein, mein lieber Junge, ich meine das tatsächliche Tanzen, dem ich gerade gegenüber bei deiner Konkurrenz beiwohnen durfte. Von dieser Marlowe Cole und der Barista, die scheinbar keinen Kaffee machen kann."

Ich könnte das Lächeln, dass sich auf meinem Gesicht ausbreitet, nicht aufhalten, auch nicht für allen Tee in China. Oder all den Kaffee in Amerika. Marlowe und Ryn haben vor den Gästen des Cafés getanzt – und ich habe es verpasst?

„Das scheint dich zu amüsieren", bemerkt meine Mutter.

„Ich habe nur darüber nachgedacht, dass sie auf solche Tricks zurückgreifen müssen, um ihre Kunden zu halten."

„Ich sage nur, es ist gut, dass die junge Frau, die das Café führt, hübsch ist, sonst hätten sie wahrscheinlich gar keine Kunden. Ihre Kaffeemaschine funktioniert nicht."

„Sie servieren Filterkaffee. In dieser Hinsicht haben wir ihnen etwas voraus. Unser Mokka und Cappuccino mit Vanillesirup und Sahne waren bei der Eröffnung besonders beliebt."

„Vielleicht haben sie früher nur Filterkaffee serviert, aber sie haben sich offensichtlich gesteigert. Ich habe die Kaffeemaschine gesehen. Offensichtlich haben sie aber keine professionelle Barista-Schulung genossen. Was rede ich? Sie sind nur ein kleines, unabhängiges Café ohne unsere Ressourcen. Ich vermute, sie versuchen, dich mit deinen eigenen Waffen zu schlagen."

„Die meisten Cafés haben Kaffeemaschinen, Mutter. Die Tatsache, dass sie keine hatten, ist ziemlich unge-wöhnlich."

„Zum Glück wissen sie nicht, wie man sie benutzt – aber das wird sich bald genug ändern." Ihre Stimme hat einen warnenden Unterton.

„Wir werden weiterhin unsere breite Auswahl an Kaffeespezialitäten anbieten, zubereitet von unseren voll ausgebildeten Baristas", versichere ich ihr.

„Du scheinst sehr angetan von Marlowe Cole zu sein, wenn ich mich nicht irre. Sie ist hübsch, das gebe ich zu, aber lass dich nicht von ihr ablenken."

„Ich versichere dir, das wird nicht passieren."

Trotz Marlowes Anziehungskraft und der Tatsache, dass ich mich zu ihr hingezogen fühle, gehört sie nicht zu meinem großen Plan hier in Hunter's Creek.

„Gut. Wir wollen nicht, dass du dich von deinem Ziel ablenken lässt."

„Ich bin zu hundert Prozent engagiert."

Sie verschränkt die Finger und stützt die Ellbogen auf meinen Schreibtisch. „Dann verrat mir eines, Oliver. Warum, denkst du, haben sie so viel mehr Kunden in ihrem Café als du in deinem? Ich habe gerade drei Leute im Vorbeigehen gezählt. Drei, Oliver. Und das in der ersten Woche."

„Genau genommen ist es die zweite Woche."

Sie wirft mir einen strengen Blick zu.

Ich räuspere mich und rutsche auf meinem Stuhl hin und her. „Heute mögen sie vielleicht die Schlacht gewinnen, dank ihrer Social-Media-Bemühungen und offensichtlich wegen des tanzenden Personals. Aber Steamy Coffee wird den Krieg gewinnen. Du kannst dich auf mich verlassen."

„Kann ich das?"

„Absolut", antworte ich entschlossen. „Wir könnten einige Aktionen starten, um mehr Kunden ins Geschäft zu locken. Wir könnten das Zwei-für-Eins-Angebot ausprobieren, das wir letzten Monat in Phoenix angeboten haben. Das hat perfekt funktioniert, erinnerst du dich?"

Ich habe einige Zeit in der sengenden Hitze von Phoenix, Arizona, verbracht um der Managerin unter die Arme zu greifen und ihre Verkaufszahlen wieder auf Vordermann zu bringen, nachdem diese im Frühling eingebrochen waren. Wir hatten verschiedene Vorgehensweisen ausprobiert, aber das Zwei-für-Eins-Angebot ist eingeschlagen wie eine Bombe und ich bin mit dem guten Gefühl abgereist, dass wir eine ganze Reihe neuer Kunden für die Filiale gewonnen hatten.

„Wir haben unser Treueprogramm, aber ich schlage vor, wir bieten zusätzlich auch Happy-Hour-Angebote an, besonders wenn das Second Chance geöffnet hat. Unsere äußerst erfolgreichen Muffin- und Kaffee-Kombiangebote. Außerdem habe ich gestern einige App-Deals gestartet."

„Du ziehst also alle Register."

„Ich versuche nur, mein Bestes zu geben", korrigiere ich. Ich will nicht, dass sie denkt, ich wäre ein verzweifelter Soldat im letzten Gefecht. Ich will ruhig und besonnen erscheinen, mit einer Vielzahl von Optionen in der Hinterhand, um diesen Standort zum Erfolg zu führen.

„Warum, denkst du, sind die Leute so resistent?"

„Ich glaube, sie sind einfach an das gewöhnt, was sie schon immer hatten. Sie hängen an ihren Gewohnheiten. Es gibt da eine Gruppe von Frauen – ich nenne sie das ‚Kaiserinnen-Kollektiv' –"

Meine Mutter reißt die Augen auf.

„– bei denen es mir letzte Woche gelungen ist, dass sie ihren täglichen Kaffee ein paar Mal hier getrunken haben, anstatt im Second Chance. Ich habe das Gefühl, wenn ich sie überzeugen kann, dann kann ich auch andere für uns gewinnen."

„Dann ziel genau auf sie ab. Gib ihnen, was sie wollen."

Was sie wollen, ist, dass ich mich in die Meistertänzerin von gegenüber verliebe.

Aber *das* werde ich meiner Mutter sicher nicht erzählen.

„Das Problem ist, dass die Kuchen im Second Chance wirklich gut sind und die Leute nur deswegen dorthin strömen. Unser Essensangebot ist weniger... aufregend."

„Die Leute hier finden Kuchen aufregend? Ich werde Kleinstädter nie verstehen, egal wie viel Zeit ich an solchen Orten verbringen muss."

Sie muss hier Zeit verbringen?

„Aber Hunter's Creek ist charmant, Mutter. Die alten Gebäude, die hübschen kleinen Läden, die Menschen, die Art, wie die Stadt von diesen atemberaubenden Wäldern eingefasst ist. Es gibt diesen hübschen kleinen See außerhalb der Stadt mit einer Plattform, zu der man hinschwimmen kann—" Ich breche ab, als ich den Ausdruck auf ihrem Gesicht wahrnehme. Meine Mutter hat einen Ausdruck perfektioniert, der auf zwanzig Schritte töten kann – dank ihrer jahrelangen Erfahrung als knallharte Geschäftsfrau. Und gerade jetzt bin ich ihr Ziel.

„Du klingst mir ein bisschen zu begeistert von diesem Ort, Oliver."

In den Augen meiner Mutter ist zu viel Begeisterung – oder emotionale Bindung – ein massives No-Go. Wer sich emotional einlässt, beginnt, sich zu kümmern. Und das ist das Letzte, was man tun sollte. Menschen, die sich um eine Stadt und ihre Bewohner kümmern, tun nicht das, was notwendig ist. Ihre Vision wird getrübt.

Sie scheitern.

Und ich darf nicht scheitern. Ich brauche diesen Erfolg.

Ich senke den Kopf. „Es ist nur hübsch hier, das ist alles."

Die Wahrheit ist, dass ich in der kurzen Zeit, die ich hier bin, diesen Ort ins Herz geschlossen habe. Die Straßen der Stadt sind so malerisch mit ihren altmodischen Fassaden und den Bäumen entlang der Gehwege. Viele Häuser haben amerikanische Flaggen über der Tür hängen und einige sind in verschiedenen Blau-, Grün- oder Gelbtönen gestrichen, was eine ansprechende Farbkombination ergibt. Das Wetter ist warm, aber nicht zu heiß, obwohl man mir sagt, dass es hier oft regnet. Die Menschen sind freundlich und unkompliziert. Sicher, einige sind ein wenig neugierig, aber es sind gute Leute.

„Belass es dabei. Das Café gegenüber mit den tanzenden Frauen wird nicht überleben, wenn du deinen Job richtig machst. Das weißt du, oder?"

Das Zerschlagen der Konkurrenz ist die Strategie von Steamy Coffee. Das weiß ich und meine Mutter weiß es auch. Aber je mehr Zeit ich hier verbringe, desto weniger will ich etwas zerstören – vor allem nicht Marlowes Second Chance Café.

„Wie ich schon sagte, sie bieten etwas anderes an als wir. Wir können koexistieren."

„Oliver, ich hoffe wirklich, dass du aufgrund von *Gefühlen* –", sie verzieht das Gesicht bei dem Wort, „– nicht dein Ziel aus den Augen verlierst. Du hast dieses Projekt übernommen und ich erwarte, dass du es durchziehst. Keine Kompromisse."

Ich senke den Kopf. „Natürlich. Ich weiß, was ich tun muss."

„Das hoffe ich. Ich habe überlegt Thomas Moriah anzurufen."

Mein Kopf schnellt hoch. Thomas Moriah ist der Unternehmensanwalt. Wenn meine Mutter mit dem

Gedanken spielt, ihn einzuschalten, dann wahrscheinlich wegen Marlowes kritischer Social Media-Beiträge.

„Tu das nicht", bitte ich sie. „Ich rede mit ihr darüber."

„Gut. Jetzt führ mich durch die aktuellen Finanzdaten und deine Pläne für die kommenden Monate. Ich muss heute Abend wieder zum Abendessen in Seattle sein und fliege danach weiter nach Minnesota."

Während ich mich über den Schreibtisch lehne, die bisherigen Zahlen erkläre und alle Maßnahmen erläutere, die wir planen, um neue Kunden zu gewinnen und zu halten, kann ich nicht verhindern, dass meine Gedanken wieder zu Marlowe wandern – der schönen, tanzenden Inhaberin des Second Chance Cafés, deren Geschäft ich mit allen erdenklichen Mitteln zu Staub zermahlen soll.

Kapitel 13

Marlowe

Ich schiebe den Schlüssel ins Schloss der Eingangstür des Second Chance und werfe einen Blick über die Straße. Für mein Café ist zwar Feierabend, aber Steamy Coffee läuft noch auf Volldampf – wenn du das Wortspiel verzeihst.

Nicht mehr lange, hoffe ich, während ich prüfe, ob die Tür fest verschlossen ist, und mich auf den Weg die Straße hinunter mache. Unsere neueste Marketingstrategie startet bald mit der Einführung unserer Abendkarte. Wir schließen wie gewohnt und öffnen dann wieder um 17:00

Uhr. Wir haben bereits eine Menge Reservierungen, die Leute sind gespannt darauf, unsere Gerichte nicht nur zum Frühstück und Mittagessen, sondern auch zum Abendessen zu probieren. Mit Ivy und ihrer Band, die auftreten werden, glaube ich, dass unsere Eröffnung spektakulär wird – unendlich viel besser als massenproduzierter Gratis-Kaffee und Plastik-Snacks à la Oliver Langdon. Zumindest meiner Meinung nach.

Es sind ein paar Tage vergangen, seit Oliver in meinem Café aufgetaucht ist und von seiner Mutter überrascht wurde. Ich sage überrascht, aber es war eher überrumpelt. Der Ausdruck auf seinem Gesicht, als ihm klar wurde, dass sie hier ist, lässt mich seitdem einfach nicht los. Es war, als ob sich seine Gemütslage von locker-lässig – und ich glaube, einem Hauch flirtend – in einen schockartigen Zustand wandelte. Wenn du jemals das berühmte Gemälde *Der Schrei* gesehen hast, weißt du, wovon ich spreche.

Ich verstehe es. Sie ist eine furchteinflößende Frau. Sie hat mir definitiv das Gefühl gegeben, beurteilt zu werden – und das nicht gerade positiv. Aber sie ist seine *Mutter*. Bestimmt behandelt sie ihn nicht so, oder?

Trotz allem empfinde ich ein Quäntchen Mitleid für ihn. Aber wirklich nur ein Quäntchen.

Er ist schließlich der Feind.

Ich greife nach meinem Handy und meinen Schlüsseln und bin schon auf dem Sprung, als ich mich entscheide, einen schnellen Blick auf Mikes Instagram Profil zu werfen. Es sind Tage vergangen, seit ich es das letzte Mal gecheckt habe, und ich bin überrascht, dass ich nicht einmal daran gedacht habe – oder an ihn.

Ich schätze, der Krieg mit Oliver Langdon hat den meisten Platz in meinem Kopf eingenommen.

Ein kurzer Scroll durch sein Profil zeigt mir nur zwei neue Beiträge: eine Aussicht von einer Wanderung am

Wochenende und ein Dessert aus einem Restaurant in Seattle, das ich nicht kenne.

Ich weiß nicht genau, wonach ich suche. Ein Beweis dafür, dass er immer noch glücklich mit seiner Frau ist? Dass er bereut, was er mir angetan hat? Da er nie irgend-etwas Wesentliches postet – nichts über mich oder seine Frau – kann ich nicht überrascht sein, dass sein Profil mir keine neuen Erkenntnisse bringt.

Und einen Großteil von mir interessiert es auch kein Stück.

Hmm. Interessant.

Mit einem Lächeln auf den Lippen stecke ich mein Handy in meine Handtasche und verlasse das Café durch den Hinterausgang.

Ich steige in mein Auto und fahre die kurze Strecke nach Hause. Seit meiner Rückkehr nach Hunter's Creek wohne ich bei meinen Eltern, obwohl ich definitiv plane, bald eine eigene Wohnung zu finden.

Ich trete durch die Haustür und in das leere Haus. Mama und Papa sind beide noch an der Arbeit, also habe ich das Haus für mich und die Gelegenheit, mich vom Tag zu erholen, bevor sie nach Hause kommen. Du musst wissen, meine Familie liebt es zu reden – und Reden ist das, was ich den ganzen Tag über mache, jeden Tag. Manchmal muss man einfach abschalten und für eine Weile alles vergessen, in einem Buch versinken, Musik hören oder im See schwimmen gehen.

Der Gedanke daran ist so verlockend – das kühle Nass auf meiner Haut zu spüren, während ich durch das Wasser gleite, auf dem Rücken liegend in den Himmel schaue und sehe, wie die Wolken sanft vorbeiziehen, während die Vögel zwitschern und der Wind durch die Bäume rauscht.

Ein Traum.

Es sei denn, meine Auszeit wird von Kerlen in Badehosen unterbrochen, die dort nichts zu suchen haben.

Aber heute gibt es keinen Ausflug zum See für mich. Dafür ist keine Zeit. Heute ist der Tag der Freiwilligen-Aktion, an dem die Stadt für die Filmpremiere herausgeputzt werden soll. So sehr ich mich auch danach sehne, im Wasser zu treiben und in den Himmel zu starren, gibt es für mich keine Pause.

Ich schlüpfe aus meinen High Heels – meine Füße danken es mir – und ziehe eine kurze Hose und ein weißes T-Shirt mit V-Ausschnitt an. Dann schlüpfe ich in ein paar alte Tennisschuhe, binde meine Haare zu einem lockeren Dutt zusammen und trage eine großzügige Menge Sonnencreme auf. Die Sonne brennt vom Himmel und wir Hellhäutigen müssen uns schützen, wenn wir morgen früh nicht wie ein glänzend roter Strandball aussehen wollen.

Ein paar Minuten später komme ich am Marktplatz an. Einige Leute sind bereits fleißig dabei, Sträucher und Blumen zu pflanzen, Gehwege mit Hochdruckreinigern zu säubern und den Platz zu fegen, während andere herumstehen und plaudern – mit Bechern von Steamy Coffee in der Hand.

Ich presse die Lippen zusammen und versuche mich nicht darüber aufzuregen. Wenn das Second Chance geöffnet wäre, würden sie ihren Kaffee von uns holen.

Zumindest hoffe ich das.

Ich entdecke Frau Jacobson unter den Kaffeetrinkenden und gehe direkt auf sie zu.

Sie sieht mich auf sich zukommen und umfasst den Kaffeebecher so, dass ich das Logo nicht erkennen kann.

Zu spät, Lady. Ertappt.

„Wie wunderbar, dass du gekommen bist, Marlowe. Ich weiß, wie beschäftigt du mit dem Café bist – besonders jetzt, wo ihr angekündigt habt, auch Abendessen mit Live-

Musik anzubieten", schmeichelt sie mir. „Du bist ein Superstar!"

„So weit würde ich nicht gehen, aber wir sind sehr aufgeregt wegen unserer neuen Angebote, Frau Jacobson. Hallo zusammen! Tolle Arbeit bisher. Der Marktplatz sieht jetzt schon großartig aus", sage ich.

„Wir müssen uns von unserer besten Seite zeigen", meint Bernie, der Metzger.

„Es kommt schließlich nicht jeden Tag vor, dass die Welt nach Hunter's Creek kommt", fügt Alfred Whitlow, der pensionierte Anwalt, hinzu, was allgemeine Zustimmung auslöst.

„Wir können uns wirklich glücklich schätzen", sagt Frau Jacobson. „Nun, Marlowe. Ich habe dich für das Streichen des Musikpavillons eingeteilt. Lewis Bernhardt hat bereits das Dach und die Decke gestrichen, weil er die große Leiter hat, also brauche ich dich für den Rest. Dir wurde ein Partner zugewiesen, der bereits alle Materialien vorbereitet hat."

„Klar, kein Problem", antworte ich mit einem Lächeln. „Wer ist mein Partner?"

„Das bin ich", sagt eine tiefe Stimme hinter mir.

Ich drehe mich um und sehe Oliver, in einer blau karierten kurzen Hose und einem weißen T-Shirt gekleidet, mit einem frechen Grinsen auf seinem leider äußerst attraktiven Gesicht, als wäre das die lustigste Sache des Tages. Vielleicht *ist* es das für ihn auch, aber für mich ganz bestimmt nicht.

„Du?", frage ich ungläubig.

„Ich."

„Aber du bist doch… du kommst doch… warum?"

Oliver ist die letzte Person, von der ich erwartet hätte, sich freiwillig für die Verschönerung von Hunter's Creek zu melden. Ich hätte gedacht, er wäre viel zu beschäftigt damit, die Kaffeewelt zu erobern, um an so etwas Trivialem teilzunehmen.

„Du scheinst ein paar Probleme zu haben, deine Sätze zu beenden, Marlowe. Vielleicht brauchst du einen Kaffee von Steamy Coffee? Ich kann dir einen holen, wenn du möchtest. Wir haben noch geöffnet – im Gegensatz zu einigen anderen Läden in der Stadt."

Ich werfe ihm einen vernichtenden Blick zu. Die Unverfrorenheit dieses Mannes! Und dann lächelt er auch noch so, als ob er nette Dinge sagt, obwohl wir beide wissen, dass er nicht nur mich, sondern auch das Café meiner Tante angreift.

Wie unhöflich. Und völlig unnötig.

„Nein, danke", sage ich mit zusammengebissenen Zähnen. Ich wende mich wieder an Frau Jacobson. „Das muss ein Irrtum sein. Sicherlich arbeite ich mit einer meiner Schwestern oder Gabe zusammen oder, ehrlich gesagt, *egal wem.*"

Irgendjemand, nur nicht er.

„Harper und Christopher arbeiten bereits weiter die Straße runter, Ryn ist beim Unterricht ihrer Kosmetikschule und Gabe ist in der Glasbläserei. Wie du siehst, handelt es sich also nicht um einen Irrtum", sagt sie mit einem selbstzufriedenen Lächeln.

Ich blinzele ein paar Mal. Es ist, als hätte sie ein enzyklopädisches Wissen über den Aufenthaltsort aller Stadtbewohner. Wüsste ich nicht, dass sie eine der größten Klatschköniginnen der Stadt ist, wäre ich völlig verstört.

Dann dämmert es mir. Natürlich ist das kein Zufall. Das ist alles Teil des Plans des Damen-Komitees, Oliver und mich zu verkuppeln.

Wissen sie denn nicht, dass das *nie* passieren wird? *Nie. Im. Leben.*

„Frau Jacobson, gibt es wirklich niemand anderen?", frage ich leise. Ich bin nicht zu stolz zum Betteln.

„Ihr wart die letzten beiden, die sich gemeldet haben, Liebes. Es macht Sinn, dass ihr zusammenarbeitet. Außerdem sind alle anderen jungen Leute momentan anderweitig beschäftigt und der Pavillon muss wirklich gestrichen werden."

Ich öffne den Mund, um zu protestieren, schließe ihn aber wieder. Das Letzte, was ich möchte, ist, wie eine verwöhnte Prinzessin zu wirken, die nur mit ihrer Familie oder Freunden arbeiten will. Aber Oliver Langdon? Ernsthaft? Von *allen* Leuten in dieser Stadt?

Ich presse die Lippen aufeinander. Ich weiß, wann ich verloren habe, und mit Frau Jacobson zu diskutieren bringt nichts, wenn sie sich etwas in den Kopf gesetzt hat.

„Wo sind die Farben und Pinsel?", frage ich resigniert.

„Die hab ich", antwortet Oliver und hebt einen großen Farbeimer sowie eine Papiertüte mit Pinseln in die Höhe. „Die anderen Farben stehen schon am Pavillon bereit, also können wir sofort loslegen, sobald du bereit bist."

„Danke, Oliver. Wir sind so dankbar, dich in unserem Team zu haben", säuselt Frau Jacobson mit dieser seltsam sanften Stimme, die sie nur für ihn benutzt. „Ich schlage vor, ihr beiden macht euch direkt an die Arbeit", sagt sie und klatscht in die Hände.

Mit der Begeisterung einer Schnecke, die eine Wüste überqueren muss, drehe ich mich zu Oliver um und sage: „Dann bringen wir es wohl lieber hinter uns, schätze ich."

„Du scheinst davon ja richtig begeistert zu sein", bemerkt er, als wir auf den Pavillon in der Mitte des Platzes zugehen.

„Ich bin froh, mich für die Stadt nützlich machen zu können." Ich lasse die unausgesprochenen Worte zwischen uns in der Luft hängen.

Seine Lippen zucken – ein Ausdruck, den ich bei diesem Mann und seiner selbstgefälligen Art inzwischen erwarte.

Offenbar findet er alles, was ich sage, amüsant.

Was soll das eigentlich?

„Du bist wirklich ein Charmeur, Marlowe. Kein Wunder, dass du dich für einen Job in der Dienstleistungsbranche entschieden hast."

Ha!

„Und wie läuft es mit *deinen* Dienstleistungen?"

„Viel zu tun. Und bei dir?"

„*Super* viel zu tun."

„Das ist gut."

„Oh, es ist mehr als gut. Es ist großartig."

Okay, vielleicht übertreibe ich gerade ein bisschen, aber das Letzte, was ich will, ist, dass er erfährt, wie viel Mühe wir uns geben mussten, um unsere Stammkunden nach seiner Eröffnung wieder zurückzugewinnen.

„Großartig, ja? Liegt das an der neuen Kaffeemaschine, die ihr habt?"

Ich sollte nicht überrascht sein, dass er davon weiß. Na ja, zu dumm, Oliver. Wir können dich jetzt mit deinen eigenen Waffen schlagen. Sobald wir die Kaffeemaschine zum Laufen gebracht haben, versteht sich.

„Oh, Moment. Ihr wisst nicht, wie ihr sie bedienen müsst, oder? Zumindest habe ich das gehört."

„Doch, wissen wir", sage ich schnell, auch wenn das nicht der Wahrheit entspricht.

„Komisch. Die Kunden, mit denen ich mich unterhalten habe, haben mir erzählt, dass ihr jedem ein kostenloses Stück Kuchen angeboten habt, weil ihr sie nicht zum Laufen gebracht habt. Einer meinte sogar, ihr seid dabei klatschnass geworden – obwohl das vielleicht eine Übertreibung war."

Ich presse die Lippen aufeinander. Welche meiner treulosen Kunden haben Oliver von unseren Problemen mit der Kaffeemaschine erzählt?

„Wir haben im Moment ein paar kleine technische Schwierigkeiten, aber ich bin mir sicher, dass wir das bald genug in den Griff bekommen werden", sage ich hochmütig.

„Und bis dahin tanzt ihr einfach weiter?"

„Wie bitte?" Ich starre ihn fassungslos an.

Warum ist es mir so viel peinlicher, dass er unsere Tänze gesehen hat, als wenn es jemand anderes wäre?

„Ich habe gehört, dass ihr für eure Kunden Tanzvorführungen gebt. Genauer gesagt, hab ich gehört, dass sie ziemlich beliebt sind bei den Gästen, die auf ihren Kaffee warten."

Ich beiße mir auf die Lippe. „Ein einziges Mal, Oliver. Es war nur ein einziges Mal. Und das auch nur, weil ein Kunde es unbedingt sehen wollte. Einer unserer Stammgäste, übrigens." Wenn man jemanden als Stammgast bezeichnen kann, der einmal alle sechs Monate vorbeikommt und sich die ganze Zeit nur beschwert.

„Schade, dass ich es verpasst habe."

„Warum? Damit du mich auslachen kannst?"

„Ich habe nie gesagt, dass ich dich auslachen würde."

Meine Augen schnellen zu seinen und ich sehe einen Funken des Flirtens, das unsere ersten Begegnungen begleitet hat, als er nur ein attraktiver und geheimnisvoller Fremder war und nicht mein Kaffeehaus-Feind.

Aber das Letzte, was ich tun werde, ist, mit diesem Mann zu flirten oder an ihn in Badehosen zu denken – mit glänzender Haut und definierten Muskeln...

Marlowe, hör auf.

Er ist mein Feind. Nicht mehr.

Ich räuspere mich.

Während Oliver eine der Farbdosen kräftig schüttelt, ziehe ich die Pinsel aus der Papiertüte, packe sie aus und lege sie bereit.

„Wir sollten die hier anziehen, wenn wir keine Farbflecken auf unserer Kleidung wollen", sagt Oliver und reicht mir einen weißen Overall mit einem Reißverschluss in der Mitte.

Ich sehe den Overall skeptisch an. „Ich glaube, ich komme auch ohne klar."

„Komm schon. Du sähst bestimmt süß aus – wie Casper, das freundliche Gespenst, nur mit roten Haaren."

Ich hebe eine Augenbraue. „Es ist kastanienbraun, zu deiner Information. Aber bitte, wenn du wie eine Zeichentrickfigur für Kinder aussehen willst, nur zu." Ich gestikuliere dramatisch mit der Hand, als wäre ich der Moderator einer Fernsehsendung.

Er lässt seinen Overall neben den Farbdosen zu Boden fallen. „Das hier sind alte Klamotten. Mir macht es nichts aus, wenn sie Farbe abbekommen."

„Gut für dich", sage ich leicht sarkastisch. Warum sollte es mich interessieren, ob er Farbe auf sein wertvolles T-Shirt und seine Hose bekommt? Er ist ein Langdon. Er hat mehr Geld als Verstand.

Er öffnet den Farbeimer und gießt etwas in zwei Farbroller-Wannen. Er reicht mir eine. „Wo willst du anfangen?"

„Vielleicht da, wo gestrichen werden muss?"

„Weißt du, deine Talente sind in deinem Job wirklich verschwendet. Die Regierung könnte einen klugen Kopf wie dich sicher gut gebrauchen."

Ach, sieh mal einer an – wer ist jetzt sarkastisch?

„Ach ja? Und was könnte die Regierung mit deinem Gehirn machen? Mit Zwiebeln anbraten?"

Ich weiß, ich bin kindisch. Ich benehme mich, als

wären wir in einer High-School-Dramaserie über sich streitende Teenager. Aber ehrlich gesagt, IST. MIR. DAS. EGAL.

Oliver Langdon verdient jede meiner Sticheleien. Jede einzelne.

Er atmet dramatisch ein, als hätte ich ihn gerade beleidigt. „Marlowe Cole, ich hätte nie gedacht, dass du so gemein sein kannst."

Ich schenke ihm ein zuckersüßes, völlig unechtes Lächeln. „In dem Fall kannst du ja zusehen, wie ich dir alle deine Kunden wegnehmen werde."

„Ist das so? Und wie erklärst du dir dann, dass so viele deiner ehemaligen Kunden heute in meinem Café waren? Manche von ihnen haben sogar ihre To-Go-Becher dabei, falls du dich wunderst." Er blickt über seine Schulter, mit zusammengekniffenen Augen lässt er seinen Blick suchend über die Menge schweifen. „Ah, da sind sie ja. Siehst du? Es sind bestimmt sieben oder acht Leute. Sie sind die mit den Steamy Coffee-Bechern, falls du dich fragst."

Ich gebe ihm nicht die Genugtuung mich umzudrehen. Abgesehen von der Tatsache, dass ich bereits bei meiner Ankunft bemerkt habe, wer von den Anwesenden diese Becher in der Hand hielt, will ich ihm nicht das Gefühl geben, dass an seiner Aussage etwas Wahres dran ist. Auch wenn dem so ist.

Stattdessen sage ich. „Kann ich das Farbschema sehen?"

„Willst du nichts zu der Tatsache sagen, dass *jeder* der Leute seinen Kaffee in meinem Café gekauft hat?"

„Das liegt nur daran, dass das Second Chance gerade geschlossen hat und dein Laden der einzige offene in der Hauptstraße ist. Außerdem sind wir nicht so aufdringlich, unseren Namen auf jeden unserer Becher zu drucken."

„Aufdringlich, oder einfach nur gutes Marketing?"

Wir sehen uns an. Es ist offensichtlich, dass wir uns in dieser Angelegenheit nie einigen werden – oder in irgendeiner anderen Angelegenheit.

Ich strecke ihm meine ausgestreckte Handfläche entgegen. „Kann ich das Farbschema sehen? Wir sollten wirklich anfangen, bevor uns das Tageslicht ausgeht."

„Du hast nicht ‚bitte' gesagt."

Ernsthaft? Für wen hält sich dieser Kerl? Meinen Vater?

„Bitte", presse ich hervor.

Er grinst mich selbstzufrieden an – dieses Grinsen, das er so sehr zu genießen scheint. „Da du so nett fragst. Hier." Er zieht ein gefaltetes Blatt Papier aus seiner Gesäßtasche und entfaltet es. Es zeigt eine Zeichnung des Pavillons auf dem Marktplatz mit Markierungen, welche Farbe wohin gehört. Sie beginnt bei den Ziegeln am unteren Ende des Pavillons, die ziegelrot gestrichen werden sollen – was keine Extrapunkte für Kreativität einbringt –, geht über zu den Säulen, die die ganze Konstruktion tragen, die weiß gestrichen werden sollen, und schließlich schwarz und grau für die Stufen und den Boden.

„Es ist genau das gleiche Schema wie vorher", sage ich.

„Tanya hat mir gesagt, es ist eher eine Auffrischung als eine Neugestaltung. Zwei Anstriche für alles."

Ich ziehe die Augenbrauen hoch. „Tanya?"

„Tanya Jacobson. Ich glaube, du kennst sie. Sie ist diejenige mit der verrückten Idee, uns zu verkuppeln."

Ich spüre, wie mir die Röte ins Gesicht steigt bei dem Gedanken, dass Oliver über die lächerlichen Verkupplungspläne des Damen-Komitees Bescheid weiß. „Natürlich weiß ich, wer Tanya Jacobson ist. Sie ist seit Ewigkeiten die Bibliothekarin der Stadt. *Ich* nenne sie nur aus Respekt Frau Jacobson."

„Sie hat mich gebeten, sie Tanya zu nennen, gleich bei

unserer ersten Begegnung", antwortet er, als sollte ich gekränkt sein, dass er die Obertratschtante der Stadt mit Vornamen ansprechen darf. Was mich, ganz unter uns natürlich, tatsächlich ein klein wenig kränkt. Aber das werde ich Oliver auf keinen Fall zeigen.

Also tue ich, was jeder Erwachsene tun würde, und ignoriere ihn.

„Ich werde mit den Säulen anfangen, während du mit den roten Ziegeln anfängst?", schlage ich vor.

„Ich dachte, *ich* fange mit den Säulen an und *du* kümmerst dich um die Ziegel", entgegnet er sofort.

Widerspricht er mir absichtlich bei allem? Was frage ich eigentlich? Natürlich tut er das.

„Ich würde lieber die Säulen streichen."

„Ich auch", hält er dagegen.

Wir funkeln uns gegenseitig an.

„Gut. Dann streichen wir eben beide die Säulen", sage ich mit zusammengebissenen Zähnen.

Dieser Kerl!

„Ich liebe Frauen, die kompromissbereit sind", sagt er mit diesem fest in seinem Gesicht verankerten Grinsen.

Ich tauche meinen Pinsel in die Farbe und beginne ihn auf der ersten Säule auf und ab wandern zu lassen. „Ich kann mir vorstellen, dass viele Frauen dir gegenüber kompromissbereit sind, Oliver."

Er lacht leise, als ob ich etwas Witziges gesagt hätte. „Denkst du das? Nun, du wirst mich wohl besser kennenlernen müssen, um das herauszufinden."

„Ich kenne dich schon gut genug, danke."

„Glaubst du wirklich, du kennst mich?"

Ich wende mich ihm zu. Er hat seinen farbgetränkten Pinsel in der Hand, hoch über seinen Kopf gestreckt, um die Säule weiter oben anzustreichen, wodurch ein Streifen seiner gebräunten, definierten Bauchmuskeln sichtbar wird.

Ich beiße mir auf die Lippe und schaue schnell weg. Das letzte, was ich will, ist mich schon wieder in den Gedanken an Olivers nacktem Oberkörper zu verlieren.

Nicht hilfreich.

„Ich kenne Typen wie dich", schnaube ich, tauche meinen Pinsel in die Farbe und beginne sie aufzutragen.

„Und was ist mein Typ, laut Marlowe Cole?"

Ich halte kurz inne, als würde ich die Möglichkeiten in meinem Kopf durchgehen, was ich aber nicht muss. Ich habe mein Urteil über Oliver Langdon bereits gefällt. „Du bist selbstbewusst, privilegiert und erfolgreich. Oh, und unzweifelhaft beliebt bei den Frauen."

Er lacht grunzend. „Beliebt bei den Frauen? Wie kommst du bitte auf diese Idee?"

„Du weißt schon, was ich meine. Du hast diese selbstsichere Ausstrahlung, und du siehst" – ich winke vage in seine Richtung – „eben so aus, wie du aussiehst. Frauen stehen auf so was."

„Marlowe Cole, ist das etwa ein Kompliment?"

Ich konzentriere mich wieder aufs Streichen. „Nein. Das ist eine Tatsache."

„Eine Tatsache, die zufällig auch ein Kompliment ist."

„Fühl dich frei es als solches zu betrachten, wenn dies dein Wunsch ist", schnaube ich, klinge dabei aber wie eine Figur aus *Bridgerton*.

„Ich werde es so betrachten. Und danke."

Ich muss ihn nicht ansehen, um zu wissen, dass er schon wieder grinst. Ich kann seinen Blick fühlen, der sich förmlich durch den dünnen Stoff meines T-Shirts bohrt.

Es ist sowieso viel sicherer, ihn nicht anzusehen, für den Fall, dass ich schon wieder einen ungewollten Blick auf seine Bauchmuskeln erhasche. Darauf könnte ich wirklich verzichten.

„Möchtest du sonst noch etwas über mich loswerden?"

„Warum? Weil du so gerne über dich redest? Passt zu dir."

„Ich bin einfach daran interessiert zu erfahren, was du über mich denkst."

„Willst du das wirklich wissen?", frage ich.

„Oh ja."

„Na gut. Du hast eine Ausstrahlung, als ob du wüsstest, dass sich alles im Leben immer zu deinen Gunsten fügen wird. Dein Leben ist ein einziger Glücksfall und ich wette, es ist dir nicht einmal bewusst."

„Ein einziger Glücksfall? Wie kommst du bitte darauf?"

„Leute wie du haben es leicht. Deine Mutter leitet zufällig die erfolgreichste Kaffeekette im ganzen Pazifischen Nordwesten und ich würde meinen letzten Cent darauf verwetten, dass du ihr ganzer Stolz bist. Du bekommst alles, was du willst, von Mami – ihr kostbarer Sohn, den sie abgöttisch liebt."

Sein Pinsel verweilt einen Moment auf der Stelle und ich frage mich, ob ich einen wunden Punkt getroffen habe.

„Das sind ziemlich viele Annahmen für eine einzelne Person", antwortet er mit kontrollierter, gleichmütiger Stimme.

Jepp. Ich habe definitiv einen wunden Punkt getroffen.

Sein Blick ruht auf meinem und ich schwöre, da ist etwas in seinen Augen, was mich meine Worte sofort bereuen lässt.

Ich kann mich nicht über meinen Triumph freuen. Ich kann diesen Augenblick nicht genießen. Ich fühle ... was genau fühle ich? Als ich Oliver ansehe, der ein Lächeln aufgesetzt hat, das genauso unecht aussieht wie Ryns falsche Wimpern an dem Tag als sie gelernt hat, wie man

falsche Wimpern anklebt. Ich fühle mich irgendwie…
schuldig.

„Tut mir leid", murmele ich. „Ich habe kein Recht, Annahmen über dich oder dein Leben zu treffen."

Seine einzige Reaktion ist ein kurzes Nicken, bevor er seinen Pinsel in die Farbe taucht und sich wieder an die Arbeit macht.

Schuldgefühle lodern in mir auf. Ich mag diesen Kerl nicht ausstehen können, ich mag mir wünschen, er und seine große, gesichtslose Kaffeekette wären nie in die Stadt gekommen, aber selbst wenn er all die Dinge wäre, die ich ihm vorgeworfen habe, will ich ihn nicht verletzen.

Kapitel 14

Oliver

Ich werde nicht lügen, Marlowes Annahme, dass meine Mutter mich abgöttisch liebt, tut weh. Wenn sie nur die bittere Wahrheit wüsste – die das genaue Gegenteil von ihrer Annahme ist. Dass ich nur hier in Hunter's Creek bin in meinem neuesten Versuch, mich ihr zu beweisen. Um ihr zu zeigen, dass ich genauso gut bin wie der Sohn, den sie eigentlich abgöttisch geliebt hat. Meinen Bruder.

Klar, ich verstehe, dass das alles Teil des kleinen Schlagabtauschs ist, den Marlowe und ich gerade führen –

ein Schlagabtausch, der sie bis vor etwa einer Minute in meinen Augen nur noch attraktiver gemacht hat – und ich bin mir sicher, dass sie nicht einmal weiß, wie tief ihre Worte mich getroffen haben.

Die Sache ist die, ich weiß, dass ich nicht die Art von Beziehung zu meiner Mutter habe, die ich bei anderen sehe. Die ich mir wünsche. Es geht mir nicht darum, verhätschelt zu werden. Es würde mir schon reichen, einfach nur als derjenige, der ich bin, gesehen zu werden, anstatt immer das Gefühl haben zu müssen, zweite Wahl zu sein.

Als ich ein Kind war, war Mutter nicht oft da. Sie war eine alleinerziehende Mutter von drei Kindern, ohne familiären Rückhalt, die versuchte, ein neues Unternehmen aufzubauen. Auch wenn ich verstehe, wie schwer es für sie war und dass sie Prioritäten setzen musste, wünschte ich, wir wären ihre Priorität gewesen.

Nachdem Marlowe an dem Tag in meinem Kaffeehaus in ihrer „Verkleidung" aufgetaucht und – wirklich buchstäblich – mit ihrem Vater zusammengeprallt ist, gebe ich zu, dass ich im Hintergrund geblieben bin und ihre Interaktion beobachtet habe. Auch wenn sie anfangs offensichtlich misstrauisch war, warum ihre Eltern die Konkurrenz aufsuchten, war für jeden, der genau hinschaute, sofort klar, dass sie sich nicht nur lieben, sondern auch wirklich gegenseitig mögen.

In diesem Moment entschied ich, dass eine Selbstreflexion über den Zustand meiner eigenen Beziehung zu meiner Mutter nicht ratsam war.

Wer will schon in den Spiegel schauen und feststellen müssen, dass diese Beziehung zu wünschen übrig lässt?

Es ist viel besser, sich darauf zu konzentrieren, fertig zu streichen und vielleicht sogar wieder zu dem flirtigen Schlagabtausch zurückzukehren, den Marlowe und ich hatten, bevor sie mich unbeabsichtigt mit ihren Worten erdolcht hat.

Zumindest hat sie sich entschuldigt. Das macht sie zu einem anständigen Menschen. Sie hat ins Schwarze getroffen und erkannt, wie wirksam es war, aber anstatt den letzten tödlichen Schlag zu führen, hat sie sich zurückgezogen.

Marlowe Cole hat ein Herz.

Aber das wusste ich die ganze Zeit schon.

Ich trete zurück und betrachte unser Werk. Der Pavillon beginnt viel glänzender auszusehen. Nachdem wir eine Farbschicht auf alle Säulen aufgetragen haben – ich habe mich zu den hohen Stellen gestreckt, die Marlowe nicht erreichen kann – widmen wir uns dem roten Mauerwerk, das die Basis des Pavillons umgibt, öffnen den roten Farbeimer und beginnen, das Mauerwerk zu streichen.

„Ich habe eine Frage", beginne ich, um die Stille zwischen uns zu durchbrechen. „Ich habe online mehr als nur deine Tanzvideos gesehen. Da gibt es auch ein paar Slogans. Etwas über große Kaffeeketten und wie böse sie sind? Oder habe ich da etwas falsch verstanden?"

„Ich dachte, du hättest eine Frage, Oliver."

„Du leugnest es also nicht."

Sie hört auf zu streichen. „Was gibt es da zu leugnen? Du hast dieses neue glitzernde Café eröffnet, in direkter Konkurrenz zu dem meiner Tante und du erwartest, dass wir uns zurücklehnen und es einfach hinnehmen?"

„Es gibt viele Möglichkeiten, eine Katze zu häuten."

„Was für ein reizender Ausdruck."

„Worauf ich hinaus will ist, dass ihr uns nicht angreifen müsst, um selbst besser da zu stehen."

Mittlerweile hat sie eine zur Faust geballte Hand in die Hüfte gestemmt. „Warum nicht? Eure bloße Existenz greift uns doch schon an. Wir müssen ein Zeichen setzen. Die

Leute in der Stadt müssen verstehen, dass sie mit jedem Besuch bei euch nicht nur die großen Kaffeeketten unterstützen, sondern auch das kleine, lokale und viel ethischere Café dabei schädigen."

„Du unterstellst also, dass mein Unternehmen kein ethisches Geschäft betreibt? Das ist eine ziemlich starke Anschuldigung, Marlowe. Ich an deiner Stelle würde solche Dinge nicht leichtfertig sagen."

„Das klingt für mich sehr nach einer Drohung."

Wie sind wir an diesen Punkt gekommen? Noch vor einer Minute hat mich ihre Bemerkung über meine Beziehung zu meiner Mutter getroffen, und in der nächsten diskutieren wir darüber, ob das Unternehmen meiner Familie unethisch arbeitet? Das nenne ich wirklich mal falsch abgebogen – und dabei wollte ich doch eigentlich nur wieder zu den flirty Neckereien von vorhin zurückkehren.

„Was ich sagen möchte ist, ich verstehe, warum du es tust, aber ich wünschte, du könntest es auf eine weniger konfrontative Weise angehen. Hebt eure positiven Eigenschaften hervor, anstatt unsere negativen anzuprangern – beziehungsweise vermeintlich negativen."

„Oder was?"

Wow, diese Frau gibt einfach nicht nach. Warum dachte ich noch gleich, dass sie ein Herz hat?

„Ich möchte nicht, dass etwas, das du online sagst, ein Nachspiel für dich hat."

„Das ist definitiv eine Drohung."

„Nein. Es ist keine Drohung. Ich versuche nur zu helfen. Was dir klar sein sollte, ist, dass Steamy Coffee ein großer Konzern ist, mit entsprechendem Rückhalt. Ich möchte nicht, dass du dich in einer prekären Lage wiederfindest, weil jemand das online Gesagte aus dem Kontext nehmen könnte."

Sie sieht mich mit zusammengekniffenen Augen an. „Das ist nur eine elegante Art, mir zu drohen."

Ich atme frustriert aus. „Wenn du möchtest, fass es gerne so auf. Ich meine es gut."

Sie wendet sich wieder dem Streichen zu, während sie sagt. „Jetzt sagt er mir auch noch, was ich möchte."

Ich seufze erneut. „Du bist unmöglich, weißt du das? Was frage ich überhaupt? Natürlich weißt du das."

Unsere Blicke treffen sich, zwei Gegner auf einem Schlachtfeld, die sich gegenseitig ins Visier nehmen. Ihre zu Fäusten geballten Hände sind in die Hüften gestemmt, Farbkleckse überall auf ihren Händen und ihren nackten Beinen verteilt, und ich glaube nicht, dass sie je attraktiver ausgesehen hat – oder wütender.

Ich bin derjenige, der den Blickkontakt bricht. „Du hast da ein bisschen Farbe." Ich deute auf eine Stelle über ihrer Augenbraue, wo ein ziegelroter Farbstrich ist.

„Hab ich?" Sie versucht, ihn wegzuwischen. „Besser?"

Alles, was sie getan hat, ist, die Farbe noch mehr zu verschmieren, und ich frage mich, ob sie die einzige Frau ist, an der verschmierte Farbe tatsächlich gut aussieht. „Wenn der Look, den du anstrebst, der einer Apache-Kriegerprinzessin ist, dann ja, viel besser."

Sie wirft mir einen ihrer „Wenn-Blicke-töten-könnten"-Blicke zu, die ich mittlerweile so gut kenne. „Ein bisschen Farbe auf der Stirn wird mich sicher nicht wie eine Apache-Kriegerin aussehen lassen."

Ich zucke mit den Schultern. „Klar. Wie du meinst."

Ihr Gesichtsausdruck ist unsicher, als ob sie sich fragt, ob sie tatsächlich wie eine Apache-Kriegerprinzessin aussieht oder ob ich sie nur auf den Arm nehme.

„Du bist absolut keine Hilfe, weißt du das?", sagt sie zu mir.

„Ist das eine rhetorische Frage? Nach unserer ‚Diskussion‘ heute fühlt sich das ziemlich rhetorisch an.“

Ich weiß, dass ich es darauf anlege, aber sie tut das auch, und diese Frau zu provozieren, ist meine neue Lieblingsbeschäftigung.

Sie macht ein seltsam genervtes Geräusch, bevor sie mir meinen Pinsel aus der Hand schnappt und davon stürmt, um sie auszuwaschen, wie sie mir mitteilt.

Ich gebe es zu. Ich sehe ihr nach, als sie davongeht. Kannst du es mir verdenken? Sie ist eine wunderschöne Frau, die Jeansshorts und ein weißes T-Shirt trägt, das ihre weiblichen Rundungen aufs Beste betont, ihre Irritation mit mir treibt sie vorwärts, während sie über den Platz marschiert.

Ich beobachte sie immer noch, als sie über die Schulter zurückblickt und mich böse anfunkelt. Ich hebe die Hand zum Gruß und schenke ihr ein Lächeln. Natürlich ärgert sie das nur noch mehr, und ich lache, als sie mich mit ihren Augen regelrecht durchbohrt.

Sie auf die Palme zu bringen ist so einfach. Und spaßig. Definitiv spaßig.

Ein paar Minuten später, währenddessen ich bereits an einer anderen Stelle weitergemacht habe, taucht Marlowe wieder auf. In einer Hand hält sie die sauberen aber feuchten Pinsel, in der anderen zwei Flaschen Wasser.

Ich richte mich auf und nehme eine der Flaschen. „Für mich? Marlowe, das hättest du nicht tun müssen.“

„Oh, das weiß ich. Deine gute Freundin ‚Tanya‘ hat sie mir gegeben.“

„Du meinst Frau Jacobson“, necke ich, während ich den Deckel abschraube und einen langen, tiefen Schluck nehme, dankbar, dass das Wasser meine Kehle in der Wärme der Abendsonne kühlt.

Ich senke die Flasche und sehe, dass Marlowe mich anstarrt.

„Was?", frage ich.

Sie blinzelt und schaut weg. „Nichts."

Etwas an der Art, wie sie das sagt, bringt mich zum Lächeln. Sie hat mich beobachtet. Ich weiß es.

Der Gedanke löst ein wohliges Gefühl in meinem Inneren aus.

Ich stelle meine Wasserflasche in den Schatten. „Gib mir deine." Weise ich sie an und sie reicht mir ihre Flasche, die ich neben meine stelle. „Schau. Unsere Wasserflaschen können nebeneinanderstehen, ohne sich zu streiten. Meinst du, wir könnten das auch schaffen?"

„Ich bin nicht diejenige, die streitet", sagt sie sanft, während sie ihren Pinsel in die Farbe taucht und anfängt, sie zu verstreichen. „Das bist zu hundert Prozent du."

„Ich glaube, es ist technisch unmöglich, dass eine Person alleine streitet."

„Patrick Chadwick schafft das, also bin ich mir sicher, dass es möglich ist."

„Wer ist Patrick Chadwick?"

„Der ältere Herr, der oft durch die Stadt läuft."

Ich blicke sie verständnislos an. Das beschreibt die Hälfte der Bevölkerung von Hunter's Creek. „Welcher genau?"

„Er hat schütteres weißes Haar und trägt ein kariertes Flanellhemd."

„Ist es rot?", frage ich ironisch.

„Japp."

„Das reduziert die Auswahl nur auf jeden der Männer in dieser Stadt.", antworte ich und hebe dabei triumphierend mein Kinn.

„Nein, tut es nicht."

„Du kannst mir nicht erzählen, dass dir die Liebe der

Leute zu karierten Flanellhemden hier noch nicht aufgefallen ist. Sogar Christopher Young, der Anwalt, trägt manchmal eins, und er kommt aus New York. Vielleicht brauche ich auch so eins."

Sie wirft mir einen prüfenden Blick zu. „Ich bin mir nicht sicher, ob du der Hunter's Creek-Typ bist."

Ich weiß, dass das als Beleidigung gemeint ist, aber ich frage sie auf die unschuldigste Weise, die ich hinkriegen kann, was sie damit meint.

„Du bist einfach kein Kleinstadt-Typ aus dem Bundesstaat Washington, das ist alles."

„Geht es wieder darum, dass ich ein Langdon bin? Ich habe dir doch gesagt, wir sind nicht mit besonders viel aufgewachsen."

„Vielleicht?"

Definitiv.

„Warum trägst du dann nicht jeden Tag ein kariertes Hemd?", frage ich, während ich meinen Pinsel in die Farbe tauche und wieder zu arbeiten beginne.

„Es ist ja keine Uniform, weißt du. Man bekommt kein Hemd ausgehändigt, wenn man in die Stadt kommt."

„Wenn es eine Uniform wäre, würdest du eindeutig gegen die Regeln verstoßen. Kein Karo, keine Jeans, keine Arbeitsschuhe. Du bist eine Rebellin."

Sie schnaubt. „Eine Rebellin?"

„Du siehst eher so aus, als würdest du in einer Großstadt in einem schicken Büro arbeiten, statt ein Café in einer Kleinstadt zu führen."

„Genau wie du."

„Ich trage keinen Anzug."

„Aber du siehst auch nicht so aus, als würdest du hierhergehören."

„Dann sind wir also zwei Außenseiter."

Ihre Augen blitzen zu meinen, aber sie sagt nichts. Habe ich etwas gesagt, was ich nicht hätte sagen sollen?

Natürlich würde ich ihr am liebsten sagen, dass sie umwerfend aussieht in dem, was sie jeden Tag zur Arbeit anzieht, aber ich weiß, dass es aus meinem Mund unehrlich klingen würde.

„Sollen wir uns aufs Malen konzentrieren? Es sieht so aus, als hätte ich viel mehr geschafft als du", sagt sie.

„Ist das so?" Ich lasse meinen Blick über ihren und meinen Bereich schweifen. Sie könnte recht haben, aber das werde ich ihr sicher nicht verraten. „Ich würde sagen, ich habe viel mehr gemacht als du. Aber ich bin eben ein schneller Arbeiter." Ich nehme mehr Farbe auf meinen Pinsel und trage sie auf das Mauerwerk auf.

„Und ich nicht oder was?"

„Du könntest einen Zahn zulegen."

Empört streicht sie schnell einen Abschnitt und spritzt in ihrer Hast etwas Farbe auf einen Strauch.

Ich mustere den Strauch. „Ach, so läuft das also?"

„Was denn? Ich arbeite einfach effektiver als du."

„Ach ja?"

Unsere jeweiligen Bereiche kommen sich immer näher und näher, und als ich erneut Farbe auftrage, spritzt davon versehentlich ein wenig auf die nackte Haut ihres Beins.

„Tut mir echt leid. Das war keine Absicht", sage ich sofort, weil es wirklich nicht absichtlich war. Zumindest nicht bewusst.

Sie blickt auf die kleinen Farbspritzer auf ihrem Bein und dann wieder zu mir. Mit den Farbflecken auf ihrem Gesicht und dieser neuen Verzierung auf ihrem Bein sieht sie fast aus wie ein Jackson-Pollock-Gemälde. Der Gedanke bringt mich zum Lächeln – bis sie Farbe auf mein Bein spritzt.

„Oh, Oliver, das tut mir *so* leid", sagt sie mit großen Augen.

Ich kann nicht genau sagen, was in mich fährt, aber es fühlt sich an, als würde das Kind in mir endlich frei- und zum Spielen rausgelassen. Ich ziele mit meinen Pinsel auf Marlowe und spritze etwas von der ziegelroten Farbe auf sie. Sie verteilt sich auf ihrem weißen T-Shirt wie ein dunkler Blutfleck.

„Ups."

Ihr Mund klappt ungläubig auf, sie schaut erst auf ihr Shirt und dann wieder zu mir. „Das hast du gerade nicht wirklich getan."

„Die Beweise sprechen dafür, dass ich es doch *getan* habe. Ein totaler Unfall. Natürlich."

Sie verengt die Augen, als würde sie mich einschätzen. Dann, blitzschnell, stupst sie mit ihrem Pinsel gegen eine Seite meiner Brust und lässt einen roten Farbklecks zurück.

Ihr Gesicht ist eine Studie an Unentschlossenheit. Sie sieht gleichzeitig zufrieden und schockiert über ihre eigene Tat aus.

„Du hast mir eine Brustwarze gemalt", sage ich.

Sie presst die Lippen zusammen, ihre Augen funkeln. „Nun, dann sollte ich das wohl ausgleichen." Sie stupst mit ihrem Pinsel gegen die andere Seite meiner Brust, sodass nun zwei rote Flecken auf meinem T-Shirt prangen, einer auf jedem Brustmuskel.

„Ich habe nur einen winzigen Spritzer auf dein Shirt gemacht. Du lässt mich aussehen, als hätte ich ein seltsames Männer-Brustwarzen-Shirt an."

Ich bemerke, wie sie ein Lächeln unterdrückt. „Eigentlich sieht es eher aus wie Augen, also muss ich das hier auch noch tun." Sie taucht ihren Pinsel erneut in die Farbe und malt einen Halbkreis über meinen Bauch.

Es kitzelt und die Tatsache, dass sie mich fast berührt, lässt meinen Bauch merkwürdige Dinge tun.

„Jetzt ist es besser. Jetzt siehst du aus wie ein Smiley, was passend ist, denn das tust du ständig: lächeln."

Nur in deiner Nähe.

Ich spüre ein Lachen in mir aufsteigen. Es ist der Smiley, es ist die Situation, es ist die Farbe, es ist die Tatsache, dass die Frau, an die ich ständig denken muss, so nah bei mir steht, dass ich meine Hand ausstrecken und sie berühren könnte.

Einen Moment später lasse ich es heraus und lache über die Absurdität der Frau, die meine Konkurrentin ist, die Frau, die ich meiner Mutter zur Folge nach ausmerzen soll, die Frau, zu der ich mich immer mehr hingezogen fühle und die mir gerade ein riesiges Lächeln auf den Oberkörper gemalt hat.

Nach einem Moment stimmt Marlowe ein, ihr klingendes Lachen wird vom Wind getragen.

Ich tauche meinen Pinsel wieder in die Farbe und spritze noch mehr Farbe auf sie. Diesmal mit deutlich mehr Schwung. Sie schließt die Augen, als die Farbe auf ihrem T-Shirt und in ihrem Gesicht landet, eine lange diagonale Linie bildend.

„Oh nein, das hast du nicht getan!", schimpft sie.

„Oh doch, habe ich. Und weißt du was? Ich werde es nochmal tun."

Und genau das tue ich – diesmal ziehe ich den Pinsel direkt über ihren Bauch. Ihre Reaktion ist schnell und entschlossen. Ich brauche wohl nicht zu erwähnen, dass sie mir bei ihrem nächsten Angriff eine lange Farblinie von meiner Stirn bis hin zum Unterkiefer verpasst und erst aufhört, als sie meine Schulter erreicht.

„Nicht die Haare!", beschwere ich mich und fasse mir

sofort an den Kopf. Tatsächlich – ich bin voller Farbe. „Alles, nur nicht die Haare."

Das findet sie scheinbar urkomisch und ein grunzendes Lachen bricht aus ihr hervor. Natürlich bringt mich das nur noch mehr zum Lachen und dazu, sie erneut mit Farbe zu bekleckern, diesmal quer über ihre Beine.

Ein wildes Gefecht bricht aus. Wir beschmieren uns gegenseitig mit Farbe, kleistern uns regelrecht zu, bis Marlowe schließlich ihre ganze Farbwanne nimmt und mir den verbliebenen Inhalt entgegen schüttet. Unsere ehemals weißen T-Shirts sehen nun aus, als wären wir in üble Faust-kämpfe verwickelt gewesen. Wir lachen aus vollem Herzen, haben den Spaß unseres Lebens und wissen nicht einmal, wie wir von unseren gegenseitigen verbalen Sticheleien zu diesem Punkt gelangt sind.

Aber ich weiß, was mir lieber ist – trotz der bevorste-henden Aufräumarbeiten.

„Das wirst du büßen, Cole", sage ich, während ich noch mehr Farbe aufnehme und ihren Arm packe.

Sie dreht sich lachend um, ihre Augen leuchten, und plötzlich will ich sie nicht mehr mit Farbe bekleckern. Ich will etwas ganz anderes mit ihr anstellen. *Etwas anderes* beinhaltet viel weniger Farbe und viel mehr nur sie und mich. Alleine. Zusammen.

Mit diesem Gedanken verändert sich die Atmosphäre zwischen uns und wir erstarren beide. Unsere Blicke sind für einen Moment, oder auch zwei, ineinander gefangen. Mein Herz schlägt wie eine Trommel, meine Adern pulsieren mit dem unausgesprochenen Verlangen, das ich seit dem Moment spüre, als ich sie das erste Mal am See gesehen hab.

Ihr Atem geht kurz und flach, ihre Brust hebt und senkt sich mit jedem Atemzug. Ihr Blick wandert kurz zu meinen Lippen, bevor sie ihn wieder zu meinen Augen hebt, und ich weiß es. Ich weiß es einfach. Sie fühlt es auch. Sie will mich genauso sehr küssen, wie ich sie küssen will – trotz der ganzen Farbe, trotz des Chaos und der Menschen, die um uns herum sind.

Ich lasse ihren Arm los, aber sie bewegt sich nicht. Ich mache einen Schritt auf sie zu, mein Herz donnert gegen meinen Brustkorb.

„Marlowe", murmele ich, überrascht, wie atemlos meine Stimme klingt.

„Ja?", haucht sie und sieht mich mit genau dem Ausdruck an, den ich mir erhofft habe. Dem Ausdruck, der mein Herz vor Freude Purzelbäume im farbgetränkten Musikpavillon schlagen lässt.

Eine laute, empörte Stimme bringt unsere Seifenblase zum Platzen, dabei war sie so verheißungsvoll.

„Was in Holzes Namen denkt ihr, was ihr hier tut?!"

Marlowe und ich erstarren.

„Erwischt", formt sie lautlos mit den Lippen und wir grinsen uns gegenseitig an.

Ich richte mich auf und unterdrücke den Impuls, den Pinsel hinter meinem Rücken verstecken zu wollen. Aber seien wir ehrlich – das würde jetzt auch nichts mehr bringen. Wir sind über und über mit den Beweisen bedeckt. Im wahrsten Sinne des Wortes.

Tanya Jacobson verschränkt die Arme vor der Brust und nimmt mit hochgezogenen Brauen die Szene in sich auf. Marlowe und ich, Seite an Seite, von Kopf bis Fuß mit Farbe bespritzt, so schuldbewusst aussehend wie zwei Kinder mit Schokolade im Gesicht neben einem halb aufgegessenen Kuchen.

„Nun? Was habt ihr zu eurer Verteidigung zu sagen?", fragt sie.

„Es tut uns leid", sagt Marlowe.

„Ja, es tut uns leid", wiederhole ich. „Wir haben uns hinreißen lassen."

„Wir haben nicht nachgedacht", fügt sie hinzu.

Ihre Augen treffen meine, und ich spüre einen elektrischen Funken durch meine Adern jagen. Sie hat recht. Wir haben nicht nachgedacht.

Wir haben herumgealbert, uns im Moment verloren, unseren inneren Kindern freien Lauf gelassen. Und es war berauschend. Wenn ich könnte, würde ich jeden Tag mit Marlowe Cole eine Farbschlacht veranstalten. So könnte ich ihr Lachen genießen. So könnte ich ihr wunderschönes Gesicht vor Freude aufleuchten sehen. So könnte ich ihr nah sein, ohne über Cafés und Konkurrenz und all die anderen Dinge, die bisher unsere Beziehung beeinflusst haben, nachzudenken.

So könnte ich mit der wunderschönen und faszinierenden Frau, die ich am See kennengelernt habe, Zeit verbringen. Die Frau, die ich unbedingt besser kennenlernen wollte.

„Schaut euch nur an! Ihr seid über und über mit Farbe bedeckt, und ihr habt die Säulen und den Boden bespritzt! Seht euch das an! Und erst die Pflanzen!" Tanya zeigt auf die blühenden Gewächse neben dem Pavillon. „Eunice und Barry haben den ganzen Nachmittag mit dem Einpflanzen verbracht."

„Wir werden die Pflanzen ersetzen", verspreche ich, während sich immer mehr Freiwillige versammeln, um zu sehen, was die Aufregung soll. Ihre Augen werden groß, als sie die beiden Besitzer der Cafés an der Hauptstraße in diesem Zustand erblicken.

„Und wir überstreichen das alles", fügt Marlowe hinzu. „Wir werden es einfach perfekt aussehen lassen. Das verspreche ich, Frau Jacobson."

„Das ist richtig. Das werdet ihr", erwidert sie mit zusammengekniffenen Lippen.

Die Menge tuschelt miteinander und ich bemerke, dass sich Tanyas Miene leicht aufhellt, als sie die anderen Mitglieder des Kaiserinnen-Kollektivs erblickt. Sie müssen sich ins Fäustchen lachen. Ja, wir haben ein Chaos veranstaltet, aber in ihren Augen dürfte ihr Verkupplungsplan heute einen Sieg auf ganzer Linie eingefahren haben.

Sie werden uns noch vor Ende der Woche verheiratet haben.

Ich werfe meiner Komplizin einen verstohlenen Blick zu. Warum erschreckt mich der Gedanke, Marlowe Cole zu heiraten, nicht? Ich meine, es ist nicht so, als würde ich uns in näherer Zukunft vor den Traualtar treten sehen, aber ich kann es mir definitiv vorstellen. Ich kann mir vorstellen, mit ihr zusammen zu sein. Sie zu lieben. Sie zu heiraten.

Ich ziehe scharf die Luft ein.

Was denke ich da?

Ich denke über Liebe und Ehe nach mit einer Frau, die ich kaum kenne. Einer Frau, die mich offenbar für ihren Feind hält, und die, trotz unserer gerade ausgefochtenen flirtigen Farbschlacht und dem, was sich eindeutig wie sexuelle Spannung anfühlte, unmissverständlich klar gemacht hat, dass sie mich für einen überprivilegierten Schnösel hält.

Wenn ich bisher mit Frauen ausgegangen bin, hat mich der bloße Gedanke an Ehe meine Sportschuhe anziehen und zum nächsten Ausgang sprinten lassen.

Warum also nicht bei Marlowe?

Als Evelyn gegangen ist, habe ich mir geschworen, dass ich nie wieder heiraten würde. Es war es einfach nicht wert. Aber, mit Marlowe, schlägt mein Herz bei dem Gedanken schneller.

Was aus mehreren Gründen heraus absolut verrückt ist.

1. Wir kennen uns kaum.

2. Wir sind Konkurrenten.

3. Offensichtlich hasst sie mich.

Der letzte Punkt beschäftigt mich. Hasst sie mich wirklich? Sie hat viel zu verlieren, wenn Steamy Coffee so erfolgreich wird, wie meine Mutter es möchte. Ihre Tante könnte ihr Geschäft verlieren und Marlowe wäre ihren Job los. Das macht uns zu Geschäftsrivalen, aber bedeutet es, dass sie mich hasst? Sie neckt mich, sie tut so, als wäre ich das personifizierte Großkonzern-Böse, aber es gibt definitiv eine Anziehungskraft zwischen uns, von der zumindest ich weiß, dass ich sie nicht ignorieren kann.

Und ich möchte Marlowe Cole noch viel besser kennenlernen.

Kapitel 15

Marlowe

„Sie ist kaputt!", ruft Ryn frustriert aus, bevor sie einen Metallkrug voller Milch mit einem lauten *Knall* auf die Theke stellt.

Die Kunden im Café drehen sich überrascht zu uns um und ich stoße einen langen Seufzer aus.

Seit dem Tag, an dem wir unsere neue—okay, gebrauchte, aber für uns neue—Kaffeemaschine bekommen haben, funktioniert sie nicht richtig. Sie hat uns mit Wasser bespritzt, Kaffeesatz im Kaffee hinterlassen und sich allgemein als eine schreckliche Investition erwiesen. Sie erfüllt definitiv nicht den Zweck, für den Tante Sheila sie gekauft hat.

Und wir müssen immer noch zusehen, wie Kunden an unseren Fenstern vorbei spazieren und genüsslich an ihren Steamy Coffee-Bechern nippen.

Natürlich dachten wir zuerst, dass die Fehlfunktion der Kaffeemaschine auf Anwenderfehler zurückzuführen sei, da wir absolute Neulinge auf diesem Gebiet sind. Aber nach unzähligen YouTube-Videos und nachdem ich meine Notizen aus dem kurzen Barista-Kurs, den wir absolviert haben, immer und immer wieder durchgegangen bin, bin ich zu dem Schluss gekommen, dass mit dieser Maschine auf jeden Fall etwas nicht stimmen kann.

„Sie ist definitiv kaputt", stellt Ivy eine Stunde später fest, als sie in ihrer Mittagspause vorbeikommt. „Ich weiß es. Ich habe schon mit ein paar unterschiedlichen Maschinen gearbeitet, und keine von ihnen spritzt dich jedes Mal mit Wasser voll, wenn du sie benutzt."

„Genau das tut sie", sagt Ryn, während sie sich mit einem Papiertuch das Gesicht trocken tupft. „Wir müssen sie zurückgeben."

„Wir können sie nicht zurückgeben", sage ich. „Tante Sheila hat sie von einem Bekannten eines Bekannten bekommen. Es ist nicht so, als hätten wir sie aus einem Geschäft gekauft. Außerdem kommt der Techniker in ein paar Tagen. Bis dahin müssen wir einfach weiter normalen Filterkaffee servieren."

„Aber dann werden alle zu Stupid Coffee gehen, um sich ihren Koffeinkick zu holen!", protestiert Ryn.

Ist es kindisch von mir, dass mir der Spitzname für das Café auf der anderen Straßenseite gefällt?

Wahrscheinlich.

Aber es ist mir egal.

„Ich kann's ihnen nicht verübeln. Filterkaffee ist *so* letztes Jahrhundert", bemerkt Ivy hilfreicherweise.

Ryn nickt. „*So* letztes Jahrhundert, Schwesterherz."

Valentina, eine unserer Baristas, die ein paar Klassen unter Ryn in der Hunter's Creek High war, kommt durch die Küchentür herein. „Hey, Leute. Will die Maschine immer noch nicht?"

„Sie ist kaputt", erklärt Ryn erneut.

„Ja, wir wissen alle, dass sie kaputt ist. Das müssen wir uns nicht ständig aufs Neue vor Augen führen", fauche ich genervt.

Ryn hebt die Hände. „Schon gut, du musst nicht gleich die große Schwester raushängen lassen. Ich habe nur eine Tatsache festgestellt."

Ivy presst die Lippen zusammen. „Definitiv eine Tatsache."

„Immer noch?", fragt Valentina und bindet sich ihre langen, dunklen Haare zu einem Pferdeschwanz zusammen. „Schade. Ich könnte jetzt echt einen dreifachen Venti-Espresso gebrauchen."

Ich hebe eine Braue. „Meinst du so einen wie von Steamy Coffee?"

Sie hat wenigstens genug Anstand, entschuldigend mit den Schultern zu zucken.

„Maschinenprobleme?", erkundigt sich Frau Jacobson, als sie zusammen mit Frau Ashbridge an die Theke tritt.

„Sie ist kaputt", stellt Ryn zum gefühlt millionsten Mal an diesem Tag fest.

„Wir haben einen Techniker, der sich die Maschine in ein paar Tagen ansieht", erkläre ich. „Möchten Sie heute Ihren üblichen Kaffee?"

„Könntet ihr ihn zumindest so zubereiten, dass er wie einer von Steamy Coffee schmeckt?", fragt Frau Ashbridge. „Mit Sirup und etwas Sahne oder so?"

„Ich bin sicher, das können wir für euch tun", antworte ich und frage mich, ob wir überhaupt Sirup haben.

„Ich weiß, wer euch mit der Maschine helfen könnte", verkündet Frau Jacobson.

Alle Augen richten sich auf sie.

„Oliver Langdon."

Meine Augen weiten sich. „Oliver?"

„Warum sollte der superheiße Besitzer von Steamy Coffee helfen? Das ist doch die Konkurrenz", gibt Ivy zu bedenken.

„Oh, ich weiß nicht", entgegnet Frau Jacobson mit einem verschmitzten Lächeln. „Hast du vielleicht eine Ahnung, warum er dazu bereit sein könnte, Marlowe?"

Ich presse die Lippen zusammen. Raffinesse ist nicht gerade Frau Jacobsons Stärke.

„Marlowe, Liebes, du hast da etwas Farbe in deinen Haaren." Sie deutet auf meine Haare, als wäre es nicht völlig offensichtlich, dass sie sich auf den Moment bezieht, den Oliver und ich hatten, als wir den Pavillon gestrichen haben. Ein Moment, den sie ganz klar als ihren eigenen Erfolg verbucht, und den ihres intriganten Damen-Komitees.

Seit dem Farbvorfall, wie ich unsere Farbschlacht am Musikpavillon nenne, habe ich Oliver gemieden wie die Pest. Nicht nur, weil es mir peinlich ist, dass wir uns wie ein paar Neunjährige verhalten haben, die Farbe herumspritzten, statt den Pavillon zu verschönern. Das war schlimm genug. Was mir wirklich zu schaffen macht, ist, wie sehr ich es genossen habe, mit ihm zusammen zu sein. Es fing mit bissigen Kommentaren und Neckereien an, machte dann einen bedauernswerten Umweg in dem ich unabsichtlich ein heikles Thema ansprach, um dann dazu zu führen, dass wir uns tatsächlich verstanden. Genaugenommen so sehr, dass als wir endlich fertig waren uns gegenseitig mit

Farbe zu beschmieren, wir einen Moment hatten. Einen Moment, in dem wir uns fast geküsst hätten.

Es war als hätten wir gleichzeitig beschlossen, dass wir genug mit Hilfe der Farbe herumgeflirtet haben – denn seien wir ehrlich, genau das haben wir getan, auch wenn es uns in diesem Moment nicht ganz bewusst gewesen sein mag – und es an der Zeit sei die Dinge auf die nächste Stufe zu heben.

Die Küss-Stufe.

Allein der Gedanke daran lässt meinen Puls in die Höhe schnellen.

Und ich war mir sicher, dass es passieren würde. Ich war überzeugt. Stell dir folgendes vor: unsere Blicke waren ineinander verschlungen, seine Augen drückten so viele Gefühle aus, während er leicht die Lippen öffnete. Mein Herz raste, forderte mich energisch auf, ihn einfach zu packen und zu küssen, und ich war überzeugt, dass er genau dasselbe wollte. Wir hatten bereits angefangen uns zueinander zu lehnen, um die ohnehin schon kleine Distanz zwischen uns zu überbrücken, als ich seinen köstlich berauschenden Oliver-Duft einatmete.

Natürlich schrie mir mein Kopf entgegen, dass dies der Kerl ist, der das Café meiner Tante ruinieren will. Der Kerl, den ich eigentlich hassen sollte.

Aber ich habe diese Gedanken ausgeblendet, gefangen in dem Moment, der Funke, den ich bei unserer ersten Begegnung gespürt hatte, war zu einem unaufhaltsamen Feuer angewachsen, das mir unmissverständlich klar machte, dass ich seine Lippen auf meinen spüren wollte.

Wenn wir nicht unterbrochen worden wären, wäre es passiert. Ich weiß es. Und ich kann mir nur vorstellen, wie atemberaubend es gewesen wäre.

Alles was ich sagen kann, ist Gott sei Dank für Frau Jacobson—was ich wirklich nie gedacht hätte, jemals zu sagen. Hätte sie uns nicht unterbrochen, als sie es tat, wäre alles nur noch komplizierter geworden. Und das auf eine sehr, sehr schlechte Art und Weise.

Oliver Langdon ist der Mann, den ich hassen sollte. Er ist der Mann, der versucht, das Geschäft meiner Tante zu zerstören. Wir sind Feinde, die sich im Kampf der Cafés gegenüberstehen. Ein Kampf, den ich entschlossen bin zu gewinnen. Ein Kampf, den ich gewinnen muss. Meine Tante verlässt sich auf mich.

Und wenn ich aus dieser katastrophalen Dating-Sache mit meinem Chef in Seattle eines gelernt habe, dann dass Geschäft und Vergnügen zu mischen ein sicheres Rezept für eine absolute Vollkatastrophe sind.

„Ich werde Oliver nicht um Hilfe mit der Kaffeemaschine bitten, Frau Jacobson", sage ich entschieden.

„Ich denke, er wäre mehr als bereit zu helfen. Oder, Dana?"

„Oh ja, *mehr* als bereit", bestätigt Frau Ashbridge mit einem wissenden Grinsen.

Es gibt nur eine Sache, die ich tun kann und das ist, den Damen kostenlosen Kuchen anzubieten und sie an einen Tisch auf der anderen Seite des Cafés zu verfrachten. Und genau das tue ich.

„Seid ihr bereit für Samstagabend?", frage ich Ivy, während ich unter der Theke nach Sirup suche, um die versprochenen Kaffees zu machen. Ich bin mir sicher, dass wir irgendwo welchen haben müssen.

„Auf jeden Fall! Wir haben jeden Abend nach der Arbeit geprobt", antwortet sie mit einem begeisterten Lächeln.

„Weshalb Ivy mir Ohrstöpsel kaufen und sich regelmäßig bei den Nachbarn entschuldigen musste", ergänzt Ryn mit einem Augenrollen.

„Du weißt genau, dass wir bei uns proben müssen. Seth

wohnt in einer winzigen Mietwohnung, Joanna lebt noch bei ihren Eltern, und Carlos' Garage ist voller Autoteile und sonstigem Kram", entgegnet Ivy.

„Solange ihr gut vorbereitet seid, ist das alles was zählt", sage ich zu ihr. „Samstag ist die Eröffnung, unsere allererste Abendöffnung, und es muss perfekt laufen."

Ich versuche, meine Nervosität nicht in meiner Stimme mitschwingen zu lassen.

„Darauf kannst du wetten!", versichert Ivy. Sie klatscht in die Hände und quietscht vor Aufregung. „Ich kann es kaum erwarten! Es wird so viel Spaß machen da zu stehen und vor der ganzen Stadt aufzutreten."

„Girl, wir haben gar nicht genug Tische, um die ganze Stadt unterzubringen", entgegnet Ryn.

„Ich sag ja nur, dass alle, die ich in der Stadt kenne, kommen werden", erwidert Ivy.

„Wir sind schon komplett ausgebucht." Ein Mix aus Aufregung und Nervosität breitet sich in mir aus. Samstagabend ist unsere erste Abendöffnung. Tante Lisa hat sich bereit erklärt, die Küche zu leiten, mithilfe einer Köchin, die sie aus Cotown kennt, und ihren Küchenhilfen. Valentina und ich übernehmen den Service, und Ryn hat Gabe für die Zubereitung unseres speziellen Cocktails an Bord geholt, den wir servieren werden, um diesen Meilenstein zu begehen: das Second Chance Café wird das erste Mal seine Türen fürs Abendessen öffnen.

Der Cocktail ist eine Mischung aus Moscow Mule und Tom Collins. Was furchtbar klingt, aber wirklich köstlich schmeckt.

„Aha!" Ich ziehe eine Flasche Vanillesirup hinter einem Stapel Kaffeebohnen hervor und verwende ihn sofort dazu, um den Kaffee für das Damen-Komitee zuzubereiten.

Ryn zieht sich ihre Schürze aus, knüllt sie zu einem Ball zusammen und stopft sie unter die Theke.

Ich hole sie heraus und falte sie ordentlich zusammen. „Wie oft noch, Ryn?"

„Ich habe jetzt keine Zeit für eine spannende Diskussion über das Falten von Schürzen, *Mama*. Ich muss zu meinem Kurs." Sie wirbelt an mir vorbei in Richtung Küche. „Kommst du, Ivy?"

„Ich komme nicht mit zu deinem Kosmetikkurs", protestiert Ivy, folgt ihrer Mitbewohnerin und Freundin aber dennoch.

„Nein, aber du kannst mich nach Hause fahren, damit ich rechtzeitig zu meinem Kurs komme."

„Ich bin nicht dein Chauffeur, das ist dir klar."

„Nein, du bist noch viel besser. Du bist meine Mitbewohnerin."

Die Küchentür schwingt hinter ihnen zu.

Ich kaue nachdenklich auf meiner Lippe, während ich die teure Kaffeemaschine betrachte. Die Idee war so gut gewesen, die gleichen ausgefallenen Kaffees wie Steamy Coffee anzubieten. Es war einfach. Es hätte funktionieren sollen. Stattdessen hat es uns nur Geld und Nerven gekostet und uns regelmäßig dazu gebracht, uns umziehen zu müssen, wenn sie uns mal wieder mit Wasser bespritzt.

Mit dem Sirup in zwei Tassen Filterkaffee und einem ordentlichen Klecks Schlagsahne oben drauf bete ich leise, dass das Ergebnis zumindest entfernt an Steamy Coffee erinnert.

„Hier sind eure Kaffees, meine Damen. Zwei Vanille-Kaffees mit Schlagsahne."

Frau Jacobson und Frau Ashbridge inspizieren die Tassen, als ich sie auf den Tisch stelle.

„Sie sehen fabelhaft aus", sagt Frau Jacobson mit

einem Lächeln, das niemanden überzeugt. „Nicht wahr, Dana?"

„Oh ja, fabelhaft", echot Frau Ashbridge. Sie führt die Tasse an ihren Mund und nimmt einen Schluck. Etwas Sahne bleibt auf ihrer Oberlippe zurück, die sie aber schnell ableckt. „So lecker. Danke, Liebes."

„Gern geschehen", sage ich, obwohl es mehr als offensichtlich ist, dass sie nur höflich sind. „Sobald die Maschine funktioniert, kann ich den richtigen Kaffee zubereiten."

„Das könnte schneller passieren, als du denkst", sagt Frau Jacobson, ihre Augen sind auf die Tür in meinem Rücken gerichtet.

Ich drehe mich um, in der Hoffnung, dass der Techniker überraschenderweise früher gekommen ist, um die Maschine zu reparieren. Aber mal ehrlich—wie wahrscheinlich ist das schon? Es ist kein Techniker. Es ist Oliver, von meiner inneren Stimme gewählt zum „Mann, der mich am wahrscheinlichsten küssen wird".

Bei seinem Anblick beginnt mein Puls zu rasen und ich richte mich instinktiv auf. Plötzlich habe ich keine Ahnung mehr, was ich mit meinen Händen tun soll. Normalerweise denke ich gar nicht über meine Hände nach, aber jetzt, wo er auf mich zukommt, fühlen sie sich wie absolut schlägerartige Fremdkörper an. Schließlich entscheide ich mich, sie in die Taschen meiner Schürze zu stecken.

Natürlich heben sich seine Mundwinkel zu seinem üblichen Lächeln, als seine Augen auf mir landen — dem Lächeln, das meinen Blutdruck in die Höhe treibt— und ich atme tief durch, um mich zu beruhigen.

„Guten Morgen, Marlowe", sagt er mit seiner tiefen Stimme, die meine Nervenenden zum Kribbeln bringt. „Ich dachte, du könntest etwas Hilfe mit deiner neuen Maschine gebrauchen."

„Bist du nicht der netteste Mann, dass du extra rüber

kommst, um der armen Marlowe hier zu helfen", schmeichelt Frau Jacobson.

„Es ist nur fair. Soweit ich das sehe, können schließlich
zwei Cafés in der Hauptstraße von Hunter's Creek friedlich koexistieren, oder?", erwidert er beflissentlich.

Frau Jacobson zwinkert mir zu. „Siehst du, Marlowe?
Oliver schwenkt die weiße Fahne. Jetzt können wir uns alle
vertragen, wie wir es in dieser Stadt immer tun. Und ihr
zwei könnt euch endlich als etwas anderes als Geschäftsrivalen kennenlernen."

„Sie haben so recht, Tanya. Ich würde Marlowe wirklich gern als mehr als nur eine Konkurrentin kennenlernen", sagt Oliver, sein Blick ruht auf mir und mein Bauch
füllt sich mit kleinen Vögeln, die aufgeregt mit den Flügeln
schlagen.

Frau Jacobson sieht aus, als könnte sie jeden Moment
vor Freude platzen. Sie schlägt die Hände zusammen und
strahlt uns an. „Ich wusste es! Das gemeinsame Streichen
des Pavillons war des Rätsels Lösung!"

Natürlich wusste ich, dass das Damen-Komitee Oliver
und mich absichtlich zusammenarbeiten ließ. Dafür muss
man kein Genie sein. Sie haben versucht uns zu verkuppeln, seitdem er die Stadt das erste Mal betreten hat. Wenn
Oliver recht hat und unsere Cafés wirklich friedlich koexistieren können—wäre es dann wirklich so schlimm, wenn
der Plan des Damen-Komitees aufgehen würde?

„Wir hatten auf jeden Fall Gelegenheit, uns zu unterhalten", sagt Oliver.

„Zu unterhalten und sich wie zwei Kleinkinder mit
Farbe zu beschmieren, meinst du", schimpft Frau Jacobson, doch ihre Stimme ist voller Freude und sie strahlt
übers ganze Gesicht.

„Das tut mir leid", sagt Oliver.

„Ja, mir auch", füge ich hinzu und spüre, wie mir Hitze

in die Wangen steigt, was weder Frau Jacobson noch Frau Ashbridge entgeht – oder Oliver.

Verdammter Pfirsichteint.

Ich weiß nicht, wie lange Oliver und ich uns einfach nur anlächeln, aber ich vermute, es ist lange genug, dass Frau Jacobson vor Begeisterung in die Hände klatscht. Das Geräusch zerstört den Moment, ich räuspere mich und zupfe an meiner Schürze.

„Möchtest du, dass ich mir die Maschine mal für dich ansehe?", fragt Oliver.

„Kennst du dich denn mit Kaffeemaschinen aus? Ich dachte, du wärst eher für den geschäftlichen Teil zuständig."

„Das bin ich jetzt, aber das war nicht immer so. Meine Mutter hat darauf bestanden, dass wir jeden Aspekt des Geschäfts kennen, bevor wir ins Management aufsteigen. Ich musste schon einige dieser Maschinen in meiner Zeit reparieren."

Ich möchte ihn fragen, wen er mit „wir" meint, aber jetzt ist nicht der richtige Zeitpunkt dafür.

„Das ist wirklich nett von dir, aber wir haben ehrlich gesagt schon jemanden, der sie am Montag reparieren kommt."

Er wischt meinen Einwand beiseite. „Das ist noch Tage hin, das Sommerfest und die Premiere stehen bald an. Lass mich einfach mal einen Blick drauf werfen."

„Komm schon, Marlowe. Lass den attraktiven Mann dir mit der Maschine helfen", kichert Frau Jacobson—ja, sie kichert tatsächlich. Die Frau ist in ihren Sechzigern!

„Er ist dein Ritter in glänzender Rüstung", fügt Frau Ashbridge hinzu, und gerade als ich protestieren will, dass ich eine völlig fähige Frau bin, ändere ich meine Meinung. Die Wahrheit ist: Ich brauche Hilfe. Und wenn Oliver mir diese Hilfe anbietet, wäre ich dumm, sie nicht anzunehmen.

Vor allem jetzt, wo diese *Sache* zwischen uns existiert. Eine Sache, bei der mein Herz mir zuflüstert, ich solle sie beobachten und sehen, wohin sie führt.

„Wenn du denkst, dass du helfen kannst, wäre das großartig", gebe ich nach.

Unsere Blicke treffen sich erneut und in seinen Augen liegt eine Sanftheit, die seltsame Dinge mit meinem Inneren anstellt und mir sagt, ich solle ihm vertrauen — zumindest, was seine Hilfe mit der Kaffeemaschine betrifft.

Gemeinsam gehen wir hinter die Theke zur Maschine. Ich beobachte, wie er sich die Ärmel hochkrempelt, seine muskulösen, sonnengebräunten Unterarme freilegt und beginnt, die Maschine zu überprüfen. Er drückt Knöpfe, zieht Hebel, prüft den Wasser- und Kaffeebohnenstand — alles Dinge, die Ryn und ich auch schon getan haben.

Während ich neben ihm stehe, kann ich nicht anders, als seinen Duft einzuatmen — eine verlockende Mischung aus moosigem Waldboden nach einem Regenschauer, gepaart mit einem Hauch Abenteuer und Männlichkeit.

Ja, mein Verstand wird geradezu poetisch, wenn es um diesen gut aussehenden Mann neben mir geht, und zum ersten Mal stört es mich nicht, während ich ihm bei der Arbeit zusehe. Seine Muskeln sind angespannt und seine Augenbrauen konzentriert zusammengezogen.

Ich werde jetzt nicht in Ohnmacht fallen oder etwas ähnlich Dummes tun, aber, du meine Güte, Oliver ist wirklich etwas Besonderes.

Ich habe ihn falsch eingeschätzt. Ich habe zugelassen, dass die Tatsache, dass wir konkurrierende Unternehmen führen, meine Meinung von ihm verzerrt hat. Oliver ist ein guter Mann und das beweist er mir gerade.

Vielleicht könnte es tatsächlich eine Zukunft für uns geben, in der wir mehr als nur Rivalen sein können?

Frau Jacobson ist uns zur Theke gefolgt und beobachtet uns ganz genau, ihr Gesicht ein einziges Bild voller Kuppler-Freude. Sie wackelt vielsagend mit den Augenbrauen und ich wende schnell den Blick ab, während ich versuche die Hitze in meinen Wangen mit kühlenden Gedanken etwas zu reduzieren.

Oliver schaut zu mir hoch. „Hast du einen Schraubenzieher?"

„Wir haben einen", antwortet eine Stimme hinter mir. Ich drehe mich um und sehe Tante Lisa in der Tür stehen, die Hände in die Hüften gestemmt, während sie Oliver misstrauisch beäugt.

„Woher wissen wir, dass du sie nicht absichtlich ganz kaputt machst?"

„Weil ich nicht der Bösewicht in einem Kriminalroman bin?", schlägt er vor.

Ich presse die Lippen zusammen, um ein Grinsen zu unterdrücken.

Tante Lisa verschränkt die Arme, anscheinend wenig überzeugt. Sie hatte offenbar nicht die gleiche Erleuchtung wie ich und sieht Oliver immer noch als den Feind an.

„Ich verstehe ja, dass Sie skeptisch sind. Warum sollte die Konkurrenz einem ausgerechnet mit der Sache helfen, die dein Angebot verbessern wird?", sagt Oliver.

„Ganz genau, warum", fragt sie misstrauisch.

„Die Sache ist die: Marlowe und ich haben uns vor ein paar Tagen ein bisschen besser kennengelernt, und ich sehe sie als Freundin an. Ist das nicht so, Marlowe?" Sein Blick begegnet meinen und ein warmes Gefühl breitet sich in meiner Brust aus.

„Ja, das stimmt. Wir werden unser Bestes tun, um friedlich nebeneinander zu existieren", sage ich zu ihr.

„Du hast Frieden mit dem Feind geschlossen?", fragt Tante Lisa skeptisch.

„Wir waren nie Feinde", sagt Oliver und ich hebe fragend die Augenbrauen. „Okay, vielleicht ein bisschen."

„Oder ziemlich viel", murmele ich.

„Ich weiß ja nicht, wie es bei euch ist, aber ich helfe meinen Freunden gern. Und ich glaube, ich kann mit eurer Maschine helfen. Um das zu tun, muss ich sie allerdings aufschrauben und mir genauer ansehen. Wir haben solche Maschinen in einigen unserer Filialen, deswegen kenne ich mich recht gut mit ihnen aus."

Ich bin mir absolut sicher, dass er keine bösen Absichten hegt, aber ich will, dass meine Tante ebenfalls ihr Einverständnis gibt.

„Was meinst du, Tante Lisa?", frage ich.

„Komm schon, Lisa. Dieser charmante junge Mann will unserer Marlowe doch nur helfen, als *Freund*", ermutigt Frau Jacobson sie.

Könnte sie noch offensichtlicher sein?

Tante Lisa mustert Frau Jacobson, Oliver und mich, bevor sie die Arme löst und trocken sagt: „Ich hole den Schraubenzieher. Aber ich behalte dich im Auge, Oliver Langdon."

Oliver grinst. „Das hätte ich auch nicht anders erwartet."

Ein paar Minuten später hat Oliver eine Verkleidung abgeschraubt und beginnt, an der Maschine herumzubasteln, die Stirn in konzentrierte Falten gelegt.

Frau Jacobson lehnt sich mit einem selbstgefälligen Lächeln auf die Theke. „Ich sehe einem Mann gern bei der Arbeit zu. Du nicht auch, Marlowe Liebes? Das ist besser als Kino!"

Ich verdrehe die Augen. Sie versucht nicht nur uns zu

verkuppeln, offensichtlich ist Frau Jacobson auch ein bisschen in Oliver vernarrt.

Aber ich kann es ihr nicht verübeln. Ich bin auch in Oliver vernarrt. Und ich habe keine Scheu davor, es mir selbst gegenüber einzugestehen.

„Eine neue Maschine sollte eigentlich einwandfrei funktionieren. Habt ihr eine Herstellergarantie?", fragt Oliver.

„Wir haben sie gebraucht gekauft", sage ich.

„Warum das?" Er hält kurz inne und winkt dann ab. „Vergiss, dass ich das gefragt hab. Wie alt ist sie?"

„Fünf Jahre. Sie stammt aus einem Café in Oregon."

Er greift ins Innere der Maschine, und etwas klickt. „Ich habe gehört, dass eure Dampfdüse Probleme macht. Etwas Milch?"

„Kommt sofort." Ich hole eine Flasche Milch aus dem Kühlschrank, er gießt etwas in einen Krug und dreht den Dampfhahn auf. Sofort macht die Maschine das normale Geräusch und er schäumt die Milch mit sicherer Hand auf, ohne dabei auch nur einen Milliliter Wasser oder Milch abzubekommen.

Er stellt den Krug auf die Theke. „Ich glaube, das Problem ist behoben."

Ich starre von der perfekt aufgeschäumten Milch zu ihm. Er lächelt mich an und mir fällt auf, dass ich noch vor nicht allzu langer Zeit gedacht habe, sein Lächeln sei selbstgefällig und arrogant, ein Resultat seiner privilegierten Position im Leben und seines Reichtums. Jetzt weiß ich, dass es einfach nur *sein* Lächeln ist und es macht ihn nur noch attraktiver. Etwas, das ich nicht für möglich gehalten hätte.

„Danke!", rufe ich begeistert.

Frau Jacobson bricht in Applaus aus. „Gut gemacht,

Oliver", schmeichelt sie. „Siehst du Lisa? Er ist doch nicht der Bösewicht in irgendeinem schlechten Krimi."

Tante Lisa testet den Milchschaum mit ihrem Finger. „Sie ist aufgeschäumt, dass muss ich ihm lassen."

„Und er ist sogar noch komplett trocken!", ruft Frau Jacobsen begeistert aus.

„Wie hast du das hingekriegt?", frage ich beeindruckt.

„Ein Magier verrät nie seine Tricks", antwortet er.

„Verstehe."

U*uuuu*nd schon flirten wir wieder.

„Ich sollte mich jetzt auf den Weg machen. Ich habe schließlich ein Geschäft zu führen, das ich gerade schwieriger gemacht habe, indem ich der Konkurrenz geholfen habe", sagt Oliver.

„Hmmmm", macht Tante Lisa skeptisch.

„Du bist wirklich ein netter Mann", schwärmt Frau Jacobson. „Und so geschickt mit deinen Händen."

Ich werde jetzt nicht darüber nachdenken, was Oliver sonst noch Geschicktes mit seinen Händen anstellen könnte.

Nicht hilfreich.

„Ich bringe dich zur Tür." Ich vermeide bewusst Frau Jacobson anzusehen. Sie muss vor Freude geradezu platzen.

„Dass du mich zur Tür bringst, fühlt sich ein bisschen an wie ein Date in den 50ern – nur mit vertauschten Rollen", sagt Oliver, als wir außer Hörweite der anderen sind.

„Ich wollte mich einfach in Ruhe bedanken, ohne Publikum."

Er lässt seinen Blick über das mit Gästen gefüllte Café schweifen. „Dir ist bewusst, dass wirklich jedes einzelne Augenpaar in diesem Raum gerade auf uns gerichtet ist?"

Ich zucke mit den Schultern. „Das habe ich mir schon

gedacht. Wir sind ein heißes Gesprächsthema in der Stadt seit dem Farbvorfall."

Er lacht leise. „Der Farbvorfall. So nennen wir die Sache jetzt also?"

„Nun, es war ein Vorfall, und es war Farbe im Spiel. Also, ja."

„Wenn das so ist, ruf mich auf jeden Fall an, wenn du wieder mal jemanden zum Malern brauchst."

Ich kann mein Lächeln nicht zurückhalten – nicht für alle perfekt aufgeschäumte Milch der Welt. „Das werde ich tun."

Er lehnt sich leicht zu mir und mein Puls fängt plötzlich an zu rasen. „Ich hoffe, die Maschine wird dir gute Dienste leisten", murmelt er. „Und ich meinte, was ich gesagt habe: Wir können koexistieren."

Ich richte mich auf und schlucke. „Danke nochmal. Du hättest das nicht tun müssen."

„Aber ich wollte es tun."

Unser Blickkontakt hält viel zu lange an, im Hinblick auf die anwesenden Zuschauer, aber einem großen Teil von mir ist das in diesem Moment egal. Ich habe Oliver Langdon völlig falsch eingeschätzt.

„Ich mache mich dann mal auf den Weg. Beste Wünsche", sagt er.

„Herzlichste Grüße", schieße ich reflexartig zurück.

Er hält einen Moment inne und grinst. „Du magst also—?"

„Ich liebe es", antworte ich atemlos.

Wir teilen ein weiteres Lächeln. Wir sind beide *Schitt's Creek*-Fans. Wer hätte das gedacht?

„Ich wette, du hast gedacht, dass Hunter's Creek wie Schitt's Creek sein würde, bevor du hierhergezogen bist."

„Vielleicht ein bisschen?"

„Ich wusste es."

Wir tauschen einen weiteren langen Blick, bevor er sich schließlich abwendet und unserem Publikum zuwinkt.

„Einen schönen Tag euch allen!", ruft er ihnen zu und die Gäste murmeln unverständliche Antworten zurück – einige von ihnen tun sogar so, als hätten sie uns nicht die ganze Zeit beobachtet.

„Bis bald, Marlowe", sagt er zu mir und mein Kopf ist plötzlich voller Möglichkeiten, die ich mir noch vor ein paar Tagen niemals zu träumen erhofft hätte. Möglichkeiten mit dem Mann, von dem ich dachte, ich würde ihn hassen.

Kapitel 16

Oliver

Ich drehe mich um, um zu gehen, den Kopf voller Gedanken an Marlowe, als ein großer Mann im Anzug, der in Hunter's Creek völlig fehl am Platz wirkt, sich seinen Weg an mir vorbei ins Café bahnt. Seine Augen treffen kurz auf meine und er nickt dankend.

„Gern geschehen", antworte ich, denn im Moment könnte mir jemand mit seinen Arbeitsschuhen, die die Leute hier so sehr lieben, auf den Fuß treten und es würde meiner guten Laune nicht den geringsten Dämpfer verpassen.

Denn mit Marlowe zu flirten hat genau diesen Effekt, habe ich festgestellt. Und ich weiß das, weil ich der Mann bin, der das tun durfte.

Ich muss zugeben, dass es mich auch ziemlich stolz macht, ihre Maschine repariert zu haben. Die Art, wie sie mich beim Abschied ansah, ließ mir das Herz in der Brust aufgehen. Ich wusste von dem Moment an, als ich sie zum ersten Mal sah, dass sie wunderschön ist. In ihrem Sommerkleid, das sie hastig über ihren Bikini geworfen hatte, mit ihren langen, hochgebundenen kastanien-braunen Haaren, ihrer alabasterfarbenen Haut, die übersät mit zarten Sommersprossen ist, könnte niemand übersehen, dass sie eine sehr attraktive Frau ist. Aber Marlowe Cole ist weit mehr als nur ihr Aussehen – wenn ich die Chance hätte, könnte ich sie den ganzen Tag lang ansehen. Sie hat eine besondere Ausstrahlung, Energie und definitiv eine ordentliche Portion Temperament. Es ist berauschend und ich ertappe mich dabei, dass ich viel öfter an sie denke, als ich wahrscheinlich sollte.

Ich erlaube mir einen letzten Blick auf sie, bevor ich zurück in mein eigenes Café auf der anderen Straßenseite gehe.

Ich halte inne. Sie sieht anders aus. Verstört. Ihr strah-lendes Lächeln und ihre leuchtenden Augen von vor wenigen Momenten sind verschwunden. Stattdessen starrt sie schockiert den Mann an, für den ich Platz gemacht habe. Den großen Typ im Anzug.

Irgendetwas sagt mir, dass ich nicht gehen sollte.

Ich trete wieder zurück ins Café.

„W-was machst du hier?", fragt Marlowe mit tiefer, ausdrucksloser Stimme, als hätte sie diesen Mann nicht nur nicht erwartet, sondern würde ihn auch nicht hier haben wollen.

Mein Beschützerinstinkt sagt mir, ich sollte ihr zur Seite stehen, ihr helfen, wer auch immer dieser Mann für sie ist – oder war, schießt es mir durch den Kopf.

Aber Marlowe gehört nicht mir. Wir sind kein Paar. Klar, ich weiß, dass ich viel mehr für sie sein will als nur ihr Geschäftsrivale und der Kerl, der ihre Kaffeemaschine repariert hat. Aber ich kann mich nicht einfach einmischen.

Ich werde bleiben und sehen, wie sich die Sache entwickelt. Ich bin hier, falls sie mich braucht.

„Ich musste dich sehen", sagt der Mann.

Marlowe hebt ihr Kinn und funkelt ihn an. „Ich habe dir nichts zu sagen, Mike."

Also heißt der Typ Mike.

Ich beobachte, wie er sich mit der Hand über den Kiefer fährt. „Können wir irgendwohin gehen und reden?"

„Du und ich wissen beide, dass es nichts gibt, was du sagen kannst, dass irgendetwas ändern würde."

„Marlowe, Liebling."

Liebling? Oh, *jetzt* bin ich wirklich neugierig.

Hat Marlowe einen festen Freund, von dem ich nichts weiß? Einen Freund, mit dem sie sich offensichtlich streitet?

Der Gedanke schnürt mir die Brust zusammen.

„Nenn mich nicht 'Liebling'", faucht sie ihn an und ich muss grinsen. *Zeig's ihm, Marlowe.* Ich hätte wissen müssen, dass sie sich selbst verteidigen kann. Das habe ich selbst oft genug erlebt.

„Fünf Minuten deiner Zeit. Mehr verlange ich nicht", sagt er.

Geh dahin zurück wo du her gekommen bist, Mike. Du hast es gehört. Sie ist nicht interessiert. Sie—

„Sag, was du zu sagen hast. Aber es wird nichts ändern", sagt sie und überrascht mich damit. „Du hast fünf Minuten."

Ihr Blick huscht kurz zu mir und ich forme lautlos die Worte: „Alles okay?"

Sie nickt knapp und ich entspanne mich ein wenig. Aber ich gehe trotzdem nirgendwohin. Auch auf die Gefahr hin, als eine Art Stalker rüber zu kommen, ist es mir lieber, hier zu sein als auf der anderen Straßenseite, falls sich herausstellt, dass sie mich doch brauchen sollte.

Sie verschränkt die Arme vor der Brust. „Die Zeit läuft, Mike."

„Hier?", fragt er und schaut sich um. Ich nutze die Gelegenheit, um ihn mir genauer anzusehen. Er hat dichtes, dunkles, nach hinten gekämmtes Haar und trägt einen eleganten Geschäftsanzug – genau die Sorte, die ich aus der Vorstandsetage kenne. Selbst als Mann kann ich erkennen, dass er gut aussieht und ein gepflegtes Auftreten hat.

Und er bedeutet Marlowe scheinbar etwas.

Das grüne Neid-Monster klopft mir auf die Schulter und grinst.

„Hier", bestätigt Marlowe mit diesem stählernen Blick, den ich so gut kenne. „Ich würde sagen, du hast noch vier Minuten und dreißig Sekunden."

„Okay. Folgendes." Er atmet tief ein. „Ich habe Mist gebaut."

„Ach, wirklich?"

„Sei nicht so."

„Du kannst mir nicht vorschreiben, was ich sagen oder fühlen soll", fährt sie ihn an.

Ich glaube, ich verliebe mich gerade ein kleines bisschen mehr in sie.

Er senkt den Kopf und seine Schultern sacken herab. „Ich weiß, dass ich das nicht kann, aber ich möchte, dass du verstehst, dass ich dich liebe. Trotz all diesem Chaos. Ich habe es immer getan und ich werde es immer tun."

Alles scheint stillzustehen, während ich darauf warte, wie Marlowe reagieren wird.

Sie nimmt sich einen Moment, bevor sie die Arme löst und sich umschaut. Ihr Blick trifft kurz meinen. Ich weiß, dass ich nicht hier sein und das alles mit anhören sollte, aber ich möchte alles in meiner Macht Stehende tun, um sie vor dem Schmerz zu schützen, den dieser Typ ihr offensichtlich zugefügt hat – und nach ihrem momentanen Gesichtsausdruck zu urteilen, ist es eine Menge.

Ich hasse diesen Mike dafür.

„Du bist zu spät. Ich liebe dich nicht mehr. Tatsächlich habe ich mit uns abgeschlossen", sagt sie zu ihm und ich würde am liebsten die Faust in die Luft reißen.

„Nein, hast du nicht", erwidert er, sein Tonfall selbstsicher, fast schon überheblich.

Er scheint eine hohe Meinung von sich selbst zu haben, das muss ich ihm lassen.

„Ach ja? Und woher willst du das wissen?"

Er lehnt sich lässig mit dem Ellbogen auf den Tresen, als hätte sie ihm nicht gerade gesagt, dass sie ihn nicht mehr liebt. „Weil das hier eine Kleinstadt ist und die Leute reden, Marlowe. Ich würde wissen, wenn du mit jemanden zusammen wärst. Glaub mir."

„Du hast Spione?", fragt sie ungläubig.

Er zuckt die Schultern. „Ich habe die Stadt ein paar Mal besucht, als wir zusammen waren, und ich halte Kontakt mit ein paar Leuten. Sie erzählen mir Dinge."

Was zum—? Wer glaubt dieser Kerl eigentlich, das er ist, dass er Marlowe so überwacht?

Okay, ich sehe die Ironie darin, das zu denken, während ich ihr persönliches Gespräch belausche, aber ich werde das jetzt nicht weiter hinterfragen. Ich weiß, dass ich es gut mit ihr meine. Dieser Typ? Davon bin ich nicht überzeugt.

„Nun, deine Spione liegen falsch."

„Liebling, wir beide wissen, dass du allein bist und leidest, und das ist allein meine Schuld. Ich bin hier, um dich zu bitten, zurückzukommen, mir zu verzeihen für das, was ich getan habe, als ich so, so dumm war, das, was wir hatten, überhaupt jemals aufs Spiel zu setzen."

„Ich bin nicht allein und leide auch nicht", erwidert sie leise.

Er greift nach ihrer Hand. „Bist du dir da sicher?" Sie sieht auf seine Hand hinunter.

„Marlowe. Liebling. Wir waren gut zusammen, du und ich. Du weißt, dass wir es waren."

Ihre Miene verhärtet sich. „Was machst du hier?", fragt sie scharf.

„Ich habe verschiedene Kunden in Cotown zu treffen. Ich bin für ein paar Tage hier und wohne im Pine Motel. Ich dachte, wir könnten gemeinsam zum Sommerfest gehen. So wie früher."

„Wir waren genau ein Mal dort, Mike. Ein Mal."

„Und ich hoffe, wir werden noch viele, viele weitere Male zusammenhingehen. Du, ich und diese *The Sound of Music* singenden Kinder."

Na, der legt aber dick auf.

Sie zieht ihre Hand weg. „Du bist wegen der Arbeit hier, was bedeutet, dass das hier nur ein bequemer Zwischenstopp auf einer Geschäftsreise ist."

„So ist es nicht. Ich konnte nicht eher kommen."

„Warum nicht?"

„Das weißt du doch."

Das wird ja immer interessanter. Zum Teufel, wen versuche ich hier zu täuschen? Ich bin schon völlig gefangen in diesem sich vor mir entfaltenden Drama und ich weiß genau, wie ich will, dass es endet. Spoiler-Alarm: nicht damit, dass Marlowe zusammen mit diesem Typ in den Sonnenuntergang segelt.

„Warum jetzt?", fragt sie.

„Weil ich dich liebe. Ich habe Mist gebaut, aber ich liebe dich noch immer. Bitte, Marlowe. Komm zu mir zurück."

Wenn es jemand anderes wäre, könnte das eine rührende Rede sein. Aber irgendetwas an diesem Mike macht mich misstrauisch und es liegt nicht nur daran, dass er Marlowe offensichtlich etwas bedeutet. Schlimmer noch, er hat ihr auch wehgetan.

„Was sagst du? Gibst du uns eine zweite Chance?"

Ich halte den Atem an und warte auf Marlowes Antwort. Will sie zu ihm zurück?

Ihr Blick huscht durch den Raum, als würde sie nach einem Ausweg suchen. Sie ist wie ein in die Enge getriebenes Tier, das eine Fluchtmöglichkeit sucht.

Und in diesem Moment weiß ich, was ich tun muss.

Mit zwei schnellen Schritten bin ich hinter dem Tresen neben ihr. „Schatz, es tut mir so leid, dass ich zu spät bin", sage ich und beuge mich vor, um ihr einen flüchtigen Kuss auf die Wange zu geben. Sie riecht nach Zimt und süßem Honig. „Ich habe das Auto draußen bereit für unser Picknick, solange du mir ein Stück von diesem Apfelkuchen eingepackt hast, den ich so sehr liebe, wie du weißt."

Ihre Augen sehen mich fragend an, bevor ihr Gesichtsausdruck sich verändert und ein kleines, erleichtertes Lächeln ihre Lippen umspielt.

„Ich bin gleich da, Oliver… Liebling", sagt sie etwas unbeholfen.

Ich drehe mich zu Mike um und tue so, als hätte ich ihn erst jetzt bemerkt – als hätte ich ihn nicht schon seit dem Moment beobachtet, in dem er hier herein gewalzt ist. „Oh, hey. Ich habe dich gar nicht gesehen", lüge ich, denn ein Kerl seiner Größe ist schwer zu übersehen – mal ganz abgesehen vom Belauschen, aber darauf gehe ich jetzt nicht ein. „Ich bin Oliver Langdon." Ich strecke ihm die Hand entgegen und er nimmt sie überrascht.

„Mike Warner", erwidert er langsam, als würde er versuchen herauszufinden, wer ich für Marlowe bin.

„Oh, Mike. Richtig. Jetzt erinnere ich mich." Ich tue so, als hätte mir Marlowe ihr Herz über ihn ausgeschüttet und ich wüsste alles über das, was er getan hat, um diese Reaktion von ihr hervorzurufen. „Was führt dich in unsere Stadt, Mike?"

„Ich bin hier, um mit Marlowe zu sprechen", antwortet er ruhig.

„Was du jetzt ja getan hast, also kannst du auch wieder gehen", sagt Marlowe, und ich muss mir ein Grinsen verkneifen, das mein Gesicht zu überwältigen droht.

Nimm das!

„Aber——", beginnt er.

Instinktiv lege ich einen Arm um Marlowes Schultern und schenke ihm ein ausdrucksloses Lächeln, dessen Botschaft klar ist: *Verschwinde.*

Er blickt von meinem Arm um Marlowes Schultern zu ihrem Gesicht. Ich sehe, wie sie ihr Kinn erneut hebt und ein Lächeln aufsetzt. „Ich habe es dir gesagt. Ich bin weitergezogen und was dich und mich angeht, sind wir längst Geschichte."

„Aber das, was wir hatten, war——"

„Ein Fehler", beendet sie den Satz für ihn. „Und wenn du nicht innerhalb der nächsten drei Sekunden gehst, könnte ich noch etwas anderes bereuen."

„Was?"

„Das hier." Sie greift nach einem Milchkännchen –

und ohne auch nur eine Sekunde zu zögern, schüttet sie ihm den Inhalt ins Gesicht.

Ich grinse. Die Frau hat echt Feuer, das muss man ihr lassen.

Mike blinzelt und wischt sich die Augen. „Warum hast du das getan?"

„Willst du noch mehr?", fragt sie mit eiskalter Stimme.

Mann, ist sie heiß.

Er hebt abwehrend die Hände. „So habe ich mir das nicht vorgestellt."

„Nun, manchmal läuft das Leben eben nicht so, wie man es erwartet", sagt sie. „Verschwinde."

„Es sieht nach Regen aus. Hoffentlich hast du eine Jacke, Mann", füge ich anstandshalber hinzu, weil das hier einfach zu viel Spaß macht.

Er mustert mich, seinen neuen Rivalen um Marlowes Zuneigung. Sein Kiefer ist angespannt und die Milch, die Marlowe ihm erst vor wenigen Augenblicken entgegen geschüttet hat, tropft ihm immer noch aus den Haaren und das Gesicht entlang. Er öffnet den Mund, um etwas zu erwidern, überlegt es sich dann aber anders, als Marlowe zu mir aufblickt und mit einem Lächeln sagt: „Es tut mir wirklich leid, dass du das mit ansehen musstest."

Glaub mir, mir tut es nicht leid.

Ich sehe sie an und ein Teil von mir – wenn ich ehrlich bin, ein ziemlich großer Teil – wünscht sich, dass ich wirklich auf ein Date mit dieser starken, temperamentvollen Frau gehen würde, und dass wir nicht nur so tun müssten, um den Typ, der ihr wehgetan hat, loszuwerden. Mein Herz rast, und ich spüre eine wachsende Anspannung in meinem Bauch. Marlowe fühlt sich gut an in meinen Armen. Viel zu gut. Es wäre so einfach, mich jetzt vorzubeugen und einen sanften Kuss auf ihre vollen und wunderschönen Lippen zu drücken. Ihren

Körper an meinem zu spüren? Ihren süßen Duft einzuatmen?

„Ich komme wieder", sagt Mike, als wäre er der Terminator auf Beutezug.

Aber dieser Typ ist kein Arnold Schwarzenegger. Er schüchtert mich nicht ein.

„Wir halten das Milchkännchen für dich bereit", rufe ich ihm fröhlich hinterher und drücke Marlowe näher an mich. Sie kichert und es endet in einem leisen Prusten.

Er wirft ihr einen letzten Blick zu, dann dreht er sich auf dem Absatz um und stürmt aus dem Café.

Marlowe löst sich von mir und atmet tief durch. Ihre Wangen sind gerötet. „Das war unglaublich."

„**Du** warst unglaublich", erwidere ich und vermisse sofort, wie sich ihr Körper in meinen Armen angefühlt hat. „Ihm die Milch ins Gesicht zu kippen, war genial!"

„Er hat es verdient."

„Ich habe das Gefühl, du hast recht."

„Vielen Dank für deine Hilfe, Oliver. Ich schulde dir was. Woher wusstest du es?"

„Du sahst aus, als könntest du Unterstützung gebrauchen, also bin ich geblieben", antworte ich. „Ich wusste nur nicht, dass du ein wahrer Milchkännchen-Ninja bist."

Sie zuckt mit den Schultern. „Ich bin eine Frau mit vielen Talenten."

„Das kann ich nur bestätigen."

Wir lächeln uns an und ich muss mich zurückhalten, sie nicht einfach in meine Arme zu ziehen und zu küssen – genau hier, genau jetzt.

„Du bist heute wirklich der richtige Mann zur richtigen Zeit."

Ich möchte ihr sagen, dass ich das immer für sie sein will.

Natürlich tue ich es nicht. So viel Spaß es auch

gemacht hat, ihr bei ihrer *Abrechnung* mit Mike zu helfen, war ich doch nur Teil eines Spiels. Ein freiwilliger Mitspieler, aber eben doch nur ein Mitspieler.

Ich mag Gefühle für diese Frau haben, aber ich habe keine Ahnung, wie sie für mich empfindet.

„Seht euch nur an! Wir wussten doch, dass es passieren könnte", ruft eine Stimme und wir drehen uns beide um. Vor uns stehen alle drei Damen des Kaiserinnen-Kollektivs, die Hände freudig gefaltet.

„Oh, das ist nicht—", setze ich an, aber Marlowe hakt sich bei mir ein und unterbricht mich.

„Es ist alles noch ganz frisch, also bitte nichts überstürzen", sagt sie.

Moment. Sie will, dass das Kaiserinnen-Kollektiv glaubt, wir wären ein Paar?

Ich verstehe es nicht. Es ist eine Sache, Mike etwas vorzumachen, aber es ist eine ganz andere Sache, es wahrscheinlich sehr bald die gesamte Stadt glauben zu lassen.

„Etwas überstürzen?", fragt Frau Jacobson. „Oh, liebes Kind, ich dachte, dass Oliver dir bei deiner Maschine hilft, wäre nur der erste Schritt. Ich wusste nicht, dass ihr schon zusammen seid!"

„Es war der Musikpavillon, der ausschlaggebend war", stellt Suzie Ashbridge fest.

„Wir haben wieder zugeschlagen, meine Damen!", verkündet Tanya.

„Oh ja! Und ihm die Milch ins Gesicht zu schütten? Einfach genial!"

„Ja, absolut genial!", stimmen die anderen beiden zu. „Passt gut aufeinander auf, ihr beiden."

„Tut nichts, was wir nicht tun würden", fügt Tanya hinzu.

„Werden wir nicht", versichere ich ihnen, während sie

aus dem Café verschwinden – zweifellos, um ihre Freundinnen über diese Neuigkeit zu informieren.

„Du willst, dass jeder denkt, wir sind ein Paar?", frage ich, als die Luft rein ist.

„Komm mit." Marlowe zieht mich am Arm und führt mich in die Küche. Sie schaut sich um, um sicherzugehen, dass wir allein sind. Niemand hier.

„Die Sache ist die: Wenn Mike hier im Motel übernachtet, würde er erfahren, dass wir nicht wirklich zusammen sind. Wenn wir den Leuten erzählen, dass wir ein Paar sind, wird sich das schnell herumsprechen und jeder, den er fragt, wird bestätigen, dass wir zusammen sind."

Ich hebe eine Augenbraue. „Du willst also, dass ich alle anlüge?"

„Es ist nur ein winzig kleines bisschen. Keine große Sache. Und es ist ja auch nur für eine kurze Zeit. Das machen viele Leute."

„Viele Leute führen Scheinbeziehungen? Ernsthaft?"

„Okay. Vielleicht nicht viele, aber einige. Ich kenne sogar welche und für sie hat es großartig funktioniert."

„Das hier ist keine Romantische Komödie, wie die, die hier bald ihre große Filmpremiere hat."

„Findest du die Vorstellung, mit mir zusammen zu sein, wirklich so schrecklich?"

Ich will ihr sagen, dass das genaue Gegenteil der Fall ist. Aber ich kann es nicht. Nicht, solange dieser andere Kerl noch hier ist und ich gerade erst angefangen habe, ihr Vertrauen zu gewinnen.

„Wie soll das Ganze funktionieren?"

„Wir müssen uns nur ein paar Mal gemeinsam in der Stadt zeigen, das war's schon. Bis er weg ist."

„Also kein echtes Picknick?", frage ich mit einem Schmunzeln.

Obwohl sie sich dagegen wehrt, erwidert sie mein Lächeln. „Kein Picknick."

„Was ist mit Rummachen?"

Sie lacht überrascht. „Auf keinen Fall."

„Kein Rummachen. Verstanden." Ich grinse sie an und füge hinzu. „Schade." Während die Erinnerung an ihren Körper in meinen Armen in mir nachhallt, beobachte ich, wie sie auf meine Worte reagiert. Ich wollte sie in diesem Moment küssen und ich möchte es immer noch tun.

„Also ist das abgemacht", sagt sie entschlossen. „Wir sollten auch zusammen zum Sommerfest gehen. Für den Fall, dass er dort sein sollte."

„Abgemacht. Hey, willst du mir verraten, wer Mike ist? Ich meine, als dein Schein-Freund sollte ich das wahrscheinlich wissen."

Ein dunkler Schatten huscht über ihr Gesicht. „Er ist jemand aus meiner Vergangenheit", sagt sie knapp.

„Das habe ich mir schon gedacht."

Sie kaut auf ihrer Unterlippe herum, als überlege sie, ob sie mir mehr erzählen soll. Aber wir wissen beide, dass unsere Beziehung noch nicht an dem Punkt ist, an dem man sich gegenseitig seine tiefsten Herzensangelegenheiten anvertraut.

Ich lasse sie vom Haken. „Vielleicht ein anderes Mal."

Sie formt ein kleines Lächeln und scheint sich von den Erinnerungen zu lösen. „Ein anderes Mal, ja."

Kapitel 17

Marlowe

Ich betrachte mein Spiegelbild im Badezimmerspiegel. Das Bild zeigt eine Frau, die sich ernsthaft fragt, ob sie den Verstand verloren hat. Immerhin trage ich ein süßes Outfit – ein ärmelloses, hellrosa und malvenfarben kariertes Hemd und einen Rock, der knapp über meinen Knien endet und meine leicht gebräunten Beine betont – natürlich hastig gestern Abend mit Selbstbräuner aus der Flasche aufgetragen. Denn wer hat schon Zeit, sich in die Sonne zu legen, wenn man in einem Kampf mit dem süßen Kerl verstrickt ist, der das konkurrierende Café auf der anderen Straßenseite führt, für den man plötzlich Gefühle entwickelt, und mit dem man aber gleichzeitig eine Scheinbeziehung führt, um seinem Ex eine Botschaft zu senden?

Ich jedenfalls nicht, so viel steht fest.

Ich trage ein wenig Lippenstift auf und verteile ihn mit den Lippen. Ich bringe den Kerl von gegenüber dazu, so zu tun, als wäre er mit mir zusammen. Der Kerl, von dem ich dachte, er wolle das Café meiner Tante zerstören, der aber, verwirrenderweise, gestern nicht nur einmal, sondern gleich zweimal zu meiner Rettung geeilt ist.

Japp, definitiv ein Grund, meine geistige Gesundheit infrage zu stellen.

Das ist genau die Art von Sache, die sonst eine jüngste Schwester wie Ryn tun würde. Verdammt, das ist die Art von Sache, die Harper mit Christopher *getan* hat, ihn sich als ihren festen Freund ausgeben lassen, nur um die neugierigen älteren Damen davon abzuhalten, sie zu verkuppeln.

Aber ich? Marlowe? Die ehrgeizige, zielstrebige älteste Schwester, die immer alles im Griff hatte? Die genau wusste, was sie wollte und wie sie es bekommen würde? Diszipliniert, entschlossen und mit einem klaren Bewusstsein für mein eigenes Ich.

Im Moment erkenne ich mich selbst nicht wieder.

Aber ... es ist Oliver. *Oliver.* Der Kerl, der unsere Kaffeemaschine repariert hat. Der Kerl, der mich vor Mike gerettet hat. Der Kerl, mit dem ich eine ziemlich flirtige Farbschlacht hatte. Der Kerl, zu dem ich mich mehr als nur hingezogen fühle.

Ja, selbst mir ist klar, dass Oliver wahrscheinlich nicht die beste Wahl für einen Schein-Freund ist – nicht, dass ich jemals gedacht hätte, ich hätte eines Tages mal einen. Aber das Schlüsselwort hier ist „Schein". Was auch immer ich für ihn empfinde, was auch immer er für mich ist – es spielt keine Rolle, weil das hier nicht echt ist. Wir tun nur so.

Und dann tauchte Mike einfach so, aus dem Nichts, auf und bat mich, zu ihm zurückzukommen?

Mein Kopf schwirrt.

Als ich mein in Trümmern liegendes Leben in Seattle hinter mir ließ, habe ich nicht zurückgeblickt. Nicht ein einziges Mal. Was Mike mir angetan hat, ist unverzeihlich. Wenn du jemanden wirklich liebst, dann spielst du demjenigen nicht nur etwas vor und lässt ihn dadurch glauben, dass er die einzige Person in deinem Leben sei.

Ich werde ganz sicher nicht zwei Mal auf dieselbe Tour hereinfallen. *Niemals.*

Die Wahrscheinlichkeit, dass ich jemals zu Mike zurückkehre, ist ungefähr so groß wie ein Lottogewinn, ohne vorher ein Lotterielos zu kaufen. Und glaub mir, wenn es um Mike geht, werde ich ganz sicher kein Los kaufen.

Aber ehrlich gesagt, ich habe für all das gar keine Zeit. Heute ist das Hunter's Creek Sommerfest und ich bin früh auf den Beinen, um den nicht enden wollenden Strom von Kunden zu bedienen, die an unserem Stand Kaffee und den preisgekrönten Apfelkuchen meiner Tante Sheila genießen wollen. Zumindest letztes Jahr hat er den Preis für den besten Kuchen im ganzen Landkreis gewonnen. Dieses Jahr, ohne Tante Sheila, die ihre Backmagie wirkt, wer kann da schon sagen, welchen Platz wir belegen werden oder ob wir überhaupt eine Chance haben.

Ich schalte das Badezimmerlicht aus, steige ins Auto und parke in der Gasse hinter dem Second Chance. In der Küche treffe ich mich mit dem Serviceteam, um den Tagesplan durchzugehen. Valentina, Ryn, Tante Lisa sowie unsere Aushilfen Tia und Sammy sind bereit loszulegen.

Wir haben draußen in der Hauptstraße direkt vor unserem Café einen Stand aufgebaut, mit einem Schild, das alle über unsere preisgekrönten Kuchen informiert. Papa und einer meiner Onkel haben eine Verkaufsvitrine auf dem Gehweg aufgestellt, wo wir Kuchenstücke, ganze Kuchen und die dauerbeliebten Muffins für die Festivalbesucher bereithalten. Dieses Jahr haben wir einen zusätzlichen Tisch aufgestellt, um Kaffee aus unserer neuen Kaffeemaschine zu servieren – die Ryn und Valentina, wie sie mir versichert haben, fest im Griff haben, da sie nun einwandfrei funktioniert.

„Es fühlt sich komisch an ohne Tante Sheila", sagt Ryn und blickt die Straße entlang.

Die anderen Standbesitzer sind ebenfalls dabei aufzubauen und mein Blick wandert unweigerlich zu Steamy Coffee auf der anderen Straßenseite. Die Türen sind bereits geöffnet, der Duft von frisch gebrühtem Kaffee liegt in der Luft. Sie haben keinen Stand, aber ich bin mir sicher, dass sie heute extrem beliebt bei den Besuchern des Sommerfests sein werden.

Das Hunter's Creek Sommerfest ist das größte des Jahres in einer Stadt, die völlig verrückt nach Festen ist. Leute aus dem ganzen Landkreis kommen für das leckere Essen, die Fahrgeschäfte, die Spiele, die Bauernhoftiere und den Spaß. Es ist ein perfekter Tag für Familien, Freunde – oder Paare auf einem Date.

Apropos: Heute steht mein erster offizieller öffentlicher Auftritt mit meinem Schein-Freund Oliver an. Speziell inszeniert für einen einzigen Zuschauer: Mike. Wir haben keine genaue Uhrzeit vereinbart oder so. Der Tag wird viel zu chaotisch dafür werden und wer weiß schon, wann genau Seine Königliche Betrüger-heit beschließt, uns mit seiner Anwesenheit zu beehren? Aber eins weiß ich genau, wenn er es tut, werden wir bereit sein.

Und hoffentlich wird es ausreichen, um ihn wieder loszuwerden – zurück unter den Stein, unter dem er hervorgekrochen ist.

Die ersten vereinzelten Kunden wachsen zu einer langen Schlange heran und wir kommen kaum hinterher, schier unzählige Kuchenstücke mit Sahne zu servieren. Die Kaffeemaschine verdient heute jeden Cent, den wir in sie investiert haben, indem sie eine Kaffeebestellung nach der anderen produziert. Ich frage mich, ob ich überhaupt mal durchatmen kann, als ein vertrautes Gesicht am Stand auftaucht.

„Tante Sheila!", rufe ich und eile um den Tresen herum, um sie zu begrüßen.

„Marlowe, mein Schatz. Machst du das nicht großartig?" Sie zieht mich in eine Umarmung und ich atme ihren vertrauten Maiglöckchenduft ein.

„Wir versuchen nur, dir gerecht zu werden", antworte ich ehrlich. „Die Kuchen verkaufen sich gut und ich muss gleich einen für den Wettbewerb einreichen, wenn er in einer halben Stunde oder so eröffnet wird."

„Mach dir darum keine Sorgen", erwidert sie und winkt zu Ryn hinüber, die an der Kaffeemaschine steht. „Ich habe gestern Abend selbst einen für den Wettbewerb gebacken."

„Hast du?"

Sie beugt sich ein Stück zu mir vor. „Lisa ist eine ausgezeichnete Köchin, aber selbst mit meinen genauen Anweisungen wie man den Kuchen zubereitet, wollte ich nichts dem Zufall überlassen."

„Guter Gedankengang. Wie geht's Onkel Johnny? Ist er auch hier?"

„Er ist nicht fit genug, um hier zu sein, aber er ist in Gedanken bei uns", sagt sie und für einen Moment legt sich ein Schatten über ihr Gesicht.

Ich drücke sanft ihren Arm. „Wir alle lieben Onkel Johnny und beten und hoffen das Beste für ihn."

„Das weiß ich, Schatz. Und er weiß es auch." Ihre Augen glänzen feucht. Dann setzt sie ein Lächeln auf. „Aber jetzt zu dir junge Dame. Ich habe gehört, du bist ziemlich beschäftigt, seit du wieder hier bist."

„Beschäftigt?"

„Tanya Jacobson hat mich angerufen."

Oliver. Natürlich.

„Hat sie das?"

„Sie glaubt, sie hätte mir die Krone der besten Kupplerin abgenommen – dank dir und diesem Oliver Langdon, den sie, unter uns gesagt, wohl lieber für sich selbst hätte, wie ich glaube."

Ich kichere, was in einem unbeabsichtigten Prusten endet. „Ich glaube, da hast du recht, Tante Sheila."

„Ich freue mich jedenfalls sehr, dass du diese unschöne Geschichte aus Seattle hinter dir gelassen hast. Ein hübsches Mädchen mit einem guten Herzen wie du verdient jemanden, der großartig ist. Sag mir, ist dieser Oliver so jemand?"

Mein Blick wandert zu Steamy Coffee. Oliver ist auch diesmal nicht zu sehen, wahrscheinlich ist er drinnen und damit beschäftigt, einen endlosen Strom an durstigen Kunden zu bedienen. Doch ich kann nicht anders, als zu lächeln. Klar, das zwischen uns mag nur eine Inszenierung sein, aber es steckt auch ein Körnchen Wahrheit darin. Und ich freue mich darauf ihn wiederzusehen.

„Dieses Lächeln sagt mir alles, was ich wissen muss", verkündet Tante Sheila und klatscht zufrieden in die Hände, während sich die anderen Mitglieder des Damen-Komitees neben sie gesellen.

„Sheila! Es ist wundervoll, dich zu sehen", ruft Frau Jacobson, bevor sie und die anderen Frauen meine Tante mit überschwänglichen Umarmungen und aufgeregtem Gemurmel begrüßen.

Ich nutze die Gelegenheit, um mich aus dem Gespräch zu stehlen. Ich sage dem Team Bescheid, dass ich etwa zwanzig Minuten weg sein werde, und überquere mit langen Schritten die Straße. Ich erblicke Oliver hinter dem Tresen von Steamy Coffee, wie er mit seinem Team die Schlange an Kunden bedient. Es ist brechend voll. Gerade als ich wieder gehen will, treffen sich unsere Blicke.

Sein Gesicht erstrahlt unverzüglich in seinem umwerfenden Lächeln, das mir jedes Mal die Knie weich werden lässt, und hebt einen Finger um mir zu verstehen zu geben, dass er in einer Minute ganz für mich da ist.

Eine Minute kann ich warten.

Ich trete in die helle Sonne hinaus und mein Blick fällt sofort auf meine Eltern auf der anderen Straßenseite. Sie unterhalten sich mit einigen ihrer Nachbarn und halten Kaffeebecher und Kuchenstücke in den Händen.

Ich sehe auch Christopher und Harper, die sich mit ihrem Trupp kleiner Sänger, gekleidet in ihren grünweißen Kostümen, durch die Menge zum Musikpavillon kämpfen. Dort werden sie eine Auswahl an Liedern aus *The Sound of Music* aufführen, wie es bei diesen Festen zur Tradition geworden ist.

Und dann sehe ich ihn, wie er sich in seiner Suche nach mir durch die Menge schlängelt.

Mike.

Mein Bauch macht einen Purzelbaum bei seinem Anblick. Aber nicht in einer aufgeregten „Ich kann es kaum erwarten ihn zu sehen"-Art. Glaub mir, das genaue Gegenteil ist der Fall.

Ich trete einen Schritt zurück, in der Hoffnung, unauffällig im Schatten verschwinden zu können, trete dabei aber einem Mann auf den Fuß, der anfängt sich lautstark darüber zu beschweren.

„Es tut mir so leid! Ich habe Sie nicht gesehen", entschuldige ich mich hastig bei dem großen Mann in Jeans und kariertem Hemd, der mir wahrscheinlich deutlich mehr Schaden zugefügt hätte, wäre er mir auf den Fuß getreten.

„Passen Sie gefälligst auf, wo Sie hinlaufen", schimpft er. „Ich hätte fast meinen Hotdog fallen lassen."

„Na, dann bin ich aber froh, dass das nicht passiert ist", erwidere ich fröhlich.

Er brummt etwas Unverständliches und stapft an mir vorbei die Straße hinunter.

„Wer war denn dein neuer Freund?", fragt eine Stimme, ich drehe mich um und erblicke Oliver neben mir.

„Keine Ahnung, aber er war wirklich liebenswert", sage ich lachend. „Ich bin ihm aus Versehen auf den Fuß getreten und er war nicht gerade begeistert davon."

„Kein Wunder. So voll habe ich Hunter's Creek noch nie gesehen."

„Willkommen beim Sommerfest."

„Ich bin froh, hier zu sein."

Da ist etwas in seiner Stimme, während er diese Worte sagt, das mein Herz warm werden lässt.

„Ich bin auch froh, dass du hier bist."

„Wie läuft das Geschäft heute? Sieht genauso verrückt aus wie bei uns." Sein Blick wandert über die Straße zum Stand vom Second Chance.

„Es ist absolut chaotisch, aber meine Tante Sheila ist gekommen, was wirklich fantastisch ist."

„Sie ist die Besitzerin, oder?", fragt er und ich nicke. „Sie ist bestimmt begeistert, mich kennenzulernen."

Ich weiß, dass er es eigentlich sarkastisch meint, aber

scheinbar lässt die Annahme meiner Tante, dass er und ich ein Liebespaar sind, sie die Tatsache vergessen, dass er auch unser Konkurrent ist.

„Du würdest staunen."

Wir lächeln uns an, bis es mir kalt über den Rücken läuft und ich unsanft daran erinnert werde, dass Mike in der Nähe ist und Oliver und ich einen Job zu erledigen haben – und damit meine ich nicht unsere jeweiligen Cafés zu führen.

„Hey, ich habe meinen Ex gesehen. Also sollte jetzt unser großer Auftritt stattfinden."

„Was schwebt dir dafür vor?"

„Ich dachte, wir könnten einfach eine Weile Hand in Hand durch die Gegend schlendern. Da uns die ganze Stadt ohnehin schon für ein Paar hält, dank des wirklich lebendigen hiesigen Klatsch und Tratsch-Netzwerkes, wird das niemanden wirklich überraschen."

„Händchen halten? Das kann ich." Er nimmt meine Hand und sofort fällt mir auf, wie klein meine sich in seiner anfühlt. Seine Berührung sendet eine Welle der Wärme meinen Arm hinauf.

Wir schlendern die Straße, in Richtung des Marktplatzes, entlang, wo sich die Fahrgeschäfte, Spiele und Bauernhoftiere befinden. Es ist zufälligerweise auch genau die Richtung, in der ich Mike nur wenige Augenblicke zuvor entdeckt habe.

Während wir gehen, bemerke ich, wie gut es sich anfühlt mit Oliver zusammen zu sein, seine Hand zu halten, während wir uns entspannt über die Geschehnisse des Tages unterhalten. Er erzählt mir von der Vielfalt an Kunden, die er heute bedient hat – von den Touristen mit ihren Hawaiihemden und Kameras um den Hals, die wie ein wandelndes Klischee wirken, bis hin zur mürrischen Frau Chisholm, die eine halbe Ewigkeit gebraucht hat, um sich für ein Getränk zu entscheiden, während die Schlange hinter ihr immer länger wurde.

„Eure Kaffeekarte ist aber auch kompliziert, Oliver. Das weißt du, oder?"

„Du nennst sie kompliziert, ich dagegen sage, wir bieten für jeden Geschmack das passende Getränk an. Wie läuft eure Maschine? Ich habe gesehen, dass ihr sie draußen aufgestellt habt."

„Sie läuft, dank dir."

„Das ist doch das absolute Minimum, das wir von einer Kaffeemaschine erwarten."

Ich stoße ihn spielerisch mit der Schulter an. „Du weißt, dass du uns aus der Patsche geholfen hast. Ohne dich könnten wir heute keinen Kaffee verkaufen."

„Ich bin froh, dass ich helfen konnte. Sieht so aus, als gäbe es heute genug Kunden für unser beider Cafés."

„Wahrscheinlich sogar genug für Mary's."

„Wie hält sich dieser Laden eigentlich?"

„Trotz deines Cafés?"

„Weil er immer leer ist."

Ich denke an das kleine Café in der Donahue Straße, das Mary O'Brien schon seit Ewigkeiten betreibt. Ihr Kaffee ist dünn, ihre Muffins trocken, aber ihr Geschäft hält sich Jahr für Jahr.

„Ich glaube, sie hat irgendeinen Zauberspruch über den Laden gelegt."

„Einen, der Kunden fernhält?", fragt Oliver und wir lachen gemeinsam.

Das fühlt sich gut an. Es fühlt sich richtig an. Sich mit Oliver zu verstehen, ist tausendmal besser, als sich mit ihm zu streiten und nachtragend und wütend zu sein.

Ich lerne den echten Oliver kennen und mir gefällt, was ich sehe.

„Marlowe", sagt plötzlich eine vertraute Stimme.

Mike.

„Was auch passiert, lass mich nicht mit ihm allein.", sage ich eindringlich zu Oliver.

„Niemals."

„Versprich es mir."

Er sieht mir tief in die Augen. „Du hast mein Wort."

Ich nicke, atme tief durch um mich zu wappnen und drehe mich zu Mike um.

Und in diesem Moment platzt Olivers und meine kleine Seifenblase.

Kapitel 18

Oliver

Ich spüre, wie Marlowe ihren Griff um meine Hand verstärkt. Ich nehme es als Zeichen und trete einen Schritt näher, um eine Art Schutzschild zwischen ihr und dem Mann zu sein, der sie verletzt hat.

Ich gehe noch einen Schritt weiter und wechsle die Hand, damit ich meinen Arm um ihre Schultern legen kann.

Ich spiele hier nur den Schein-Freund. Kein anderer Grund.

Sie wirft mir einen dankbaren Blick zu und ich kann nicht anders, als zu lächeln – ein warmes Gefühl breitet sich in mir aus.

Dann wendet sie ihre Aufmerksamkeit unserem anvisierten Publikum zu. „Hi, Mike." Ihre Stimme klingt gezwungen fröhlich und ich frage mich, ob er es bemerkt. „Du erinnerst dich an Oliver, meinen Freund, oder?"

Mike würdigt mich kaum eines Blickes. „Klar."

„Hey, Mann. Ich würde dir die Hand geben, aber meine sind gerade etwas beschäftigt", sage ich und gehe ganz in der Rolle des Schein-Freundes auf. Den Typ, der Marlowe verletzt hat, ein bisschen nervös zu machen, ist dabei nur das Tüpfelchen auf dem I.

Seine Augen verengen sich zu Schlitzen und ich kann mir genau vorstellen, was er denken muss. Dinge wie „Lass gefälligst meine Frau in Ruhe" oder „Ich würde dir am liebsten ins Gesicht schlagen."

Tja, Pech gehabt, Kumpel. Das wird nicht passieren. Diese Frau gehört mir – zumindest in unserer kleinen Theaterwelt.

Und wenn ich ehrlich bin, wünschte ich mir das auch in der echten Welt.

„Wie war dein Tag? Warst du schon auf den Fahrgeschäften?", fragt Marlowe.

Mike blickt auf meinen Arm, der schützend um ihre Schultern liegt. „Eigentlich habe ich ein bisschen in Erinnerungen geschwelgt, Marlowe. Ist ja schwer, dass nicht zu tun, wenn man wieder hier im guten alten Hunter's Creek ist. Ich habe an das letzte Sommerfest gedacht und wie viel Spaß wir damals hatten. Zusammen. Du und ich. Erinnerst du dich?"

Marlowes Wangen färben sich rot. „Ich erinnere mich."

„Wir sind Karussell gefahren, haben Zuckerwatte gegessen und ein Stück von dem Apfelkuchen deiner

Tante, bevor wir in einer der Bars ein paar Long Island Iced Teas zusammen getrunken haben."

„Wow, das ist eine Menge Zucker. Ich bin überrascht, dass ihr nicht in ein Zucker-Koma gefallen seid", sage ich.

Mike ignoriert mich. „Erinnerst du dich, wie Gabe versenkt wurde?"

„Gabe wurde versenkt?", frage ich. „Das hast du mir gar nicht erzählt, Pfirsich."

Marlowes Augen huschen zu mir und sie presst die Lippen zusammen, um ein Lächeln zu unterdrücken.

Ich nehme an, der „Pfirsich"-Kosename ist schuld.

„Stimmt. Du warst damals ja nicht hier, Oliver, richtig?", fragt Mike mit einem falschen Lächeln, das ich ihm nur zu gern aus dem Gesicht wischen würde.

„Ich hoffe, dass ich das, was mir an Zeit als Einwohner dieser Stadt fehlt, mit Qualität wettmache", erwidere ich gelassen.

„Männer mit limitierten Qualitäten sagen oft solche Dinge, wie es mir scheint", entgegnet er süffisant.

Oh, nein, das hat er gerade *nicht* wirklich gesagt.

„Sag mal, stößt du dir oft den Kopf an Türrahmen, Champ? So groß zu sein, muss ja eine echte Einschränkung für dich sein", halte ich dagegen.

„Ich komme ganz gut klar", antwortet er selbstgefällig, überzeugt, dass er mich mit seinem *Qualitäten*-Kommentar ausmanövriert hat.

Marlowe stupst mich in die Rippen. Anscheinend schwebte ihr bei unserer Vereinbarung für heute kein Schlagabtausch unter Männern vor.

„Wie ich gerade sagte", fährt Mike betont fort. „Gabe ließ sich damals freiwillig für den guten Zweck im Tauchbecken versenken. Er ist echt ein guter Kerl."

„Das ist er", stimmt Marlowe zu.

„Aber du bist ja neu hier, nicht wahr? Wahrscheinlich kennst du noch nicht so viele der Einheimischen", bemerkt Mike. Dann legt er, ohne eine Pause zu machen, nach: „Ich vermisse es wirklich hier. Diese Stadt ist schon etwas Besonderes. Die Menschen, die Feste, sogar die *The Sound of Music*-Sänger." Er deutet auf den Musikpavillon. „Es ist besonders – so wie du." Er sieht Marlowe an, als wäre sie seine Lieblingseissorte.

„Das ist nett von dir, Mike, aber wir haben uns ja gerade erst kennengelernt", scherze ich, was mir einen irritierten Blick von ihm einbringt. „Wenn du Hunter's Creek wirklich so sehr liebst, ist dir sicher aufgefallen, dass der Musikpavillon neu gestrichen wurde?"

Das erwähne ich ganz bewusst. Ich weiß genau, welche Erinnerungen das in Marlowe wachrufen wird. Erinnerungen, an die ich gerne denke – und die nichts mit dem eigentlichen Streichen zu tun haben.

„Der Musikpavillon?" Er runzelt die Stirn. „Du meinst den dort drüben?"

Wir alle drehen uns um und sehen eine Gruppe von Kindern in passenden Kostümen in dem frisch gestrichenen Pavillon stehen, während sie das bekannte Lied über einen Ziegenhirten singen. Ihre Lehrerin, ebenfalls im gleichen Kostüm, dirigiert sie.

„Ganz genau, Mark. Marlowe und ich haben ihn gestrichen und das war irgendwie der Beginn unserer neuen Beziehung."

Nur falls du dich fragst – natürlich habe ich seinen Namen nicht absichtlich falsch gesagt. Das wäre ja kleinkariert von mir. Es war ein ehrlicher Fehler.

„Ich heiße übrigens Mike", korrigiert er mich.

„Mike. Stimmt. Du siehst aus wie ein Typ, den ich kenne, der Mark heißt."

„Sicher." Er wirft mir einen Blick zu, der deutlich macht, dass er mich am liebsten auf der Stelle umbringen würde, bevor er sich wieder Marlowe zuwendet. „Kann ich dich kurz allein sprechen? Ich muss wirklich mit dir über etwas reden."

„Ich habe dir gesagt, dass das alles Vergangenheit ist. Ich habe damit abgeschlossen – wie du siehst. Stimmt's, Schnucki?" Sie sieht mich mit einem übertrieben verliebten Grinsen an.

„Schnucki?", forme ich lautlos mit den Lippen. Sie reißt die Augen auf – eine klare Anweisung mitzuspielen, egal wie albern der Name ist.

„Ich bin wirklich ein Glückspilz, diese Sahneschnitte an meiner Seite zu haben. Und ich sage 'Sahneschnitte', weil ihr Café die besten Apfelkuchen im ganzen Bezirk macht. Ein *Wortspiel*, sozusagen", erkläre ich.

„Oh ja, mein Hübscher", säuselt Marlowe.

Mike räuspert sich.

„Alles klar, Mark? Du hast kein COVID, oder?", frage ich besorgt und ziehe Marlowe ein Stück von ihm weg.

„Ich heiße Mike. Und nein, ich habe kein COVID", presst er zwischen zusammengebissenen Zähnen hervor.

Ist es schlimm, dass ich das hier genieße? So richtig, richtig genieße?

„Hast du dich getestet?" Ich blicke fragend zu Marlowe. „Er sollte sich wirklich testen, findest du nicht, Schnuffelchen?"

Sie unterdrückt ein Lächeln. „Es wäre verantwortungsbewusst es zu tun."

Mike hat eindeutig genug.

„Ich verstehe ja. Ihr seid frisch verliebt und mein plötzliches Auftauchen hat dich aus der Bahn geworfen, Marlowe. Das tut mir leid, aber ich muss wirklich mit dir reden."

Eins muss man ihm ja lassen, in Hartnäckigkeit würde er wirklich eine Eins kriegen.

Die Atmosphäre um Marlowe herum hat sich verändert und ich beginne mich zu fragen, ob er sie doch erreicht. Ob sie vielleicht tatsächlich hören möchte, was er zu sagen hat. Ich weiß, dass meine Aufgabe heute darin besteht, ihr festen Freund zu spielen – eine Rolle, für die ich nach der Show, die ich hier gerade abliefere, vielleicht sogar einen Oscar gewinnen könnte –aber wenn Marlowe mit ihm reden muss, um mit dieser Sache abzuschließen, oder was auch immer sie tun möchte, dann werde ich ihr dabei nicht im Weg stehen.

„Marlowe?", frage ich, denn ich spüre, dass sie schwankt.

Ihre Brust hebt und senkt sich, ihr Blick ruht fest auf Mike. Ein unangenehmer Moment vergeht, bevor sie schließlich den Mund öffnet.

„Ich weiß es zu schätzen, dass du hergekommen bist. Ich kann mir vorstellen, dass es nicht leicht für dich war, nach dem, was zwischen uns vorgefallen ist."

„Danke, dass du das anerkennst", erwidert er. „Es ist nicht einfach, hier zu sein – mit all den Erinnerungen." Er merkt, dass ihre Verteidigung bröckelt und setzt zum finalen Schlag an. „Marlowe, wir hatten etwas Gutes, du und ich, und obwohl ich mich falsch verhalten habe—"

Sie schnaubt.

„Okay, ich gebe zu, ich habe mich schrecklich verhalten. Aber das ändert nichts an der Tatsache, dass ich weiß, dass ich Mist gebaut habe. Marlowe, ich vermisse dich. Ich —" Er wirft mir einen kurzen Blick zu, offensichtlich wünschend, ich hätte nicht meinen Arm um ihre Schultern gelegt. Oder besser noch – gar nicht existieren würde. „Ich liebe dich."

Ernsthaft? Wenn ich Marlowes richtiger Freund wäre,

wäre es dann nicht ein bisschen dreist, ihr direkt vor meinen Augen zu sagen, dass er sie noch liebt? Oder *ganz schön* dreist?

Während ich Marlowe weiterhin festhalte, wie ich es momentan tue, beginne ich mich ein wenig unwohl zu fühlen. Ich weiß, dass sie mich gebeten hat, sie nicht allein mit ihm zu lassen, egal was passiert. Aber ein Teil von mir hat Mitleid mit diesem Kerl. Er liebt sie.

Er hat zugegeben, Mist gebaut zu haben. Was auch immer er getan hat um ihr so wehzutun, sie kann ihm doch sicher die Gelegenheit geben, sich zu entschuldigen, oder?

Und um das glasklar zu stellen: Sich entschuldigen ist das Einzige, was ich möchte, das er tut. Danach kann er am besten direkt gehen. Für immer.

Aber Marlowe hat andere Pläne.

„Danke für deine Entschuldigung, aber wie ich schon sagte – ich habe damit abgeschlossen. Ich liebe dich nicht mehr."

Hart, aber notwendig.

„Aber—", beginnt er.

„Mike. Bitte. Es gibt nichts mehr zu diesem Thema zu sagen."

Er sieht aus wie ein begossener Pudel.

„Ich werde es für immer bereuen, wie ich dich behandelt habe."

„Das ist… gut", erwidert sie ruhig und zieht mich ein kleines Stück näher an sich. Ihr Blick ist fest und unnachgiebig. Falls er die Botschaft bisher noch nicht verstanden hat, dass sie nichts mehr mit ihm zu tun haben will, dann wäre er blind, sie jetzt nicht zu erkennen. „Genieß das Fest."

Mike presst die Kiefer aufeinander, bevor er den Blick

senkt. „Falls es für irgendetwas gut ist, es tut mir wirklich leid."

„Ich weiß", sagt Marlowe.

Ich beobachte, wie er mit hängenden Schultern davonzieht, der sprichwörtlich geschlagene Hund, dessen Schwanz zwischen die Beine geklemmt ist.

„Vielen, vielen Dank, Oliver! Du warst großartig", schwärmt Marlowe, während Mikes Gestalt in der Menge verschwindet.

„Oh, das weiß ich, Schnuffelchen."

Sie stößt mir den Ellbogen in die Rippen.

„Ich bin jederzeit dein Schein-Freund", sage ich. „Aber vielleicht weniger ‚Schnucki' und mehr ‚Hübscher'? Denn wenn wir ehrlich sind – in diesem Wettstreit gewinnt ‚Hübscher' jedes Mal."

Sie lacht leise und es ist, als würde die ganze Anspannung der letzten Minuten sich einfach in Luft auflösen. „Okay, einverstanden. Hübscher also."

„Danke, Schnuffelchen."

„Auf keinen Fall. Nicht Schnuffelchen."

„Für mich wirst du immer Schnuffelchen sein."

Sie hebt eine Braue, aber ihr Gesicht ist von einem wunderschönen Lächeln gezeichnet. „Ich habe es mir anders überlegt. Bring lieber ‚Schnucki' zurück."

Ich lache, während ich den Kopf schüttele. „Ich weiß, dass du wahrscheinlich zu deinem Stand zurückmusst, aber willst du noch ein bisschen mit mir spazieren?"

„Ich kann dir fünf Minuten anbieten. Schließlich schulde ich dir was."

„Oh, und wie du das tust", lache ich und wir schlendern zusammen die Hauptstraße entlang. „Wie fühlst du dich jetzt, wo die ganze Mike-Sache vorbei ist?"

„Gut. Besser", antwortet sie, als wir an einem Stand für

kandierte Äpfel vorbeigehen. Ich bemerke einige Einheimische, die sich gegenseitig anstoßen und auf uns zeigen.

Lass sie. Ich genieße das hier.

„Super-Schein-Freund zur Rettung, was?"

Sie verdreht die Augen. „Du wirst mich das nicht vergessen lassen, oder?"

„Niemals."

Wir kommen bei den Fahrgeschäften an, das Riesenrad ragt hoch über uns auf.

„Hey, willst du eine Runde drehen? Ich weiß, dass du letztes Jahr mit Mike auf den Fahrgeschäften warst, aber vielleicht wird es Zeit für neue Erinnerungen. Auch wenn es nur mit mir ist."

„Es gibt kein ‚nur' mit dir", sagt sie und als sich unsere Blicke treffen, spüre ich ein Kribbeln in meiner Brust. „Eine Fahrt, dann muss ich zurück zum Second Chance Stand."

„Abgemacht."

Wir bahnen uns einen Weg durch die Menge, halten ab und zu an, um Leuten Hallo zu sagen, die uns fragend anschauen und uns angrinsen, denn scheinbar hat inzwischen jeder von uns gehört, dem heißesten neuem Pärchen in der Stadt. Kein Wunder – dies ist Hunter's Creek, wo man nicht einmal niesen kann, ohne dass darüber getratscht wird. Nachdem wir feststellen mussten, dass die Schlangen für die Achterbahn, den Autoscooter und das Geisterhaus viel zu lang für unseren knappen Zeitplan sind, entscheiden wir uns schließlich für das Riesenrad. Wir setzen uns in eine Gondel und der Angestellte senkt den Sicherheitsbügel. Kurz darauf beginnt die Gondel zu schaukeln, während wir langsam nach oben fahren. Marlowe quietscht aufgeregt, während sie den Sicherheitsbügel fest umklammert.

„Alles okay, Champ?", frage ich.

„Ich gewöhne mich nur daran, nicht auf festem Boden zu stehen."

„Und ein Riesenrad ist ein echtes Adrenalin-Abenteuer?"

„Ich bin nicht gut mit Höhen", gibt sie zu.

„Warum hast du dann zugestimmt hiermit zu fahren?"

„Ich habe den Moment genossen."

Wir lächeln uns an.

„Ich auch", sage ich ihr, denn was gäbe es da nicht zu genießen? Ich bin mit der schönsten Frau der ganzen Stadt auf dem Sommerfest und sitze Seite an Seite mit ihr im Riesenrad, während eine angenehme Sommerbrise uns sanft hin und her schaukelt.

Ich schaue auf die ameisengroßen Menschen hinunter, die alle mit ihren eigenen Angelegenheiten beschäftigt sind. Ich entdecke Tanya Jacobson und ihr Kaiserinnen-Kollektiv, die sich angeregt über irgendjemanden oder – etwas unterhalten.

Wahrscheinlich über Marlowe und mich, so wie ich diese Damen kenne.

Die Gondel schwankt und Marlowe quietscht erneut auf, was mich zum Lächeln bringt.

„Warum grinst du mich so an?"

„Weil du süß bist, darum."

Marlowe rückt ein Stück näher an mich heran, bis ihr Oberschenkel meinen berührt, und ich bemerke, dass sie den Sicherheitsbügel immer noch fest umklammert hält.

„Geht es dir gut?", frage ich sie.

„Mmh."

Es überzeugt mich nicht.

„Warum fährst du Riesenrad mit mir, wenn du offensichtlich Höhenangst hast?"

„Ich habe mich vom Moment mitreißen lassen, schätze ich. Außerdem habe ich gedacht, falls Mike zurückkommt, sieht er wie wir normalen Pärchen-Kram machen."

Die Gondel schwankt noch einmal und erneut kann sie ein angsterfülltes Quieken nicht unterdrücken.

„Ist es in Ordnung, wenn ich das hier mache?", frage ich, lege meinen Arm um sie und ziehe sie sanft an meine Seite. Genau wie vorhin, als wir für Mike geschauspielert haben, passt sie perfekt in meine Arme, ihre Schulter schmiegt sich unter meinen Arm, ihre Wärme strahlt zu mir hinüber.

„Ich glaube, du hast es schon getan", antwortet sie.

„Hilft es ein bisschen?"

„Ja. Danke." Ein sanftes Lächeln umspielt ihre Lippen und ich sehe, wie die Anspannung aus ihrem Gesicht weicht.

„Schau mich an, wenn es hilft."

„Ist das, weil du es magst, von Frauen angehimmelt zu werden?", fragt sie.

Nur von dir.

Als die Gondel wieder leicht ruckelt, spüre ich, wie sie sich in meinen Armen versteift, und ich verstärke meinen Griff um ihre Schultern noch etwas. „Ich hab dich", sage ich zu ihr.

„Danke. Ich glaube, ich bedanke mich im Moment ziemlich oft bei dir. Für die Kaffeemaschine, für Mike."

„Alles Teil des Services."

Während wir weiter durch die Luft schweben, fühle ich mich plötzlich wie ein Teenager mit meinem ersten Schwarm, endlich allein mit ihr, sie eng an mich gekuschelt. Das Gefühl, ihren Körper an meinem zu spüren, ihr Duft, der in der Luft liegt, der Blick in ihren Augen, all das bringt mich zurück zu dem Moment beim Musikpavillon – dem Moment, als all meine unterdrückten Gefühle für sie kurz davor waren, sich in etwas viel Angenehmeres zu verwandeln, als nur mit der wunderschönen Frau von gegenüber zu streiten.

Als die Gondel schwankt, greift Marlowe nach meiner Hand und umklammert sie. Sie sieht nicht mehr so angespannt und ängstlich aus wie zuvor, stattdessen schaut sie mich mit durchdringendem Blick an, und zum ersten Mal wage ich zu glauben, dass das hier vielleicht doch nicht mehr alles nur vorgetäuscht ist. Vielleicht fühlt sie es auch.

Mit pochendem Herzen hebe ich langsam eine Hand, lege sie an ihre Wange und lasse meine Finger in ihr Haar gleiten. Sie atmet leise aus, ihr Blick bleibt fest auf meinen gerichtet und beseitigt jeden noch verbleibenden Zweifel in mir.

Sie will mich.

Und oh, Mann – ich will sie auch.

„Alles klar, Leute. Eure Runde ist vorbei." Verkündet eine Stimme neben uns und reißt mich aus dem Moment. Ich blinzele und sehe von Marlowe zu dem Fahrgeschäft-Mitarbeiter, der gerade den Sicherheitsbügel anhebt und uns angrinst, als wüsste er genau, was wir gerade vor hatten.

So widerwillig wie eine Katze, die ein Bad nehmen soll, steige ich aus der Gondel und biete Marlowe meine Hand an. Sie nimmt sie und wir bedanken uns bei dem Angestellten, bevor wir langsam wieder in die Menge zurückkehren. Wir halten immer noch Händchen und wir sind auch immer noch in unserer Blase, wo es nur Marlowe und mich gibt.

Wir bleiben stehen, fangen gleichzeitig an zu sprechen und hören auch gleichzeitig wieder auf, um den jeweils anderen fortfahren zu lassen.

„Oliver, ich—"

„Haben wir gerade—?"

„Du zuerst", sage ich.

„Nein, du."

„Müssen wir immer so verdammt höflich sein?"

Sie kaut nachdenklich auf ihrer Unterlippe. „Ich glaube, da hätte gerade etwas zwischen uns passieren können. Genau wie damals, an dem Tag als wir gestrichen haben."

„Mir hat gefallen, wohin sich das gerade entwickelt hat. Und damals beim Streichen auch", antworte ich und wünsche mir nichts sehnlicher, als gerade mit ihr allein zu sein. Nur sie und ich, ich würde sie in den Armen halten und ihr sagen, wie absolut fantastisch ich sie finde. Nun ja, das und dann würde ich sie küssen. Definitiv küssen.

„Marlowe!" Plötzlich drängt sich Ryn durch die Menge, ihr Gesicht voller Panik. „Da bist du ja! Ich habe dich überall gesucht!"

Marlowe lässt meine Hand los. Unser Moment ist vorbei.

Wir müssen in Zukunft dringend daran arbeiten, wo wir diese Momente haben, am besten wenn wir allein sind, und an Orten, an denen wir nicht ständig unterbrochen werden.

„Was ist los? Ist etwas passiert?", fragt Marlowe.

„Wir haben keine Kuchen mehr, also habe ich zugesagt, Nachschub zu holen, aber Valentina und die anderen sind total überfordert, und Tante Sheila ist beim Wettbewerb und wir brauchen dich dringend – am besten schon vor einer halben Stunde! Wo warst du überhaupt so lange?" Ihr Blick fällt auf mich, als würde sie mich jetzt erst bemerken, und ihre Stirn legt sich in Falten, während sie hinzufügt: „Warum seht ihr beide so schuldig aus?"

Marlowe und ich tauschen einen schnellen Blick. Gerade als sie den Mund öffnet um etwas zu antworten, winkt Ryn ab. „Vergiss es. Ist jetzt egal. Du kannst es mir später erzählen." Sie packt Marlowe am Arm. „Lass uns gehen. Sofort."

Als Ryn Marlowe davon zieht, blickt sie noch einmal zurück zu mir und etwas in ihrem Blick sagt mir das vielleicht, ganz vielleicht aus dieser Scheinbeziehung doch noch etwas Reales werden könnte.

Und diese Hoffnung lässt mich beinahe vor Freude in die Luft springen.

Kapitel 19

Marlowe

„Was ist mit deinem Gesicht los?", fragt meine Schwester, als ich am nächsten Morgen ein paar Kuchen in die Verkaufsvitrine stelle.

Instinktiv fliegt meine Hand an meine Wange. „Warum? Habe ich etwas im Gesicht?"

Ryn lehnt sich gegen die Wand und mustert mich. „Oh ja, das hast du."

„Wirst du mir sagen, was es ist, oder muss ich raten?"

„Du lächelst."

„Na und? Ich lächle oft."

„Nicht so. Hat es etwas damit zu tun, das du gestern Olivers Hand gehalten hast? Du weißt, du musst uns alles darüber erzählen."

Plötzlich verlegen, presse ich die Lippen zusammen und versuche, mein Gesicht wieder normal aussehen zu lassen – was auch immer das bedeutet. Natürlich funktioniert es nicht, weil das Grinsen, das sich seit Olivers und meinem Fast-Kuss auf dem Riesenrad gestern Abend auf meinem Gesicht breitgemacht hat, sich nicht vertreiben lässt.

Die Erinnerung daran, wie es sich angefühlt hat, von ihm gehalten zu werden, sein warmer, fester Körper gegen meinen gedrückt, seine Arme schützend um mich gelegt, hat mich gestern Abend in den Schlaf gewiegt. Seitdem geht er mir nicht mehr aus dem Kopf und ich kann es kaum erwarten, ihn wiederzusehen.

Ryn zieht die Augenbrauen hoch. „Also? Wirst du mir davon erzählen?"

„Wovon erzählen?", fragt eine andere Stimme und ich richte meine Aufmerksamkeit auf die andere Seite der Theke, wo meine andere Schwester, Harper, mich erwartungsvoll ansieht. „Was ist mit deinem Gesicht los?", fragt sie.

Ich schaue zwischen meinen Schwestern hin und her und seufze auf. „Darf ich denn nicht lächeln? Ich arbeite im Kundenservice, wisst ihr. Lächeln gehört da dazu."

„Aber das ist ein super strahlendes Lächeln", bemerkt Harper.

„Was ist ein super strahlendes Lächeln?", frage ich, um Zeit zu gewinnen.

„Tu nicht so dumm", tadelt Ryn.

„Süße, wir wissen, dass du das halbe Sommerfest mit einer bestimmten Person verbracht hast, die vielleicht, vielleicht aber auch nicht das Café gegenüber betreibt", sagt Harper mit betont bedeutungsvoller Stimme.

„Alle reden darüber, also kannst du es genauso gut zugeben", meint Ryn und winkt Frau Jacobson und dem Rest des Damen-Komitees zu, die sie alle breit anlächeln.

Harper nickt. „Ryn hat recht. Sogar Topher hat es heute erwähnt. *Topher.*"

Harpers Freund Christopher, den sie „Topher" nennt, ist nicht gerade jemand, der für Klatsch und Tratsch zu haben ist.

Meine Gedanken wandern zu Oliver und aller Espresso in Italien könnte nicht verhindern, dass mein Lächeln noch breiter wird.

„Oh, Schwesterherz. Dich hat es *voll* erwischt", stellt Ryn fest.

„Nein, hat es nicht", wehre ich ab, aber wir wissen alle, dass ich lüge. „Okay. Ich gebe es zu. Ich mag ihn", gestehe ich.

„*Magst* magst du ihn?", fragt Harper. „Und bevor du etwas sagst, ja, ich weiß, das klingt, als wären wir wieder in der Mittelstufe."

„Oh, sie mag ihn richtig. Sieh sie dir doch an", meint meine jüngste Schwester, während sie mich mustert.

Natürlich werden meine Wangen in genau diesem Moment knallrot, irgendwo zwischen der Farbe einer reifen Tomate und einem von Gabes Flanellhemden, und jede Hoffnung, die Sache vor meinen Schwestern herunterzuspielen, entschwindet auf den Flügeln eines vorbeifliegenden Vogels.

„Was heißt das jetzt genau?", fragt Harper.

„Das heißt, sie will ihn küssen, bis ihnen die Luft ausgeht. Das heißt das", antwortet Ryn für mich.

„Es sei denn, das habt ihr schon auf dem Riesenrad getan?"

Das hatte ich tatsächlich tun *wollen*, na ja, zumindest nachdem ich meine Höhenangst halbwegs unter Kontrolle gebracht hatte, was enorm erleichtert wurde, als Oliver seinen Arm schützend um meine Schultern legte und mich näher an sich zog.

Schmacht.

Wie konnte ich jemals denken, dass dieser Mann irgendetwas anderes als wunderbar ist?

„Oh, du hast es getan, oder? Ihr habt auf dem Riesenrad rumgeknutscht. Wie alt seid ihr? Dreizehn?", fragt Ryn.

„Habt ihr?", hakt Harper nach.

„Nein", antworte ich widerwillig. „Aber ich glaube, es wäre fast passiert."

Harper klatscht begeistert in die Hände. „Süße, du verdienst es so sehr, glücklich zu sein, und wenn Oliver dein Typ ist, dann freue ich mich riesig für dich."

Dieses verflixte Grinsen wird so groß, dass ich vermutlich aussehe wie eine Muppet-Puppe mit aufklappbarem Kopf.

„Marlowe und Oliver, sitzen im Baum, und K-Ü-S-S-E-N sich", fängt Ryn an zu singen und ich bringe sie zum Schweigen.

„Eigentlich war es auf einem Riesenrad, nicht in einem Baum", verbessert Harper.

„Verstanden", meint Ryn. „Marlowe und Oliver, sitzen auf dem Riesenrad, und K-Ü-S-S-E-N sich."

Ich schließe die Augen und schüttele den Kopf. „Jetzt fühle ich mich wirklich wieder wie in der Mittelstufe."

Eine Kundin kommt an die Theke und ich sage Ryn, sie soll sie bedienen.

„Wann siehst du ihn wieder?", fragt Harper.

„Wir haben nichts ausgemacht. Es war gestern ziemlich verrückt auf dem Fest. Ich denke, ich schaue nach der Mittagspause mal im Steamy Coffee vorbei."

„Unbedingt", sagt sie und lässt ihre Augen über mein Outfit wandern. Ich habe mir heute Morgen extra Mühe gegeben, weil die Wahrscheinlichkeit, Oliver zu sehen, ziemlich hoch ist. Anstatt meiner üblichen Rock-Blusen-Kombination trage ich ein ärmelloses, marineblaues Kleid mit Knopfleiste vorne und einem weißen Kragen, dazu trage ich ein Paar weiß-blau gestreifte Pumps. „Du siehst super süß aus. Ein perfektes Outfit, um zufällig vorbeizu-schauen und einem Mann den Kopf zu verdrehen. Er mag dich offensichtlich."

„Woran erkennst du das?"

„Die Art, wie er dich ansieht, wie er lächelt, wenn er in deiner Nähe ist. Frau Jacobson meinte, wir können bis Ende des Jahres mit Hochzeitsglocken rechnen."

Ich lache überrascht auf. „Hochzeitsglocken, ja? Kein Druck also."

„Überhaupt nicht. Und wie lief es mit Mike?"

„Es ist vorbei", sage ich schlicht.

„Was wollte er?"

„Mich."

„Natürlich wollte er das, aber er kann dich nicht haben, weil du Oliver hast."

„Noch nicht."

„Das wird sich noch zeigen müssen."

Eine regelrechte Meute von Stadtbewohnern stürmt durch die Tür, aufgeregt miteinander plaudernd. Unter ihnen erkenne ich Amelia Thompson, Joe Olson, Gary Garcia und Ted Hill, alles Stammkunden des Second Chance, die ich schon mein Leben lang kenne, und Mitglieder des Stadtrats, angeführt von Bürgermeister Garcia.

„Was im Namen aller im Wald Himmel und Hölle

spielenden Holzfäller ist denn hier los?"", fragt Frau Jacobson.

Gute Frage, wenn auch etwas umständlich formuliert.

"Danke, dass du fragst, Tanya", sagt Bürgermeister Garcia. "Wir sind hier, um die Integrität und die Geschichte unserer Kleinstadt zu schützen."

"Indem ihr durch die Gegend zieht und einen Aufstand veranstaltet?", fragt Frau Jacobson mit skeptisch hochgezogenen Augenbrauen.

"Ich bin mir sicher, dass der Herr Bürgermeister und seine Ratsmitglieder das nicht tun, Frau Jacobson", mische ich mich ein, um eine mögliche Eskalation zu verhindern. Ein Kaffeehaus voller streitender Gäste ist nie gut, besonders wenn die meisten von ihnen im Stadtrat sitzen. "Was kann ich euch heute anbieten?"

Bürgermeister Garcia ignoriert meine Frage. "Wir sind dein strahlendes Licht, Marlowe."

Ich erlaube meinem Lächeln nicht zu verrutschen. "Seid ihr das? Das ist sehr nett von Ihnen, Herr Bürgermeister."

Aber *wovon reden Sie?*

"Also, soll ich euch das Übliche fertigmachen?", frage ich, mehr in der Hoffnung als in der Annahme, dass sie tatsächlich hier sind, um etwas zu bestellen.

"Wir haben deine Sorgen gehört und wir sind hier, um zu helfen, das zu schützen, was rechtmäßig deins ist, denn dieses Café ist ein Teil des Fundaments dieser Stadt", verkündet der Bürgermeister feierlich.

Ich wusste doch, dass sie nicht hier sind, um etwas zu bestellen.

"Nun, Gary, streng genommen gehört das hier Sheila und nicht Marlowe", merkt Frau Thompson an, meine ehemalige Biologielehrerin an der High-School, die mittlerweile im Ruhestand ist.

„Sie hat recht. Dieses Café gehört seit Jahrzehnten Sheila Browning. Ich habe hier schon viele Stücke Kuchen und mehr als nur eines ihrer exzellenten Omelettes genossen", fügt Herr Olson hinzu. „Ihr Kuchen hat gestern auf dem Sommerfest den ersten Platz belegt. Der beste Kuchen im ganzen Landkreis."

„Ihre Kuchen sind gut, aber ich mag ihre gegrillten Sandwiches, besonders das mit Schinken und Amerikanischem Käse und dazu eine Portion Jojos", sagt Herr Hill und meint damit die Kartoffelspalten, die wir mittags zu vielen unserer Gerichte dazu servieren.

„Oh ja, die sind wirklich gut", bestätigt Frau Jacobson. „Obwohl die, die Gabe im ‚Schwarzbär' serviert, auch wirklich nicht schlecht sind."

„Aber nicht so gut wie Sheilas", beharrt Herr Hill und bleibt seiner Pro-Second-Chance-Haltung treu.

Bürgermeister Garcia hebt beschwichtigend die Hand. „Können wir bitte beim Thema bleiben?"

„Nun, wir haben ja keine Ahnung, was überhaupt das Thema ist. Warum seid ihr hier?", fragt Frau Jacobson.

Bürgermeister Garcia strafft die Schultern, als würde er eine mitreißende politische Rede halten wollen. „Wir sind uns alle einig, dass das Second Chance Café eine Institution in Hunter's Creek ist. Es ist uns wichtig, es gehört zum Fundament unserer Stadt. Und wir müssen alles in unserer Macht Stehende tun, um dieses Geschäft und sein Erbe zu schützen – für das Wohl von Hunter's Creek."

Die kleine Gruppe bricht in Applaus und zustimmende Rufe aus.

Ich bin noch immer völlig ahnungslos.

„Das klingt alles großartig und ich danke euch für euren Enthusiasmus", beginne ich, „aber worum genau geht es hier eigentlich?"

„Wir haben sie gesehen. Die Leute auf der Straße, wie

sie sie in ihren Händen halten. Wir haben gesehen, wie sie hineingehen und dort eine ganze Zeit lang bleiben." Bürgermeister Garcia wirft Frau Jacobson einen vorwurfsvollen Blick zu.

„Ich habe nicht die geringste Ahnung, wovon du redest", entgegnet Frau Jacobson.

„Oh, das weißt du genau, Tanya. Wir sprechen von diesem schrecklichen Ort gegenüber", sagt der Bürgermeister, während er theatralisch aus dem Fenster deutet.

Und da fällt der Groschen.

„Sie meinen Steamy Coffee?", frage ich.

„Natürlich meinen wir Steamy Coffee! Wir haben gesehen, wie wenig Kunden du in letzter Zeit hast, und dass du jetzt sogar Tanzvideos machen musst, um die Leute zurückzuholen", erklärt er empört.

Ich verlagere verlegen mein Gewicht. „Das waren nur ein paar Videos."

„Und du hast diese teure neue Kaffeemaschine angeschafft, mit der du offensichtlich nicht umgehen kannst—"

„Oh nein, sie ist repariert. Sie funktioniert jetzt einwandfrei", unterbreche ich ihn.

Er hört gar nicht zu. „—und jetzt bist du gezwungen, auch noch Abendessen anzubieten! Längere Arbeitszeiten für dein Personal, und wenn ich mich hier umschaue, würde ich sagen, du verdienst nicht genug, um sie zu bezahlen."

„Ich *bezahle* sie", protestiere ich.

„Und wisst ihr auch, warum? Wissen die Bewohner von Hunter's Creek, warum das so ist?"

Ich bin mir ziemlich sicher, dass sie es wissen.

„Es ist alles die Schuld eines großen, skrupellosen Kaffeekonzerns, der mit familien*un*freundlichen Bildern von *halb nackten* jungen Leuten auf seinen Werbetafeln in unsere Stadt gekommen ist, um dein Geschäft zu zerstören."

„Ich finde die Bilder mit den halb nackten jungen Leuten eigentlich ganz nett. Besonders den Holzfäller-Typen", raunt Frau Jacobson mir zu und ich unterdrücke ein Lächeln.

„Wir hatten vor dem Sommerfest eine Stadtratssitzung und haben beschlossen, dass wir alles in unserer Macht Stehende tun werden, um dir zu helfen, Marlowe. Wir werden dein Geschäft schützen und wir werden diese Großstädter daran hindern, sich in unsere Angelegenheiten einzumischen."

„Versucht Steamy Coffee wirklich, sich in unsere Angelegenheiten einzumischen?", frage ich.

„Es wird uns allen so ergehen. Heute ist es Steamy Coffee. Morgen – wer weiß? Es ist nur eine Frage der Zeit, meine liebe Marlowe. Nur eine Frage der Zeit", sagt der Bürgermeister, als wäre er der tragische Held in einem Film.

„Also, was gedenkt ihr dagegen zu tun, außer in einer Gruppe lautstark umher zu ziehen und Reden zu halten?", fragt Frau Jacobson.

„Wir organisieren eine Kundgebung", verkündet Frau Thompson stolz. „Für morgen, den Tag der großen Film-premiere."

„Eine Kundgebung?", wiederhole ich.

Mir gefällt die Richtung nicht, die das hier nimmt. Viel Luft um nichts zu machen ist das eine, aber tatsächlich eine Demonstration zu organisieren, ist etwas völlig anderes.

„Eine Kundgebung", bestätigt der Bürgermeister. „Wir haben dich gehört, Marlowe. Wir haben dich gehört."

„Ich habe nie etwas von einer Kundgebung gesagt."

„Wir haben Transparente angefertigt und sind bereit,

morgen um Punkt 9:00 Uhr vor Steamy Coffee unsere Botschaft zu verkünden", sagt Herr Hill.

„Können wir es auf 9:15 Uhr verschieben? Mein Großneffe kommt um 8:30 Uhr, um meine Hecken zu stutzen, und ich muss ihm genau zeigen, wie hoch sie sein sollen", fragt Frau Thompson. „Letztes Mal hat er es falsch gemacht und sie sahen merkwürdig aus."

„Braucht das wirklich 45 Minuten?", fragt Bürgermeister Garcia.

„Wahrscheinlich schon. Ich habe viele Hecken, Gary", erklärt sie.

„Das stimmt. Hat sie wirklich", bestätigt Herr Hill.

„Gut, dann Planänderung, Marlowe. Wir treffen uns morgen um Punkt 9:15 Uhr vor Steamy Coffee, um klarzustellen, wie wichtig das Second Chance Café für Hunter's Creek ist und dass wir es nicht zulassen werden, dass ein großer, skrupelloser Kaffeekonzern unsere Stadt ruiniert."

Die kleine Gruppe bricht erneut in Applaus aus und Bürgermeister Garcia verbeugt sich.

Obwohl ich gerührt bin, dass sie helfen wollen das Café meiner Tante zu schützen, fühlt sich eine Kundgebung an der Eingangstür der Konkurrenz nicht nach der richtigen Vorgehensweise an – und ich bin mir sicher, dass vor dem Café meines neuen Schein-Freunds zu protestieren auch Oliver nicht gerade glücklich stimmen wird.

Vor allem nicht jetzt, da sich die Dinge zwischen uns zum Guten verändern.

Ich muss der Sache Einhalt gebieten.

„Entschuldigung, Herr Bürgermeister? Sie wissen schon, dass Sie das nicht meinetwegen tun müssen. Unser neues Abendessen-Angebot ist für heute komplett ausgebucht, Ivy tritt mit ihrer Band auf, und das Geschäft hat sich in den letzten ein bis zwei Wochen wieder gebessert. Uns geht es gut."

„Und genau da liegst du falsch, Marlowe. Du brauchst uns. Deine Tante braucht uns. Die Stadt braucht uns", erklärt der Bürgermeister mit einer Autorität, als wäre er der Präsident der Vereinigten Staaten. „Und du solltest stolz auf dich sein. Deine Beiträge auf dem Instagram und dieser anderen Plattform – wie hieß die noch gleich? Ticker? Toocker?"

„Es heißt Ticker Tucker", wirft Frau Thompson ein.

„Danke, Amelia. Diese Videos haben unsere Kundgebung inspiriert."

„Ihr wollt tanzen?", frage ich entsetzt. Es ist eine Sache, wenn Ryn und ich unsere schlechten Hip-Hop-Moves vorführen, aber eine ganz andere, wenn eine Gruppe von Siebzigjährigen da raus geht und auf den Straßen von Hunter's Creek tanzt. Mindestens zwei von ihnen haben künstliche Hüftgelenke.

Der Bürgermeister und seine Ratskollegen brechen in schallendes Gelächter aus. „Wäre das nicht ein Anblick?"

Oh ja, das wäre es allerdings.

„Wir verwenden nur deine Slogans. Die sind genial!" Die Augen des Bürgermeisters leuchten vor Begeisterung. „Und wir haben noch ein paar eigene hinzugefügt."

„Unterstütz deine Gemeinde, nicht die Kaffeekonzerne!", ruft Herr Hill.

„Ich mag ‚Kleine Bohnen, große Wirkung'", sagt Frau Thompson.

„Gerechtigkeit brauen – ein lokales Café nach dem anderen! Weg mit Großkaffee, her mit lokalem Genuss! Und mein persönlicher Favorit: Keine Kaffeegiganten mehr in Hunter's Creek!"

„Ich mag ‚Widerstehe dem Duft der Konzern-Gier'", fügt Frau Thompson hinzu.

„Das klingt wirklich gut", stimmt Herr Hill zu.

„Wir sollten noch mehr Transparente machen."

Ich werfe die Hände in die Luft. „Ihr müsst das nicht tun. Uns geht es wirklich gut."

„Es geht ums Prinzip und als Bürgermeister dieser Stadt ist es meine bürgerliche Pflicht, das Richtige zu tun", verkündet Bürgermeister Garcia und ich will gerade widersprechen, doch er fährt unbeirrt fort: „Vielleicht sehen wir dich morgen früh pünktlich um 9:15 Uhr vor Steamy Coffee, sobald Amelia ihre Hecken gestutzt hat. Ich kann dir versichern, wir werden da sein, und wir werden das Richtige für die Menschen dieser Stadt tun. Und damit verabschieden wir uns."

Die gesamte Kundschaft im Café jubelt und schüttelt dem Bürgermeister und seinen Ratskollegen enthusiastisch die Hände, als die Gruppe noch eine Ehrenrunde durchs Café dreht, bevor sie mit viel Getöse hinaus auf die Straße ziehen.

Obwohl ich von der Tatsache gerührt bin, dass sie mir helfen wollen, ist diese Kundgebung einfach falsch – und sie sendet ein viel zu starkes Signal. Ich muss Oliver warnen und ihm klarmachen, dass ich damit nichts zu tun habe.

Kapitel 20

Oliver

„Du siehst glücklich aus, Chef", bemerkt Naomi, während ich hinter der Theke stehe und mir selbst einen Kaffee mache.

„Tue ich das?", frage ich und drücke den Knopf, um frische Bohnen zu mahlen.

„Du grinst, als hättest du ein Geheimnis, und ich glaube, ich habe dich summen gehört. Wirklich summen."

„Summen? Hm. Davon habe ich nichts mitbekommen." Ich drücke das Kaffeepulver im Siebträger fest, setze den Filter in die Maschine ein und betätige den Knopf.

„Was steckt dahinter?"

„Ich kann doch einfach so glücklich sein."

„Aber nicht summend-glücklich. Summend-glücklich ist eine ganz andere Stufe von glücklich."

„Ist es das?", frage ich zerstreut.

Natürlich weiß ich genau, warum ich summend-glücklich bin, wie Naomi es ausdrückt. Und es hat alles mit einer gewissen Cafébesitzerin zu tun. Auch wenn ich gestern nur so getan habe, als wäre ich ihr Freund, lässt mich der Gedanke, dass sie wirklich meine sein könnte – und ich ihrer –, am liebsten wie in einem dieser alten Gene Kelly-Filme lostanzen.

Natürlich tue ich das nicht. Ich bin ein amerikanischer Mann im 21. Jahrhundert. Aber das Gefühl ist trotzdem da.

Als der dunkle Kaffee in meine Tasse fließt, gieße ich Milch in einen Krug und beginne, sie aufzuschäumen, bevor ich sie in meine Tasse gieße und so meinen persönlichen Favoriten, einen Latte, kreiere.

„Du wirst mir also nicht sagen, warum du so gut drauf bist?"

„Nö", antworte ich grinsend.

„Wie du meinst. Hey, vorhin sind ein paar Sachen für dich angekommen. Ich musste sogar dafür unterschreiben, was ich seltsam fand, weil normalerweise alles einfach an der Hintertür abgeliefert wird."

„Wo hast du sie hingestellt?"

„In dein Büro."

Ich drehe mich um und will gerade nachsehen gehen, als plötzlich ein Mann in einem Blaumann mit rauer Stimme fragt: „Wer ist hier der Chef?"

„Das wäre ich. Oliver Langdon." Wir schütteln uns die Hand. „Was kann ich für Sie tun?"

„Wir hängen vorne das Banner auf. Nur zur Info."

Ein neues Banner?

„Gut, aber welches Banner?", frage ich.

„Keine Ahnung", lautet seine wenig hilfreiche Antwort.

„Nun dann schlage ich vor, dass wir beide es gemeinsam herausfinden."

Ich bahne mir meinen Weg durch das Café und trete auf die Hauptstraße hinaus. Vor dem Laden steht ein Lieferwagen, aus dem gerade zwei Männer ein paar Leitern ausladen und aufstellen.

„Hallo, ich bin Oliver Langdon und leite dieses Café", sage ich.

„Was geht?", erwidert der größere der beiden Männer.

„Offensichtlich ein Banner, von dem ich nichts weiß", antworte ich, aber die Männer starren mich nur verständnislos an.

„Sie müssen dafür nicht hier sein. Ich war nur höflich, als ich Ihnen sagte, dass wir hier arbeiten", sagt der erste Mann.

„Kann ich das Banner sehen?", frage ich.

„Sobald wir es ausgerollt haben, ja", erwidert er.

Nicht hilfreich.

„Wer hat Sie geschickt?"

Er kramt in ein paar Unterlagen auf dem Beifahrersitz und reicht mir eine Rechnung. Ich überfliege sie, bis ich den Namen der Person finde, die die Bestellung aufgegeben hat: Lupica Williams. Keine Ahnung, wer das ist, aber anscheinend arbeitet sie in der Marketingabteilung des Hauptbüros.

Solche Dinge sind ungewöhnlich, kommen aber vor. Ich muss verhindern, dass dieses Banner über dem Eingang des Cafés aufgehängt wird, bevor es zu einem größeren Problem wird – nämlich es wieder abhängen zu müssen.

„Können Sie kurz warten? Gehen Sie doch rein und holen sich einen kostenlosen Kaffee. Naomi kümmert sich um Sie."

Die Männer hören auf zu arbeiten und gehen ins Café.

Ich wähle die Nummer auf dem Formular und nach ein paar Momenten meldet sich eine Frauenstimme.

„Hallo, Steamy Coffee, Sie sprechen mit Lupica Williams."

„Hallo, Lupica. Mein Name ist Oliver Langdon und ich leite die neue Filiale in Hunter's Creek."

„Herr Langdon! Es ist mir eine Ehre, mit Ihnen zu sprechen", sagt sie atemlos.

Eine der Begleiterscheinungen den gleichen Nachnamen wie die Chefin zu tragen.

„Nennen Sie mich Oliver. Ich habe hier drei Männer, die ein Banner aufhängen sollen, das Sie offenbar für mich bestellt haben."

„Ich bin so froh, dass es angekommen ist, Herr Langdon, Sir. Ist das Fahrzeug schon da?"

Ich runzele die Stirn. „Welches Fahrzeug?"

„Der Pick-up-Truck, um genau zu sein. Es wurde allgemein beschlossen, dass ein Pick-up-Truck praktischer für die Holzfäller in der Stadt sei."

„Ein Pick-up-Truck für Holzfäller", wiederhole ich.

Ich habe nicht die geringste Ahnung, wovon sie spricht.

„Ganz genau, Herr Langdon, Sir."

„Oliver", verbessere ich sie gedankenverloren.

„Oh, entschuldigen Sie. Ganz genau, *Oliver*."

Mir wird klar, dass ich direkter fragen muss.

„Lupica, warum schicken Sie mir einen Pick-up-Truck für Holzfäller?"

„Weil ein normales Auto in der Stadt gut ist, aber für

den Hauptpreis wurde entschieden, dass es etwas sein sollte, das die Holzfäller gebrauchen können. Ich war bei der Besprechung dabei und konnte die Entscheidung mitverfolgen. Das war ziemlich aufregend."

Meine Stirn ist inzwischen so stark gerunzelt, dass ich fürchte, meine Augenbrauen könnten sich zu einer permanenten Mono-Braue verbinden. „Lassen Sie mich das richtig verstehen. Nicht nur bekomme ich ein Banner für unsere Vordertür, das ich nicht bestellt habe, sondern Sie schicken mir auch einen Pick-up-Truck als eine Art Preis?"

„Das ist richtig, Herr Langdon, Sir. Ich meine Oliver. Es ist ein roter Geländewagen, weil unsere Recherchen ergeben haben, dass Rot die Lieblingsfarbe der Bewohner von Hunter's Creek ist − weil viele von ihnen rote Flanell-hemden tragen. Die zusätzlichen Mitarbeiter werden gegen 16:00 Uhr bei Ihnen sein."

Jetzt bin ich völlig verwirrt.

„Welche zusätzlichen Mitarbeiter? Für den Pick-up-Truck?"

Sie lacht. „Nein, für die Hollywood-Promotion, um die es hier geht. Man hat Ihnen doch sicher davon erzählt."

Ich atme tief durch. Es ist, als wäre ich in einer alternativen Realität gelandet, in der ich ein Gameshow-Moderator bin, der einen knallroten Truck an einen Holzfäller vergeben soll.

„Ich bin mir sicher, dass das nicht Ihre Schuld ist, Lupica, aber ich glaube, hier liegt ein Missverständnis vor. Ich habe kein Banner bestellt, kein Nutzfahrzeug für einen Holzfäller oder auch sonst jemanden, und ich habe auch keine zusätzlichen Mitarbeiter für was auch immer diese Hollywood-Sache ist angefordert."

„Haben Sie nicht?"

„Habe ich nicht."

„Nun, dann darf ich Ihnen mitteilen, dass Sie—"

„Lassen Sie mich raten: Ich bekomme ein Banner, einen Truck und zusätzliche Mitarbeiter für irgendeine Hollywood-Sache."

„Ganz genau!"

„Okay", sage ich mit einem ergebenen Seufzen. Ich muss anders an die Sache herangehen. „Danke, Lupica."

„Gern geschehen, *Oliver*", erwidert sie.

Ich beende gerade das Gespräch, als ein großer Lkw die Hauptstraße entlangfährt und mit einem lauten Zischen und Klacken direkt hinter dem Lieferwagen zum Stehen kommt.

Der Fahrer steigt aus, ein Klemmbrett in der Hand. „Wissen Sie, wo ich Oliver Langdon finde?"

„Ich bin Oliver Langdon. Lassen Sie mich raten: Sie haben mir einen Truck gebracht?"

„Sind Sie Hellseher oder so?", fragt er ohne eine Spur von Humor. „Unterschreiben Sie hier."

Ich kritzele meine Unterschrift auf das Formular und blicke stirnrunzelnd auf den Lkw.

„Schauen Sie sich das Schmuckstück mal an."

Ich gehe um den Lkw herum und sehe einen nagelneuen Pick-up-Truck in einem so glänzenden Rot, dass es unmöglich ist, ihn nicht anzustarren und dabei zu lächeln.

Leute bleiben stehen, stupsen sich gegenseitig an und deuten auf den Truck.

„Wir haben auch den Aufsteller dabei. Sagen Sie mir einfach, wo ich ihn aufbauen soll, dann mache ich das."

„Ist das dein neuer Truck, Oliver?", fragt Herr Whitlow, der ehemalige Anwalt der Stadt. „Ganz schön auffällig. Fast schon blendend."

„Er ist nicht für mich", erkläre ich.

„Er ist für einen glücklichen Gewinner hier in der Stadt", sagt der Lkw-Fahrer. „Ich würde ihn ja selbst gern gewinnen. Wette, dass der sich richtig gut fährt."

Herrn Whitlows Augenbrauen schnellen nach oben, fast bis zu seinem kahlen Kopf. „Ach ja? Das ist ja ein ziemlich großzügiger Preis für ein Kaffeehaus. Ihr müsst wirklich finanzkräftige Investoren haben und ein starkes Interesse daran, jegliche Konkurrenz auszustechen."

Ich werfe einen Blick auf das Second Chance Café. Was muss Marlowe denken? Sie hat sich gerade erst eine neue Kaffeemaschine gekauft, um mit uns mitzuhalten, und jetzt kommen wir mit einem nagelneuen, glänzenden roten Pick-up-Truck daher, um sie zu übertrumpfen?

Das Spielfeld ist für sie plötzlich zu einer steilen Felswand geworden, die sie erklimmen muss.

„Hören Sie, ich glaube, hier liegt ein Missverständnis vor. Ich habe das alles nicht bestellt", sage ich, während der Lkw-Fahrer beginnt, die Räder des Trucks zu entriegeln, um ihn von der Rampe auf die Straße zu rollen.

„Jemand hat mir gesagt, Sie seien Oliver Langdon?", ruft jemand von hinten und ich drehe mich um. Eine weitere Lieferantin, die ebenfalls ein Klemmbrett in der Hand hält.

„Bin ich", antworte ich mit einem ungutenGefühl und unterschreibe ein weiteres Lieferformular. „Und was ist das hier?"

„Der rote Teppich, die VIP-Absperrungen und ein ganzer Schwung neuer Uniformen, laut dieser Liste hier", antwortet sie. „Wo soll ich alles abladen?"

„Am besten direkt in Ihrem Van lassen", antworte ich.

Sie lacht herzhaft. „Ich mag Ihren Stil, Oliver Langdon. Haben Sie eine Hintertür? Ich könnte alles dort abstellen."

Ich nicke langsam. „Klar. Dort drüben." Ich deute auf eine Gasse, ein paar Gebäude weiter.

„Alles klar. Einen schönen Tag noch."

„Äh… danke auch so", murmele ich.

„Aber sicher doch." Sie steigt wieder in ihren Van und fährt langsam um den Lkw und den Lieferwagen der Banner-Leute herum, bevor sie in die Gasse einbiegt.

Während der Van davon rollt, sehe ich Marlowe auf der anderen Straßenseite. Ihr Gesichtsausdruck ist mehr als nur verwundert. Ich gehe um den Lkw herum und warte, bis der zäh fließende Verkehr vorbeizieht – alle fahren besonders langsam, um einen besseren Blick auf das Spektakel vor Steamy Coffee werfen zu können.

Was muss sie nur denken?

„Marlowe!", rufe ich und winke ihr zu.

Doch ihr Blick ruht nicht länger auf mir. Mit verschränkten Armen starrt sie auf das halb aufgehangene Banner, das gerade über dem Eingang angebracht wird. Darauf steht zu lesen: *Trink und Gewinn! Hol dir den besten Kaffee der Stadt und ergreif die Chance, einen neuen Truck zu gewinnen!*

Ein eiskaltes Gefühl kriecht mir den Rücken hinauf.

„Marlowe!", rufe ich noch einmal. „Lass mich das erklären."

„Erklären? Was genau, Oliver?", ruft sie zurück.

Genervt von den im Schneckentempo fahrenden Autos trete ich kurzerhand mit ausgestreckten Händen vor einen Wagen und eile über die Straße zu ihr. Eine Hupe ertönt.

Ich erreiche sie und sage hastig: „Ich habe das alles nicht bestellt. Du musst mir glauben."

„Also willst du mir erzählen, dass dieser grellrote Pickup-Truck einfach so vom Himmel gefallen ist und genau vor deinem Café in der Hauptstraße gelandet ist?"

„So ist es nicht."

„Ach nein? Weil es von meinem Standpunkt aus genau so aussieht. Abgesehen von dem ‚vom Himmel gefallen'-Teil natürlich."

„Marlowe."

Sie hebt eine Hand, um mich zum Schweigen zu bringen. „Du kannst die Schuld auf wen du willst schieben, denn ich bin mir ziemlich sicher, dass du das nicht selbst verantworten wirst, nicht nachdem... sich die Dinge... zwischen uns entwickelt haben. Aber eins musst du wissen, also hör gut zu: Das war eine Kriegserklärung."

„Krieg? Komm schon. Es ist nur ein dämlicher Truck, den irgendjemand aus der Zentrale hergeschickt hat. Das muss keinen Krieg bedeuten."

„Komisch. Genau so fühlt es sich aber an. Nur dass ich keine Konzernzentrale habe, die mir einen Truck schicken kann. Oder einen roten Teppich ausrollt. Oder sonst irgendwas."

Ich drehe mich um und sehe, dass tatsächlich gerade ein roter Teppich vor dem Eingang von Steamy Coffee ausgerollt wird – samt goldenen Absperrseilen, die an goldenen Statuetten hängen, die verdächtig nach übergroßen Oscars aussehen. Naomi steht am Ende des roten Teppichs und sieht genauso verwirrt aus wie ich. Als sie meinen Blick trifft, formt sie mit den Lippen lautlos die Worte: „Was zur Hölle?"

Ich habe gerade keine Zeit, Naomi zu antworten. Ich muss Marlowe besänftigen.

Doch als ich mich wieder zu ihr wende, ist sie bereits verschwunden.

Kapitel 21

Marlowe

Ich kann es nicht fassen. Das übertrifft wirklich alles, was ich bisher je erlebt habe. Die Dreistigkeit dieses Mannes! Seine schamlose manipulative Arroganz! All die süßen Worte darüber, dass unsere beiden Cafés friedlich nebeneinander existieren könnten, all das Flirten mit seinen verdammten Augen und diesem irritierend attraktiven Lächeln – dem Lächeln, von dem ich jetzt weiß, dass es nichts weiter als selbstgefällig, arrogant und überlegen ist. Und dann sein heroischer, beschützender Auftritt, als Mike hier war, bei dem er so tat, als wäre er mein Schein-Freund – während er die ganze Zeit über diese riesige Werbeaktion geplant hat, die das Second Chance komplett aus dem Rennen werfen wird. Und nicht irgendeine Werbeaktion. Oh nein. Eine protzige Hollywood-Aktion, bei der jemand einen brandneuen Truck gewinnen kann. Einen Truck!

Stupid Coffee trifft es wirklich.

Wenn das kein riesengroßer Apfelkuchen mitten ins Gesicht ist, dann weiß ich auch nicht. Und ich bin diejenige, die mit Kuchen im Gesicht dasteht, weil ich geglaubt habe, Oliver würde mich als irgendetwas anderes sehen, als nur seine Geschäftsrivalin, die verzweifelte Frau, die ihn brauchte, um so zu tun, als wäre er ihr Freund, damit ihr Ex sie endlich in Ruhe lässt.

Mein ganzer Körper glüht vor Scham.

Ich dachte wirklich, dass er mehr für mich empfinden könnte, dass er dasselbe fühlt wie ich. Oder fühlte. Diese naiven Mittelstufen-Gefühle verschwinden gerade mit Lichtgeschwindigkeit in meinem Rückspiegel, so viel steht fest.

Ich stürme durch das Second Chance, meine Wut sprüht förmlich Funken und ich ziehe einige Blicke auf mich. Wahrscheinlich kommt mir sogar Dampf aus den Ohren wie bei einer Zeichentrickfigur, aber im Moment ist es mir egal, wer mich so sieht. Ich bin wütend. Mit einem riesigen W.

Ich reiße die Tür zur Küche auf und beginne auf und ab zu laufen, während meine Wut in mir wächst wie ein Ballon in einem Raum voller Kakteen. Ich warte nur auf das unausweichliche Platzen, auf das komische „Pfff", mit dem die Luft entweicht. Nur fühlt sich das hier alles andere als komisch an.

Tante Lisa blickt vom Herd auf, wo sie gerade Speck

brät. „Du siehst aus, als würdest du gleich explodieren, Süße. Was ist los?"

„Ich wusste, dass ich ihm nicht vertrauen kann. Ich wusste, dass das alles nur heiße Luft ist. Er ist der klassische Konzern-Typ, der genau weiß, was er sagen muss, um zu bekommen, was er will, aber es gibt null Ehrlichkeit. Null Integrität. Absolut gar nichts!"

„Ich könnte fragen, von wem du redest, aber ich bin mir ziemlich sicher, dass ich die Antwort bereits kenne."

„Du wirst nicht glauben, was er jetzt getan hat", rege ich mich auf und marschiere weiter auf und ab. „Er hat eine Werbeaktion gestartet, bei der jemand einen neuen Truck gewinnen kann. Einen *Truck*, Tante Lisa!" Ich stemme die Hände in die Hüften. „Wie sollen wir da jemals mithalten können?"

Sie legt den brutzelnden Speck auf einen Teller und dreht sich zu mir um. „Das können wir nicht. Punkt."

„Ganz genau. Wir können keinen Truck verschenken. Wir könnten nicht einmal ein Spielzeugauto verschenken, geschweige denn dieses glänzend neue Modell, das er da draußen auf der Straße stehen hat. Und dass ich jemals denken konnte, er wäre ein guter Kerl, als er hergekommen ist und unsere Kaffeemaschine repariert hat. Das war doch nur ein Ablenkungsmanöver, um uns von seiner Fährte abzulenken! Und ich sag dir eins: Seine Fährte stinkt."

„Bist du sicher, dass er die Maschine wirklich repariert hat? Oder hat er vielleicht etwas daran manipuliert, damit sie bald ganz kaputtgeht?"

Wir tauschen einen Blick und marschieren gemeinsam aus der Küche – schnellen Schrittes.

Valentina schaut von der Theke auf, ein Lächeln auf den Lippen und ein Milchkännchen in der Hand. „Alles in Ordnung?"

„Funktioniert die Maschine?", fragt Tante Lisa.

Valentina gießt perfekt aufgeschäumte Milch in zwei Tassen. „Aber klar. Und der Kaffee schmeckt super. Soll ich dir einen machen?"

„Ich glaube, Marlowe braucht gerade keinen Koffein-Schub", antwortet Tante Lisa für mich.

Ich zwinge mich zu einem angespannten Lächeln. „Tante Lisa hat recht. Aber danke, Val. Mach weiter so."

Ich war paranoid und dumm. Oliver hat die Maschine tatsächlich repariert. Punkt.

„Er hat sie wahrscheinlich aus Schuldgefühlen repariert, weil er genau wusste, was er hinter unserem Rücken tat", zischt Tante Lisa leise.

Ich öffne den Mund, um etwas zu erwidern, als Valentina salutiert. „Klar. Diese hier sind für deine Eltern." Sie hebt die Tassen hoch, bereit zum Servieren.

„Meine Eltern sind hier?" Meine Augen huschen durch das Café, bis sie auf Mama und Papa treffen. Mein Herz zieht sich kurz freudig zusammen. Genau jetzt, wo ich sie am meisten brauche, sind sie hier. „Ich bringe sie rüber."

Valentina reicht mir die Tassen. „Es hätte keinen besseren Zeitpunkt geben können, dass die Maschine endlich vernünftig läuft, wo doch die Premiere ansteht. Oliver ist echt ein toller Kerl."

Tante Lisa runzelt die Stirn.

„Darüber tagt die Jury noch", murmele ich, obwohl ich genau weiß, dass die Jury ihn längst für schuldig befunden und zu lebenslänglicher Haft verurteilt hat.

Ich gehe mit den Kaffees zum Tisch meiner Eltern.

„Marlowe!" Papa steht auf und zieht mich in eine Umarmung.

„Vorsicht, Papa. Ich habe heißen Kaffee in den Händen", erinnere ich ihn und stelle die Tassen auf den Tisch.

„Sehen die nicht fantastisch aus? Ich bin so froh, dass deine Maschine endlich funktioniert", sagt Mama.

Ja, aber zu welchem Preis?

„Kannst du dich ein bisschen zu uns setzen?", fragt sie.

„Ja, Kürbis, ruh dich einen Moment aus", sagt Papa und ich bemerke, wie sich meine Eltern einen besorgten Blick zuwerfen.

Ich lasse mich auf einen freien Stuhl fallen, als hätte ich plötzlich Bleigewichte in den Taschen – oder besser gesagt: Olivers neueste Machenschaft.

„Mmmh. Dieser Cappuccino ist köstlich, Kürbis", sagt Papa und grinst mich mit einem Milchschaum-Bart an.

„Schatz, du hast da etwas Milch", sagt Mama und deutet auf seine Oberlippe.

„Ich dachte, es könnte die Stimmung etwas auflockern", erwidert er. „Ihr wisst schon, mit allem, was gerade so los ist." Er deutet wenig subtil auf die andere Straßenseite.

„Ihr habt den Truck also gesehen", sage ich niedergeschlagen.

Mama legt eine Hand auf meine. „Er ist schwer zu übersehen, Schatz", sagt sie in diesem beruhigenden Tonfall, den ich so sehr liebe. Den Tonfall, den ich nach Streitereien mit Freunden, Trennungen von Jungs oder aufgeschlagenen Knien kenne. Den Tonfall, den sie zwei Wochen lang ununterbrochen benutzt hat, als ich in die Stadt zurückgekehrt bin, nachdem mein Leben in Seattle in die Brüche ging.

„Ich weiß nicht, was ich dagegen tun soll."

„Die Leute in dieser Stadt werden auf so etwas übertriebenes nicht hereinfallen", sagt Mama. „Die Einwohner von Hunter's Creek sind bodenständig. Wir sind einfache Leute, gute Leute. Wir alle lieben das Second Chance. Sie werden nicht auf Steamy Coffees neuesten Trick hereinfallen, der die Leute dazu bringen soll, ihr schreckliches Essen zu essen, während diese spärlich bekleideten jungen Leute sich sexy angrinsen."

„Was für spärlich bekleidete junge Leute?", fragt Papa.

„Die auf den Bildern. Die, über die dein Bruder spricht, als wären es Kunstwerke oder so etwas in der Art. Was sie nicht sind. Es sind lediglich Bilder von jungen Leuten, die zu wenig Kleidung tragen."

„Ach, stimmt ja. Die hübsche Dame und der halb nackte Mann im Flanellhemd. Da hast du recht, diese Bilder mag er wirklich", stimmt Papa zu.

„Ist ja fantastisch, dass Onkel Brian so viel Zeit bei Steamy Coffee verbringt, das er deren Bilder bemerkt", rege ich mich auf.

"Weißt du, die Tatsache, dass sie einen Truck verschenken müssen, um Leute anzulocken, sagt schon einiges aus", meint Papa.

„Genau. Du bist gut in den Dingen, die wirklich zählen: gutes Essen und jetzt auch guter Kaffee. Hochwertiger Kaffee. Die Leute brauchen keinen Schnickschnack und große Preise. Sie wollen eine ordentliche Mahlzeit oder einen Snack in einer angenehmen und einladenden Atmosphäre mit Menschen, die sie kennen und lieben. Stimmt's nicht, Schatz?"

„Deine Mutter hat Recht", sagt Papa bestimmt.

Ich kaue auf meiner Unterlippe, während ich meinen Blick zur Straße wende. Sie mögen ja vielleicht Recht haben, aber jetzt, wo die Lieferwagen weg sind, kann ich buchstäblich Menschenmassen sehen, die in Olivers Café ein- und ausgehen.

Ich erkenne einige von ihnen als Einheimische, aber viele sind Auswärtige, die wegen der Filmpremiere hier sind. Das sind Kunden, die eigentlich bei uns sein, unser

Essen essen und uns helfen sollten, die Kosten für die neue Kaffeemaschine wieder reinzuholen.

„Er spielt ein doppeltes Spiel, dieser Oliver Langdon", sagt Tante Lisa, als sie an unseren Tisch tritt. „Erst bringt er einen dazu zu denken, er sei ein guter Kerl, und dann zieht er so eine Nummer ab."

„Bist du sicher, dass Oliver dahintersteckt? Er leitet das Café hier zwar, aber trifft er auch alle Entscheidungen?", fragt Mama.

„Natürlich trifft er alle Entscheidungen", fauche ich. „Glaub bloß nicht, dass er das nicht tut. Seine Mutter führt die gesamte Kette. Er war wahrscheinlich sogar bei dem Meeting dabei, als sie entschieden haben, wie sie hier in Hunter's Creek als klare Gewinner dastehen."

„Das ist doch nur eine vorübergehende Sache. Die Leute werden kurz begeistert sein von der Idee, einen Truck zu gewinnen, bis ihnen klar wird, dass das Essen hier einfach viel besser ist. Und jetzt, wo du Kaffee hast, der genauso gut ist wie ihrer, gibt es wirklich nichts, was dich aufhalten kann." Mama schenkt mir ein aufmunterndes Lächeln, aber ich fühle mich alles andere als optimistisch. „Außerdem ist heute Abend deine erste Abend-Öffnung. Das ist doch aufregend."

Ich stöhne. Das Abendessen.

„Ich hoffe nur, dass jetzt niemand absagt", sagt Tante Lisa. „Truck-Mania. Das ist, was auf uns zukommen wird. Sie werden alle völlig verrückt danach sein."

„Niemand wird absagen", sagt Mama bestimmt. „Warum sollten sie? Ihr bietet Abendessen an und habt eine Band. Was haben die?"

„Einen brandneuen Truck, Mama." Mein Ton ist so bitter wie die dunkelste Kaffeeröstung.

Die Tür zum Café schwingt auf und zum zweiten Mal

heute marschiert Bürgermeister Garcia herein, diesmal in Begleitung von Frau Thompson.

„Marlowe Cole? Wo ist Marlowe Cole?", ruft er laut.

Ich habe fast ein bisschen Angst zu antworten. Stattdessen hebe ich langsam meine Hand in die Luft. „Ich bin hier, Herr Bürgermeister."

„Im Kreise ihrer Familie", sagt er theatralisch, während er mit ausgebreiteten Armen auf unseren Tisch zukommt.

Dieser Mann gehört wirklich auf eine Bühne.

„Du wirst jede Unterstützung brauchen, die du bekommen kannst, insbesondere jetzt, wo sie die Einsätze so drastisch erhöht haben."

„Wovon redest du, Gary?", fragt Papa. Mein Vater ist mit Gary Garcia damals zur Schule gegangen. Er nennt ihn nie „Herr Bürgermeister".

„Von diesen Hochstaplern natürlich!", erklärt er voller Inbrunst. „Diesem großen, gesichtslosen, städtischen Konzern, der dabei ist, das Herz und die Seele unserer Stadt zu zerstören."

Meine Eltern sehen verwirrt aus.

„Steamy Coffee", klärt Frau Thompson auf.

„Habt ihr gesehen, dass sie jetzt einen Truck verlosen?", fragt Tante Lisa.

„Wer verlost einen Truck?", fragt Fleur McFarland, eine Kundin am Nebentisch.

„Diese schreckliche Kette da drüben auf der anderen Straßenseite", antwortet Tante Lisa und ich bemerke, wie Fleur und andere Kunden sich zum Fenster wenden.

„Es ist abscheulich, hinterhältig, eine Taktik wie aus einem Orwell-Roman!", empört sich Tante Lisa weiter.

„Ich bin mir nicht sicher, ob es sich dabei wirklich um Orwellsche Methoden handelt, Lisa", korrigiert sie Papa.

„Es ist furchtbar. Das ist es!", entgegnet sie mit einem stechenden Blick. „Und das Geschäft deiner Schwester, das Geschäft, das deine Tochter gerade für sie führt, ist in ernsthafter Gefahr. Ernsthaft, sage ich!"

Fleur und ihre Freundin Emily stehen auf und machen sich auf den Weg zur Tür. Sie werfen mir entschuldigende Blicke zu, als sie meinem Blick begegnen.

„Wir… wir müssen los. Ich werde im Revier gebraucht und Emily muss zurück ins Büro", sagt Fleur, während sie an mir vorbei und aus dem Café hinaus gehen.

Ich sehe zu, wie sie und andere Kunden zu Steamy Coffee hinüber eilen, um sich den Truck anzusehen.

Vielen Dank auch, Oliver.

„Ihr solltet euch unserer Kundgebung anschließen", sagt der Bürgermeister zu meiner Tante. „Morgen früh, direkt vor der Filmpremiere. Wir demonstrieren um Punkt 9:15 Uhr vor ihrem Laden. Sogar ein Reporter aus Cotown kommt."

„Wir haben Protestschilder und alles! Und mein Neffe Lucas hat versprochen, uns in seinem Podcast zu erwähnen", fügt Frau Thompson stolz hinzu.

„Ich werde da sein", verkündet Tante Lisa mit entschlossener Miene.

„Aber Tante Lisa, das ist unsere Hauptgeschäftszeit!", protestiere ich, während sich meine Brust vor Angst zusammenzieht. „Ich brauche dich hier, um das Essen für die Kunden zuzubereiten, die uns treu geblieben sein werden."

„Kunden? Schau dich doch um, Marlowe", sagt Tante Lisa, und mir fällt auf, dass nur noch eine einzige Person im Café sitzt. „Wir haben keine Kunden. Außer Iris Henshaw, und das nur, weil sie fast taub ist und gar nicht mitbekommen hat, was sie da drüben verpasst. Es wäre viel effektiver, dieses Café für ein paar Stunden zu schließen und ein Zeichen zu setzen."

„Deine Tante hat recht. Du musst dich uns anschließen. Schließlich tun wir das alles für dich", erklärt der Bürgermeister.

Ja, ich bin wütend auf Oliver. Wütend und verwirrt. Einen Moment lang ist er wunderbar und ich stelle mir eine Zukunft mit ihm vor, und im nächsten Moment veranstaltet er ein solch übertriebenes Gewinnspiel, dass er all unsere Kunden – bis auf eine – abgeworben hat.

Selbst wenn er nichts von der Aktion gewusst haben mag, wie er behauptet, hat er auch nichts unternommen, um sie zu stoppen.

„Wach auf, Marlowe", sagt Bürgermeister Garcia und reißt mich aus meinen Gedanken. „Das Second Chance wird das erste Geschäft sein, das fällt, und dann kommen all die großen Kettenläden nach Hunter's Creek und saugen unserer Stadt ihren Charakter aus. Wir werden wie jede andere Stadt in Washington sein. Niemand wird mehr hierher zu Besuch kommen und niemand wird hier noch Filme drehen wollen."

Tante Lisa, Frau Thompson und sogar meine Eltern brechen in spontanen Applaus aus.

„Gut gesagt, Gary", lobt Mama.

„Du hast seit dem Redewettbewerb in der sechsten Klasse wirklich Fortschritte gemacht", bemerkt Papa.

Ich seufze niedergeschlagen und blicke über die Straße zu Steamy Coffee. Oliver steht draußen, er hat mir den Rücken zugewandt, während er mit jemandem spricht, der auf einer Leiter steht.

Etwas in meiner Brust verhärtet sich.

Ich werde ihn auf keinen Fall gewinnen lassen. Ich habe mich einmal von seinen süßen Worten und heißen

Blicken täuschen lassen. Doch ich werde nicht zulassen, dass er diesen Kampf gewinnt – oder diesen Krieg.

Ich richte meinen Blick auf die erwartungsvollen Gesichter um mich herum und finde den Bürgermeister in der Menge.

„Ich bin dabei."

Kapitel 22

Oliver

„Chaos" beschreibt die letzten paar Stunden nicht mal annähernd. Von der Anlieferung des Trucks, über das riesige Banner für die Eingangstür, den roten Teppich, den neuen Mitarbeitern, bis hin zu der Flut von Kunden, die durch die Tür strömen, war es eine endlose To-do-Liste. Wenn ich keinen Rückzugsort in Form meines Büros im hinteren Teil des Ladens hätte, wo ich mir gerade ein paar Minuten Ruhe gönne, wäre ich wahrscheinlich schon durchgedreht.

Ich halte mein Telefon fest in der Hand, als es beginnt die Verbindung aufzubauen. Mit den Fingern trommele ich in einem gleichmäßigen Rhythmus auf meinem Holzschreibtisch, während es zwei, drei, vier, fünf Mal klingelt. Schließlich, nach dem sechsten Klingeln, nimmt sie ab.

„Oliver, kann das nicht warten? Ich bin gerade mitten in einer Sache", begrüßt mich meine liebreizende Mutter.

Ich spanne den Kiefer an. „Tatsächlich, Mutter, kann es nicht warten."

„Wirklich, Oliver, ich bin gerade mit etwas Wichtigem beschäftigt."

„Mutter, ich muss mit dir reden", erwidere ich mit stählerner Stimme.

Sie stößt einen resignierten Seufzer aus. „Was gibt es? Kannst du dich kurzfassen?"

„Das hängt davon ab. Kannst du einen knallroten Truck und eine Menge neuer Mitarbeiter umgehend wieder abholen lassen?"

„Also ist alles angekommen? Gut."

„Nein, nicht *gut*. Ich habe nichts davon bestellt. Ich wusste nicht einmal von diesem verschwenderischen Gewinnspiel."

„Es ist nicht verschwenderisch. Wir können es uns leisten."

„Ich glaube, die meisten Leute würden es als verschwenderisch bezeichnen, wenn ein Café einen brandneuen, top ausgestatteten Truck verlost, Mutter."

Sie lacht leise, als hätte ich etwas Amüsantes gesagt und nicht einfach eine Tatsache festgestellt. „Du warst zu lange in dieser Kleinstadt, Oliver. Du hast den Blick fürs Wesentliche verloren. Es ist nur ein hässlicher Pick-up-Truck."

Ich umklammere mein Telefon fester und unterdrücke ein Knurren. Knurren würde nichts bringen, nicht bei

Melody Langdon. Ich weiß das. Ich habe viel persönliche Erfahrung gesammelt mit dem, was sie als „unangemessene emotionale Ausbrüche" bezeichnet, meistens als ich ein Kind war, aber auch als Erwachsener, wenn wir uns uneinig waren.

„Hör zu. Ich befinde mich in einer heiklen Position mit den Leuten hier in der Stadt und möchte nichts tun, was das gefährden könnte. Dass du diese ganze Aktion ohne mein Wissen organisiert hast, wird nicht gut ankommen."

„Eine heikle Position? Was genau meinst du damit? Und wenn du mir jetzt sagst, dass das etwas mit dem hübschen jungen Ding zu tun hat, das das Kaffeehaus gegenüber führt, dann sage ich dir direkt: Damit stößt du bei mir auf taube Ohren. Wir lassen unsere Gefühle nicht das Geschäft beeinflussen. Das ist eine ganz einfache Regel, Oliver, und ich hätte gedacht, dass du sie mittlerweile verstanden hättest."

„Es hat alles mit Marlowes Café zu tun. Wir haben Frieden geschlossen. Ich habe ihr gesagt, dass wir koexistieren können. Wir bieten unterschiedliche Dinge an und keiner von uns muss den anderen aus dem Geschäft drängen."

„Warum solltest du so etwas sagen?"

„Weil es die Wahrheit ist."

Sie lacht wieder, diesmal mit einem schärferen Unterton. „Mein lieber Junge, wir teilen nicht gern. Das weißt du."

„Aber andere unabhängige Cafés haben auch überlebt, als wir eröffnet haben. Nicht viele, das gebe ich zu, aber einige mit einer starken Kundenbasis. Also warum nicht auch das Café in Hunter's Creek?"

„Weil es direkt gegenüber von dir gelegen ist, deswegen. Wir wollen nicht, dass die Leute denken, sie hätten eine Wahl. Wir wollen, dass sie das Steamy Coffee-Logo sehen und denken: ‚Ich kenne diese Marke, ich vertraue dieser Marke, und da es hier keine andere Option gibt, kaufe ich meinen Kaffee hier.' Es ist ganz einfach."

„Wir haben bereits mehr als genug Markenbekanntheit. Es geht hier darum, das Richtige zu tun, Mutter. Wir kommen hier ganz gut klar. Wir können mit dem Second Chance koexistieren."

„Du hast Gefühle für sie", stellt sie trocken fest.

Das überrascht mich.

„Sie ist ein guter Mensch."

Eine Frau, mit der ich zwar nur so tue, als wäre ich mit ihr zusammen, aber mit der ich wirklich zusammen sein möchte. Diesen Teil spreche ich nicht laut aus. Meine Mutter hält mich sowieso schon für einen Versager und ehrlich gesagt vermittelt die Situation zwischen Marlowe und mir nicht gerade den Eindruck, dass ich ein entschlossener Geschäftsmann bin, der weiß was er will.

„Sie ist schön", sagt meine Mutter.

„Darum geht es hier nicht."

„Ich weiß. Es geht offenbar darum, das Richtige zu tun. Komisch nur, dass du nicht so einen Aufstand gemacht hast, als wir letzten Mai in Springfield eröffnet haben."

Ich presse die Lippen zusammen. Als wir in Springfield eine Filiale eröffneten, musste deswegen ein kleines unabhängiges Café schließen. Ich fühle mich immer schlecht, wenn so etwas passiert. Aber meine Mutter? Manchmal frage ich mich, ob sie nicht eine perverse Freude dabei empfindet, wenn wir gewinnen.

„Oliver, mein Rat an dich ist, diese Frau und ihren kleinen Laden zu vergessen. Es gibt noch viele andere hübsche junge Dinger, mit denen du spielen kannst, mein lieber Junge."

Meint sie das Ernst?

„Marlowe Cole ist kein ‚hübsches junges Ding', wie du

es so charmant ausdrückst, Mutter und ich ‚spiele' nicht mit ihr. Sie ist eine kluge Frau, die versucht, in einer Kleinstadt ein Geschäft zu führen."

„Bist du dir da sicher? Von meinem Standpunkt sieht es so aus, als hättest du dich ziemlich in diese Marlowe Cole verschossen."

„So ist es nicht, Mutter", halte ich mit angespannter Stimme dagegen.

Obwohl es genau so ist. Ich bin in Marlowe „verschossen" und ich will ihr nicht wehtun. Ich habe den Ausdruck in ihrem Gesicht gesehen, als sie den Truck, den roten Teppich und den ganzen Trubel in sich aufgenommen hat. Wir hatten eine Art gemeinsamen Nenner gefunden, uns darauf geeinigt, wie wir in dieser Stadt koexistieren können. Ich glaube, ich hatte sogar ihr Vertrauen gewonnen.

Ich weiß, dass sie mich mochte.

Und jetzt? Jetzt wird sie denken, dass das alles nur ein perfider Plan war, um ihr Vertrauen zu gewinnen und ihr dann den Boden unter den Füßen wegzuziehen.

Ich schließe die Augen, während sich ein unangenehmes Gefühl in mir breitmacht.

„Halt dich an den Plan, Oliver, und wir kommen alle gut aus dieser Sache heraus." Ihre Stimme hat nun eine unmissverständliche Schärfe.

„Nicht alle."

„Ich bin nicht dorthin gekommen, wo ich heute bin, indem ich mich von hübschen Gesichtern ablenken ließ. Um im Leben erfolgreich zu sein, musst du dich an erste Stelle setzen. Robert hat das verstanden. Robert hat Ergebnisse geliefert – bis er eine Frau sein Urteilsvermögen trüben ließ."

Robert Langdon, der Schutzheilige von Steamy Coffee. Wir sollten nach Rom reisen und ihn heiligsprechen lassen.

„Ich werde mir dein Gejammer jetzt nicht mehr länger anhören. Du hast die Möglichkeit, aus diesem Standort einen echten Erfolg zu machen, indem du die Tatsache nutzt, dass morgen die Filmpremiere stattfindet. Eine Menge Augen werden auf diese kleine Stadt gerichtet sein, die du scheinbar so sehr liebst. Enttäusch mich nicht."

Es gibt kein Durchkommen zu meiner Mutter. Es ist, als hätte sie jegliche Empathie, die sie je besessen hat, chirurgisch entfernen lassen und stattdessen durch Härte und Stahl ersetzt.

Doch was noch schlimmer, viel schlimmer ist, ist, dass sie glaubt, die Geschichte würde sich wiederholen. Dass ich in Roberts Fußstapfen treten werde und meine Gefühle für jemanden meinen Job gefährden lasse.

Ich kann ihr das nicht antun. Sie mag eine harte, kompromisslose Chefin sein, aber sie ist auch meine Mutter. Und sie leidet.

„Ich werde das Gewinnspiel durchziehen", sage ich mit einem resignierten Seufzer.

„Mach mich stolz."

Ich lasse den Kopf hängen. Sie hätte genauso gut sagen können: *Mach mich so stolz, wie ich es auf deinen Bruder bin.* Denn genau so fühlt es sich an. Sie testet mich, um zu sehen, ob ich seinen Platz einnehmen kann – sowohl in der Firma als auch in ihrem Herzen.

Die Verbindung wird getrennt, bevor ich eine Chance habe zu antworten, denn sie weiß bereits, was ich antworten werde. Ich habe keine andere Wahl, als die Werbeaktion durchzuziehen. Ich muss zulassen, dass sich die Dinge so entwickeln, wie sie es tun werden.

Aber ich schulde es Marlowe wenigstens, mich zu entschuldigen.

Ich werfe einen Blick auf die Uhr auf meinem Handy. Es ist nach vier, ihr Café wird bereits geschlossen sein. Ich weiß, dass sie heute Abend ihr neues Abendessen-Angebot einführen, weil ich dafür eine Reservierung habe. Nur bin ich mir jetzt nicht mehr sicher, ob ich auch hingehen sollte.

Wie würde sie es aufnehmen? Würde sie es als das sehen, was es ist – mein Versuch, sie in ihrer neuen Unternehmung zu unterstützen?

Ich atme tief durch. Es wäre naiv von mir, das zu glauben, nach allem, was heute passiert ist.

Aber ich muss sie sehen. Ich muss ihr erklären, dass ich diese Werbeaktion nicht geplant habe, dass ich sie aber durchziehen muss.

Ich kann nur hoffen, dass sie tief in ihrem Herzen einen Weg finden kann, mir zu vergeben.

Kapitel 23

Marlowe

Ich tue mein Bestes, nicht zu Steamy Coffee hinüberzusehen, während ich ein letztes Mal alles für unsere allererste Abendöffnung durchgehe. Es ist praktisch unmöglich, das riesige beleuchtete Schild und den noch riesigeren glänzend roten Truck zu übersehen, der wie eine Provokation direkt auf der anderen Straßenseite steht.

Niemand in der Stadt konnte ihn übersehen und unsere Nachmittagsgäste haben über nicht viel anderes gesprochen. Unsere gebrauchte Kaffeemaschine fühlt sich im Vergleich dazu wie eine völlige Amateurlösung an – was sie natürlich auch ist. Eine Maschine, die bereits reparaturbedürftig geliefert wurde, kann niemals mit einem solchen Lockangebot wie diesem Truck konkurrieren. Nicht in einer Million Jahren.

„Wann sollen wir mit unserem ersten Set beginnen?", fragt Ivy. Sie trägt ein schwarzes, funkelndes Cocktailkleid, das ihre wunderschöne Haut betont, ihr blondes Haar fällt in weichen Wellen über ihre Schultern.

„Ivy, du siehst umwerfend aus", sage ich zu ihr.

„Ich fühle mich nicht umwerfend. Mir ist ganz schlecht. Ich bin ein absolutes Nervenbündel."

„Du wirst fantastisch sein", versichere ich ihr. „Du vergisst, dass ich dich schon live gesehen hab. Du bist großartig."

Außerdem: *Bitte lass mich jetzt nicht im Stich.*

Ihre angespannte Miene entspannt sich zu einem Lächeln. „Meinst du wirklich?"

„Ich weiß es."

„Danke. Weißt du, Ryn beschwert sich immer, dass du eine übermäßig bossige große Schwester bist, die ihr ständig Vorschriften macht, aber ich finde dich toll."

Das klingt ganz nach Ryn.

„Äh, danke?", antworte ich.

„Schönes Kleid übrigens."

Ich werfe einen Blick auf mein smaragdgrünes Kleid mit dem ausgestellten Rock, der bis zu meinen Knien reicht, es hat einen tiefen V-Ausschnitt und Flügelärmel. Ich hatte es für ein Abendessen mit Mike gekauft, voller Freude, es im Ausverkauf bei Nordstrom gefunden zu haben. Ich habe es seitdem nicht mehr getragen, aber ich dachte, es wird Zeit, die Geister der Vergangenheit loszulassen und neue Erinnerungen in diesem Kleid zu schaffen. Neue, positive, wunderbare Erinnerungen.

„Wenn ihr fertig seid, sehen wir uns wieder hier um 19:30 Uhr?", frage ich.

„Oh, ich bleibe hier. Ich habe ein Date."

Ich hebe überrascht eine Augenbraue. Ryn hatte mir erzählt, dass Ivy mal für ihren Freund Gabe geschwärmt hat – was etwas unangenehm wurde, als Ryn endlich erkannte, dass sie selbst in ihn verliebt ist. Ich bin froh zu hören, dass Ivy darüber hinweg ist.

„Wer ist der Glückliche?", frage ich, während ich meine Augen über den Raum schweifen lasse, um sicherzugehen, dass alle Tische ordentlich gedeckt sind, mitsamt Teelichtern und kleinen Vasen mit Wildblumen, die Harper und Christopher heute Nachmittag für uns gepflückt haben.

„Adam Wilson."

„Der Adam Wilson, mit dem du zur High-School gegangen bist, der jetzt im Sägewerk arbeitet?"

„Jepp. Er hat mich seit der zehnten Klasse fast jeden Monat gefragt, ob ich mit ihm ausgehen möchte und ich habe entschieden, diesmal ja zu sagen. Ich meine, es ist ja nicht so, als würden die Männer Schlange vor meiner Tür stehen."

Ist das wirklich ein guter Grund, dem Kerl eine Chance zu geben?

Ich zwinge mich zu einem Lächeln. „Adam ist ein Glückspilz."

Oder ein Mitleids-Date.

Eine Gruppe von Leuten erscheint an der Tür und ich werfe einen Blick auf die Uhr über den Bücherregalen.

Es ist Zeit, zu öffnen.

„Alle bereit? Unsere ersten Gäste sind da", sage ich mit einem Anflug von Nervosität.

Es hängt viel von diesem Abend ab.

„Janelle und ich warten auf die ersten Bestellungen",

ruft Tante Lisa aus der Küchentür. „Wir schaffen das, Marlowe."

„Ich war von Geburt an bereit, Schwesterherz, genau wie mein Schatz hier", sagt Ryn und legt ihren Arm um Gabes breite Schultern. Er ist viel größer als sie, was sie schief und albern wirken lässt. Aber er grinst sie an, als wäre sie das Beste seit der Erfindung von Eiscreme.

„Ich bin so froh, dass du hier bist, Gabe. Ich wüsste nicht, wo ich mit den Cocktails anfangen sollte", sage ich zu ihm.

„Du brauchtest den Besten der Stadt und Gabe ist der Beste. Stimmt's, Schatz?", schnurrt Ryn.

„Ich kann nicht einfach jedem erzählen, dass ich der Beste bin", protestiert er. „Das würde mich wie einen totalen Idioten dastehen lassen."

„Nun, du *bist* der Beste", erwidert sie mit Liebe in den Augen. „All die Jahre als Barkeeper im ‚Schwarzbär' waren nur das Training für diesen Moment."

„Ich dachte, du meinst etwas anderes", erwidert er mit einem schelmischen Augenzwinkern.

Ich erschauere. Ich muss das nicht mit anhören. Und mal ehrlich – wer braucht schon verliebte Paare direkt vor seiner Nase, wenn man selbst auf direktem Weg ins ewige Single-Dasein marschiert und der einzige Mann, der in letzter Zeit irgendwie mein Interesse geweckt hat, sich als aalglatter Doppelagent entpuppt, der das Café meiner Tante aus dem Geschäft drängen will?

Ich ganz sicher nicht, so viel steht fest.

„Und ich bin auch bereit", bestätigt Valentina mit einem breiten Lächeln, während sie sich an dem improvisierten Empfangspult neben mir postiert. Mein Vater hat es aus Holzresten aus dem Sägewerk zusammengezimmert. Es erfüllt seinen Zweck und wirkt definitiv rustikal, ein

Aussehen, das mehr aus Not heraus als absichtlich entstanden ist.

Ich straffe die Schultern, um meine Entschlossenheit zu festigen. Ich will nicht lügen, der heutige Tag war hart. Aber heute Abend wird anders sein. Er muss anders sein.

„Okay", sage ich so optimistisch wie möglich. „Lasst uns die Türen öffnen und unsere hungrigen Gäste will-kommen heißen. Viel Glück, Leute."

„Wir brauchen kein Glück, Schätzchen. Es wird alles wunderbar laufen", sagt Tante Lisa mit einem entschlos-senen Kopfnicken.

Oh, wie sehr ich hoffe, dass sie recht hat.

Ich begrüße unsere ersten Gäste, die – wenig überra-schend – meine Familie sind. Mama, Papa, Harper und Christopher, alle gekommen, um mich bei meinem neuen Vorhaben zu unterstützen. Sie sind begeistert und voller Vorfreude, und ich setze sie an einen Tisch am Fenster, das wir am Nachmittag nach Ladenschluss mit Lichterketten geschmückt haben. Sobald es dunkel wird, wird der gesamte Raum in warmem Licht erstrahlen. So schön.

Nach und nach strömen die Gäste herein und bald ist das Café bis auf einen einzigen Tisch voll besetzt.

„Wer hat den letzten Tisch reserviert?", frage ich Valentina.

Sie fährt mit dem Finger über die heutige Seite des nagelneuen Kalenders, den ich extra für die Eröffnung gekauft habe, und bleibt schließlich beim letzten Namen der Reservierungen für heute Abend hängen: Herr Blaine.

„Ich kenne niemanden mit diesem Nachnamen."

„Dann ist er wohl jemand von außerhalb", sagt sie. „Ohhh, vielleicht ist er ein Filmstar und ist schon frühzeitig für die Premiere angereist, benutzt aber ein Pseudonym, damit niemand ihn erkennt!"

„Wer auch immer er ist, er ist drei Minuten zu spät."

Kaum habe ich die Worte ausgesprochen, geht die Tür auf, und unser mysteriöser Gast tritt in einer Welle aus Regen und kalter Luft ein. Wir beobachten, wie er seinen Schirm ausschüttelt und ihn sorgfältig zu den anderen in den Ständer stellt, den wir eigens für diesen Zweck aufgestellt haben.

Dann dreht er sich zu uns um und mir fällt die Kinnlade auf unser hölzernes Empfangspult herunter.

„Guten Abend, Marlowe. Valentina", sagt er völlig gelassen, als hätte er nicht den Nachmittag über eine Marketingaktion ins Leben gerufen, die sehr wohl das Ende des Second Chance bedeuten könnte.

Ich bin zu fassungslos, um zu sprechen. Die Dreistigkeit dieses Kerls!

„Oh, hey, Oliver", sagt Valentina unbekümmert, da sie keine Ahnung hat, wie manipulativ und skrupellos dieser Mann wirklich ist.

Ich hingegen schon. Ich weiß es. Und er ist die letzte Person, die ich heute hier haben will.

„Was machst du hier?", frage ich mit rasiermesserscharfer Stimme.

„Ich bin zum Abendessen hier", antwortet er, als sei es das Normalste auf der Welt, als hätte er mich nicht gerade in unserem besonderen Schachspiel schachmatt gesetzt.

Aber wahrscheinlich gehört das bei seinem Job bei Steamy Coffee einfach dazu und ist nichts Besonderes. Wir sind nur seine neuesten unglücklichen Opfer.

„Ich habe unter dem Namen *Blaine* reserviert. Ich hab angenommen, du hättest dir denken können, dass das meine Reservierung ist."

„Wie um alles in der Welt hätte ich das erkennen sollen?", zische ich und mustere ihn dabei. Statt seiner üblichen Jeans trägt er heute eine elegante dunkle Anzugshose, sein sonst schlichtes T-Shirt wurde durch ein hellblaues Hemd ersetzt, das unverschämt gut zu seinem Teint passt. Seine Bomberjacke hat er gegen ein dunkelblaues Sakko eingetauscht, und der Gesamteindruck ist ein Mix aus urbanem Stil und Wohlstand.

„Rick Blaine", sagt er schlicht und mit einem unangenehmen *Geräusch* fällt der Groschen auf den Holzboden.

Rick Blaine. Humphrey Bogarts Charakter in *Casablanca*.

Ich starre ihn an. „Du hast meine Liebe zu diesem Film ausgenutzt, um dir eine Reservierung zu sichern?"

Er runzelt die Stirn. „Bin ich dir damit irgendwie zu nahe getreten?"

Ich stemme die Hände in die Hüften. „Das kannst du gerade nicht ernst meinen."

Valentina merkt, dass ich kurz davor bin, die Beherrschung zu verlieren, und versucht zu schlichten. „Hey, Oliver. Es war wirklich nett von dir, unsere Kaffeemaschine zu reparieren. Sie funktioniert jetzt absolut einwandfrei. Hat Marlowe dir das schon gesagt?"

„Gern geschehen, Valentina. Das war das Mindeste, was ich tun konnte."

„Oh ja, das kannst du laut sagen", murmele ich bissig.

Valentina wirft mir einen überraschten Blick zu, bevor sie sich wieder Oliver zuwendet. „Bist du mit jemandem verabredet?"

Das wäre wirklich noch die Krönung. Ich würde es dem Kerl aber durchaus zutrauen.

„Nein. Also … äh … ich bin allein hier", antwortet er etwas unbehaglich. „Ein Tisch für eine Person."

Ha! *Ich wette, du fühlst dich gerade ziemlich unbehaglich, mein Freund. So unbehaglich wie eine Katze, die versucht sich in einen Hundezwinger zu schleichen.*

„Und für wen ist die da?" Valentina deutet auf etwas in seiner Hand. Ich lasse meinen Blick nach unten wandern,

um zu sehen, was sie meint. „Oder läufst du standard-
mäßig mit einer Blume durch die Gegend?"

Er taucht in dem Laden, den er ruinieren will, mit
einer… einer einzelnen langstieligen roten Rose auf?

Was für eine Art Monster ist dieser Kerl? Ein manipu-
latives, verwirrendes, absolut unverzeihliches und frustrie-
rend attraktives Monster. So sieht es aus.

Ich öffne gerade den Mund, um ihn genau das zu
fragen, als er etwas tut, womit ich am allerwenigsten
gerechnet hätte.

Er reicht mir die Rose. „Für dich, Marlowe."

Ich blicke von der Blume, in sein Gesicht und dann zu
Valentina. Sie nickt mir zu, als Zeichen, dass ich sie
annehmen soll. Als ich die Rose in die Hand nehme, steche
ich mich direkt an einem kleinen Dorn.

Warum überrascht mich das nicht?

Valentina stupst mich mit ihrem Arm an. „Du solltest
ihm danken", flüstert sie mir zu.

„Klar. Danke, Oliver", murmele ich und meine es kein
Stück ernst.

„Ich hatte gehofft, dass du dich vielleicht zu mir setzen
würdest, wenn du Zeit hast", sagt er. „Aber ich verstehe,
wenn du das jetzt eventuell nicht mehr tun möchtest,
nachdem … du weißt schon."

Ich presse die Lippen zusammen. Natürlich weiß ich
was er meint. Die ganze Stadt weiß Bescheid. Aber gerade
jetzt, wo das Café voller Leute ist, werde ich unsere Eröffnung nicht ruinieren, indem ich das tue, was ich in Wirklichkeit nur zu gern mit seiner Rose machen möchte –
nämlich sie ihm in seinen verlogenen Mund stopfen.

Ich weiß. Es ist nicht unbedingt die feine Art. Aber ich
bin gerade nicht wirklich in der Stimmung für
Nettigkeiten.

„Ich bringe dich gerne zu deinem Tisch, wenn du möchtest, Oliver", bietet Valentina an.

„Danke, gerne. Ich hoffe, wir können später noch reden?", sagt er zu mir.

Ich schnaube abfällig. Ich habe null Interesse daran, mit ihm zu reden.

Valentina geht los, aber Oliver bewegt sich nicht.

„Tatsächlich gibt es etwas, worüber ich mit dir reden wollte und ich würde es wirklich gerne jetzt tun", sagt er und zieht sein Handy aus der Tasche.

Ich blicke auf sein Handy. „Hast du eine Rede vorbereitet?"

„Ich dachte, das wäre am Besten."

Ich schüttele den Kopf. „Nein, danke."

„Du willst also nicht hören, was ich zu sagen habe?"

Ich verschränke die Arme vor der Brust. „Genau."

„Kannst du es dir stattdessen durchlesen?" Er reicht mir sein Handy. Ich nehme es und lege es auf das Empfangspult.

„Siehst du nicht, dass ich beschäftigt bin?"

„Es wird nur ein paar Minuten dauern. Bitte, Marlowe."

„Nicht hier. Heute Abend ist zu wichtig für uns."

„Wenn nicht hier, würdest du dann kurz mit mir raus kommen?"

Ich verenge die Augen. „Warum?"

„Ich will dir alles erklären."

Ich lache trocken. „Das glaube ich sofort."

„Bitte?"

Ich werfe einen Blick nach draußen. Die Sonne ist noch nicht untergegangen, aber der Regen fällt jetzt dichter als zuvor. „Draußen ist es nass", stelle ich ausdruckslos fest.

„Wir könnten drüben reden. Ich habe den Laden früher geschlossen und alle nach Hause geschickt."

„Warum, wo du doch diese tolle neue Werbeaktion laufen hast?"

Meine Stimme trieft vor Sarkasmus. Sie trieft, wurde darin eingelegt, paniert und nochmal darin frittiert.

„Ich könnte dir einen Kaffee machen?", bietet er an und ein winziger Funke von Ehrlichkeit blitzt in seinen Augen auf, der mein Herz berührt und mich an den Mann erinnert, den ich dachte, zu kennen. Den Mann, den ich küssen wollte.

Meine Entschlossenheit gerät ein kleines bisschen ins Wanken. Vielleicht hat er wirklich gute Absichten? Vielleicht muss er wirklich mit mir reden? Um es mir zu erklären.

Das ist mit Sicherheit mein Herz, das gerade zu mir spricht. Aber mein Verstand weiß es besser und schreit mich an Oliver nicht eine Sekunde lang weiter zuzuhören. Ich habe heute Abend einen Job zu erledigen. Verantwortung zu tragen. Ich kann nicht einfach so mit ihm verschwinden und in sein angeblich geschlossenes Café gehen, ein schneller Blick auf die andere Straßenseite zur dunklen Filiale von Steamy Coffee hin, bestätigt mir, dass er immerhin in dieser einen Sache die Wahrheit sagt.

Aber die Sache ist die: Wenn man einmal auch nur einen flüchtigen Blick auf eine Person erhascht hat, die man wirklich mag, eine Person verpackt in einer Oliver Langdon-Hülle, und man die Art von Mann gesehen hat, von der man immer geträumt hat, dann wird das Herz jedes Mal gewinnen.

Kapitel 24

Oliver

Ich will ehrlich sein. Ich bin überrascht, dass Marlowe mit mir über die Straße gegangen ist. Überrascht und erfreut. Sie war drüben im Café so wütend, dass ich halb erwartet habe, dass sie mich rausschmeißt und verkündet, dass ich für sie gestorben bin. Oder etwas ähnlich Dramatisches.

Ich kann es ihr nicht verdenken. Natürlich nicht. Wie könnte ich? Sie kennt nicht alle Fakten. Für sie bin ich ein hinterhältiger Idiot, der ihr das eine sagt und dann das genaue Gegenteil tut.

Ich bin einfach nur dankbar, dass ich die Gelegenheit habe, die Dinge richtigzustellen.

Ich schließe die Vordertür auf und wir gehen hinein. Ich taste in der Dunkelheit herum, bis ich einen der Lichtschalter finde, sofort werden die Fotos des jungen sexy Paares beleuchtet, die den Raum in ein grelles Licht tauchen.

„Müssen die uns unbedingt zusehen?", fragt Marlowe, ihre Stimme durchtränkt mit Irritation.

„Ich kann sie ausschalten. Gib mir einen kurzen Moment." Ich fummele an den Schaltern herum, bis ich die Abendbeleuchtung finde. Die Wandlampen leuchten auf, sowie die Leuchtstreifen unter der Theke und über den Kunstwerken − das Licht ist sanft. Fast romantisch. Aber heute Abend wird es keine Romantik geben. Zumindest nicht zwischen Marlowe und mir, egal wie sehr ich es mir auch wünschen mag. Das ist geradezu schmerzhaft offensichtlich.

„Also? Worüber willst du reden?" Marlowe hat die Arme vor der Brust verschränkt und funkelt mich an. Doch trotz ihrer Wut fällt es mir schwer, meinen Blick von ihr abzuwenden. Selbst in ihrem unverhohlenen Zorn ist sie atemberaubend schön. Ihr Kleid lässt sie feminin und anmutig wirken, die grüne Farbe bildet einen perfekten Kontrast zu ihrem kastanienbraunen Haar, das ihr in langen Wellen über die Schultern fällt.

Aber so wunderschön sie auch gerade ist, ich habe einiges wiedergutzumachen.

„Ich muss erklären, was passiert ist—", beginne ich, doch sie unterbricht mich sofort.

„Meinst du, als du das riesige, superunauffällige Banner über die Verlosung über deinem Kaffeehaus angebracht hast? Oder als der rote Teppich ausgerollt wurde? Oder als der riesige Lkw auftauchte und die Hauptstraße blockierte?"

„Er hat die Hauptstraße nicht blockiert."

Warum sage ich das überhaupt?

„Wie auch immer, Oliver", presst sie als Antwort hervor.

„Ich verstehe es. Du bist sauer."

Sie stemmt die Hände in die Hüften. „Schau an, wer hier Bonuspunkte für seine Beobachtungsgabe absahnt. Gut gemacht, Oliver. Aber du hast vergessen zu erwähnen, dass du ein ziemlich verwirrender Kerl bist. Einmal bist du der nette Kerl von Nebenan, reparierst unsere Kaffeemaschine und spielst den Helden vor Mike, indem du vorgibst, mein fester Freund zu sein, um mir zu helfen. Und am nächsten Tag ziehst du diese neue Nummer mit dem Auto-Gewinnspiel durch, ohne mir etwas zu sagen."

„Es waren ein paar turbulente Tage."

„Turbulent?"

„Wenn du mich nur erklären lassen würdest—"

„Ist das ein normales Verhalten für dich? Verbringst du deine Zeit gerne damit, deine Konkurrenz zu manipulieren, ihnen falsche Hoffnungen zu machen und dann den Boden unter ihren Füßen wegzuziehen?"

„Manipulieren?"

„Wie würdest du es sonst nennen?"

Ich öffne den Mund, um zu antworten, als ein metallisches Geräusch ertönt, als würde ein Riegel vor eine Zellentür geschoben werden. Ich blicke alarmiert auf.

„Was war das?", fragt Marlowe und sieht sich im Laden um.

„Ich weiß es nicht. Es klang, als käme es von der Vordertür, aber da ist niemand." Ich gehe zur Tür und werfe einen Blick nach draußen. Die Straßenlaternen sind mittlerweile angegangen, geparkte Autos säumen die

Straße, und aus dem Second Chance höre ich Musik und Gelächter. Aber sonst ist niemand zu sehen.

Ich überprüfe die Tür. Sie ist abgeschlossen.

Seltsam. Ich erinnere mich nicht daran, sie wieder abgeschlossen zu haben, als wir hereinkamen.

Dann beginnt es mir zu dämmern.

„Das neue Alarmsystem. Es wurde aktiviert, weil wir außerhalb der Geschäftszeiten hereingekommen sind."

„Es gibt keinen Alarm, Oliver."

„So funktioniert das System nicht. Es gibt keinen eigentlichen Alarm. Es verriegelt einfach alles und sendet eine Nachricht, dass jemand hier ist."

Sie hebt eine Augenbraue. „Um die Bösewichte zu erwischen?"

„Genau."

„Kannst du nicht einfach einen Code eingeben oder ein paar Knöpfe drücken, um es auszuschalten?"

„Nein, kann ich nicht."

„Warum nicht?"

Ich verziehe den Mund. Marlowe sieht mich erwartungsvoll an, als würde sie darauf warten, dass ich dieses neue Rätsel löse. Aber das Problem ist: Ich kann dieses spezielle Rätsel nicht lösen. Ich habe nicht das richtige Werkzeug dazu. „Ich, äh, kenne den Code nicht."

Sie lacht scharf und bitter zugleich auf. „Du willst mir sagen, dass der Chef dieses Ladens nicht weiß, wie sein eigenes Sicherheitssystem funktioniert?"

„Genau das will ich dir sagen."

„Sehr glaubwürdig, Oliver", spottet sie. Sie mustert mich misstrauisch, als hätte ich das alles hier absichtlich inszeniert, um mit ihr allein zu sein.

Obwohl ich wirklich gerne mit ihr allein wäre – aus anderen Gründen als nur, um zu erklären, was heute genau passiert ist –, hätte ich nicht die geringste Ahnung, wie man so etwas einfädeln würde.

Ich meine, ich kann ja nicht mal das Sicherheitssystem bedienen.

Ein Gedanke kommt mir. „Naomi weiß, wie es funktioniert. Sie war hier, als es installiert wurde."

„Meinst du die Naomi, die gerade im Second Chance ein leckeres Essen mit ihren Freunden genießt?"

„Ah."

„Kannst du nicht jemand anderen anrufen? Es muss doch bestimmt mehr als nur eine Person unter deinen Angestellten geben, die wissen, wie die Alarmanlage zu bedienen ist, da der Chef selbst ja ahnungslos zu sein scheint."

„Warum bin ich da nicht selbst drauf gekommen?"

„Sag du es mir, Sherlock."

„Das Problem ist, dass ich es nicht kann. Ich habe mein Handy nicht. Du hast es mir im Second Chance abgenommen, erinnerst du dich?"

„Willst du mir jetzt dafür die Schuld in die Schuhe schieben? Technisch betrachtet hast du es mir gegeben, damit ich irgendeine Rede lesen kann."

„Ja, aber dann hast du es auf dein komisches Pult-Ding gelegt, anstatt es mir zurückzugeben, als du nicht lesen wolltest, was ich vorbereitet habe."

„Es tut mir so leid, Oliver. Ich wusste nicht, dass wir dein Handy brauchen würden, weil dein dämliches Sicherheitssystem uns hier einsperren würde. Dumm von mir, ich weiß."

Ihre Worte werden langsam in meinem Gehirn verarbeitet. Wir sind zusammen im Café eingesperrt. Allein.

Ein ganzer Cocktail an Emotionen kocht in meiner Brust hoch.

„Was ist mit deinem Handy?", frage ich.

Sie beginnt langsam mit den Händen ihre Oberschenkel entlang zu fahren und meine Augen folgen der Bewegung. Es sieht ziemlich sexy aus und für einen Moment frage ich mich, was sie da macht, aber ich habe absolut nichts dagegen.

Als sie kurz über ihren Knien angekommen ist, hält sie inne. „Keine Taschen", sagt sie.

„Taschen. Klar." Ich räuspere mich.

„Beim nächsten großen Event im Café meiner Tante, wie zum Beispiel der Einführung einer Abendöffnung mit Live-Band, werde ich sicherstellen, dass ich etwas mit Taschen trage, damit ich mein Handy immer dabei habe. Besonders, wenn du in der Nähe bist."

„Du musst nicht gleich sarkastisch werden."

„Es ist, wie es ist, Oliver Langdon."

„Hat dir schon mal jemand gesagt, dass du ganz schön temperamentvoll sein kannst?"

„Hat dir eigentlich schon mal jemand gesagt, dass du ein…", sie sucht nach einer passenden Beleidigung, „ein… *Mann* bist?"

Ich kann nicht verhindern, dass meine Lippen zucken, aber es kostet mich eine gewaltige Anstrengung, nicht zu grinsen. Irgendetwas sagt mir, dass ein Grinsen in diesem Moment mein Todesurteil wäre.

„Was ist mit einem Festnetztelefon?", fragt sie.

„Das hier sind nicht die 1990er."

„Wir haben eins."

„Schön für euch."

„Musst du so unhöflich sein?"

„Ich bin nicht unhöflich", protestiere ich, obwohl ich ein wenig unhöflich bin.

„Wie kommen wir hier wieder raus?" Sie stapft zur Vordertür und rüttelt daran. Die Tür bewegt sich keinen

Zentimeter. Sie ist so fest verschlossen wie eine Gefängnis-zelle. „Es gibt doch eine Hintertür, oder?"

„Ja, aber die wird auch abgeschlossen sein."

Sie rauscht voller Wut an mir vorbei und ich rufe ihr hinterher: „Wohin gehst du?"

„Meine bisherigen Erfahrungen mit dir zeigen mir, dass ich verrückt wäre, dir einfach zu glauben, Oliver. Also werde ich es selbst überprüfen."

Ich kann ihr nicht widersprechen. Die Situation sieht für mich gerade nicht gut aus, selbst wenn ich weiß, dass die negativen Seiten nicht meine Schuld sind.

Sie verlässt den Raum und ich höre, wie sie an der Hintertür rüttelt. Natürlich geht sie nicht auf. Ich kenne vielleicht den Code für das System nicht, aber ich weiß zumindest, was es tut und das wir hier eingesperrt sind wie zwei Raubkatzen in einem Käfig.

„Ich hab's dir gesagt. Wir sind eingesperrt", rufe ich ihr nach.

Sie taucht wieder auf, ihr Gesicht angespannt. „Ich muss hier raus."

„Ich arbeite daran."

„Ach ja? Weil es für mich so aussieht, als wäre die einzige Person, die uns helfen kann, Naomi. Und die sitzt gerade beim Abendessen mit Live-Musik, das mindestens noch eineinhalb Stunden dauern wird. Nicht, dass es eine Rolle spielen würde, denn du hast ja sowieso keine Möglichkeit, sie zu erreichen."

Ich zucke resigniert mit den Schultern. „Das fasst die Situation ziemlich gut zusammen."

Als Chef sollte ich den Code kennen und wissen, wie das System zu bedienen ist. Aber bei all dem Chaos der letzten Tage ist mir das völlig entgangen, und ich habe mich darauf verlassen, dass Naomi die Kontrolle darüber hat.

Marlowe beginnt, auf und ab zu laufen, als wäre sie eine der eingesperrten Raubkatzen – denn wahrscheinlich fühlt sie gerade genau so. „Ich kann es nicht fassen, Oliver. Das ist unser großer Eröffnungsabend, das erste Mal, dass das Second Chance zum Abendessen geöffnet hat. Wir haben alles gegeben. Wir haben ein tolles neues Menü, eine Band, einfach alles. Wir haben alle so hart dafür gearbeitet." Sie lässt sich gegen die Wand fallen, die Energie scheint aus ihr heraus zu sickern. „Es sollte so großartig werden und ich wollte dabei sein."

Mein Herz zieht sich zusammen, als ich sie so dastehen sehe, mit diesem niedergeschlagenen Ausdruck in ihrem Gesicht.

Und es ist alles meine Schuld.

„Falls es für irgendetwas gut ist – es tut mir leid."

Selbst für meine Ohren klingt das schwach, obwohl es aufrichtig gemeint ist.

Sie hebt den Blick zu mir. „Ich bin mir nicht sicher, ob es dir wirklich leid tut."

„Denkst du, das war alles Teil eines ausgeklügelten Plans, um mit dir allein zu sein?"

Sie seufzt tief und rutscht weiter an der Wand herunter, bis sie auf dem Boden sitzt, die Beine vor sich ausgestreckt. „Ich weiß nicht, was ich denken soll. In einem Moment sagst du, dass wir friedlich koexistieren können, weil unsere Läden unterschiedliche Kunden ansprechen, und bist so nett und... so, und dann im nächsten Moment verlost du einen schicken neuen Truck an irgendeinen glücklichen Gewinner in der Stadt."

„Ich verstehe dich. Ich sehe wirklich nicht gut aus in dieser Geschichte."

„Verzeih mir, wenn es mir schwerfällt, dir zu glauben, was du sagst."

Vorsichtig setze ich mich neben sie auf den Boden und lehne meinen Kopf gegen die Wand. „Das ist fair."

„Ja, das ist es. Das ist so ziemlich das einzig Faire an dieser ganzen Sache."

„Es *tut* mir leid", wiederhole ich, diesmal in einem sanfteren Tonfall, in der Hoffnung, dass sie meine Aufrichtigkeit erkennt. „Ich habe die letzten Stunden gehasst, weil ich mir vorgestellt habe, was du wohl von mir denken musst."

„Ich wette, du kannst es dir mittlerweile denken."

Ich sehe sie an. Sie hat ihren Kampfgeist verloren, wie sie da so zusammengesackt gegen die Wand lehnt, den Kopf zurückgelegt, das Profil ihres Gesichts direkt neben mir.

„Ich wollte mit dir sprechen und dir erklären, was heute passiert ist. Deshalb habe ich eine Rede auf meinem Handy vorbereitet. Deshalb habe ich dich hierhergebracht."

Sie dreht den Kopf zur Seite, um mich anzublicken. „Was gibt es da zu erklären? Du hast eine Sache gesagt und dann das genaue Gegenteil getan. Das ist ziemlich eindeutig meiner Meinung nach."

„Nein. Ich habe eine Sache gesagt, und meine *Mutter* hat eine andere getan."

Ihre Augenbrauen heben sich. „Du gibst deiner Mami die Schuld dafür?"

Ich ignoriere den spöttischen Unterton in ihrer Stimme. „Ich habe 'Mutter' gesagt und das weißt du."

Sie zuckt mit den Schultern. „Haarspalterei."

„Allem voran ist sie momentan meine *Chefin*. Sie hat diese große Werbeaktion genehmigt, von der ich bis heute Nachmittag, als alles plötzlich vor der Tür stand, nichts wusste."

„Nichts?"

„Gar nichts."

Sie starrt an die gegenüberliegende Wand, während sie diese neue Information verarbeitet. Schließlich dreht sie sich zu mir und sagt: „Oliver Langdon, du bist so ein Muttersöhnchen." Die Bitterkeit ist aus ihrer Stimme verschwunden, sie ist jetzt sanfter, neckend – vielleicht sogar ein wenig flirtend?

Flirtend ist wahrscheinlich ein Schritt zu weit gedacht, in der momentanen Situation.

„Ein Muttersöhnchen?", frage ich lachend. Das ist das Letzte, was ich bin – und das Letzte, als was meine Mutter mich sieht. „Nicht wirklich, aber ich möchte, dass du weißt, dass ich es ernst meine mit der Idee, dass wir koexistieren können. Es ist absolut realistisch mit unseren unterschiedlichen Angeboten, besonders jetzt, wo ihr auch Abendessen anbietet, zusätzlich zu Frühstück und Mittagessen. Wir sind eher ein Kaffee-und-Snack-Laden."

„Plastik-Snacks, meinst du wohl."

Ich hebe die Lippen zu einem kleinen Lächeln, als sich unsere Blicke treffen. „Plastik-Snacks."

„Also gibst du es zu", sagt sie und erwidert mein Lächeln mit sanftem Blick.

„Das verlässt diese vier Wände nicht." Ich strecke ihr meine Hand entgegen. Sie nimmt sie und wir schütteln uns die Hände. Es fühlt sich gut an, ihre Hand in meiner zu halten, ihre weiche Haut auf meiner zu spüren. Doch der Moment ist nur von kurzer Dauer, da sie ihre Hand schnell wieder zurückzieht.

Sie presst die Lippen aufeinander und richtet ihren Blick auf ihre Füße. „Du wusstest wirklich nichts von dem Truck und dem Gewinnspiel?"

„Ich wusste wirklich nichts davon."

Sie mustert mein Gesicht. „Okay."

„Danke."

„Wofür?"

„Dass du mir glaubst", sage ich einfach.

„Was soll ich sagen? Ich habe eine Schwäche für Typen, die nicht einmal ihr eigenes Sicherheitssystem bedienen können."

Ich lache auf und fühle mich leichter als seitdem all das heute begonnen hat. „Hätte ich das gewusst, hätte ich damit eröffnet."

Ihre Gesichtszüge sind entspannt und ihre vollen Lippen formen ein flüchtiges Lächeln.

„Ich muss dir allerdings sagen, dass das Gewinnspiel weiterläuft. Gesetzlich muss es das, jetzt, da es beworben wurde. Ich möchte ehrlich mit dir sein. Ich möchte, dass du mir vertraust, dass es keine weiteren Überraschungen geben wird, auch wenn ich weiß, dass diese Truck-Sache dir überhaupt nicht hilft."

„Eigentlich hilft es."

Ich weiß, dass sie sich nicht mehr auf das Gewinnspiel bezieht. Sie meint mich und die Tatsache, dass ich sie mit meinen Worten nicht absichtlich getäuscht habe.

„Keine weiteren Überraschungen?", fragt sie.

„Keine weiteren Überraschungen."

Sie presst die Lippen aufeinander.

„Unsere beiden Geschäfte können friedlich koexistieren. Ich werde dafür sorgen", sage ich.

„Dir ist schon klar, dass die Leute in Scharen hierherkommen werden, um die Chance zu nutzen, diesen Truck zu gewinnen. Wer auch immer euer Marketing macht, weiß ganz genau, wie sehr die Leute hier einen guten Pickup-Truck zu schätzen wissen, selbst wenn die Farbe für die meisten etwas zu gewagt ist."

„Du magst das Rot nicht?"

„Es geht nicht darum, was ich mag, sondern darum, was die Kerle da draußen mögen."

„Ich glaube, die Farbe wurde gewählt, weil die Hälfte der Einwohner hier fast täglich rot karierte Flanellhemden trägt."

„Sie mögen vielleicht rote Hemden, aber keine roten Fahrzeuge. Sie bevorzugen eher schwarze oder graue Autos, die praktisch und pflegeleicht sind. Die nicht so oft gewaschen werden müssen."

„Schade. Dann muss ich den roten Truck wohl selbst fahren."

Sie lacht auf und es endet in einem Schnauben. „Ich kann mir dich nicht in einem Truck vorstellen."

„Warum nicht?"

„Du bist zu sehr Großstädter."

„Hey! Willst du damit etwa andeuten, dass ich nicht hart genug wäre? Denn ich sage dir, ich bin definitiv hart genug, um diesen Truck zu fahren."

„Ach ja?"

„Ja, wirklich."

Ihr wunderschönes Gesicht ist von einem strahlenden Lächeln erleuchtet und es berührt mich. Tief. Es wäre so einfach, meine Hände um ihr Gesicht zu legen, sie näher an mich zu ziehen und meine Lippen sanft auf ihre zu legen.

Einfach, aber wahrscheinlich ausgeschlossen.

Kapitel 25

Marlowe

So nah beieinander zu sitzen, dass sich unsere Beine fast berühren könnten, und Olivers Blick auf mir zu spüren – als würde er weniger an unseren Streit denken und mehr an uns – versetzt meinen Körper in höchste Alarmbereitschaft. Mein Herz trommelt gegen meinen Brustkorb und diese verdammten, winzigen Vögel in meinem Bauch flattern wild mit ihren Flügeln, als wären sie auf einem Taylor Swift-Konzert.

Als ich in seine sanften braunen Augen blicke, ist sein Gesicht von dem Lächeln gezeichnet, das mir jedes Mal die Knie weich werden lässt, will ein Teil von mir einfach in seine Arme fallen. Einfach dort weitermachen, wo wir beim Sommerfest aufgehört haben.

Doch Olivers Worte hallen in meinem Kopf wider. *Ich muss dir allerdings sagen, dass das Gewinnspiel weiterläuft.* Das Gewinnspiel, das unsere Kunden in Scharen zu *Steamy Coffee* locken wird. Das Gewinnspiel, gegen das wir einfach nicht ankommen können.

Das ist die bittere Wahrheit.

Am Ende ist es egal, ob Oliver das Ganze inszeniert hat oder jemand anderes. Wir haben einen Teddybären zu einem Messerkampf mitgebracht, unsere große Investition in eine gebrauchte Kaffeemaschine ist dagegen wie ein Tropfen Milch in Olivers Meer von Kaffee. Es gibt einfach keine Möglichkeit, wie wir da mithalten könnten. Und wenn die Stadt sich morgen für die Filmpremiere mit Besuchern füllt, weiß ich genau, wohin sie gehen werden. *Spoiler-Alarm: Es wird nicht das Second Chance sein.*

„Marlowe?", fragt Oliver sanft, seine Stimme trägt nicht dazu bei, dass die zu Taylor Swift tanzenden Vögel sich beruhigen. Langsam streckt er die Hand aus und nimmt meine. Nicht wie zuvor, als wir uns die Hände gaben. Diesmal fühlt es sich anders an. Persönlich.

Intim.

„Können wir jetzt wieder Freunde sein? Ich könnte den Gedanken nicht ertragen, dass du dort drüben im *Second Chance* wärst und immer noch wütend auf mich bist."

„Ich bin nicht wütend auf dich. Ich bin—"

Mein Kopf geht die morgen anstehenden Ereignisse durch. Olivers Gewinnspiel. Die Filmpremiere.

Die Kundgebung.

Ich reiße meine Hand zurück, als hätte ich mich verbrannt.

„Was ist los?", fragt er verwirrt.

Ich verändere meine Position, sodass ich mit einer Schulter gegen die Wand lehne und ihn ansehe. Das muss richtig angegangen werden. „Ich muss dir etwas sagen und es wird dir nicht gefallen."

„Ich bin mir sicher, so schlimm wird es schon nicht sein."

„Es ist nicht großartig – aber du sollst wissen, dass ich das nicht geplant habe. Ich hatte nichts damit zu tun. Aber da wir uns auf keine Überraschungen mehr geeinigt haben, solltest du Bescheid wissen."

Er lächelt. „Okay."

„Die Sache ist die: Morgen soll eine Kundgebung stattfinden."

„Eine Kundgebung? Worum geht es?"

„Um dich. Na ja, nicht direkt um dich – eher um *Steamy Coffee*."

„Moment mal. Sagst du mir gerade, dass du an einem Protest gegen mein Café beteiligt bist?"

„Ich habe es nicht organisiert. Es wurde mir vorge-schlagen."

„Aber du hast zugestimmt?"

„Als ich zugesagt habe, dachte ich, du hättest diese ganze Werbeaktion geplant, um uns aus dem Geschäft zu drängen. Ich war wütend und verletzt und verwirrt. Deshalb habe ich dem Bürgermeister zugesagt."

„Warte. *Dem Bürgermeister?*"

„Bürgermeister Garcia organisiert die Protestkundge-bung. Sie findet morgen früh um 9:15 Uhr vor *Steamy Coffee* statt."

Seine Stirn ist gerunzelt, als könnte er nicht begreifen, was ich ihm gerade erzähle. Ich kann es ihm nicht verübeln. Es ist nicht alltäglich, dass der Bürgermeister einer Kleinstadt gegen eine Café-Kette protestiert. Jedenfalls nicht in Hunter's Creek.

„Ich weiß, es klingt verrückt, aber er ist Mitglied der Historischen Gesellschaft. Sie legen großen Wert darauf, die traditionellen Aspekte der Stadt zu bewahren, und dazu gehört natürlich das *Second Chance Café*. Nicht nur, weil es sich in einem historischen Gebäude befindet—"

„*Steamy Coffee* ist ebenfalls in einem historischen Gebäude untergebracht."

„Ja, aber es ist neu in der Stadt und steht für all das, was die Historische Gesellschaft hasst: Neue, große Ketten, die nicht lokal sind."

Er lässt seinen Kopf mit einem deutlich hörbaren *plonk* gegen die Wand fallen.

„Ich fühle mich schrecklich deswegen. Deshalb warne ich dich vor."

Er richtet seine Aufmerksamkeit wieder auf mich. „Das muss keine Warnung sein. Du kannst es absagen. Sag dem Bürgermeister, dass du die Sache nicht unterstützt, denn wenn du es nicht unterstützt, dann gibt es auch keinen Grund für den Protest. Es betrifft doch vor allem dich, oder?"

„Schon." Ich knete meine Hände in meinem Schoß. „Zuerst habe ich ihm gesagt, dass ich nicht mitmache."

„Und dann?" Als ich nicht sofort antworte, ergänzt er: „Lass mich raten. Dann wurde der Truck angeliefert und du hast rot gesehen."

„Ich mag, wie du das formuliert hast." Ich stupse ihn sanft am Arm an und versuche ein Lächeln.

Es kommt nicht gut an.

„Okay, um ganz ehrlich zu sein, ich habe ihnen bereits grünes Licht gegeben. Sie haben Schilder und alles. Sie sind total begeistert von der Idee."

Seine Gesichtszüge sind angespannt. „Verstehe."

„Es tut mir leid. Wie du sagtest, ich habe rot gesehen."
Ich schaue auf meine ineinander verschlungenen Hände,
während Reue und Scham in mir brodeln.

„Ich wünschte, du hättest mir vertraut", sagt er.

„Das wünschte ich auch."

Wir sitzen schweigend da, mein Herz schmerzt. Hätte
ich vorher gewusst, dass Oliver das Gewinnspiel nicht
selbst geplant hat, hätte ich dem Bürgermeister niemals
zugesagt. Zwischen uns ist etwas, das mich immer wieder
zu ihm zurückzieht, obwohl ich ihn vermutlich eigentlich
hassen sollte.

Aber ich kann es nicht länger leugnen.

Ich will mit Oliver zusammen sein. Ich will, dass er mir
gehört.

Ich hebe den Kopf, sehe ihn entschlossen an. „Ich
werde versuchen, es zu stoppen. Ich werde mein Bestes
geben. Du hast mein Wort."

„Aber es ist der Bürgermeister", erwidert er mit einem
ungläubigen Lachen.

„Ich bin sicher, ich kann ihn zur Vernunft bringen. Ich
werde mit ihm reden, sobald wir hier rauskommen."

„Danke." Er greift erneut nach meiner Hand und
diesmal habe ich nicht vor, sie wegzuziehen.

„Es tut mir leid", flüstere ich.

„Ich bin mir nicht sicher, ob ich jetzt überhaupt noch
hier raus möchte. Was ist mit dir?", fragt er mit atemloser
Stimme. Da ist ein hoffnungsvoller Blick in seinen Augen,
der mein Herz schneller schlagen lässt.

Ich mag heute Abend hierher gekommen sein, um
Oliver meine Meinung zu sagen, aber jetzt will ich ihm so
viel mehr geben.

Ich will ihm *mich* geben.

Die Erkenntnis trifft mich mit der Wucht eines Schlages, der mir den Atem raubt, und als ich schlucke, merke ich, dass mein Mund sich plötzlich trocken anfühlt.

„Ich will auch nicht gehen", sage ich ihm. Ich sehe ihn an und bemerke zum ersten Mal, dass das Braun seiner Augen von goldenen und bronzenen Sprenkeln durchzogen ist. Sein Blick ist weicher geworden, hat aber noch immer diese wachsende Intensität, die mir den Atem raubt.

Ist das der Moment? Ist das der Punkt, an dem das, was zwischen uns seit unserer ersten Begegnung wächst und wächst, endlich zu etwas… wird?

„Ich will, dass wir mehr als nur Freunde sind", raunt er.

Ich schlucke erneut, mein Herz schlägt wie ein auf maximale Geschwindigkeit eingestelltes Schlagzeug. „Das will ich auch."

Er hebt die Hand und legt sie sanft an meinen Hinterkopf, seine Finger versinken in meinen Haaren. Der plötzliche Kontakt seiner Finger mit meinem Nacken schickt ein Zittern durch meinen ganzen Körper und lässt mir den Atem stocken.

„Marlowe", raunt er, seine Stimme tief und voller Verlangen.

Ich atme seinen Duft ein, spüre seinen festen Oberschenkel an meinem, während seine andere Hand sanft meinen Kiefer umfasst und mein Gesicht zu ihm anhebt.

Ein leises, unterdrücktes Stöhnen entweicht meinen Lippen, was ihn nur noch mehr anzuspornen scheint. Behutsam zieht er mich näher zu sich und dann legt er seine Lippen sanft auf meine, in dem wohl meistersehnten Kuss meines Lebens.

Doch wir sind diesem Moment schon mehrfach nahegekommen und diesmal bin ich ungeduldig auf mehr.

Ich lasse meine Finger durch sein kurzes Haar gleiten

und erwidere den Kuss, zuerst vorsichtig, als könnten wir beide kaum glauben, was wir gerade tun. Doch als ich den Kuss vertiefe, zieht er mich noch näher an sich, reißt uns mit in diesen überwältigenden, lang ersehnten Augenblick.

Und oh Mann, dieser Mann küsst mich, als würde er es ernst meinen.

Alle die Wut und der Schmerz, die ich in den letzten Tagen gefühlt habe, verschwinden, weggespült von dem brennenden Bedürfnis, genau so zu bleiben – eng umschlungen, unsere lang unterdrückte Sehnsucht findet endlich eine Stimme.

Und *was für eine Stimme.*

Sein Kuss ist sanft und fordernd zugleich, erfahren und leidenschaftlich. Ich verliere mich darin. Dieser Kuss hat sich lange zwischen uns angebahnt und er ist alles, *alles,* was ich mir erträumt habe.

Seine Finger kitzeln meinen Nacken und ich lasse meine Hände über seinen muskulösen Rücken wandern, spüre die Spannung seiner Muskeln, liebe es, wie er sich unter meinen Fingern anfühlt. Seine Berührungen, sein Duft, seine leisen Worte, die mir zuflüstern, wie wunderschön ich bin, wie sehr er mich begehrt – all das macht diesen Moment nur noch umso unglaublicher.

Ich habe schon vorher Männer geküsst. Viele Male. Angefangen mit Jamie Camden in der Mittelstufe, über meine Jahre des Erwachsenwerdens bis hin zu Mike. Aber Oliver zu küssen ist etwas völlig Neues. Neu und wunderbar und ganz oben auf meiner Liste neuer Lieblingsbeschäftigungen.

Als wir uns schließlich voneinander lösen, blicken wir einander tief in die Augen, beide atemlos. Mein ganzer Körper ist in Alarmbereitschaft und plötzlich verstehe ich, wie ein einziger Kuss dein ganzes Leben verändern kann.

Ein Kuss mit Oliver Langdon.

„Das war—" murmele ich, nicht wirklich gewillt, in Worte zu fassen, wie außergewöhnlich dieser Kuss war.

„Das war es", bestätigt er mit einem Lächeln, das mein Herz zum Schmelzen bringt. „Definitiv besser als zu streiten."

„Aber wir sind so gut im Streiten", halte ich dagegen und erwidere sein Grinsen.

„Ich denke, mit etwas Übung werden wir sogar noch besser im Küssen sein."

„Übung, ja?"

„Oh ja. Jede Menge Übung." Er umschließt mein Gesicht mit seinen Händen und lässt seinen Daumen über meine Wange wandern.

„Ich habe das nicht kommen sehen", sage ich mit bebender Stimme.

„All die aufgestaute Wut zwischen uns – das musste einfach irgendwann raus."

„Meinst du?"

Er haucht mir einen sanften Kuss auf die Lippen und die Intensität dieses Gefühls lässt mich erzittern. „Ich weiß es."

„Ich dachte, wir hassen uns."

„Ich habe dich nie gehasst."

„Nicht mal ein kleines bisschen?", necke ich ihn.

Er lässt seine Finger über die nackte Haut an meinem Arm gleiten und mir läuft ein wohliger Schauer über den Rücken. „Lass mich nachdenken. Ich habe diese Göttin im Bikini am See gesehen und bin direkt zu ihr hingeschwommen, weil ich wusste, dass ich sie kennenlernen muss."

„Ach ja?", frage ich mit einem ausgelassenen Lachen. Denn genau so fühle ich mich. Ausgelassen und leicht und voller Freude und all den schönen Dingen. Ich habe endlich zugelassen, dass ich mich von Olivers Anziehungskraft mitreißen lasse, einer Anziehungskraft, gegen die ich so lange angekämpft habe. Aber ich will nicht mehr gegen sie ankämpfen.

„Gib es zu, du hast damals mit mir geflirtet", sagt er.

„Nein, habe ich nicht."

„Doch, hast du."

„Ich berufe mich auf den fünften Verfassungszusatz."

Er lacht leise, ein Klang, der durch mich hindurch hallt und mein Innerstes zum Klingen bringt. „Beruf dich auf welchen Verfassungszusatz du möchtest, aber ich erkenne Flirten, wenn ich es sehe, und du, Marlowe Cole, hast damals am See mit mir geflirtet. Und als ich dich in deinem Café besucht habe, auch."

„Das war, bevor ich wusste, wer du bist. Gemeißelte Kiefer sind nicht mein Kryptonit, weißt du."

Er fährt mit den Fingern seinen stoppeligen Kiefer entlang und bringt mich zum Lächeln. „Bist du dir da sicher?"

Ich beuge mich vor zu ihm und hinterlasse eine Reihe flüchtiger Küsse entlang seines Kiefers. Als ich seine Lippen erreiche, halte ich inne. Er wartet darauf, dass ich ihn küsse, aber als ich es nicht tue, zieht er mich zu sich und küsst mich stattdessen selbst.

Ich sage dir, daran könnte ich mich wirklich gewöhnen.

„Ich denke, dieser gemeißelte Kiefer hier *ist* deine Kryptonit, und ich für meinen Teil bin mehr als glücklich darüber."

„Das Gespielte wird echt", sage ich lachend.

„Dein Ex wird nicht begeistert sein, aber ich weiß, wer es sein wird."

„Wer?"

„Das Kaiserinnen-Kollektiv."

„Das was?"

„So nenne ich sie – das Kaiserinnen-Kollektiv. Diese neugierigen Damen aus der Stadt, die es lieben, sich in das

Leben anderer einzumischen. Besonders in deins und meins."

„Oh, du meinst das *Hunter's Creek Damen-Komitee*. Frau Jacobson und ihre Truppe."

„Wie wir bereits festgestellt haben, darf ich sie Tanya nennen, weil ich so *besonders* bin in ihren Augen."

Ich stoße ihn spielerisch an. „Das erzählst du mir *jedes* Mal, wenn ich dich sehe."

„Natürlich tue ich das. Was soll ich sagen? Ich habe die ältere Damenwelt dieser Stadt fest im Griff."

Ich kichere. „Sie halten uns sowieso schon für ein Paar. Wegen des Schein-Dates beim Sommerfest, erinnerst du dich?"

„Wie könnte ich das vergessen? Wusstest du, dass ich dich von dem Moment an küssen wollte, als ich dich getroffen habe?", raunt er.

Mein Herz schlägt schneller. „Ich bin froh, dass wir jetzt hier sind."

„Ich auch."

Wir teilen ein albernes Grinsen.

„Also, wie geht es jetzt weiter?", frage ich. „Wir führen konkurrierende Cafés. Du hast dieses Gewinnspiel laufen, das vielleicht das Geschäft meiner Tante endgültig ruinieren könnte, und wenn ich es nicht verhindern kann, wird morgen früh die Kundgebung direkt vor deinem Laden stattfinden."

„Das klingt doch nach einer klassischen Liebesgeschichte. Zwei Menschen, die gegeneinander antreten, aber ihre gegenseitigen Gefühle füreinander nicht leugnen können. Wie in diesem alten Film, *E-Mail für Dich*."

„Ich hoffe nicht."

„Warum? Du würdest eine süße Meg Ryan abgeben."

Ich richte mich auf. „In dem Film gewinnt Tom Hanks' große Buchhandelskette gegen Meg Ryans kleinen, unabhängigen Buchladen – der so charmant und zauberhaft und einfach nur wundervoll war – und verdrängt sie vom Markt. Sie musste den Laden schließen."

„Wie wäre es, wenn wir das Ende umschreiben? Beide unserer Geschäfte überleben und wir sind zusammen. Viel mehr Hollywood als echtes Hollywood."

Ich grinse ihn an. „Ich glaube, die Idee gefällt mir."

„Gut. Dann ist das beschlossen."

Wir teilen ein Lächeln.

„Wenn das Leben doch nur so einfach wäre. Meine bisherigen Erfahrungen sagen mir, dass es das nicht ist."

Sein Lächeln verblasst. „Bisherige Erfahrungen mit Mike?"

Ich schaue zu ihm auf. „Die Dinge laufen meistens nicht so wie in Filmen."

„Aber wir haben doch schon festgestellt, dass das in unserem Fall ganz gut ist, oder?"

„Stimmt."

„Willst du mir davon erzählen?"

Ich kaue auf meiner Unterlippe. Seit ich nach Hunter's Creek zurückgekommen bin, habe ich vermieden, über Mike zu sprechen. Es erinnert mich an das Leben, das ich zurückgelassen habe – mein Leben in Seattle, meine Arbeit, die ich liebte. Aber es erinnert mich auch daran, dass mein Leben eine Farce war, wie respektlos Mike mich behandelt hat und dass es keine Ehrlichkeit in unserer Beziehung gab.

Doch diese Woche kam meine Vergangenheit in die Stadt geschneit und ich konnte ihr nicht aus dem Weg gehen.

„Ich war mit Mike zusammen, bevor ich zurück nach Hunter's Creek gezogen bin. Er war mein Chef."

Oliver zieht scharf die Luft ein. „Nie eine gute Idee."

„Oh, es wird noch schlimmer."

„Hat er dich betrogen?"

Unangenehme Gefühle kriechen mir den Rücken hinunter. „In gewisser Weise, ja."

Oliver zieht mich an sich und ich kuschele mich an ihn. Seine Berührung gibt mir das Gefühl von Sicherheit.

Wie schnell sich die Dinge zwischen zwei Menschen ändern können.

„Du musst nicht darüber reden, wenn du nicht willst. Ich weiß, wie schwer es sein kann, wenn eine Beziehung scheitert."

„Das klingt, als stecke eine Geschichte dahinter."

„Das tut es. Ich war in einer ernsten Beziehung mit einer Frau."

Plötzlich beginnt Angst, wie ein Tischtennisball, um mich herumzuspringen. Bedeutet das, dass das hier für ihn nur eine Ablenkung ist? Eine Affäre?

„Okaaay."

„Wir haben uns vor einer ganzen Weile getrennt."

„Wie lange?"

„Zwei Jahre."

Erleichterung überkommt mich und verscheucht die Angst.

„Ich bin über sie und über das, was sie getan hat, hinweg. Aber damals war es hart. Wirklich hart."

„Das klingt nicht nach einer schönen Geschichte."

„Trennungen sind selten schön. Aber wenn deine Freundin dich nach drei Jahren mit deinem Bruder betrügt, dann bleibst du nicht gerade um dir die Fortsetzung anzusehen."

„Mit deinem *Bruder*?", keuche ich. „Oliver, das ist furchtbar! Es tut mir so leid, dass du das durchmachen musstest." Mein Herz zieht sich für ihn zusammen und ich drücke seine Hand kurz, bevor ich sie an meine Lippen hebe und küsse.

Er zuckt mit den Schultern, aber ich sehe, dass der Schmerz immer noch da ist. „Es ist Vergangenheit."

„Aber es war dein Bruder. Das hat doch langfristige Folgen."

„Ja und nein."

Ich mustere ihn von der Seite. „Was meinst du damit?"

Seine Schultern sacken in sich zusammen. „Robert und ich waren dabei, eine neue Filiale in Jacksonville, Florida, zu eröffnen – der Stadt, aus der meine Ex stammt. Ich wurde für ein anderes Projekt abkommandiert, aber sie entschied sich noch etwas dort zu bleiben und Zeit mit ihrer Familie zu verbringen. Das stellte sich als Euphemismus für ‚mit meinem Bruder schlafen' heraus."

„Ich wette, du hattest den beiden einiges zu sagen."

„Ich konnte es nicht. Jedenfalls nicht zu ihm."

„Warum nicht? Blut mag vielleicht dicker als Wasser sein und all das, aber was er dir angetan hat, war genauso schlimm wie das, was sie getan hat. Sie tragen beide die Schuld."

Er senkt den Kopf. „Er… ist bei einem Autounfall gestorben, bevor ich die Chance hatte, mit ihm zu sprechen. Sie war nicht mit im Wagen."

Mir bleibt die Luft weg. Das hier ist weitaus schlimmer als meine Trennungsgeschichte. Viel schlimmer. Das ist eine Tragödie für alle Beteiligten.

„Oliver, es tut mir so leid."

„Mir auch. Meine Mutter war… nun ja, ziemlich am Boden zerstört."

„Sie muss völlig verzweifelt gewesen sein."

„Ja. Ihr erstgeborener Sohn, einfach weg. Das hat sie verändert, und nicht zum Besseren."

Ich denke an die kühle Frau zurück, die ich im Café bedient habe. „Ich wette, sie ist dankbar, dass sie dich noch hat. So eine Tragödie muss euch zusammengeschweißt haben."

„Robert war ihr Goldjunge, der Sohn, der nie etwas falsch machen konnte. Sportstar, Einser-Schüler, supererfolgreich im Job. Er war größer als ich, sah besser aus als ich – alles. Und meine Mutter hat mich das immer wissen lassen."

Ich starre ihn fassungslos an, mein Herz schmerzt für ihn. „Oliver. Ich – ich weiß nicht, was ich sagen soll."

„Natürlich nicht. Du kommst aus einer liebevollen Familie. Ich habe euch zusammen gesehen, dich, deine Schwestern und deine Eltern. Ihr kümmert euch umeinander. Ihr liebt euch. Das ist offensichtlich. Bei mir war das anders. Ich liebe meine Familie, aber wir waren einander nie nah. Ich war für Robert nur der kleine Bruder, an dem er allen zeigen konnte, dass er der Beste war. Und das war er. Der Beste in Allem, auch im mir die Freundin ausspannen, wie sich herausstellte."

„Glaubst du, er hat sich von dir bedroht gefühlt?"

„Nein. Er war Robert Langdon. Ich war nur sein kleiner Bruder."

Ich höre den Schmerz in seinen Worten und ich weiß, diese Wunde sitzt tief. Nicht genug zu sein – vor allem in den Augen der eigenen Mutter? Das ist einiges an seelischem Ballast zu schultern.

„Vermisst du Robert?"

„Auf eine gewisse Art schon. Obwohl er mich die meiste Zeit meines Lebens mies behandelt hat, gab es Momente, in denen er ein anständiger Bruder war."

„Dass er mit deiner Freundin durchbrennen wollte, hätte eure brüderliche Beziehung sicher nicht verbessert."

„Ganz bestimmt nicht."

„Vielleicht braucht deine Mutter einfach noch mehr Zeit, um mit seinem Verlust klarzukommen?"

„Meine Mutter wird seinen Tod nie ganz überwinden, und ich werde für sie immer der sein, der nicht gut genug ist, egal, wie sehr ich versuche mich ihr zu beweisen."

Die Bitterkeit in seiner Stimme raubt mir den Atem.

„Ist das der Grund, warum du das hier machst? Versuchst du, dich deiner Mutter zu beweisen?"

Sein Kiefer spannt sich an. „Ist das absolut kindisch von mir?"

„Natürlich nicht", versichere ich ihm. „Aber weißt du was? Ich glaube, du musst dich niemandem beweisen. Du bist gut genug – mehr als gut genug – genau so, wie du bist."

Er hebt den Kopf und mustert mich einen Moment lang, bevor sich ein Lächeln auf seinen Lippen ausbreitet. „Das ist vermutlich das Netteste, was jemals jemand zu mir gesagt hat. Was ist es nur an dir, dass mich mich dir gegenüber so öffnen lässt?"

Ich zucke mit den Schultern. „Redest du sonst nicht über dein Leben?"

„Über manches schon. Aber nicht über das hier. Ich behalte vieles für mich. Aber mit dir… mit dir ist es anders."

Ich fasse die Gefühle, die er mich fühlen lässt, in Worte.

„Du gibst mir das Gefühl, sicher zu sein."

Seine Augen finden meine. „Sicher. Ja. Woher weißt du das?"

„Weil ich mich bei dir genauso fühle."

Wir teilen ein weiteres Lächeln.

„Oh Mann, wir stecken echt tief drin", sagt er lachend.

„Das könnte gut sein."

„Okay, Psychologin Cole, du hast meine tragische Geschichte gehört. Jetzt erzähl mir von dir und Mike."

Es ist offensichtlich, dass er nicht weiter über sich reden

will, und das kann ich ihm nicht verübeln. Er hat viel durchgemacht: den Betrug seiner Ex, den Verlust seines Bruders, die Art, wie seine Mutter ihn behandelt.

„Nur wenn du willst", fügt er hinzu.

Ich kaue nachdenklich auf meiner Unterlippe, Erinnerungen fluten meinen Kopf. „Mike und ich waren monatelang zusammen. Obwohl er mein Chef war, war das nie ein Problem für mich. Wir hielten unsere Beziehung bei der Arbeit natürlich geheim, aber ansonsten fühlte es sich ganz normal an. Er war verheiratet gewesen und lebte jetzt getrennt. Das wusste jeder in der Firma. Das Problem war, dass er mir nie gesagt hat, dass er sich *während* unserer Beziehung wieder mit seiner Frau versöhnt hatte." Ich hebe den Blick zu Oliver und warte auf eine Reaktion, auf Verurteilung.

Doch stattdessen sehe ich Verständnis und Mitgefühl.

„Was für eine widerliche Ratte", sagt er mit Nachdruck. „Ich könnte natürlich viel schlimmere Worte für ihn benutzen, aber ich will dich nicht vor den Kopf stoßen."

„Glaub mir, ich habe bereits jedes Schimpfwort dieser Welt benutzt, um diesen Fehler zu benennen."

„Dein Fehler. Das gefällt mir. Das ist alles, was er war, und das ist alles, was er je für dich sein wird."

„Absolut."

„Glaubst du, er hat seine Frau verlassen und ist deswegen hergekommen, um dich zu sehen?"

Die Erkenntnis trifft mich. „Vermutlich hast du recht. Aber weißt du was? Ich würde ihn niemals zurücknehmen – nicht nach dem, was er mir angetan hat."

„Er hat dich zur *anderen Frau* gemacht."

Er versteht es.

„Das trifft den Nagel auf den Kopf."

„Du bist so viel besser dran mit mir." Seine Lippen verziehen sich zu einem Lächeln und ich kann nicht anders, als es zu erwidern, trotz meines unangenehmen Spaziergangs durch die Mike-Erinnerungen.

„Hätte ich etwas zu trinken, würde ich darauf anstoßen."

Mit einer fließenden Bewegung springt Oliver auf und ich blinzele überrascht. „Das lässt sich einrichten. Kann ich dir einen Kaffee machen? Eine heiße Schokolade? Einen Schokoladenshake?"

„Ooh, ein Schokoladenshake klingt perfekt. Aber nur, wenn er ganz viel Eiscreme beinhaltet. Ich meine, schließlich hat uns jemand hier eingesperrt, und ich bin am Verhungern."

Er grinst, reicht mir seine Hand und hilft mir auf. „Ein Schokoladenshake mit extra Eiscreme kommt sofort. Warum machst du es dir währenddessen nicht auf dem Sofa gemütlich? Es ist um einiges gemütlicher als der Boden."

Fünf Minuten später sitzen wir nebeneinander auf der wirklich sehr bequemen Couch, unsere köstlichen Schokoladenshakes in der Hand.

„Ich weiß, es ist gerade eine verrückt vollgepackte Zeit, aber ich möchte dich morgen früh wohin mitnehmen, bevor alles losgeht", sage ich.

„Vor sieben Uhr morgens?"

„Ich dachte, Ryn könnte für mich aufschließen, damit wir bis acht Uhr Zeit haben. Dann kann ich kurz im Café vorbei schauen, bevor ich mit dem Bürgermeister rede."

Ein Lächeln schleicht sich auf sein Gesicht. „Ich lasse Naomi für mich öffnen."

„Dann ist es ein Date?"

„Es ist ein Date."

„Gut. Oh, und bring deine Badehose mit."

„Der See, hm? Wo alles begann."

Ich lächle ihn nur an.

Wir stoßen mit unseren Gläsern an und Oliver sagt mit gespielter, rauer Stimme: „Ich schau dir in die Augen, Kleines."

Ich kichere. „Ist das deine Humphrey Bogart-Imitation?"

„Ich fand's ziemlich gut", sagt er grinsend.

„Ich würde an deiner Stelle deinen Job nicht hinwerfen."

„Dann mach du es besser."

„Was genau?"

„Deine Bogey-Imitation."

Ich räuspere mich. „Louis, ich glaube, dies ist der Beginn einer wunderbaren Freundschaft."

Ein tiefes Lachen entfährt ihm und es fühlt sich an, als würde es tief in mich eindringen und all die schlechten Gefühle davon spülen. Mike, der Truck, die Rivalität, die Unsicherheit. All das verschwindet.

„Weißt du, ich glaube, *dies* ist der Beginn einer wunderbaren Freundschaft, mit einigen ziemlich großartigen zusätzlichen Vorteilen, wenn man unsere Aktivitäten von vorhin zugrunde legt", sagt er. Und als ich in seine Augen sehe, überkommt mich das Gefühl, dass er, trotz aller Umstände, recht hat.

„Ich auch", erwidere ich mit einem Lächeln, das mir bis zu den Ohren reicht.

Oliver beugt sich vor und drückt seine Lippen sanft auf meine. „Gut", flüstert er und die Aufrichtigkeit in seinen Augen lässt mein Herz einen Schlag aussetzen. „Jetzt kümmere dich lieber um deinen Shake, bevor er schmilzt."

Ich tauche den langen, altmodischen Löffel in den dicksten Schokoladenshake, den ich je in meinem Leben hatte, lasse ihn mir genüsslich auf der Zunge zergehen und seufze dabei zufrieden.

Zusammen sitzen wir da, eng aneinander gekuschelt,

genießen unsere süßen Leckereien, erzählen uns Geschichten und lernen einander noch besser kennen im sanften Schein der Straßenlaternen, der von draußen hereinfällt.

Es ist romantisch und intim und es fühlt sich wirklich an, als wäre dies der Beginn von etwas zwischen uns.

Etwas wirklich Wundervollem.

Kapitel 26

Marlowe

Ich wache am nächsten Morgen noch vor meinem Wecker auf, mein Kopf ist voller Gedanken an Oliver – aber anders als an den vergangenen Morgen, seit er in die Stadt gezogen ist, sind meine Gedanken heute glasklar. Die Verwirrung darüber, dass ich mich zu ihm hingezogen fühlte und Zeit mit ihm verbringen wollte, während ich gleichzeitig hoffte, dass er seine Sachen packt und die Stadt verlässt, damit ich das *Second Chance* retten kann, ist verschwunden. Meine Wut ist verschwunden. Meine Angst ist verschwunden. All das wurde durch positive Gedanken ersetzt. Gedanken darüber, wie viel er mir bedeutet, wie gut er mich fühlen lässt, wie natürlich und richtig es sich angefühlt hat, als wir uns einander geöffnet haben.

Wie es sich anfühlt, ihn zu berühren, ihn zu küssen, zu wissen, dass er mich genauso sehr begehrt, wie ich ihn begehre.

Aber noch mehr als das weiß ich jetzt zweifelsfrei, dass er ein guter Mann ist. Ehrlich. Freundlich. In kurzer Zeit hat er mir gezeigt, wer er wirklich ist, und ich schäme mich, dass ich ihn so vorschnell verurteilt habe.

Er hat mir mit der Kaffeemaschine geholfen und dann auch, als Mike plötzlich aus dem Nichts aufgetaucht ist. Tatsächlich ist er in der Nähe geblieben, auch nachdem wir uns verabschiedet hatten, weil er dachte, ich könnte ihn eventuell brauchen. Und das tat ich – allerdings auf eine Weise, mit der wir beide nicht gerechnet hatten.

Ja, es gab diesen Moment, in dem ich dachte, er hätte mich mit dieser „Gewinn einen Pick-up Truck"-Aktion hintergangen. Aber was hat Elizabeth Bennet noch gleich gesagt? Irgendwas darüber, dass ein gutes Gedächtnis in solchen Situationen unverzeihlich ist? Ja. Genau *das*. Ich werde mich nicht auf unsere Rivalität oder unsere Vergangenheit konzentrieren.

Heute geht es nur um die guten Dinge. Die *echten* Dinge.

Ich schlage die Decke zurück und mache mich ans Fertigmachen. Es ist früh und der Rest des Hauses schläft noch. Während draußen die Vögel ihre morgendlichen Geschichten zwitschern, sammele ich alles zusammen, was ich brauche. Nach einem kurzen Zwischenstopp im *Second Chance* fahre ich zu Olivers Café, wo er bereits an der Tür wartet.

„Guten Morgen", begrüße ich ihn, als er sich auf den

Beifahrersitz setzt. Obwohl wir gestern Abend zusammen eingeschlossen waren, fühle ich mich plötzlich schüchtern, als sein kräftiger Körper den Raum neben mir ausfüllt.

„Guten Morgen", erwidert er mit tiefer, sanfter Stimme, die ein angenehmes Kribbeln in meinem Bauch auslöst. „Lange nicht gesehen."

„Mindestens sechs oder sieben Stunden. Ich dachte, du würdest mich inzwischen vermissen."

Er lacht. „Fahren wir zum See?"

„Das wirst du gleich sehen", antworte ich, starte den Motor und fahre vom Bordstein auf die Straße.

„Eine Frau voller Geheimnisse. Das gefällt mir."

Ich lenke das Auto aus der Stadt in Richtung Wald, während der Fahrt reden wir über den gestrigen Abend und wie Naomi uns zusammen auf dem Sofa sitzend gefunden hat.

„Ich kann immer noch nicht glauben, dass wir tatsächlich Schokoladeneis im Gesicht hatten", sage ich und spüre erneut die Verlegenheit, als Naomi in Panik zur Tür von *Steamy Coffee hereingestürmt* kam, um dann ein Lächeln aufzusetzen, als sie merkte, dass wir keine Einbrecher waren, sondern ihr Chef und ich, gemütlich auf dem Sofa sitzend, und scheinbar mit Schokoladeneis verschmierten Gesichtern.

„Ich schon", erwidert Oliver und sofort beginnt mein Körper bei der Erinnerung an unsere geteilten Küsse zu vibrieren. „Ich hoffe, wir können das bald wiederholen."

„Wenn du deine Karten richtig ausspielst..." Ich werfe ihm einen Blick zu und sehe, wie er mich mit intensivem Blick ansieht. Seine Augen sind dunkel vor Verlangen. Mein Herzschlag beschleunigt sich und ich strahle ihn an.

Der Anfang von etwas Neuem ist das beste Gefühl der Welt. All die geteilten Blicke, die Schmetterlinge im Bauch, das Kribbeln der Möglichkeiten.

Hundert Prozent. Das. Beste. Gefühl. *Überhaupt.*

Und diese neue Sache mit Oliver fühlt sich besonders süß an, weil wir so viel miteinander durchgemacht haben. All das Gezanke, der Konkurrenzkampf und das Gewinnspiel, haben auf eine verdrehte Art und Weise als Katalysator fungiert und uns letztendlich genau zu diesem Moment geführt.

Und was für ein süßer, lang ersehnter Moment das ist.

Ein paar Meilen tief im Wald lenke ich das Auto von der Straße.

Oliver späht aus dem Fenster auf die dichten Bäume um uns herum. „Das ist nicht der See."

„Das hast du gut erkannt."

„Sei ehrlich mit mir, okay? Hast du mich hierhergebracht, um mich umzubringen?"

„Ich morde für gewöhnlich erst nach dem Mittagessen. Also bist du zu dieser frühen Stunde noch sicher."

„Gut zu wissen."

Ich öffne den Kofferraum und nehme den Picknickkorb heraus, der sich schon im Besitz meiner Familie befand, bevor ich geboren wurde.

„Ein Picknick? Mike wird eifersüchtig sein", sagt er und streckt die Hand aus, um mir den Korb abzunehmen.

„Lass ihn ruhig. Er gehört der Vergangenheit an."

Oliver lacht leise. „Das höre ich gern. Und wo genau bringst du mich jetzt *nicht* um?"

„Hier entlang."

Ich führe ihn von der Straße weg auf einen schmalen Pfad, der durch die sommerliche Vegetation fast verborgen ist. Wir gehen hintereinander her, bis wir den Zielpunkt dieses früh morgendlichen Dates erreichen. Ich höre es, bevor ich es sehe, das Plätschern des Wassers, das über Felsen stürzt und sich im tiefblauen Becken darunter sammelt.

„Ein Wasserfall!", ruft Oliver begeistert, während er sich mit großen Augen umschaut.

„Zehn Punkte für gute Beobachtungsgabe, Herr Langdon."

„Er ist atemberaubend! Wieso wusste ich nicht, dass dieser Ort existiert?"

„Weil du zu sehr damit beschäftigt warst, dich mit dem süßen Mädchen von nebenan zu streiten", erwidere ich mit einem kecken Grinsen.

Er nimmt meine Hand. „Die ist eigentlich von gegenüber. Und ich würde sie eher als wunderschön bezeichnen, nicht nur süß."

Und schon wieder beginnt mein Herz all diese seltsamen Dinge in meiner Brust zu tun. Seltsame Dinge, die mir sagen, wie viel ich für diesen Mann empfinde, der mich einst so verwirrt hat und jetzt einfach nur... ich schaue ihm in die Augen und das einzige Wort, das mit einfällt, ist *wunderbar*.

„Ich bin als Kind mit meiner Familie oft hierhergekommen. Es ist genau so, wie ich es in Erinnerung hatte", sage ich.

Er drückt meine Hand sanft. „Es ist perfekt. Wo soll der Picknickkorb hin?"

Ich deute auf eine Lichtung am Ufer. „Dort drüben."

Hand in Hand gehen wir zu der Stelle und breiten zusammen die Decke aus, auf der ich das aus dem *Second Chance* mitgebrachte Essen verteile. Wir haben mit Schinken und Käse gefüllte Croissants, frisches Obst, zwei Sorten Kuchen und eine Thermoskanne mit hastig gekochtem Kaffee.

Wir setzen uns auf die Picknickdecke, umgeben von den Strahlen der frühen Morgensonne, mit Blick auf den Wasserfall, während die Luft um uns herum mit dem

Rauschen des Wassers und dem entfernten Geräusch von Vogelgesang erfüllt ist.

Es ist absolut pittoresk und genau so, wie ich es mir vorgestellt habe.

„Ist das euer preisgekrönter Apfelkuchen?", fragt er.

„Tatsächlich war der schon ausverkauft, eben weil er preisgekrönt ist und alle ihn haben wollen", necke ich ihn. „Also gibt es Blaubeer- und Pekannusskuchen." Ich deute auf die beiden unterschiedlichen Kuchen. „Möchtest du welchen?"

„Blaubeer, bitte."

Ich platziere je ein Stück Blaubeerkuchen und eines der gefüllten Croissants auf unseren Plastiktellern und reiche Oliver einen, während er den Kaffee in die Becher gießt.

Er hebt seinen Becher und lächelt mich an. „Auf Neuanfänge."

„Auf Neuanfänge", wiederhole ich.

Er nimmt einen Schluck Kaffee. „Warst du jemals mit Mike hier?"

Ich schüttele den Kopf. „Nein, war ich nicht."

Seine angespannten Gesichtszüge entspannen sich. „Das ist gut. Und ich verspreche, ich höre jetzt auf, ihn zu erwähnen."

„Zweimal so kurz hintereinander ist schon einiges, wenn man ein Date mit einem neuen Kerl hat", sage ich lachend.

„Ich finde es immer wichtig, den Ex mindestens fünfmal pro Date zu erwähnen – besonders in Sätzen wie ‚Ich wette, Mike konnte das nicht', bevor ich dann etwas Heldenhaftes tue. Zum Beispiel ein Kätzchen aus einem Baum retten oder deine kaputte Kaffeemaschine für dich zu reparieren."

Ich lache laut auf. „Mike hat nie ein Kätzchen aus

einem Baum gerettet. Und er hat auch nie meine Kaffee-maschine für mich repariert."

„Siehst du? Da bin ich ihm schon einen Schritt voraus." Er greift nach meiner Hand und wir verschränken die Finger ineinander.

„Solange du keine Ehefrau hast, die irgendwo im Abseits wartet, bist du ihm *zehn* Schritte voraus."

„Keine Ehefrau, weder in der Vergangenheit noch in der Gegenwart. Was du siehst, ist, was du bekommst."

„Ich mag, was ich sehe."

„Ich auch", erwidert er.

Unsere Blicke treffen sich, seine Augen dunkel und eindringlich. Wie konnte ich diesen Mann nur so falsch einschätzen? Er ist ganz anders, als ich dachte. Und ich bin so, so dankbar dafür.

„Iss auf", sage ich. „Wir haben einen großen Tag vor uns und brauchen unsere Kraft."

„Zu Befehl."

Während wir frühstücken, reden wir über den Tag, der vor uns liegt. Der Wasserfall rauscht sanft neben uns und die Morgensonne steigt langsam am Himmel empor.

„Weißt du, ich fand dich damals am See schon ziemlich süß", beginne ich.

„Jetzt gibst du es also zu, ja?"

„Du hast ziemlich gut ausgesehen in deiner Badehose – als wüsstest du das nicht längst." Ich stupse ihn an.

„Und du sahst ziemlich gut aus in deinem Bikini."

Ich reiße die Augen auf. „Du hast mich gar nicht in meinem Bikini gesehen! Ich hatte mein Kleid übergewor-fen, bevor wir uns begegnet sind."

„Du vergisst, dass ich dich von der anderen Seite des Sees aus gesehen habe. Wie du am Ufer standest und den Mut zusammennahmst, ins kühle Wasser zu tauchen."

„Ich könnte dich jetzt einen Spanner nennen, so wie du mich da beobachtet hast."

Er lacht. „Weil du mich natürlich kein bisschen abgecheckt hast, richtig?"

Ich schmunzele. „Einigen wir uns auf ein Unentschieden?"

„Unentschieden. Erzähl mir von deinem Leben in Seattle, bevor du hierher zurückgezogen bist, lass alles, was mit Mike zu tun hat, einfach aus."

„Diesen Vorschlag nehme ich dankend an. Ich war Marketing-Managerin in einem Tech-Unternehmen. Ich habe Marketing studiert und das war mein erster Job, der dann mein zweiter und auch dritter wurde, als ich meine Beförderungen bekam."

„Eine Karrierefrau also."

„Das war ich. Ständig damit beschäftigt, die Karriereleiter hochzuklettern."

„Hat es dir dort gefallen? Es ist meine Heimatstadt, deswegen bin ich wahrscheinlich etwas voreingenommen, musst du wissen."

„Los, Seahawks?"

„Darauf kannst du wetten!"

„Es hat mir gefallen."

„Das klingt, als würde gleich ein ‚Aber' folgen."

„Aber", sage ich und er verdreht spielerisch die Augen. „Ich dachte immer, ich müsste in einer Großstadt sein, um meine Karriere voranzutreiben. Um die erwähnte Leiter weiter hochzuklettern. Und obwohl ich Seattle mochte, habe ich mein Zuhause vermisst."

„In Städten gibt es mehr Möglichkeiten. Klingt für mich, als wärst du sehr ehrgeizig."

„Ich glaube, als älteste Tochter hatte ich immer das Gefühl, dass ich den Weg ebnen muss, verstehst du?

Meinen Schwestern zeigen, was möglich ist. Meinen Eltern beweisen, was ich erreichen kann."

„Das klingt nach dem typischen Verhalten für das älteste Geschwisterkind."

„Wie Robert?"

„Wir reden gerade nicht über mich", sagt er und ich lächle, während ich darüber nachdenke, wie selten es ist mit jemandem auf ein Date zu gehen, der nicht die ganze Zeit nur über sich selbst reden möchte.

„Jedenfalls habe ich mich wohl in der ganzen Idee des Erreichens und Erreichens und Erreichens verloren, immer den nächsten Schritt zu machen, den nächsten Berg zu erklimmen. Es wird zu seinem eigenen Ding. Man verliert sich selbst darin, will immer das Nächste und das Über-nächste. In gewisser Weise war das, was Mike getan hat, ein Weckruf für mich. Es hat mich gezwungen, innezu-halten und mich zu fragen, was ich wirklich mit meinem Leben anfangen will."

„Und es war nicht, als Marketing-Managerin bei einem Tech-Unternehmen in Seattle zu arbeiten?"

Ich schüttele den Kopf. „Ich glaube, ich bin einfach ein Kleinstadtmädchen. Ich bin am glücklichsten, wenn ich hier bin."

„Das gefällt mir an dir."

„Es ist lustig. Es hat 28 Jahre gedauert, um herauszufin-den, was ich mit meinem Leben machen möchte und dabei war es die ganze Zeit über direkt hier in Hunter's Creek."

„Ist was du mit deinem Leben machen möchtest, das Second Chance führen?"

„Ich liebe es. Aber irgendwann wird meine Tante das Café zurückhaben wollen und dann muss ich einen neuen Berg zum Erklimmen finden. Ich wusste immer, dass mein jetziger Job ein Ablaufdatum hat. Und das ist auch gut so, denn es bedeutet, dass Onkel Johnny sich soweit erholt haben wird, dass meine Tante zurückkommen kann."

„Aber wenn du es liebst?", fragt er vorsichtig.

Ich beiße mir auf die Lippe. Ich war so damit beschäftigt, das *Second Chance* für meine Tante am Laufen zu halten, dass ich nie wirklich darüber nachgedacht habe, was mein nächster Schritt sein wird, wenn sie zurückkommt. Würde ich dortbleiben, um für sie zu arbeiten? Oder hält meine Zukunft etwas anderes für mich bereit, etwas, das ich jetzt noch nicht sehe?

„Ich denke, ich muss offen für Möglichkeiten sein."

„Ich denke, das ist klug. Keiner von uns weiß, was die Zukunft bringt. Vielleicht wird deine Tante so beeindruckt von dir sein, dass sie dir das Café überlässt?"

„Das Problem ist, dass es seit meiner Übernahme alles andere als reibungslos lief, dank einer gewissen großen Café-Kette."

„Lass uns nicht darüber reden", sagt er lachend und ich stimme zu.

„Erzählst du mir, wie es war, in einer Kleinstadt wie Hunter's Creek aufzuwachsen?", bittet er und steckt sich eine Weintraube in den Mund.

„Das Leben war leicht. Schön. Unkompliziert. Es ist ein toller Ort für Kinder. So viele Abenteuer. Es ist klein genug, dass jeder jeden kennt, was natürlich ein zweischneidiges Schwert sein kann, aber das hat mir immer an der Stadt gefallen."

„Du magst es, dass jeder über dein Leben Bescheid weiß? Das Kaiserinnen-Kollektiv muss dich lieben."

„Ich glaube, es ist eher das Gefühl von Vertrautheit. Hier fühle ich mich zu Hause."

„Das verstehe ich."

„Magst du es auch, in einer Kleinstadt zu leben?"

„Mein Job hat mich in viele Städte geführt – große und

kleine. Jeder Ort, an dem ich gewesen bin, hat etwas Besonderes an sich, etwas Liebenswertes. Hunter's Creek ist da keine Ausnahme. Klar, es ist hübsch und voller Charme, aber was einen Ort wirklich ausmacht, sind die Menschen, wie ich festgestellt habe. Sie machen einen Ort aus."

„Da stimme ich dir zu." Ich kaue auf meiner Lippe, zögere, die Frage zu stellen, die mir seit einiger Zeit durch den Kopf geht. „Wie lange wirst du in Hunter's Creek bleiben?"

„Bis die Filiale gut läuft, schätze ich."

Es ist also kein dauerhafter Umzug. Ich hätte es mir denken können.

„Natürlich. Verstehe." Ich zwinge mich dazu zu lächeln, als würde es mich nicht stören, dass das, was zwischen uns passiert, nur von kurzer Dauer sein wird. Dass Oliver und ich nur eine Affäre sein können, ein flüchtiger Moment, bevor er zur nächsten Herausforderung weiterzieht. Und ich? Nun, meine Zukunft ist in dieser Hinsicht genauso ungewiss.

Der Gedanke schnürt mir den Magen zusammen.

Aber wir sind beide erwachsen. Wir können Zeit miteinander verbringen, es genießen, genau wissen, was das hier ist.

Also warum fühlt es sich plötzlich so an, als müsste ich gleich weinen?

„Ich weiß, man soll nach dem Essen nicht direkt schwimmen gehen, aber dieser Wasserfall ist einfach zu verlockend. Und du hast mir gesagt, ich soll meine Badehose mitbringen. Willst du mitkommen?", fragt Oliver.

„Wir haben wahrscheinlich Zeit für eine kurze Abkühlung."

„Definitiv." Er steht auf und reicht mir die Hand, um mir aufzuhelfen.

Wir ziehen uns bis auf unsere Badesachen aus und ich binde mir die Haare zu einem hohen Dutt zusammen.

„Nicht meine Haare nassmachen, okay?", sage ich.

„Klar", antwortet er mit einem schelmischen Grinsen, bevor er mich plötzlich anstupst und ruft: „Wer zuletzt im Wasser ist, ist ein faules Ei!" Dann rennt er los.

„Oliver Langdon, wie alt bist du?", rufe ich lachend und jage ihm hinterher.

Wir springen beide ins kühle Wasser, große Wellen schlagen um uns herum hoch und jede Hoffnung, dass meine Haare trocken bleiben, wird wortwörtlich davon gespült.

„Ich bin 31", sagt er, während er sich grinsend das nasse Haar aus dem Gesicht streicht und im Wasser umhertreibt. „Warum fragst du?"

„Weil du dich gerade benimmst, als wärst du sieben", antworte ich kichernd.

„Du bist immer noch dran. Fang mich, wenn du kannst." Er schwimmt in Richtung Wasserfall davon und ich nehme augenblicklich die Verfolgung auf.

Wir tauchen unter dem Wasserfall hindurch und kommen auf der anderen Seite wieder hoch. Das Wasser prallt auf die Oberfläche und spritzt uns ins Gesicht.

„Danke für das hier. Für alles", sagt er über das Rauschen des Wasserfalls hinweg.

„Ich sollte dir eigentlich danken."

„Kannst du glauben, dass wir gerade darüber diskutieren, wer dankbarer sein sollte?"

„Ich bin mir nicht sicher, ob ich überhaupt glauben kann, dass das hier gerade passiert."

Er zieht mich an sich und instinktiv lege ich meine Arme um ihn, fühle seinen festen Körper an meinem, während er mich festhält. Mein Herz hämmert so stark, dass ich mir sicher bin, dass er es durch meinen Brustkorb hindurch fühlen kann.

„Ich auch nicht", murmelt er an meinen Lippen. „Aber ich bin so unglaublich glücklich darüber." Dann küsst er mich und mir wird ganz schwindelig davon.

Ich erwidere den Kuss und kann mir kein perfekteres Date vorstellen. Eine atemberaubende Kulisse, ein unglaublicher Mann und die wohl beste wasserbasierte Make-out-Session, die ich mir je vorstellen könnte.

Unsere Zukunft mag ungewiss sein, vieles in der Schwebe hängen, aber eins weiß ich ganz sicher: Was auch immer das zwischen Oliver und mir ist – ich will nicht, dass es endet.

Kapitel 27

Oliver

„Du grinst wegen deiner neuen Freundin so, stimmt's, Chef?", fragt Naomi, während sie an der Tür zu meinem Büro lehnt.

Ich blicke von meinem Computerbildschirm auf und lächele sie ungerührt an. „Ich habe keine Ahnung, wovon du sprichst."

Ich bin ein elender Lügner. Ich denke an Marlowe, seit ich in diese Stadt gezogen bin, und unser magisches Date am Wasserfall heute Morgen hat diese Gedanken nur noch verstärkt.

Ich habe mich richtig in diese Frau verschossen und ich könnte nicht glücklicher darüber sein.

„Aber sicher hast du das. Gestern Abend, als ich euch auf dem Sofa erwischt habe, saht ihr total verliebt aus, als wäre es euch völlig egal, dass ihr eingeschlossen wart."

„War es auch. Am Ende jedenfalls."

In meinen wildesten Träumen hätte ich mir nicht vorstellen können, dass Marlowe und ich hier zusammen eingesperrt werden würden, und dabei nicht nur unsere Streitigkeiten endgültig begraben, sondern auch endlich das tun konnten, wonach wir beide uns insgeheim gesehnt haben.

Ich weiß, dass das, was ich für sie empfinde, weit über die Anziehung zu einer schönen Frau hinausgeht.

Was ich für sie empfinde ist groß. Größer, als was ich seit... nun ja, wahrscheinlich jemals für jemanden empfunden habe.

Das ist es, was mir jedes Mal ein Kribbeln im Bauch beschert, wenn ich sie sehe. Das ist es, was mich zum Lächeln bringt, wenn ich an sie denke. Das ist es, was mich antreibt, eine Lösung zu finden, damit unsere beiden Geschäfte koexistieren können, denn ich will Hunter's Creek nicht verlassen. Und Marlowe will ich schon gar nicht verlassen.

Und sie zu küssen? Sagen wir es so: Ich möchte nicht, dass noch ein einziger Tag vergeht, an dem ich Marlowe Cole nicht küssen kann.

Ja, ich weiß. Das ist eine Menge. Viel mehr, als ich erwartet hatte, als ich es mit dieser gallischen Kleinstadt aufnahm, die sich gegen die römische Invasion wehrt.

Immense Gefühle für jemanden zu entwickeln, war das letzte, was ich erwartet habe.

Ich bin hierher gekommen, um einen Job zu erledigen. Um meiner Mutter zu beweisen, dass ich das Zeug dazu habe, diesen Markt zu knacken. Um ihr zu zeigen, dass ich in Roberts Fußstapfen treten kann.

Dass ich gut genug *bin*, für sie und für dieses Unternehmen.

Und bisher sieht es nicht nur so aus, als würde ich all das schaffen. Sondern als würde ich zusätzlich auch noch das Mädchen bekommen.

Das Leben meint es gerade wirklich gut mit mir.

„Die ganze Stadt spricht über euch zwei", sagt Naomi.

Ich stapele ein paar Unterlagen auf meinem Schreibtisch und stehe auf. „Du hast niemandem von der Schokoladeneis-Sache erzählt, oder? Weil das wirklich peinlich wäre."

„Dein Geheimnis ist bei mir sicher, Chef."

„Danke. Wie sieht es da draußen aus?"

„Gut besucht. Hauptsächlich Touristen, aber ich wette, es wird noch richtig voll, bevor der Tag zu Ende geht."

„Kein Wunder, die weltweite Filmpremiere am anderen Ende der Straße wird für ordentlich Trubel sorgen. Hat es schon angefangen zu regnen?"

Obwohl der Himmel heute Morgen bei unserem Date am Wasserfall strahlend blau war und die Sonne geschienen hat, hatte die Wettervorhersage eine zwanzigprozentige Regenwahrscheinlichkeit angekündigt.

„Es klart auf. Perfektes Wetter für eine Leonardo Finch und Charlene Kemp Filmpremiere."

„Wir wollen ja schließlich nicht, dass die Hollywood-Stars mit nassen Haaren über den roten Teppich laufen müssen. Apropos, da fällt mir was ein."

„Was denn?"

„Ich hatte Leo damals, bevor wir hier eröffnet haben,

angerufen und ihn gefragt, ob er kurz im Café vorbeikommen würde."

Naomi reißt überrascht die Augen auf. „Leo?"

„Wir waren Mitbewohner im College. Er meinte, er würde kommen, aber ich habe seitdem nichts mehr von ihm gehört und es ehrlich gesagt auch völlig vergessen, dass ich ihn gefragt habe. Es ist also ziemlich unwahrscheinlich, aber vielleicht taucht er doch auf."

„Echt jetzt?" Ihre Augen leuchten auf. „Das wäre ja total cool."

„Mach dir keine zu großen Hoffnungen."

„Ich halte die Augen offen und sag dir Bescheid. Oh, hey Olena! Hi, Zander!"

Meine Schwester strahlt, als sie mit meinem Neffen den kleinen Raum betritt. Ich begrüße sie mit einer Umarmung, dann hebe ich Zander hoch und wirbele ihn herum, während er quietscht und lacht.

„Ich wäre vorsichtig, Onkel Ollie. Er hatte Haferflocken zum Frühstück, und ich würde nur ungern sehen, wie die auf deinem Hemd landen", warnt Olena mich.

Ich lasse Zander herunter, sodass er auf meiner Hüfte sitzt und kitzele ihn sanft am Bauch. „Zander, du bist so groß geworden! Wie ist das passiert? Ich hab dich doch gerade erst gesehen."

„Ich hab meine Karotten gegessen", erwidert er ernst.

„Ach ja?"

„Du musst deine Karotten essen, Onkie Orrie."

Ich muss immer lächeln, wenn er mich „Onkie Orrie" nennt.

„Ganz genau, Schatz. Gemüse ist gut, damit man groß, stark und gesund wird", bekräftigt Olena.

„Ich lasse euch mal alleine mit Onkel Orrie hier und gehe ein paar Kunden bedienen.", meint Naomi, bevor sie den Raum verlässt.

„Danke, dass du hier bist, Schwesterchen", sage ich.

„Natürlich. Ich darf Zeit mit dir in dieser supersüßen Kleinstadt verbringen, die gerade auch noch ein Promi-Hotspot ist. Vor dem Kino liegt schon der rote Teppich und die Spannung in der Luft ist geradezu greifbar."

„Für eine kleine Stadt wie diese, ist das ein großer Tag."

„Wusstest du, dass Mutter zur Premiere kommt? Sie läuft über den roten Teppich und alles."

„Ein Glück für sie. Ist sie schon hier?"

„Sie ist gerade damit beschäftigt, das Personal herumzukommandieren. Du kennst sie ja."

Ich verdrehe die Augen. „Oh ja, aus erster Hand."

„Das ist eines der Dinge, die ich nicht an der Firma und meinem alten Job vermisse. Ich werde uns jetzt erst mal etwas zu Essen besorgen und gehe dann mit diesem kleinen Mann auf den Spielplatz."

„Bielplatz?", fragt Zander hoffnungsvoll.

„Ganz genau, Schatz. Erst holt Mama sich ihre Koffeindosis und dann geht's los."

„Ich auch", sagt er.

„In etwa 16 Jahren", entgegnet sie.

„Ich bring euch raus."

Als wir zum Tresen gehen, entdecke ich Mutter, die Naomi und das restliche Personal instruiert, die Arbeitsstation umzustellen, um den Ablauf zu verbessern. Sie hebt kurz die Brauen zur Begrüßung, als sie mich sieht. Ich verabschiede mich von Olena und Zander, dann kehre ich mit Mutter in mein Büro zurück.

„Ich habe mir die Zahlen angesehen, das Geschäft scheint anzuziehen", beginnt sie ohne Umschweife.

Das ist wohl das Nächste an einem Kompliment, was ich je von meiner Mutter erwarten könnte.

„Wir geben unser Bestes."

„Kommt Leonardo Finch heute tatsächlich vorbei, wie du es versprochen hast?"

„Alles unter Kontrolle", sage ich, obwohl gar nichts daran unter Kontrolle ist.

Mutters Gesicht verzieht sich zu einem Lächeln, ein so seltener Anblick, dass ich ihn am liebsten fotografieren würde, um diese Erinnerung festzuhalten. „Ich würde ihn wirklich gerne kennenlernen."

„Vielleicht siehst du ihn ja auf dem roten Teppich."

„Das bezweifel ich. Ich verlasse mich auf dich."

„Ich werde sehen, was ich tun kann."

„Weißt du, Oliver, ich glaube, du hast hier tatsächlich die Chance, mich zum ersten Mal in deinem Leben eines Besseren zu belehren."

Ich runzele die Stirn und blinzele sie an. „Das ist gut. Denke ich?"

„Schau nicht so besorgt. Wenn die Zahlen in dieser Filiale weiterhin so wachsen wie bisher, sehe ich keinen Grund, warum du nächstes Jahr nicht Teil der internationalen Expansion sein kannst."

Ein Gefühl von Glück durchströmt mich. Glück und noch etwas anderes. Wenn ich es benennen müsste, würde ich es Erleichterung nennen. Erleichterung darüber, dass meine Mutter endlich meinen Wert erkennt, dass sie sieht, dass ich den Job genauso gut erledigen kann, wie Robert es getan hat.

Vielleicht werde ich tatsächlich alles erreichen.

„Ich schätze dein Vertrauen in mich."

„Enttäusch mich nicht", warnt sie.

„Das werde ich nicht."

Draußen im Café entsteht plötzlich Aufregung und wir gehen hinaus, um niemand anderen als meinen ehemaligen Mitbewohner und jetzigen Hollywood-Star Leonardo Finch zu sehen, der auf mich zuschreitet, während sich die

Menge wie das Rote Meer ehrfürchtig bei jedem seiner Schritte teilt.

„Du meine Güte", entfährt es Mutter.

„Langdon. Es ist eine Weile her", sagt er, während er enthusiastisch meine Hand schüttelt.

Ich bin wie erstarrt. „Leo. Du bist hier."

„Natürlich bin ich hier. Ich hab es schließlich versprochen. Du hast dich nicht verändert. Immer noch der gleiche weltgewandte Langdon, den ich von früher kenne."

Ich mustere ihn. Wahrscheinlich weil er gleich auf dem roten Teppich erwartet wird, trägt er einen Smoking, der ihn wie einen Adeligen aussehen lässt, das strahlende Weiß seines Hemdes betont seine gebräunte Haut und sein kantiges Kinn.

„Du hast dich definitiv verändert", sage ich zu ihm.

„Natürlich habe ich das", stellt er nüchtern fest. „Ich bin jetzt eine große Nummer. Damals war ich nur ein Junge mit einem Traum." Er klopft mir auf den Rücken. „Ich erinnere mich, du wolltest für deine Mutter arbeiten."

„Und du wolltest die Welt erobern, einen Werbespot nach dem anderen."

Er lacht. „Das habe ich, mein Freund."

Meine Mutter räuspert sich neben mir. „Entschuldige bitte. Leonardo Finch, das ist meine Mutter, Melody Langdon. Sie ist ein großer Fan."

„Herr Finch, was für eine Freude", säuselt Mutter in einem Tonfall, den ich selten von ihr höre, während sie ihm ihre Hand reicht.

„Frau Langdon. Die Freude ist ganz meinerseits", erwidert er, während er die Hand meiner Mutter nimmt und sie küsst.

Ich verdrehe die Augen. Das wird sie lieben.

Einige der Gäste bilden eine Gruppe um Leo und bitten ihn um Selfies. Er macht ein paar Aufnahmen mit ihnen, bevor er fragt: „Können wir irgendwo hingehen und unter vier Augen reden, Langdon?"

„Natürlich. Mein Büro ist hier hinten." Ich deute auf den hinteren Teil des Cafés.

„Ich hoffe, wir sehen uns wieder, Frau Langdon", sagt Leo und sie errötet. Errötet tatsächlich. Hätte ich es nicht mit eigenen Augen gesehen, könnte ich es nicht glauben.

„Das hoffe ich auch", erwidert sie.

Er legt eine Hand auf meine Schulter, während wir uns durch die Hintertür zu meinem Büro begeben. „Ich muss dich um einen Gefallen bitten."

„Das ist nur fair. Immerhin tust du mir einen Gefallen, indem du hier bist."

„Ich freue mich, dass du das so siehst, mein Freund."

Kapitel 28

Marlowe

„Woher der plötzliche Sinneswandel?", fragt Bürgermeister Garcia, der hinter dem großen Eichenschreibtisch in seinem Büro sitzt.

„Ich möchte das Geschäft meiner Tante nicht auf diese Weise führen", antworte ich und hoffe, dass er die Demonstration absagt, die bald beginnen soll.

„Aber Fräulein Cole, es geht hier nicht nur um das Second Chance Café oder die anderen Geschäfte in der Hauptstraße. Es geht um Bewahrung. Es geht um unsere

Integrität als Stadt. Es geht darum, wer wir sind." Er schlägt mit der Hand auf den Schreibtisch, als würde er eine mitreißende Rede vor einem größeren Publikum halten als nur, nun ja, mir.

Es muss wehgetan haben, denn sofort hebt er seine Hand wieder und reibt sie.

„Herr Bürgermeister. Sie sind das Oberhaupt dieser Stadt. Derjenige, zu dem wir alle aufschauen. Können Sie Ihren Einfluss nicht auf eine andere Weise nutzen, die keine Demonstration beinhaltet?"

„Ich habe es versucht. Ich habe Briefe an die Leute geschickt, die die Steamy Coffee-Kette leiten, und ihnen mitgeteilt, dass wir sie nicht in unserer Stadt haben wollen. Haben sie geantwortet?"

Natürlich habe ich keine Ahnung, ob sie geantwortet haben. Wie könnte ich? Ich schaue mich um, falls noch jemand anderes im Raum ist, an den er seine Frage gerichtet haben könnte. Aber wir sind die einzigen Anwesenden.

„Ich weiß nicht. Haben sie?"

„Haben sie nicht", sagt er mit einem weiteren Schlag seiner Hand auf den Schreibtisch, wenn auch diesmal mit weniger Schwung, wahrscheinlich aus Interesse am Erhalt seiner Hand. „Ich habe sogar Christopher Young gebeten, als einziger Anwalt der Stadt einen Brief zu schreiben."

Ich kann mir nicht vorstellen, dass Christopher so etwas tun würde.

„Er sagte, er könne einen als Privatperson schreiben, aber nicht als Anwalt, was ziemlich ärgerlich war, weil ich wollte, dass er ihn als Anwalt und nicht als Privatperson schickt. Das hat mehr Gewicht, verstehst du."

„Klar. Natürlich. Mein Punkt ist, Herr Bürgermeister, dass ich wirklich nicht glaube, dass wir heute protestieren sollten."

„Es ist der perfekte Tag dafür. Die Stadt wimmelt vor Presse, die Premiere beginnt in nur wenigen Stunden, und die Stadt ist voller Besucher."

„Aber—"

Ich werde unterbrochen, als es an der Tür klopft und Herr Garcia „Herein!" ruft.

Die Tür fliegt auf und eine Gruppe von Stadtbewohnern poltert herein, die laut miteinander schwatzen. Sie halten ihre Banner in den Händen und haben einen aufgeregten Glanz in den Augen, bereit für die große Demonstration.

„Marlowe! Ich bin so froh, dass du hier bist", sagt Frau Thompson. „Obwohl ich überrascht bin. Bist du nicht mit dem Besitzer dieser großen Konzern-Kaffeekette zusammen, die wir so sehr verabscheuen?"

„Stimmt das?" Die buschigen Augenbrauen des Bürgermeisters schnellen bis zu seinem Haaransatz hoch, was eine große Herausforderung ist, wenn man bedenkt, dass dieser sich bis zur Mitte seines Kopfes zurückgezogen hat.

„Deshalb bin ich nicht hier", beginne ich, aber er hört nicht zu.

„Deshalb versuchst du uns aufzuhalten. Jetzt ergibt alles einen Sinn. Du hast zugelassen, dass deine Gefühle dir in die Quere kommen, junge Dame. Keine gute Idee." Er wedelt mit dem Finger vor meinem Gesicht herum, als wäre ich ein ungezogenes Kind.

Ich kann nichts zu meiner Verteidigung sagen. Gestern, als ich dachte, Oliver hätte mich hintergangen, war ich noch ganz für die Demonstration. Heute, nachdem wir uns näher gekommen sind und unsere Missverständnisse geklärt haben, fühle ich anders. Ich werde nicht mehr von Wut und dem Gefühl angetrieben, Oliver hätte mich getäuscht.

„Sieht aus, als könnten wir früher anfangen", sagt der Bürgermeister. „Toller Enthusiasmus, Truppen! Das gefällt mir!"

„Wir sind bereit, wenn du es bist", sagt Herr Hill. „Bereit und willig und brennen darauf, diese Stadt von großen Konzernketten zu befreien."

„Marlowe, Liebes, hier ist ein Schild", Frau Thompson reicht mir eines ihrer Plakate. „Ich habe gestern Abend noch mehr gemacht. Ich finde, sie sind mir ziemlich gut gelungen. Ich habe sogar das Internet benutzt", sagt sie stolz.

Ich bin nicht sicher, ob das so gut ist, wie sie denkt.

Ich nehme das Plakat und lese die Worte, die in schwarzer Farbe geschrieben sind: *Kein Steamy-Ausverkauf mehr: Umarmt lokalen Kaffee im Second Chance!*

Wowzers. Oliver als Ausverkäufer zu bezeichnen ist nicht gerade freundlich.

Ich werfe einen Blick auf die anderen Schilder. Einige sind poetischer als andere.

Zeigt Steamy die kalte Schulter – Bekommt einen warmen Empfang im Second Chance mit folgenden Worten in Klammern *(das ist das Kaffeehaus in der Hauptstraße, oder ihr könnt auch zu Mary's um die Ecke gehen, wenn ihr möchtet)* für den Fall, dass die Leute nicht wissen, wovon sie sprechen, vermute ich.

Wer auch immer das geschrieben hat, braucht eine Lektion in Prägnanz.

Dann gibt es da noch die direkteren Slogans wie *Nie mehr Steamy Dampf!!!* und *Steamy Coffee ist eine Schande!* mit einem Foto des halb nackten Holzfällers und seiner Freundin mit einem großen roten X darüber.

„Hört zu, Truppen", sagt der Bürgermeister, und eine andächtige Stille legt sich über die Gruppe. „Viele Menschen in dieser Stadt werden heute unsere Sache unterstützen. Und das ist es, was wir wollen. Das ist es, was wir erwarten."

Mein Handy klingelt in meiner Handtasche, aber wer auch immer es ist, muss warten.

Applaus breitet sich im Raum aus. Er hebt seine Hände, um alle wieder zur Ruhe zu bringen. „Aber wir könnten auf negative Reaktionen von denjenigen stoßen, die von dieser neuen Werbeaktion der Leute von Steamy Coffee einer Gehirnwäsche unterzogen wurden. Keiner von uns will diesen Truck. Keiner von uns will auf ihrem roten Teppich entlang laufen. Wir wollen die guten, ehrlichen, erstrebenswerten Familienwerte, die Marlowe hier und das Second Chance Café ihrer Tante repräsentieren."

Mein Handy meldet sich erneut in meiner Handtasche.

„Der Truck sieht schon ziemlich gut aus", wirft jemand ein.

„Ich könnte den neuen Truck gebrauchen, auch wenn ich die Farbe nicht so toll finde", fügt jemand anderes hinzu.

„Den könntest du im Handumdrehen umlackieren lassen. Mein Sohn könnte das für dich drüben in Cotown machen."

„Wirklich? Das wäre toll."

„Besinnt euch darauf, warum wir hier sind, Leute. Wir sind hier für das, was richtig ist. Wir sind hier, um unsere Stadt zu bewahren. Wir sind hier für Hunter's Creek", erklärt der Bürgermeister und alle applaudieren und jubeln. „Los geht's!" Er wirbelt seinen Finger in einer kreisenden Bewegung und zeigt zum Himmel, als wäre er in irgendeinem Spezialeinheiten-Militär-Film und müsste die Bösen bekämpfen, um die Erde zu retten.

Ich hebe meine Hand in die Luft, um die Aufmerksamkeit aller auf mich zu ziehen. „Entschuldigung", rufe ich.

„Kann jeder kurz innehalten?" Meine Stimme klingt dünn und schwach in der Aufregung der Menschen im Raum.

„Was ist los, Liebes?", fragt Frau Thompson.

„Ich muss etwas sagen."

„Kann das nicht warten, Liebes? Wir haben etwas zu erledigen, und es sieht aus, als würden alle schon losgehen um loszulegen", antwortet sie, während die Menschen an uns vorbei und zur Tür hinaus strömen.

Ich trippele aufgeregt herum und versuche, die Aufmerksamkeit aller zu erregen. „Kann jeder kurz stehenbleiben? Ich muss wirklich etwas loswerden", sage ich mit lauter Stimme.

Niemand hört mir zu. Sie sind zu aufgeputscht und können es kaum erwarten, loszulegen.

Ein lauter Kreischton erfüllt meine Ohren, ich drehe mich erschrocken um und sehe Frau Thompson, die zwei Finger im Mund hat, nachdem sie wie ein Farmer gepfiffen hat.

Es funktioniert. Alle bleiben stehen und starren sie an.

„Marlowe hat etwas, das sie uns sagen möchte", verkündet Frau Thompson. „Warum fängst du nicht an, Marlowe. Jetzt hören alle zu."

Jedes Gesicht im Raum und draußen im Korridor schaut mich erwartungsvoll an. Ich räuspere mich. „Ich möchte nur sagen, dass ich weiß, dass ihr das für das Herz der Stadt und all das tut, was toll ist, aber ihr müsst es nicht für das Second Chance Café tun. Wir haben jetzt das Abendmenü und die Einnahmen von gestern Abend waren total super, also mache ich mir keine Sorgen mehr darüber, dass Steamy Coffee hier ist."

Meine Ankündigung wird mit Schweigen beantwortet.

„Aber du magst weder Steamy Coffee, noch den Besitzer. Das hast du erst gestern gesagt", sagt Frau Thompson mit einem verwirrten Gesichtsausdruck.

„Gertie hat Recht. Du hast gesagt, er sei ein hinterhältiger... wie war das Wort noch?", fragt Herr Hill.

„Stadtmensch war dabei, das weiß ich noch."

„Aber vielleicht hat sich das alles geändert? Sie snd ja jetzt schließlich ein Paar."

„Klingt für mich nach einem Interessenskonflikt."

Alle Augen im Raum sind auf mich gerichtet.

„Hört zu. Ich weiß, ich habe gestern einige Dinge über Oliver gesagt, aber bitte glaubt mir, wenn ich euch sage, dass ich falsch informiert war", teile ich ihnen mit.

„Worüber warst du falsch informiert?", fragt Frau Thompson mit hochgezogenen Augenbrauen.

„Dass Oliver Langdon einer dieser Schickimicki-Leute ist, die denken, es sei in Ordnung, einen Truck zu verschenken, während er in seinem teuren italienischen Anzug durch die Stadt stolziert", schnaubt Herr Hill.

Ich habe Oliver noch nie in einem Anzug gesehen.

„Ich habe gehört, er lebt in einem Penthouse-Apartment mit einem Butler in New York City, wie die Mafia-Bosse", wirft jemand anderes ein.

Das ist in so vieler Hinsicht falsch.

„Ich habe gehört, er—"

„Leute!", donnert Bürgermeister Garcia mit seiner dröhnenden Stimme und bietet den völlig an den Haaren herbeigezogenen Behauptungen über Oliver Einhalt. „Wir haben uns heute hier mit einem gemeinsamen Ziel versammelt: das kulturelle Erbe unserer Stadt zu schützen. Was auch immer Marlowes oder jemand anderes persönliche Gefühle für den Besitzer von Steamy Coffee sind, ist irrelevant. Wir müssen alles in unserer Macht Stehende tun, um unser Ziel zu erreichen, große Kettenkonzerne aus unserer Stadt zu vertreiben."

Die Leute applaudieren, und ich weiß, dass ich sie verloren habe, als jemand zu skandieren anfängt: „Nieder mit Steamy Coffee! Nieder mit Steamy Coffee!" Bald stimmen die übrigen Leute mit ein und beginnen, aus dem Raum und den Korridor entlang zu strömen.

Du meine Güte! Das kann man wirklich mal eine undurchdringliche Mauer nennen!

Ich muss schleunigst zu Oliver, um ihn zu warnen.

Eine gute Sache gibt es aber an den Demonstrierenden. Die Jüngste unter ihnen ist Frau Thompson, die mindestens 70 Jahre alt sein muss. An ihnen vorbei zu schlüpfen und die Straße hinunter zu Steamy Coffee zu rennen, ist ein Kinderspiel.

Ich biege um die Ecke in die Hauptstraße und bin schockiert, als ich einen riesigen Aufruhr vor Steamy Coffee sehe. Menschen drängen sich um den Eingang, Autos parken kreuz und quer entlang der Straße, und ich bin mir ziemlich sicher, dass ich jemanden mit einer Fernsehkamera auf der Schulter gesehen habe.

Die Demonstration ist doch noch gar nicht gestartet. Was zum Teufel ist hier los?

„Entschuldigung. Entschuldigen Sie bitte. Kann ich bitte durch?" Ich bahne mir so sanft wie möglich einen Weg durch die Menge, schlängele mich an den Leuten vorbei, mein Lächeln verbirgt dabei die wachsende Anspannung, die ich in mir spüre.

Warum sind all diese Menschen hier? Das ergibt keinen Sinn. Ihr Kaffee ist nicht *so* gut und ihr Essen lässt definitiv einiges zu wünschen übrig.

Ich kann eine geschmeidige Stimme reden hören, als ich die vorderste Reihe der Menge erreiche. Es herrscht andächtige Stille, alle hängen an den Lippen dieses Mannes.

Ist das...? Das kann nicht sein. Warum sollte er hier sein?

Ich starre den sprechenden Mann an.

Ich hatte gehofft, Leonardo Finch würde mein Café besuchen, um seine Erinnerungen an unseren Eiskaffee, den er während des Drehs hier immer getrunken hat, aufzufrischen. Hat er sich verlaufen und ist stattdessen hier gelandet? Und warum steht er vor einer Reihe von Fotografen, ausgeleuchtet wie der Filmstar, der er ist, und erzählt allen, dass er... hat er gesagt, er hätte sich gerade verlobt? Mit seinem Co-Star?

„Und ich wollte den heutigen Tag hier in Hunter's Creek im Steamy Coffee meines guten Freundes Oliver Langdon, wo alles zwischen mir und meiner wunderschönen Verlobten begann, nutzen, um euch allen diese Ankündigung zu machen."

Moment mal. Oliver ist mit Leonardo Finch *befreundet*?

Warum hat er mir das nicht erzählt? Wir haben gesagt, keine Überraschungen mehr. Wir haben es versprochen.

Das ist eine riesige, furchtbare Überraschung.

Applaus bricht aus, als die Leute ihre Glückwünsche ausrufen, die Journalisten Fragen stellen und die Fotografen ihre Aufnahmen machen. Leonardo winkt Charlene Kemp zu sich, was sie mit einem eifrigen Lächeln tut, ihre Arme um ihren Verlobten schlingt und in die Menge strahlt.

Aber ich schaue nicht auf Charlene Kemp oder Leonardo Finch. Ich schaue auf den Mann, der hinter ihnen steht.

Oliver.

Er lächelt teilnahmslos in die Menge, während die Blitzlichter aufleuchten. Als sein Blick auf meinen trifft, verschwindet sein Lächeln.

Mein Herz hämmert in meiner Brust und plötzlich fühle ich mich, als müsste ich mich übergeben.

Ich muss hier raus. Und zwar schnell.

Nach dem, was sich anfühlt wie einen Hindernisparcours zu bewältigen, erreiche ich die Hauptstraße, wo ich anhalte und ein paar tiefe Atemzüge nehme, mein Magen rebelliert.

Was zum Teufel treibt Oliver da?

Wieder einmal sagt er mir das eine und tut das andere.

Ich kann sie nicht aufhalten. Meine Gedanken gehen in eine einzige Richtung: *es ist genau dasselbe wie mit Mike*.

Nach allem, was ich durchgemacht habe, nach all den Versprechen, die ich mir selbst gegeben habe, habe ich es schon wieder getan. Ich habe mich in den falschen Mann verliebt.

Ich bin *so* eine Närrin.

Ich spüre eine Hand an meinem Arm und schaue auf, um Oliver zu sehen.

„Marlowe", beginnt er.

„So viel zu keine Überraschungen mehr. Was *war* das?"

„Ich hatte vergessen, dass Leo heute vorbeikommen würde. Wirklich."

„Du hast vergessen, dass der heißeste Promi überhaupt heute eine Pressekonferenz in deinem Café abhält?"

„Nun, ich wusste nicht, dass er etwas *ankündigen* würde", ist seine Antwort, die so schwach wie abgestandenes Spülwasser ist.

Ich starre ihn ungläubig an. „Du willst mir also sagen, dass du wusstest, dass er heute dein Café besuchen würde?"

„Ich hatte es vergessen. Marlowe, es war ein ehrlicher Fehler."

„Ich weiß, wir stammen nicht aus denselben Kreisen, Oliver, aber gewöhnliche Sterbliche wie ich *vergessen* nicht einfach, dass ein großer Hollywood-Star vorbeischaut, um der Welt zu verkünden, dass er seinen Co-Star heiraten wird."

Er verlagert sein Gewicht. „Hör zu, Leo war mein

Mitbewohner im College. Er hat mir nicht gesagt, dass er eine große Ankündigung machen würde, und außerdem habe ich diese Sache mit ihm arrangiert, noch bevor ich überhaupt nach Hunter's Creek gezogen bin."

Ich beiße mir auf die Lippe, mein Herz schreit mich an, zu glauben, was er sagt, während mein Kopf mir sagt: *wage es ja nicht!*

Aber selbst wenn es stimmt und er es vergessen hat, welche anderen Waffen hat er noch in seinem Arsenal? Welche anderen Verbindungen hat er? Auf die Gratisproben am Eröffnungstag folgten Sonderangebote, dann das verrückte Gewinnspiel mit dem Truck, und jetzt Hollywood-Prominenz.

Ich kann da einfach nicht mithalten, mit nichts davon.

Plötzlich ist es so klar wie ein knackiger Wintertag in Washington State. Ich war schon einmal an diesem Punkt, hatte es mit einem Mann zu tun, mit dem ich sowohl beruflich als auch privat verstrickt war. Ein Mann mit mehr Macht als ich. Am Ende ist die einzige Person, die sich verbrennt, die einzige Person, die weghumpeln muss, um ihre Wunden zu lecken, ich.

Will ich das alles noch einmal durchmachen?

Mein Herz zappelt in meiner Brust wie ein Fisch auf dem Trockenen. „Ich muss gehen", murmele ich.

„Marlowe, warte", sagt Oliver, seine Hand an meinem Arm.

In diesem Moment beschließen der Bürgermeister und seine Horde von Demonstranten aufzutauchen, umringen uns, während sie skandieren „Schluss mit Konzern-Kaffee, unterstützt jetzt euer lokales Kaffeehaus!"

Oliver blickt verwundert von der herannahenden Menge, die ihre Banner schwenkt, zurück zu mir. Seine Züge verhärten sich, als er seine Hand sinken lässt. „Keine Überraschungen mehr, was?"

„Ich habe dir von der Demonstration erzählt und ich habe versucht, sie aufzuhalten. Sie waren hartnäckig."

„Und ich habe dir von Leonardo Finch erzählt."

„Nein, hast du nicht." Ich muss meine Stimme erheben, um gegen den Lärm anzukommen.

Er sagt etwas, das ich nicht hören kann.

„Was?"

„Ich sagte, schau auf dein Handy", ruft er.

„Warum?", frage ich perplex.

Es ist offensichtlich, dass er mich nicht hören kann, als er mich am Ellbogen nimmt und von dem Tumult wegführt.

„Können wir später darüber reden?", fragt er. „Ich muss versuchen, diese Demonstration zu stoppen, bevor ich mich um irgendetwas anderes kümmern kann."

„Du meinst mich?"

„Nein. Ich meine... es ist so, meine Mutter ist hier und diese Stadt ist das kleine gallische Dorf aus den *Asterix* Comics. Ich kann nicht zulassen, dass das außer Kontrolle gerät, was es aber offensichtlich bereits tut."

„Das was?"

Wovon zum Teufel redet er? Irgendein Dorf, das etwas mit Grammatik zu tun hat?

„Das spielt jetzt keine Rolle. Mein Punkt ist, ich muss das in Ordnung bringen."

Ich starre ihn wütend an. „Du hast gesagt, wir würden versuchen zu koexistieren, aber es fühlt sich an, als würdest du uns überrollen."

„Das versuche ich nicht zu tun."

„Bist du dir da sicher?"

„Wenn ich dein Geschäft hätte zerstören wollen, hätte ich das längst gekonnt."

Ich stemme meine geballte Faust in die Hüfte.

Rotes Tuch triff Stier.

„Ach wirklich?", erwidere ich spitz.

„Natürlich. Marlowe, ich habe einen ganzen Konzern hinter mir und du hast... Apfelkuchen."

Ich reiße die Augen auf. „Apfelkuchen?"

„Du weißt, was ich meine. Du bist der Treffpunkt der Einheimischen, du machst gutes Essen, aber du hast nicht die Möglichkeiten, gegen einen Laden wie Steamy Coffee anzukommen."

„Ich glaube, die Menschen von Hunter's Creek sehen das anders." Ich deute auf die Menge, die jetzt in einem Kreis vor Steamy Coffee läuft, ihre Banner schwenkt und skandiert: „Was wollen wir?" „Kaffee!" „Wo wollen wir ihn?" „Im Second Chance Café!"

„Ich muss los", sage ich ihm und wende mich zum Gehen.

„Marlowe", ruft er, aber ich höre nicht mehr zu.

Ich habe diese Gefühle für ihn, Gefühle, die mit jedem Tag, der vergeht, wachsen. Obwohl ich es mir selbst noch nicht einmal vollständig eingestanden habe, weiß ich, dass ich mich in ihn verliebe, und das letzte Mal, als das passiert ist... nun, es endete mit mir, einem Zorb und einem zukünftigen Ex-Freund.

Vielleicht ist es an der Zeit, den Kräften nachzugeben, die uns auseinandertreiben? Vielleicht ist es an der Zeit, alles dem Schicksal zu überlassen.

Kapitel 29

Oliver

Obwohl ich gegen den fast überwältigenden Drang ankämpfen muss, Marlowe nachzulaufen und die Sache in Ordnung zu bringen, weiß ich, dass ich es nicht kann. Nicht, wenn ich diesen verrückten Zirkus vor meinem Laden habe – einen verrückten Zirkus, der nicht nur eine Menge Presse und ein paar Hollywood-Promis umfasst, sondern auch eine verdammte Anti-Steamy Coffee-Demonstration, die auf dem Bürgersteig auf und ab marschiert, angeführt von niemand geringerem als dem Bürgermeister von Hunter's Creek.

Es ist verrückt.

Zu meiner Verteidigung, woher hätte ich wissen sollen, dass Leo tatsächlich sein Wort halten und heute in meinem Café auftauchen würde, geschweige denn ankündigen würde, dass er seinen Co-Star heiraten möchte? Alles, was er tun sollte, war vorbeizukommen für ein Fotoshooting, falls er überhaupt kommen würde, wie wir es vereinbart hatten, bevor ich hierher zog. Ende der Geschichte. Keine großen Ankündigungen mit Co-Stars und nur ein paar Fotografen – nicht das gesamte Presseaufgebot des Bundes-staates Washington.

Zu meinen Gunsten muss ich erwähnen, ich habe wirk-lich versucht, Marlowe mitzuteilen, dass ich einen uner-warteten Besucher hatte. Sobald er auftauchte, habe ich ihr mehrere Nachrichten geschickt. *Mehrere*. Wir hatten einander versprochen, keine Überraschungen mehr, und ich habe mein Bestes getan, um dieses Versprechen zu halten.

Natürlich verstehe ich, dass Leonardo Finch eine große Überraschung ist, besonders als er mich beiseite nahm, um mich um einen Gefallen zu bitten. Natürlich sagte ich ja, ohne zu wissen, dass dieser Gefallen eine vollwertige Pres-sekonferenz und die Ankündigung von Leos bevorste-hender Hochzeit mit seinem Co-Star aus genau dem Film einschließen würde, für dessen Premiere heute alle in die Stadt gekommen sind.

Ich meine, wie hätte ich das bitte ahnen können?

Und was noch wichtiger ist, ich war völlig ehrlich zu Marlowe, als ich ihr sagte, dass ich vergessen hatte, dass er heute vorbeikommen würde. Es ist so viel passiert, ich bin überrascht, dass ich mich die meiste Zeit überhaupt noch an meinen eigenen Namen erinnere. Wir haben Krieg gegeneinander geführt; wir haben so getan, als würden wir miteinander ausgehen, um ihren Ex in die Irre zu führen, wir wurden buchstäblich zusammen eingesperrt, wo wir uns endlich unsere Gefühle füreinander eingestanden haben.

Das ist eine Menge in jedermanns Büchern.

Sicherlich wird sie, wenn sie tief in sich geht, es übers Herz bringen können, vernünftig zu sein, oder?

Und wenn wir schon von Vernunft sprechen, Marlowe ist in all dem auch kein Engel gewesen. Sie hat nicht durchgezogen, was sie angekündigt hatte, wie die Tatsache beweist, dass ich diesen kreisenden Mob wütender Einheimischer vor dem Café habe, der die Aufmerksamkeit der anderen Bewohner, der Touristen und der Medien gleichermaßen auf sich zieht.

So wie ich es sehe, haben wir also beide Fehler gemacht. Auch wenn ich weiß, dass ich die besten Absichten hatte.

Das wird sie doch sicher verstehen, oder?

Ich stoße einen tiefen Seufzer aus. Die Demonstranten haben ihren Sprechchor geändert und rufen jetzt: „Zeigt Haltung und sagt NEIN zu Steamy Coffee!"

Richtig.

Ich muss das in Ordnung bringen, bevor die Dinge noch mehr außer Kontrolle geraten.

Schnell arbeite ich einen Plan aus. Wenn ich Leo und seine neue Verlobte dazu bringen kann, den Laden zu verlassen, wird die Presse wahrscheinlich mit ihnen gehen. Zwei Fliegen mit einer Klappe. Was mich dann nur noch mit der Demonstration zurücklässt.

Olena fängt meinen Blick auf. „Das ist wirklich ein ziemliches Durcheinander." Sie hält Zander auf dem Arm, der mit großen Augen die Demonstranten anstarrt.

Ich sehe das genauso, Kumpel.

„Gut, dass Mutter drinnen ist."

„Mutter." Ich kneife die Augen zusammen. Natürlich musste sie hier sein, um das mitzuerleben. „Wo ist sie?"

„Sie ist in deinem Büro. Sie hat sich mit deinem Kumpel Leo und seiner neuen Verlobten unterhalten. Wusstest du, dass sie diese Ankündigung machen würden?"

„Natürlich nicht. Besteht die Chance, dass Mutter das noch nicht mitgekriegt hat?" Ich deute auf die Demonstration.

Olena verzieht das Gesicht, während Zander an ihren Haaren zieht. „Was denkst du?"

Ich ahne Schlimmes.

Ich bahne mir meinen Weg zurück ins Café, das immer noch mit Gästen, Fans und der Presse gefüllt ist, vorbei an Leo und Charlene, die für Fotos posieren.

„Naomi!", rufe ich über den Lärm der Leute, die Leos und Charlenes Namen kreischen, und die allgemeine Aufregung im Laden hinweg. „Hast du meine Mutter gesehen?"

„Sie ist nach hinten gegangen. Kannst du vielleicht helfen, Chef? Wir sind völlig überlastet."

„Natürlich. Ich muss nur erst alles hier unter Kontrolle bekommen."

Sie lächelt mich wissend an. „Verstanden."

Olena hat Recht, Mutter ist in meinem Büro und überprüft in aller Seelenruhe ihr perfektes Make-up in einem Taschenspiegel, als wäre sie völlig ahnungslos gegenüber dem Chaos um sie herum.

„Du siehst toll aus, Mutter. Bereit für den roten Teppich."

Sie klappt den Spiegel zu und wendet sich mir zu. „Was man von dir nicht behaupten kann."

Ich versuche ein Lächeln. „Ist nicht nur ein Langdon pro rotem Teppich erlaubt?"

„Sei nicht begriffsstutzig. Ich rede von dem Chaos draußen."

„Ich kümmere mich darum. Ich werde mit Leo reden und ihn bitten weiterzuziehen, was bedeutet, dass die Presse ihm folgen wird, und dann werde ich mit dem Bürgermeister sprechen."

„Was hat der Bürgermeister damit zu tun?"

„Er... ähm... führt die Demonstration an."

Sie blinzelt mich an, aber ihre Gesichtszüge verändern sich nicht. Sie sagt kein Wort. Stattdessen lässt sie ihren Taschenspiegel zurück in ihre Handtasche gleiten, hängt sich den goldenen Kettenriemen über die Schulter und starrt mich finster an.

Ich bin derjenige, der die Stille füllt. „Ich weiß, was du denkst. Irgendwie habe ich es geschafft, die Stadt gegen uns aufzubringen, und jetzt fliegt mir alles um die Ohren."

„Vor der Presse."

„Das auch. Die Sache ist die, Marlowe hat versucht—"

„Marlowe? Was hat sie mit all dem zu tun?"

„Sie hat versucht, die Demonstration zu stoppen, aber sie sagte, sie konnte es nicht."

Sie zieht eine Augenbraue hoch. „Konnte oder wollte nicht?"

„Konnte", bestätige ich.

„Ich verstehe. Du hast dich also mit ihr eingelassen."

„Wir... schauen nur, wohin es führt."

Ich spiele meine Gefühle herunter, aber ich kenne meine Mutter. Das wird ihr nicht gefallen.

„Lass mich das klarstellen, Oliver. Du bist romantisch involviert mit einer Frau, die aktiv versucht, unser Geschäft zu zerstören?"

„Wie gesagt, sie hat versucht, die Demonstration zu stoppen."

„Wie nobel von ihr."

Ich mache einen Schritt auf sie zu. „Mutter. Ich habe die ganze Zeit gesagt, dass unsere beiden Kaffeehäuser koexistieren können. Wir müssen nicht all ihre Kunden stehlen, um zu gewinnen. Wir sind erfolgreich genug, ohne jemanden zu zerstören."

„Weißt du, Oliver, du wurdest hierher geschickt, um einen Job zu erledigen, einen Job, für den du dich sogar freiwillig gemeldet hast. Diese Frau ist nichts als eine Ablenkung für dich."

Ich kann den Punkt nicht bestreiten. Marlowe ist eine Ablenkung – aber auf die beste Art und Weise, und definitiv nicht so, wie meine Mutter es sieht.

„Ich erledige meinen Job immer noch. Ich arbeite immer noch hart daran, diesen Standort zu einem Erfolg zu machen. Die Tatsache, dass ich mich in Marlowe verliebe, hat darauf keinerlei Einfluss. Das verspreche ich dir."

Ihr Kiefer klappt auf. „Du verliebst dich in diese Frau?"

Das war ein unglücklicher Ausrutscher zur falschen Zeit.

„Ich—" Ich richte mich auf. Ich muss zu meinen Gefühlen stehen. Schon so lange hat meine Mutter mich einfach als jemanden betrachtet, der ihre Befehle ausführt, ihr am wenigsten geliebter Nachkomme, derjenige, der töricht genug ist, für sie arbeiten zu wollen. Ich bin durch ihre Reifen gesprungen. Ich habe alles getan, was ich konnte, damit sie mich als den Sohn sieht, der ich weiß, dass ich bin. Ich bin keine armselige Kopie meines Bruders. Ich bin eine eigenständige Person und ich bin gut in dem, was ich tue.

„Nun?"

Ich hebe mein Kinn. „Ja. Ich verliebe mich in sie."

Sie funkelt mich böse an. „Hast du nichts aus dem Fehler deines Bruders gelernt? Er ließ sich eine Frau in die

Quere kommen und sieh, wie es für ihn geendet hat", spuckt sie mir entgegen, die Wut, die unter der Oberfläche brodelte, bricht nun mit Gift hervor. „Er hat alles für sie weggeworfen. Alles!"

„Sie war nicht nur irgendeine Frau. Sie war meine Freundin."

Sie wischt meine Worte mit einer Handbewegung weg. „Sie lockte Robert von seiner wahren Bestimmung fort, und er... er..."

„Er starb", beende ich den Satz für sie.

Die Worte hängen schwer in der Luft.

„Mutter, Robert wurde nirgendwo hingelockt. Er hatte eine Affäre mit meiner Freundin und starb bei einem tragischen Autounfall."

Ihre Lippen sind fest aufeinander gepresst, ihre Haltung angespannt, als könnte der kleinste Funke sie spontan in Flammen aufgehen lassen.

Ich strecke meine Hand aus und lege sie auf ihren steifen Arm. Sie zuckt zusammen.

„Was Robert passiert ist, ist tragisch. Aber es war nicht Evelyns Schuld. Es war ein Unfall."

„Siehst du nicht, dass Robert noch am Leben wäre, wenn er sich auf seinen Job konzentriert hätte?"

„Das weißt du nicht."

„Doch, das weiß ich", presst sie hervor. „Und ich hätte wissen müssen, dass du diese Gelegenheit vermasseln würdest."

„Ich habe nichts vermasselt."

„Wie nennst du dann diese lächerliche Demonstration da draußen? Wenn das kein Versagen ist, Oliver, dann weiß ich nicht. Robert hätte so etwas nie zugelassen", schnaubt sie. „Er war zuverlässig. Ich wusste, ich konnte mich auf ihn verlassen. Er hätte nie zugelassen, dass so etwas passiert."

Ich halte einen Moment inne und hole tief Luft, um mich zu beruhigen. „Ich weiß, die Kundgebung ist nicht ideal, aber die Medienberichterstattung, die wir heute hier mit Leo hatten, wird gut für uns sein. Außerdem läuft das Geschäft solide, besonders für einen Markt, den andere nicht knacken konnten."

„Mein lieber Junge, was glaubst du, worauf die Kameras jetzt gerichtet sind, nachdem sie ihre Story über Herrn Finch und seine Verlobte haben?"

Natürlich weiß ich, dass es die Demonstration ist. Ich wäre ein Narr, wenn nicht.

„Wie auch immer, ich muss mich auf eine Filmpremiere vorbereiten. Ich nehme den Hinterausgang, um dein Desaster zu umgehen."

„Mutter—"

„Bring dieses Chaos in Ordnung. Ich spreche morgen mit dir."

Ich stoße einen Seufzer aus, als sie an mir vorbeirauscht.

Das war's. Ich habe sie wieder einmal enttäuscht. Ich habe den Job angenommen, aus diesem Standort einen Erfolg zu machen, und sie sieht mich immer noch als totalen Versager.

Marlowes Worte klingen in meinen Ohren. *Du bist gut genug, genau so wie du bist.*

Es ist, als wäre das Kondenswasser vom Spiegel gewischt worden und endlich könnte ich mein Spiegelbild klar erkennen.

Marlowe hat Recht. Ich muss mich meiner Mutter nicht beweisen, oder irgendjemandem sonst. Ich habe vielleicht nicht die Erfolgsbilanz meines Bruders, aber ich würde nie eine Affäre mit seiner Freundin anfangen.

Ich bin ein guter Mensch, der sein Bestes im Leben

gibt. Wenn sie das nicht sehen kann? Nun, ich bin mir nicht sicher, ob das mein Problem ist.

„Mutter, warte", sage ich mit rauer Stimme.

Jetzt ist mir alles klar. Ich weiß genau, was ich tun muss, um es wieder in Ordnung zu bringen. Und ich muss es in Ordnung bringen, auch wenn es das Letzte ist, was ich in dieser Stadt tue.

Kapitel 30

Marlowe

Ich erreiche die Tür des Second Chance und lehne mich gegen das Glas, während ich versuche, wieder zu Atem zu kommen. Mir ist schlecht und mein Kopf dreht sich.

Ich warte, bis sich meine Atmung beruhigt hat, bevor ich durch die Tür ins Café trete. Der Raum ist leer, bis auf die Mitglieder meiner Familie. Wirklich, selbst wenn du es versuchen würdest, könntest du keinen größeren Kontrast zu Steamy Coffee finden als heute.

„Du siehst aus, als hättest du einen Kampf mit einem

Bären überlebt", sagt Papa, während ich mich zur Theke schleppe.

„Ist alles in Ordnung, Schatz?", fragt Mama, ihre Stirn ist in besorgte Falten gelegt.

„Nicht wirklich", antworte ich.

All die Gründe, warum ich wusste, dass ich mich nicht mit ihm hätte einlassen sollen, dass ich nicht fühlen sollte, was ich für ihn fühle, schreien mir entgegen.

Ich hab's dir doch gesagt.

Ich wusste, dass das passieren würde.

Er ist genau wie Mike.

Aber selbst als ich diese Worte denke, hinterfrage ich sie. Ist Oliver wirklich wie Mike? Zwischen uns ist nie etwas geradlinig verlaufen, aber hat er sich so verhalten wie Mike? Hat er mich angelogen und gedemütigt?

Eine Stimme in meinem Hinterkopf sagt *nein*.

Hat meine Angst die Oberhand gewonnen?

Schnell ziehe ich mein Handy aus meiner Handtasche. Drei ungelesene Nachrichten.

Du wirst es nicht glauben, aber Leonardo Finch ist gerade in meinem Café aufgetaucht. Ich hatte es vor Wochen vereinbart und es bis jetzt total vergessen. Ich hoffe, du verstehst das xoxo

Hast du meine Nachricht bekommen? Geht es dir gut? Xoxo

Marlowe, ruf mich an, wenn du kannst xoxo

Ich beiße mir auf die Lippe.

Er hat versucht, mich zu warnen. Er war ehrlich.

„Wer ist gestorben?", fragt Ryn, während sie mein Gesicht aufmerksam mustert.

„So was sagt man nicht, Ryn-Ryn", beschwert sich Gabe, der mit einem Ellbogen auf die Theke gelehnt dasteht und eine Kaffeetasse in der Hand hält. „Was, wenn tatsächlich jemand gestorben wäre?"

„Dann wäre meine Frage akkurat", kontert sie. „Also? Warum siehst du… so aus." Sie deutet auf mich.

„Was ist los, Kürbis?", fragt Papa.

Ich atme tief durch und blicke die Menschen um mich herum an. Ryn und Gabe, Mama und Papa, Harper und Christopher und auch meine Tante Lisa, alle sind hier.

Ich schlucke schwer und sage: „Ich bin mir nicht sicher, ob das Second Chance den heutigen Tag überleben wird."

Ein kollektives Keuchen geht von den Anwesenden aus.

Ryn fragt spöttisch. „Bist du heute dramatisch veranlagt, Schwesterherz."

„Warum? Was ist passiert?", will Tante Lisa wissen.

„Wegen der Demonstration? Das ergibt keinen Sinn", sagt Christopher.

Ich zucke mit den Schultern. „Habt ihr gesehen, wie verrückt es heute gegenüber zugeht? Wir haben gekämpft und gekämpft und unser Bestes gegeben, aber wir können einfach nicht mit riesigen Gewinnspielen mithalten, bei denen Leute Pick-up Trucks gewinnen können, und mit Hollywood-Stars, die hereinschneien und Pressekonferenzen abhalten."

„Hollywood-Stars, die hereinschneien und Pressekonferenzen abhalten?", fragt Mama verwirrt.

„Das klingt ein bisschen weit hergeholt", sagt Harper.

„Moment. Welcher Hollywood-Star hält eine Pressekonferenz im Steamy Coffee?", fragt Ryn.

Ich hebe meinen Blick zu ihr. „Spielt das eine Rolle?"

„Wenn es Leonardo Finch ist, schon", erwidert sie.

Gabe zeigt auf Ryn. „Er war ihr Jugendschwarm, ihr erinnert euch?"

Wie könnte ich das vergessen? Ryn hatte überall Poster von Leonardo Finch an ihren Wänden, als sie ein Teenager war.

„Er hat seine Verlobung mit Charlene Kemp im

Steamy Coffee bekannt gegeben, vor laufenden Kameras", sage ich.

Ryns Augen weiten sich auf Tellergröße. „Was?!"

„Du kannst gerne rüber gehen und es dir ansehen, wenn du willst", antworte ich mit einem resignierten Seufzer. „Die meisten Leute aus der Stadt sind sowieso schon dort."

„Ich gehe nirgendwohin", erwidert Ryn und ich bringe ein kleines Lächeln zustande.

„Keiner von uns geht irgendwohin", sagt Harper. „Wir sind für dich da, Marlowe, und wir werden alles tun, um dir zu helfen, das Café am Laufen zu halten."

Papa klopft mir auf den Rücken. „Deine Schwester hat Recht, Kürbis. Wir sind deine Familie. Wir lieben dich und wir sind für dich da."

„Und was ist mit dir und Oliver?", fragt Mama.

Ein unangenehmes Gefühl umklammert meine Brust. „Ich weiß es nicht. Ich glaube, ich habe in der Hitze des Gefechts einige Dinge gesagt."

„Oh, Schatz", tröstet Mama.

„Soll ich mal ein Wörtchen mit diesem Oliver-Kerl für dich reden?", bietet Gabe an, während er seine Schultern strafft und die Brust aufplustert. „Christopher kommt bestimmt auch mit. Stimmt's, Christopher?"

„Ich bin mir nicht sicher, ob ‚ein Wörtchen reden' wirklich mein Stil ist", entgegnet Christopher. „Aber ich bin auf jeden Fall bereit, auf jede andere erdenkliche Weise zu helfen."

„Dann bin ich wohl auf mich allein gestellt", sagt Gabe, schiebt seine Ärmel hoch und macht sich auf den Weg zur Tür.

„Gabe", rufe ich und er dreht sich um. „Danke, aber er hat nichts falsch gemacht. Nicht wirklich."

„Ich glaube nicht, dass er ihn verprügeln wird oder so", sagt Ryn. „Oder, Gabe?"

Gabe hebt die Hände. „Oh, ich hatte nichts in der Art vor. Ich wollte nur vor ihm stehen und bedrohlich wirken. Ich bin mindestens einen Zoll größer als er, da bin ich mir sicher."

„Ich glaube, es braucht mehr als nur die Familie Cole und unsere jeweiligen Partner, um Tante Sheilas Café vor dem Unvermeidlichen zu retten", sage ich.

Meine Eltern tauschen einen Blick.

„Warum der plötzliche Sinneswandel?", fragt Mama leise.

„Weil ich weiß, wann ich geschlagen bin. Ihr solltet mal sehen, was dort drüben los ist."

„Nun, ich kann sehen, dass Oliver gerade mit dem Bürgermeister spricht", sagt Harper vom Fenster aus. „Die Leute legen ihre Plakate nieder und es sieht so aus, als ob Oliver und der Bürgermeister… Moment."

„Was?", fordern mehrere der Anwesenden.

Harper dreht sich zu uns um. „Sie lächeln und schütteln sich die Hände."

Alle stürmen zum Fenster, um es sich mit eigenen Augen anzusehen. Alle außer mir. Ich drücke den Knopf an der Kaffeemaschine, um frische Bohnen zu mahlen, dann presse ich sie an, setze den Siebträger in die Maschine und lasse das heiße Wasser durch die gemahlenen Bohnen und in eine Tasse laufen.

„Du machst dir einen Kaffee?", fragt Ryn.

„Ich kann genauso gut einen der letzten Kaffees genießen, die wir hier zubereiten werden", antworte ich niedergeschlagen, während ich Milch in einem Kännchen aufschäume.

Ich bin so konzentriert auf die Kunst der Kaffeezubereitung, dass ich erschrocken aufschaue, als die

Eingangstür mit einem lauten Knall auffliegt und die Geräusche der Straße den Raum erfüllen.

Jedes einzelne Augenpaar im Raum ist fassungslos und geschockt auf den Mann gerichtet, der in der Tür steht.

Oliver.

Mein verräterisches Herz zieht sich bei seinem Anblick zusammen und macht mir unmissverständlich klar, dass er der Mann ist, den ich will, der Mann, in den ich mich verliebe – während mein Verstand schreit, dass er der Mann ist, der das Café meiner Tante zerstört.

Ein innerer Konflikt vom Feinsten.

Er nickt meiner Familie kurz zu, die ihn alle anstarren, als wäre er ein Außerirdischer von einem anderen Planeten, bevor er zügig durch das Café auf mich zukommt.

Ich rüste mich mit einem tiefen Atemzug. Ist er hier für Runde zwei? Hat er noch mehr Tiefschläge parat? Noch mehr Hollywood-Freunde, die spontan vorbeikommen, um weltbewegende Ankündigungen zu machen?

Oder ist er hier, um mir zu sagen, dass ich überreagiert habe und er nichts mehr mit mir zu tun haben will?

Ich spreche ein stummes Gebet. *Bitte, Gott, lass es nicht das letztere sein.*

„Was machst du hier?", frage ich mit leiser Stimme.

Sein Blick ist so intensiv, voller Entschlossenheit und Feuer, dass mein Herz sich verkrampft, als ich ihn ansehe.

„Ich bin hier um dich zu sehen", sagt er schlicht.

Ich hebe das Kinn, während Tränen der Reue, Trauer, Angst und all den anderen unterdrückten Gefühlen, die ich seit dem Tag unseres Kennenlernens mit mir herumtrage, drohen, überzulaufen und sich auf dem Tresen zu ergießen.

„Was wolltest du sagen?"

„Ich will dir sagen, was ich für dich empfinde. Für das

alles hier. Aber vor allem für dich", antwortet er, und oh ha, mein Herz will diesen Mann. So, so sehr.

Ich öffne den Mund um zu sprechen, aber es kommen keine Worte heraus. Stattdessen mache ich ein seltsam winselndes Geräusch, wie ein Welpe.

Papas Stimme dringt wie aus weiter Ferne an mein Ohr. „Wir gehen dann mal, Kürbis", sagt er.

„Ihr zwei solltet euch in Ruhe aussprechen. Alles klären. Okay, Schatz?", ergänzt Mama.

Ich reiße meinen Blick von Oliver los und sehe zu meiner Familie. Sie bewegen sich langsam seitwärts in Richtung Tür wie eine Gruppe Minions.

„Geht nicht", sage ich hastig, plötzlich verängstigt von der Vorstellung, allein mit Oliver zu sein. Was, wenn er nicht das sagen wird, was ich mir erhoffe? Was, wenn ich alles vermasselt habe und er hier ist, um endgültig Schluss zu machen? Was, wenn ich das Second Chance *und* ihn verloren habe?

„Bleibt. Ich bin mir sicher, dass was Oliver zu sagen hat, das Café betrifft", sage ich.

„Wir… ähm… müssen noch eine Sache erledigen", sagt Papa wenig überzeugend. „Stimmt's, Schatz?"

„Genau", bestätigt Mama. „Eine superdringende Sache. Die wir alle erledigen müssen. Außer dir natürlich. Du bleibst genau da, wo du jetzt bist."

„Welche Sache?", fragt Ryn.

Mama wirft ihr einen bedeutungsvollen Blick zu. „Die *Sache*."

„Also ich gehe nirgendwohin", erklärt Tante Lisa mit in die Hüften gestemmten Armen, während sie Oliver böse anfunkelt.

„Doch, Lisa, tust du", sagt Mama und zieht sie am Arm nach draußen.

Die Tür schwingt hinter ihnen zu und plötzlich herrscht Stille im nun leeren Café.

„Es tut mir wirklich leid wegen Leonardo Finch und der ganzen Pressekonferenz-Sache", sagt Oliver.

„Nein, es tut mir leid, dass ich da draußen überreagiert habe. Du hast versucht, mich zu warnen und ich habe deine Nachrichten nicht bekommen."

„Und ich bin mir sicher, dass du versucht hast, die Demonstration zu stoppen."

„Ich habe es wirklich versucht!"

Wir starren uns über die Theke hinweg an, mein Herz rast.

„Marlowe—", beginnt er, doch ich schüttele den Kopf.

„Du hast gewonnen. Ich sehe keinen Weg, wie wir das Café jetzt noch am Laufen halten können."

„Aber es geht hier nicht ums Gewinnen. Eigentlich geht es gerade nicht mal um die Cafés."

Er meint damit, dass er meinetwegen hier ist. *Meinetwegen.*

Ich schnappe nach Luft, wage kaum zu hoffen.

„Ich habe Mutter gesagt, dass sie die Filiale hier in Hunter's Creek schließen soll."

Ich blinzele ihn ein paar Mal an. „Du hast *was* getan?"

Halluziniere ich gerade, die Worte zu hören, von denen ich geträumt habe, seit dem Moment, als Steamy Coffee seine Türen geöffnet hat?

„Wir schließen die Filiale hier in der Stadt. Steamy Coffee in Hunter's Creek wird heute nach Geschäftsschluss nicht mehr existieren."

„Aber—" Ich versuche zu begreifen, was er mir gerade mitteilt. Er schließt Steamy Coffee? Alles wird wieder wie vorher sein, bevor er in die Stadt gekommen ist?

Das Second Chance Café ist gerettet?

Aber ich will nicht, dass es wieder so wird, wie bevor er

in die Stadt gekommen ist. Ich will ihn hier, bei mir, nicht in einer anderen Stadt, wo er eine weitere Filiale eröffnet.

Ich runzele die Stirn. „Aber es macht doch gar keinen Sinn jetzt zu schließen, nicht wenn du uns so weit voraus bist."

„Es macht Sinn, wenn man in die Person verliebt ist, die man am meisten damit verletzt."

Es ist, als würde mir die Luft aus den Lungen gesogen.

„Oliver—", beginne ich, aber ich weiß nicht, was ich sagen soll.

Er liebt mich? Oliver *liebt* mich?

So viele Gedanken und Gefühle prasseln plötzlich auf mich ein, dass ich mich am Tresen festhalten muss, um nicht umzufallen.

Er kommt hinter den Tresen an meine Seite. Er steht so dicht bei mir, ich könnte meine Hand ausstrecken und ihn berühren, aber ich bin gerade viel zu überwältigt um mich zu bewegen.

Verdammt, ich bin viel zu überwältigt um überhaupt zu *denken*.

„Kennst du den Spruch ‚Alles geschieht aus einem bestimmten Grund'?", fragt er und ich nicke mechanisch.

„Ich habe das immer für völligen Unsinn gehalten. Aber ich kann ehrlich sagen, dass mein Umzug hierher und dich zu treffen, definitiv aus einem bestimmten Grund geschehen ist und ich habe herausgefunden, welcher Grund das ist."

„Welcher?", frage ich mit zitternder Stimme.

„Liebe."

Meine Kehle zieht sich zusammen und mein Atem kommt in kurzen, flachen Stößen. „Liebe", wiederhole ich, während ich in die dunklen Tiefen seiner Augen blicke.

Er greift nach meinen Händen und umschließt sie mit

seinen, die plötzliche Berührung schickt ein elektrisches Kribbeln durch meinen ganzen Körper.

„Marlowe, du musst wissen, dass ich dich von ganzem Herzen liebe. Ich danke meinem Glücksstern jeden Tag, dass ich mich entschieden habe, hierherzuziehen, denn dadurch konnte ich dich kennenlernen."

„Du liebst mich", sage ich und alles um mich herum verschwimmt, außer ihm. *Oliver.*

Olivers Lippen verziehen sich zu seinem atemberaubenden Lächeln, das in meinem Bauch einen ganzen Schwarm Schmetterlinge freisetzt, die alle wild mit den Flügeln schlagen. Ich schlucke den Kloß in meiner Kehle herunter, während mir zum zweiten Mal an diesem Tag Tränen in die Augen steigen – aber diesmal aus den besten aller Gründe.

„Also? Was sagst du?", fragt er.

„Du hast dich für mich entschieden – anstelle deines Cafés."

„Ich habe mich für dich und gegen meine eigenen, selbst auferlegten Erwartungen entschieden. Ich bin hierhergekommen, um mich meiner Mutter gegenüber zu beweisen, um ihr zu zeigen, dass ich ihrer würdig bin, dass ich genauso gut wie mein Bruder bin. Aber ich habe erkannt, dass ich in deinen Augen bereits würdig *bin* und niemandem etwas beweisen muss."

„Oliver, du musst dich weder mir noch jemand anderem gegenüber beweisen. Das habe ich dir bereits gesagt. Du bist ein guter Mann. Der Beste."

„Danke", haucht er.

„Und noch etwas."

„Ja?" In seinen Augen sehe ich Hoffnung aufblitzen.

„Ich bin ebenfalls bis über beide Ohren in dich verliebt", platzt es aus mir heraus und sofort überbrückt er die verbliebene Distanz zwischen uns mit einem einzigen

Schritt. Er hebt mich hoch und wirbelt mich herum, während er laut lacht – und ich kann nicht anders, als breit zu grinsen, während pure Freude aus mir herausströmt. Ich lege meine Hände um sein Gesicht und presse meine Lippen voller Dringlichkeit auf seine. Es ist der innigste, liebevollste und leidenschaftlichste Kuss meines Lebens.

Dieser Mann, dieser frustrierende Mann, den ich nie aus dem Kopf bekommen konnte, egal wie sehr ich es auch versucht habe, liebt mich. Und ich liebe ihn genauso sehr.

Spontane Jubelrufe und begeisterter Applaus lassen uns aufblicken und gemeinsam erblicken wir überrascht eine Menschenmenge, die uns mit strahlenden Gesichtern durch das Fenster beobachtet.

„Das ist meine Familie", sage ich mit einem unsicheren Lachen.

„Sie sehen glücklich aus."

Ich betrachte ihre strahlenden Gesichter. „Das sind sie."

Er setzt mich wieder ab, doch er lässt mich nicht los. Stattdessen haucht er mir einen weiteren Kuss auf die Lippen. Er ist sanfter, zärtlicher, aber genauso erfüllt von Liebe.

Ich werfe einen Blick auf die neugierigen Gesichter draußen und entscheide, dass ich meine Familie zwar liebe, aber für diesen Moment wirklich keine Zuschauer mehr brauche. Ich nehme Olivers Hand. „Komm mit."

Ich führe ihn in die leere Küche, wo ich seine Hände in meine nehme und in seine wunderschönen Augen blicke. „Du musst Steamy Coffee nicht schließen. Du hattest recht. Unsere beiden Cafés können koexistieren, besonders, wenn du aufhörst, Dinge zu tun wie Trucks zu verlosen oder deine Hollywood-Freunde einzuladen, um hier Pressekonferenzen abzuhalten."

Er lächelt. „Ich weiß."

„Also wirst du nicht schließen?"

„Ich statuiere hier ein Exempel. Lange Zeit habe ich versucht, nicht nur den Erwartungen meiner Mutter gerecht zu werden, sondern auch dem Vorbild meines Bruders nachzueifern. Beides ist in meinem Kopf miteinander verknüpft. Vermischt. Beides sind unmögliche Höhen, die ich nie erreichen konnte, weil sie nicht real sind."

„Was meinst du damit?"

„Mutter will, dass ich Robert bin", sagt er schlicht.

„Aber du bist du. Du bist gut genug. Du bist großartig."

Er lacht leise. „Das habe ich bis heute nicht wirklich geglaubt. Ich fühlte mich wie eine armselige Kopie meines Bruders, ein Gefühl, das meine Mutter bei jeder sich bietenden Gelegenheit untermauert hat. Deshalb habe ich mich überhaupt erst darauf eingelassen, die Filiale hier in Hunter's Creek zu eröffnen."

„Weil Hunter's Creek ein so harter Markt ist?", frage ich lachend. „Wir sind doch nur eine kleine Stadt mitten in Washington. Wir sind nichts Besonderes."

„Siehst du, da liegst du falsch. Ihr seid besonders. Sehr besonders." Seine Augen leuchten vor Liebe, als er mir einen Kuss auf die Wange drückt, der mir ein wohliges Kribbeln den Nacken hinunter jagt. „Hunter's Creek ist wie viele andere Kleinstädte, mit unabhängigen Cafés, die die Menschen lieben. Die Leute wollen Orte wie das Second Chance Café, wo sie einen guten Kaffee und eine leckere Mahlzeit bekommen können, die von jemandem zubereitet wurde, den sie kennen. Ein freundlicher Ort, einzigartig für die Stadt, aus der er stammt. Steamy Coffee muss nicht hier sein. Ich würde sogar so weit gehen zu sagen, dass diese Stadt ohne uns besser dran ist. Genau das habe ich meiner Mutter gesagt und das habe ich auch dem Bürgermeister gesagt."

„Warte. Du hast dem Bürgermeister gesagt, dass ihr schließt?"

„Wie glaubst du, habe ich sonst den Protest gestoppt? Sicher nicht, indem ich alle um den Finger gewickelt habe. Das habe ich mir für dich aufgehoben." Seine Augen tanzen vor Freude.

„Das hier ist alles nur ein Trick, um mich für dich zu gewinnen, oder?", necke ich ihn.

„Es hat funktioniert, oder nicht?"

Ich lache, während ich den Kopf über ihn schüttele. „Und was passiert jetzt?"

„Weißt du was? Ich habe keine Ahnung. Aber eines weiß ich ganz sicher."

Ich lege meine Arme um seinen Nacken und blicke zu ihm auf. „Und was wäre das?"

Er beugt sich zu mir hinab und küsst mich, seine Arme ziehen mich eng an sich. Ich atme seinen wunderbaren Oliver-Duft ein, mein Herz übervoll von Liebe zu ihm. „Ich werde dich nie wieder gehen lassen."

Epilog

Oliver

„Du weißt schon, dass ich die unpraktischsten Schuhe der Welt für diese Aktion hier trage", sagt Marlowe, während ich ihr die Autotür auf dem Parkplatz am See offenhalte.

Sie trägt ein Paar blassgelbe High Heels, passend zu ihrem Kleid, mit Riemchen und kleinen Strasssteinen, die beim Gehen das Licht einfangen. Obwohl meine Freundin, mit der ich nun seit etwas mehr als 6 Monaten zusammen bin, nicht gerade für ihre praktische Schuhsammlung bekannt ist, – sie kleidet sich für die Arbeit auch immer noch, als wäre sie an der Wall Street – sind diese Schuhe selbst für sie noch einen Tick unpraktischer als sonst.

Als ich sie zum ersten Mal sah, genau hier an diesem kleinen See, dachte ich, sie sähe wie die Schauspielerin Jessica Chastain aus. Jetzt, wo ich sie in ihrem blassgelben ärmellosen Kleid betrachte, mit ihrem kastanienbraunen Haar, das weich um ihre Schultern fällt, sieht sie einfach nur aus wie Marlowe. Meine Marlowe. Und sie raubt mir den Atem.

„Zieh sie aus. Du kannst barfuß gehen."

„Ich bin mir nicht sicher, ob meine Schwester es toll fände, wenn ich barfuß zu ihrer Hochzeit erscheine. Ryn und ich sind die Trauzeuginnen, erinnerst du dich?"

„Wie könnte ich das vergessen? Aber wenn du nicht möchtest, dass deine Schuhe ruiniert werden, würde ich dir empfehlen, sie auszuziehen."

„Für euch Kerle ist es einfach. Ihr müsst nur Anzüge mit bequemen Schuhen tragen und alle sagen euch, wie gut ihr ausseht."

Ich hebe eine Augenbraue. „Willst du mir etwa sagen, dass du lieber praktische Schuhe tragen würdest?"

Sie zögert kurz, bevor sie den Kopf schüttelt.

„Das dachte ich mir." Ich blicke auf die Uhrzeit auf meinem Handy. „Wir haben nicht mehr viel Zeit, bis ich dich zu deiner Schwester bringen muss."

„Einverstanden, Schatz." Sie hält einen Finger hoch und fügt hinzu: „Aber nur so lange du nicht von mir erwartest, schwimmen zu gehen."

„Das werde ich nicht, versprochen."

„Sind wir hier, um Freddy und seine Freunde zu besuchen?", fragt sie und bezieht sich damit auf die Fischpopulation des Sees. Zu erfahren, dass sie den Bewohnern des Sees Namen gegeben hat, war nur eine der vielen Überraschungen mit Marlowe – angefangen damit, dass ich nicht damit gerechnet hätte, während meiner Zeit hier in Hunter's Creek jemanden so Wunderbares zu treffen, geschweige denn mich Hals über Kopf in sie zu verlieben.

Vorsichtig streift sie ihre Schuhe ab und legt sie ins Auto.

„Sind sie nicht wunderschön?", fragt sie und betrachtet sie bewundernd.

„Schatz, es sind Schuhe."

Sie rollt mit den Augen, bevor sie meine Hand nimmt, und wir gemeinsam den kurzen Weg zum See zurücklegen. Es ist ein wunderschöner Frühlingstag, eine leichte Kühle liegt in der Luft, Nebel umhüllt sanft den See, während Vögel über uns in den Bäumen zwitschern.

Der perfekte Tag für eine Hochzeit.

Christopher hat Harper am Abend des Winterfestes vor ein paar Monaten einen Heiratsantrag gemacht — natürlich nachdem ihre Schüler alle ihre *The Sound of Music*-Lieder aufgeführt hatten. Ich sage dir, diese Stadt und ihre Musical-Songs sind wirklich etwas ganz Besonderes. Marlowe hat mir erzählt, es sei unglaublich romantisch gewesen, zwischen all den weihnachtlichen Lichterketten, und heute treffen wir uns alle, um ihre Vereinigung in der malerischen kleinen Stadtkirche zu feiern.

Natürlich ist noch einiges anderes passiert, bevor dieser Tag kam, besonders für Marlowe und mich.

Der Tag der Filmpremiere erwies sich nicht nur als Wendepunkt in meiner Beziehung zu der Frau, der ich gerade den verschlungenen Pfad entlang folge, sondern für mein gesamtes Leben.

Das klingt dramatisch, aber es ist die Wahrheit.

Es begann damit, dass ich an diesem Tag meiner Mutter Paroli bot und ihr sagte, dass wir die Hunter's Creek-Filiale schließen müssen, weil die Stadtbewohner uns nicht hier haben wollen. Wie für meine Mutter typisch, beschuldigte sie mich, meinem Herzen zu folgen, anstatt auf meinen Verstand zu hören. Natürlich hatte sie, zumindest teilweise, Recht, aber als ich sie dazu brachte, mit Bürgermeister Garcia und seinen leidenschaftlichen Demonstranten zu sprechen, zeigte sich, dass diese nicht im Geringsten vorhatten, in nächster Zeit von ihrem Standpunkt abzurücken. Das, kombiniert mit der versammelten Medienpräsenz aus aller Welt, die alles live übertrugen, brachte sie schließlich dazu zuzugeben, dass ein würdevoller Rückzug aus dem Hunter's Creek-Markt tatsächlich die klügste Vorgehensweise war.

Dass Leo der Presse erzählte, die besten Eiskaffees in der Stadt kämen in Wahrheit vom Second Chance Café gegenüber und nicht von Steamy Coffee, besiegelte die Sache endgültig.

Ich mag ihm unter Umständen einen kleinen Denkanstoß in dieser Hinsicht gegeben haben, aber meine Lippen sind versiegelt.

Ich wusste, Mutter würde die Schließung der Filiale als meine persönliche Niederlage ansehen, ein weiterer Beweis, dass ich nicht Robert bin. Aber weißt du was? Es ist mir egal. Ich bin nicht Robert. Ich bin Oliver und ich bin glücklich, ich selbst zu sein. Besonders wenn ich eine Frau wie Marlowe Cole habe, die mich liebt, weil ich ich bin.

Der entscheidende Moment kam, als ich Mutter sagte, dass ich nicht nur dachte wir sollten die Filiale schließen, sondern auch, dass ich in Hunter's Creek bleiben möchte, um bei der Frau zu sein, die ich liebe.

Das kam supergut bei ihr an, kann ich dir sagen.

Ich hoffe, ihr Herz wird sich eines Tages erweichen, dass sie sehen wird, dass ich glücklich bin, und dass es ihr vielleicht sogar etwas bedeuten könnte.

Ich rechne nicht wirklich damit.

Als Sheila Browning beschloss, in den Ruhestand zu gehen, um mehr Zeit mit ihrem Mann zu verbringen, übernahmen Marlowe und ich das Second Chance, wo wir unsere Tage *nicht* im Wettbewerb miteinander verbringen – obwohl es manchmal wirklich sehr lustig war, ich schaue dabei dich an, frisch gestrichener Musikpavillon – sondern arbeiten stattdessen in perfekter Harmonie zusammen. Ich muss sagen, auf der anderen Seite der Kaffeehaus-Gleichung zu stehen, hat mir einen neuen Respekt für kleine, unabhängige Läden eingebracht. Wir arbeiten hart, aber wir lieben es.

Jetzt hier am See, habe ich eine wichtige Frage, die ich Marlowe stellen möchte, eine Frage, die ich ihr eigentlich schon, nun ja, eigentlich seit dem Tag, an dem ich sie das erste Mal getroffen habe, stellen wollte.

Aber das wäre verrückt gewesen. Wer trifft jemanden und das Erstes, was derjenige sagt, ist: „Willst du mich heiraten?"

Betrunkene vielleicht? Aber kein Langdon, so viel steht fest.

Marlowes Augen leuchten, als sie die Szene vor sich in sich aufnimmt. Der See im Hintergrund ist sowohl bedeutungsvoll für uns wie auch wunderschön, und ich bin froh zu sehen, dass der Torbogen mit seinen verflochtenen Ästen, den ich heute Morgen mit Gabes und Ryns Hilfe mit einer Vielzahl von Blumen geschmückt habe, noch an Ort und Stelle ist.

Noch besser, er sieht perfekt aus. Genau so, wie ich es mir vorgestellt habe.

Sie sieht mich mit Augen an, so groß wie Kaffeetassen. „Oliver? Was ist hier los?"

„Das wirst du bald herausfinden."

Ich führe sie zum Bogen, drehe mich zu ihr um und nehme ihre Hände in meine. Obwohl ich das, was ich sagen will, unzählige Male in meinem Kopf geübt habe, flattern meine Nerven, und das Herz schlägt mir bis zum Hals. Anders als beim letzten Mal, als ich ihr eine Rede halten wollte, brauche ich mein Handy diesmal nicht als Spickzettel.

Dieses Mal kommt alles, was ich sage, direkt aus meinem Herzen.

„Marlowe", beginne ich und bin überrascht, dass meine Stimme so dünn klingt wie die Schilfrohre am Seeufer.

Ich räuspere mich.

„Marlowe", wiederhole ich, diesmal mit meiner vertrauten Oliver-Stimme. „Seit dem Moment, als ich dich letzten Sommer hier an diesem See zum ersten Mal gesehen habe, war ich fasziniert von deiner Schönheit, deiner Intelligenz und deinem Humor. Ich wusste, dass du jemand Besonderes bist, jemand, den ich unbedingt besser kennenlernen wollte."

Ihr Gesicht strahlt, als sie lächelnd zu mir aufschaut.

„Dann standen wir uns in einen Kampf als Rivalen gegenüber, der alles daran setzte, uns auseinanderzureißen, und es sah ein paar Mal wirklich so aus, als könnte es ihm gelingen. Aber wie Beyoncé sagt: Wer will schon eine perfekte Liebesgeschichte? Und unsere *ist* eine Liebesgeschichte. Die beste Liebesgeschichte."

„Das ist sie wirklich", bringt sie lachend hervor, während ihre tiefblauen Augen sich mit Tränen füllen.

„Wir hatten ein paar Stolperfallen auf unserem Weg, aber sie haben uns hierhergebracht, und ich würde nirgendwo anders sein wollen."

„Ich auch nicht."

Ich verstärke meinen Griff um ihre Hände. „Ich liebe dich, mehr als ich gedacht hätte, dass ich jemanden lieben könnte. Du hast mich zum Leben erweckt. Du hast mir gezeigt, dass ich genug bin."

„Du *bist* genug", sagt sie mir, während eine einzelne Träne über ihre Wange rollt.

„Jetzt, da wir hier sind, wo alles begann, möchte ich dich fragen—" Ich gehe auf ein Knie und schaue zu ihr auf, mein Herz droht zu platzen, als ich die kleine Schachtel aus der Innentasche meiner Jacke ziehe und sie aufklappe.

Ihre Augen weiten sich, als sie den Diamantring erblickt, ein überraschendes und völlig unerwartetes Geschenk meiner Mutter. „Marlowe Cole, du bist die Liebe meines Lebens. Willst du mich heiraten?"

Ein strahlendes Lächeln breitet sich auf ihrem Gesicht aus, während die Tränen nun ungehindert über ihre Wangen strömen. „Natürlich will ich dich heiraten, Oliver. Natürlich!" Sie beugt sich zu mir hinunter, nimmt mein Gesicht in ihre Hände und presst ihre Lippen auf meine. Ohne unsere Lippen voneinander zu lösen, stehe ich auf, schlinge meine Arme um sie und ziehe sie in den unglaublichsten Kuss – voller Liebe, Akzeptanz und all den wunderbaren Dingen, die wir uns jeden Tag unseres Lebens gegenseitig geben.

„Ich liebe dich, Oliver", bricht es aus ihr hervor.

Mehrere laute Platscher ertönen aus der Mitte des Sees und wir lösen uns voneinander, um gemeinsam nach der Quelle zu suchen.

Marlowe lacht tränenreich. „Glaubst du, Freddy Fisch weiß, dass wir verlobt sind?"

„Moment. Der Ring", sage ich. „Ich habe völlig vergessen, ihn dir anzustecken."

„Dann lass uns das sofort nachholen, einverstanden?"

Sie streckt mir ihre linke Hand entgegen und ich schiebe ihr den Ring über den Finger. Er passt perfekt. Strahlend bewundert sie ihn.

„Oliver, er ist so wunderschön", haucht sie.

„Nein, du bist wunderschön", sage ich ihr. „Er gehörte meiner Großmutter. Meine Mutter hat ihn mir gegeben. Für dich."

Ihre Kinnlade klappt herunter. „Wirklich?"

„Wirklich."

„Das war eine sehr schöne Geste von ihr. Danke, Melody."

Ich lache. „Du weißt, dass sie dich nicht hören kann."

„Das hoffe ich inständig."

Ich lache erneut und ziehe sie für einen weiteren Kuss zu mir heran, dabei hebe sie hoch, ihre nackten Füße schweben über dem Sand, ich halte sie fest und will sie niemals wieder loslassen.

Marlowe

„Wir sind verlobt", sage ich ungläubig, während Oliver mit Tempo zurück in die Stadt fährt, nachdem wir viel zu lange am Ufer des Sees geblieben sind. Aber ich beschwere mich nicht. Zeit mit Oliver zu verbringen ist zu meiner absoluten Lieblingsbeschäftigung geworden, seit jenem Abend, als wir unfreiwillig in Steamy Coffee eingeschlossen wurden, und ganz besonders seit dem Tag, an dem wir uns endlich die Tiefe unserer Gefühle füreinander eingestanden haben.

Und jetzt bin ich verlobt mit dem unglaublichsten Mann, den ich je in meinem Leben getroffen habe. Er liebt mich und ich liebe ihn genauso sehr.

Dieser Tag könnte nicht besser werden.

Oliver legt seine Hand auf mein Knie. „Glücklich?"

„Überglücklich."

Seine Augen treffen meine und wir teilen ein Lächeln – mein Herz platzt fast vor Liebe zu diesem Mann an meiner Seite.

Er hat vollkommen recht. Unsere Liebesgeschichte war nicht perfekt. Bei weitem nicht. Ich dachte mehr als einmal, dass er sein Café an die erste Stelle setzen würde, bis zu dem Tag, an dem er sich gegen seine Mutter stellte. Damit bewies er mir, dass er ein Mann mit Überzeugungen ist, ein Mann, der zu seinem Wort steht, ein Mann, der seinen eigenen Wert kennt. Ein Mann, den ich nicht nur bewundere, sondern auch respektiere und liebe.

Wie konnte ich *jemals* denken, dass er wie Mike wäre?

Ich schaudere bei dem Gedanken, dass ich das auch nur eine Sekunde lang in Erwägung gezogen habe.

Er ist das Gegenteil von Mike. Der Anti-Mike.

Der absolute Held unserer Geschichte.

Seit dem Tag der Filmpremiere hat sich einiges verändert. Oliver hat sich mit Bürgermeister Garcia darauf geeinigt, seine Filiale von *Steamy Coffee* zu schließen, und der Bürgermeister sowie die Mitglieder der Historischen Gesellschaft strömten daraufhin direkt ins *Second Chance*, um diesen Sieg mit Kaffee und Kuchen gebührend zu feiern. Sie erzählten jedem, der es hören wollte, wie sie gegen die großen amerikanischen Konzerne gekämpft und gewonnen hatten. Zugegeben, das war vielleicht ein bisschen übertrieben, aber niemand erwähnte dieses Detail ihnen gegenüber, am allerwenigsten ich.

Melody Langdon wollte mir die Schuld an der Schließung ihrer neuesten Filiale geben, weil ich Olivers Fokus abgelenkt und ihn dazu gebracht hatte, irrationale Entscheidungen zu treffen. Natürlich hätte sie die Filiale geöffnet lassen können – sie ist schließlich die Chefin – doch die Tatsache, dass sie sich für die Schließung entschied, zeigt mir, dass sie eventuell Olivers Entscheidung doch respektierte.

Das hoffe ich zumindest.

Ich bewundere meinen neuen Ring. „Was glaubst du, was deine Mutter sagen wird? Meinst du, dass sie dir diesen Ring gegeben hat, heißt, dass sie mich jetzt akzeptiert?"

„Vielleicht mag sie dich sogar."

Ich lache überrascht auf. „Das wäre wohl zu viel verlangt. Ich bin doch Asteroid, erinnerst du dich?"

„Asterix", verbessert er mich mit einem Lächeln. „Ich werde dir mal die Comics zeigen."

Oliver parkt das Auto in der Einfahrt meiner Eltern. „Wir sehen uns bei der Hochzeit, zukünftige Frau Langdon."

„Frau Langdon? Wow, das lässt mich richtig alt klingen."

Er lässt seine Lippen kurz über meine gleiten. „Für mich klingt es einfach nur wundervoll."

Neun Minuten später helfen Ryn, Christophers Schwester Kelly und ich Harper dabei, die letzten Feinheiten ihres Hochzeitsoutfits zu richten. Meine Schwester hat sich schon immer für Vintage-Mode begeistert, ihr Boho-Stil unterscheidet sich von meinem klassischen Look und Ryns entspanntem Jeans und T-Shirt-Stil. Heute bildet da keine Ausnahme – für keine von uns.

Harper trägt ein Spitzenkleid mit tiefem V-Ausschnitt und einem leichten, fließenden Rock. Ihr Haar fällt in sanften Locken auf ihre Schultern hinunter, ein Kranz aus Gänseblümchen in ihrem Haar rundet ihr Outfit ab.

Unsere einzige Vorgabe als Brautjungfern war, etwas Gelbes zu tragen. Daher mein Kleid und meine High Heels. Ryn hingegen trägt ein gelbes Crop-Top mit einer weißen Jeans und dazu gelbe Turnschuhe. Ihr langes Haar

hat sie in einem lockeren Pferdeschwanz zusammengebunden, durchzogen mit Schleierkraut. Kelly hat sich für ein
schlichtes, ärmelloses A-Linien-Kleid entschieden, das sie
mit ihrem Teint einfach umwerfend aussehen lässt.

Ich würde sagen, wir alle sehen heute aus wie die aller-
besten Versionen unserer selbst.

„Okay, Zeit für den Schleier", verkündet Harper.

Ich nehme den Schleier vom Kleiderbügel und befes-
tige ihn vorsichtig an der Rückseite ihres Kopfes. Sie hat
sich bewusst gegen einen Schleier vor ihrem Gesicht
entschieden, weil, wie sie meinte, Christopher ja sowieso
schon weiß, wie sie aussieht. Deswegen fällt der Schleier
sanft über ihren Rücken, bis er in weichen Falten auf dem
Boden aufkommt.

Ich trete einen Schritt zurück und betrachte sie,
Harper Cole, eine strahlende Braut in ihrem elfenbeinfar-
benen Kleid, bereit, die Liebe ihres Lebens in einer kleinen
Zeremonie in der St.Lukas Kirche zu heiraten.

Meine Kehle schnürt sich zusammen und meine Augen
brennen vor unterdrückten Tränen.

„Nicht weinen, sonst fange ich auch an", warnt
Harper.

„Ich weine nicht", behaupte ich. „Die Sonne blendet
mich nur."

„Genau. Mich auch", murmelt Ryn mit einem
Schniefen.

„Also ich weine", gesteht Kelly, ihre Nase leicht rot.

„Ich weiß, dass ich voreingenommen bin, aber ich habe
die schönsten Töchter im ganzen Landkreis", sagt Mama
von der Schlafzimmertür aus. „Und bald auch eine
wunderbare Schwiegertochter."

„Eigentlich werde ich ja nicht wirklich deine Schwiegertochter", wirft Kelly schüchtern ein.

„Das weiß ich, Schätzchen, aber du gehörst ab jetzt zur

Familie", antwortet sie und Kelly lächelt sie an. Ohne eine eigene Mutter oder einen Vater, weiß ich, sind Harper und meine Eltern zu einem wichtigen Teil in Kellys Leben geworden, und ich bin froh darüber. Je mehr Menschen sie lieben, desto besser.

„Mama, du siehst wunderschön aus", haucht Harper, während Mama ihre Hand nimmt.

Genau wie die Braut trägt Mama Spitze, ihr Kleid hat allerdings einen runden Ausschnitt und Flügelärmel. Das Himmelblau bringt ihr rotes Haar, das wir alle von ihr geerbt haben, besonders gut zur Geltung.

„Nicht so wunderschön wie du", erwidert sie und beginnt sofort, mit einem Taschentuch ihre Tränen weg zu tupfen.

„Mama, nicht weinen! Sonst ruinierst du das Make-up, das ich dir gemacht habe", protestiert Ryn, doch ihre eigenen Augen sind ebenfalls mit Tränen gefüllt.

Mama bietet jedem von uns ein Taschentuch an. „Hier."

Wir sind alle so rührend sentimental!

„Bereit zu gehen?", fragt Papa, der hinter Mama im Türrahmen auftaucht. „Oh, Harper. Du siehst—" Er schluckt schwer und ich weiß, dass er kämpft, um nicht auch zu weinen.

Mama legt ihm sanft eine Hand auf den Arm. „Ja, das tut sie wirklich, Liebling."

Er räuspert sich. „Eigentlich wollte ich nur fragen, ob ihr alle bereit seid, aber es sieht so aus, als wärt ihr viel zu beschäftigt mit Weinen."

„Es ist ein emotionaler Tag", sagt Mama.

„Das stimmt. Also, Harper, bist du bereit, zu heiraten?", fragt Papa.

Harper strahlt uns aufgeregt an. „Oh ja", antwortet sie.

Eine kurze Autofahrt später – die Brautjungfern und

Mama in einem Auto, Papa und Harper im anderen – kommen wir an der Kirche an. Meine Tanten Lisa und Sheila sowie mein Onkel Johnny begrüßen uns. Ich bin überglücklich berichten zu können, dass er seine Behandlung abgeschlossen hat und die Ärzte optimistisch für seine Zukunft sind. Tante Lisa hat Oliver schließlich doch noch akzeptiert, als sie sah, wie glücklich er mich macht. Zum Glück muss ich sagen, da sie immer noch unsere Köchin im *Second Chance ist und wir jeden Tag mit ihr zusammenarbeiten.*

Natürlich behaupten Tante Sheila und das Damen-Komitee, sie hätten unsere Beziehung überhaupt erst eingefädelt, aber das stört mich nicht.

Mama umarmt Harper noch einmal, bevor sie und meine Tanten die Kirche betreten. Ich überprüfe noch ein letztes Mal ihr Kleid und den Schleier.

„So. Perfekt", sage ich mit einem Lächeln. Ich richte ihren floralen Haarschmuck, der verrutscht war, als sie aus dem Auto gestiegen ist.

Sie ergreift meine Hand, betrachtet meinen Ring und flüstert: „Denk nicht, dass mir dein neuestes Schmuckstück nicht aufgefallen ist."

Ich könnte mein Lächeln nicht unterdrücken, nicht für allen Kaffee im ganzen Landkreis. „Er hat mich gerade erst gefragt. Heute Morgen, am See."

„Und du hast gerade erst Ja gesagt."

Ich nicke, mein Herz überquellend vor Freude.

Sie zieht mich in eine Umarmung. „Oh, Süße. Ich freue mich so, so sehr für dich. Oliver ist ein großartiger Mann."

„Der Beste", stimme ich ihr zu.

Ich spüre, wie eine Hand meine umfasst, und drehe mich um – Ryn und Kelly starren fassungslos auf meinen Ring.

„Oh. Mein. Gott. Du bist—", beginnt Ryn.

Hastig bringe ich sie mit einem „Pssst" zum Schweigen. „Ich wollte es niemandem sagen. Nicht heute. Heute geht es nur um Harper und Christopher. Ich will nicht, dass irgendetwas davon ablenkt."

„Dann direkt morgen. Ich komme zum Frühstück vorbei", erklärt Ryn.

„Ich auch", sagt Kelly.

Ich lache leise. „Okay."

„Bereit?", fragt Papa, als er auf den Weg neben uns tritt. Ich ziehe den Ring von meinem Finger und stecke ihn schnell in meine Tasche. Ich will nicht, dass ihn noch jemand entdeckt. Nicht heute. Ich habe es ernst gemeint – dieser Tag gehört einzig und allein Harper und Christopher.

Unser Tag wird kommen.

„Bereit", bestätigt Harper.

Als gemeinsame Trauzeuginnen betreten Ryn und ich als Erste die Kirche, gefolgt von Kelly und schließlich natürlich Harper und Dad. Die Musik setzt ein, der Duft von Blumen erfüllt die Luft, und wir schreiten den Gang entlang. Als wir den Altar erreichen, drehen wir uns um, um den Einzug der Braut zu verfolgen.

Meine Augen finden Oliver in der Menge und mir stockt der Atem, als ich seinen Gesichtsausdruck sehe. Seine Lippen sind zu diesem Lächeln verzogen, das mir schon immer die Knie weich werden ließ, selbst in der Zeit, in der ich meine Gefühle für ihn noch mit aller Kraft verleugnete. Seine Augen sind intensiv, erfüllt von Liebe. Liebe für mich.

Er formt mit seinen Lippen die Worte: „Wir sind als Nächste dran." Mein Herz platzt fast vor Liebe, während ich zurücklächele. Liebe für Oliver. Liebe für meine Familie. Liebe für diesen wunderbaren Ort, den wir unser Zuhause nennen.

Ich mag mit eingezogenem Schwanz hierher zurückgekehrt sein, verletzt und entschlossen, mein Leben neu zu
ordnen. Aber genau hier habe ich meine zweite Chance
bekommen – sowohl mit meinem Leben als auch mit dem
Mann, den ich liebe, Oliver Langdon, meinem Verlobten.
Der Mann, den ich für meinen Feind hielt, der sich dann
aber als die große Liebe meines Lebens herausstellte.

ENDE

Danksagung

Marlowes Geschichte zu schreiben, war etwas, worauf ich mich schon sehr lange gefreut habe, eigentlich schon seit ich 2022 mit der *Second Chance Café*-Reihe begonnen habe. Vielleicht liegt es an meiner sadistischen Ader, aber ich liebe es, einen Charakter, der sein Leben scheinbar völlig im Griff hat, mit einer gewaltigen Explosion aus der Bahn zu werfen. Arme Marlowe. Sie hat es wirklich heftig erwischt, als ihr glückliches Leben in Seattle ihr plötzlich einfach so ohne Vorwarnung um die Ohren flog. Sie verlor ihren Freund und ihren Job. Aber am Ende bekam sie ihr Happy End mit Herrn Oliver Langdon – der übrigens einer meiner liebsten Bookboyfriends oder auch Buchfreunde der letzten Jahre ist – also hoffe ich, dass sie mir verzeihen kann. Ende gut, alles gut, oder wie heißt es so schön?

Wie bei jedem meiner Bücher hat meine wunderbare Autorenfreundin Jackie Rutherford auch dieses Manuskript für mich durchgesehen. Sie gibt mir immer unglaublich hilfreiches Feedback, selbst wenn es Dinge sind, die ich nicht hören will, stärken sie die Geschichte und helfen mir, sie so gut wie möglich zu machen. Danke für deine großartige Arbeit, Jackie! Das nächste Mittagessen geht auf mich.

Dylan von *Simply Dylan Designs* hat die Figuren auf allen Covern dieser Reihe entworfen. Sie liefert immer genau das, was ich mir vorstelle. Danke, Dylan!

Und natürlich auch ein großes Dankeschön an dich, meine liebe Leserin oder meinen lieben Leser, dass du mich und diesen verrückten Schreibvirus, den ich einfach nicht loswerden kann, wie es scheint, auf meiner Reise begleitest. Ich hoffe sehr, dass dir Marlowes und Olivers Geschichte gefallen hat, und verspreche, dich weiterhin zum Lachen, Seufzen und Mitfiebern zu bringen und mit Happy Ends zu versorgen!

Auch von Kate O'Keeffe auf Deutsch

Romantische Kleinstadt Komödien

Scheinbeziehung mit dem Griesgram

Scheinbeziehung mit Meinem Besten Freund

Scheinbeziehung mit dem Kerl von Nebenan

Romantische Komödien, die in Großbritannien spielen:

Verliebe dich nie in deine zweite Wahl

Verlieb dich nie in deinen Feind

Verlieb dich nie in deinen Schein-Verlobten

Verlieb dich nie in den, der dir entwischt ist

Königliche romantische Komödien:

Die Backup Prinzessin

Weitere Titel in Kürze!

Auch von Kate O'Keeffe auf Englisch

Romantische Hockey Komödien:

Mistletoe Face Off

The Rebound Play

Royale Romantische Komödien:

The Backup Princess

Royally Matched

The Royal Runaway

Max's Story - Title TBD

Romantische Kleinstadt Komödien:

Faking It With the Grump

Faking It With My Best Friend

Faking It With the Guy Next Door

Romantische Komödien, die in Großbritannien spielen:

Dating Mr. Darcy

Marrying Mr. Darcy

Falling for Another Darcy

Falling for Mr. Bingley (spin-off novella)

Never Fall for Your Back-Up Guy

Never Fall for Your Enemy

Never Fall for Your Fake Fiancé

Never Fall for Your One that Got Away

Romantische Komödien aus Neuseeland:

One Last First Date

Two Last First Dates

Three Last First Dates

Four Last First Dates

No More Bad Dates

No More Terrible Dates

No More Horrible Dates

Styling Wellywood

Miss Perfect Meets Her Match

Falling for Grace

Gemeinsam mit Melissa Baldwin verfasst:

One Way Ticket

Unter dem Pseudonym Lacey Sinclair:

Manhattan Cinderella

The Right Guy

Über den Autor

Kate O'Keeffe ist eine mehrfach preisgekrönte und USA Today Bestseller-Autorin, die für ihre unterhaltsamen, romantischen Wohlfühlkomödien voller Humor, Herz und Happy Ends bekannt ist. Die gebürtige Neuseeländerin hat zahlreiche beliebte Serien erschaffen und sich damit eine treue internationale Leserschaft erworben.

Mit einem Gespür für witzige und scharfsinnige Sticheleien zwischen den Charakteren und unwiderstehliche Heldinnen, die sich durch die Höhen und Tiefen des modernen Datings navigieren, erzählen Kates Romane von starken Freundschaften, komödiantischen Verwicklungen und natürlich dem manchmal holprigen, aber immer hoffnungsvollen Weg zur großen Liebe.

Wenn sie nicht gerade am Schreiben ist, liest Kate gerne romantische Komödien, schaut sich ihre Lieblingssendungen an (oder besser gesagt verschlingt sie) und verbringt Zeit mit ihren Freunden und ihrer Familie in der wunderschönen Hawke's Bay-Region in Neuseeland.